# Lyamar

## *Vergessene Welt*

### Band 3

Ina Linger

# Lyamar

## Vergessene Welt

Band 3: Melandanor

**Impressum**

Copyright: © 2018 Ina Linger

www.inalinger.de

Email: ina-linger@web.de

Bestellung und Vertrieb: Nova MD GmbH, Vachendorf

Druckerei: Mazowieckie Centrum Poligrafii Wojciech Hunkiewicz, Ciurlionisa Strasse 4, 05-270 Marki, Provinz. Mazowieckie, Polen

Veröffentlicht durch: I. Gerlinger, Spindelmühler Weg 4, 12205 Berlin

Einbandgestaltung: Ina Linger

Fotos: Shutterstock; Rick Partington; Rocksweeper

Titelschriften: Roger White and Cutter Design

Lektorat: Faina Jedlin

Co-Lektorat: Christina Bouchard

ISBN: 978-3-96443-899-7

*Für all diejenigen, die das Träumen nicht verlernt haben und an dem Kind in ihrem Inneren, dem mutigen Erforscher neuer, fantastischer Welten, festhalten.*

Nerubia
Vanesh
Jamerea
Djamar
Avelonia
Camilor
Anlegestelle der
Sklavenhändler
Simarin
Berush
Mushior
Zunia

# Prolog

Viele Menschen empfanden Liebe als etwas Wundervolles, das Leben Bereicherndes; etwas, das man wie die Luft zum Atmen brauchte, und schmerzlichst vermisste, wenn man es nicht in seinem Leben hatte.

Für Marek bedeutete Liebe nichts anderes als Schmerz. Es mochte sein, dass er sich nach ihr sehnte und ihn, wenn sie wieder einmal ungewollt in sein Innerstes vordrang, dieselben positiven Empfindungen überkamen, die auch die meisten anderen verspürten. Doch im Gegensatz zu den anderen dummen Tölpeln um sich herum wusste er, dass am so sicheren Ende dieser Liebe nur eines übrig blieb: Seelische Pein.

Er konnte sie jetzt schon fühlen, während seine Finger sanft über die feinen, seidig-weichen Löckchen im Nacken seiner Tochter strichen, die vor ihm im Stroh vor dem Kamin der ärmlichen Hütte saß, in der sie mit ihrer Großmutter lebte. Das, was er für sie in diesem Augenblick empfand, war so tiefgehend, so intensiv, dass er immer wieder vor seinem eigenen Plan zurückschreckte, sich dabei erwischte, nach einem anderen, sehr egoistischen Weg zu suchen, der ihn nicht von dem Kleinkind trennte. Der Kampf, den er nun schon seit ein paar Stunden mit sich selbst führte, war hart und kostete ihn viel

Kraft, erzeugte einen schmerzhaften Druck in seiner Brust und ein hohles Gefühl in seinem Bauch, das kaum zu ertragen war.

Rian bekam von all dem nichts mit. Die Kleine war vollkommen darin versunken, Nefians Amulett mit ihren kleinen dicken Fingern zu untersuchen, es zu drehen und zu wenden und sich immer mal wieder in den Mund zu schieben, um es ausgiebig in ihrem Sabber zu baden. Ab und an wandte sie sich zu ihm um und bedachte ihn mit einem Lächeln, das sein sonst so kaltes Herz zum Glühen brachte. Genau diese Momente waren die qualvollsten, weil sie seine Sehnsucht nach einem normalen Leben, in dem er sich um sein Kind – sicherlich mehr schlecht als recht – kümmern konnte, anwachsen ließen und ihm zugleich offenbarten, dass er gerade das niemals haben konnte. Denn jedes Mal, wenn sie ihn anstrahlte, blickte er in seine eigenen hellen Augen.

Wenn er in Rians Nähe blieb, würde jeder sofort wissen, dass sie seine Tochter war, und sie würde das gleiche schreckliche Leben wie er führen müssen. Ein Leben, das nur aus Angst, Gefahren und Flucht bestand. Ein Leben, in dem man niemals lieben durfte, sich immer verstecken musste, nirgendwo zu Hause und immer einsam war. Seine Nähe war nicht gut für sie. Nur ohne ihn konnte sie in Sicherheit aufwachsen und glücklich werden und das auch nur, wenn er seinen vor langer Zeit entwickelten Plan wieder aufgriff und den Weg, den er damals beschritten hatte, bis zum düsteren Ende ging. Er musste alle Magie in dieser Welt zerstören – jetzt nicht mehr nur um Falaysia von ihr zu befreien, sondern vor allem, um ein sicheres Lebensumfeld für seine Tochter zu schaffen. Einen Vater brauchte sie nicht unbedingt, um glücklich zu sein. Zweifelsfrei keinen wie ihn, in dem mehr Dunkelheit zu finden war als Licht.

Da war er wieder, der Blick über die Schulter und das strahlende Lächeln, das den Abschied so schwer machte, sein Herz zusammendrückte und es bluten ließ.

„Ta-ta!", machte die Kleine und hielt ihm das triefnasse Amulett hin.

Marek gab ein leises Lachen von sich, doch, anstatt das wertvolle magische Schmuckstück an sich zu nehmen, griff er nach seiner Tochter, hob sie hoch und schloss sie sanft in seine Arme, hielt sie fest – nicht aus Fürsorge, sondern aus Eigennutz, weil es ihm so guttat, dieses kleine Wesen zu halten, die innige Verbindung zu ihm zu fühlen. So zart. So zerbrechlich. Rein und gut. Er würde sie nicht verderben, nicht in das Leben hineinholen, das ihm selbst zuwider war – auch wenn es genau das war, was sich ihre Großmutter wünschte.

Marek drückte seine Nase in das weiche Haar über ihrem winzigen Ohr und schloss die Augen, atmete tief den Babygeruch ein. Ein letztes Mal konnte er es sich leisten, sie zu fühlen, die tiefe Liebe, die er für dieses kleine Wesen empfand und die ihn schon in dem Moment befallen hatte, als er sie vor einem Jahr zum ersten Mal in seinen Armen gehalten hatte. Er hatte nicht damit gerechnet, jemals wieder derart heftig für einen anderen Menschen empfinden zu können, hatte gedacht, dass alles Warme und Empfindsame in ihm längst abgestorben war. Ein schwerwiegender Irrtum.

Er atmete tief durch und setzte das Kind wieder ab, um sich dann zu erheben und hinüber zur Schlafkammer zu laufen, in die sich Rians Großmutter wie gewohnt zurückgezogen hatte, und anzuklopfen.

*Du wärst ohnehin ein grausiger Vater geworden*, versuchte er sich selbst von der Richtigkeit seines Entschlusses zu überzeugen, während er von innen die Alte heranschlurfen hörte. Mit dem fröhlichen Glucksen seines Kindes im Hintergrund war es nicht leicht, den üblichen kalten Ausdruck zurück auf sein Gesicht zu holen.

„Ihr wollt uns schon verlassen?", brachte Radiana enttäuscht hervor, als sie die Tür geöffnet hatte.

Marek nickte knapp. „Und ich werde auch nicht wiederkommen", verkündete er mit Nachdruck.

Entsetzten machte sich auf dem von Alter zerfurchten Gesicht der Frau breit.

„Jeden Monat wird einer meiner Krieger nach euch sehen und euch mit allem versorgen, was ihr braucht", ließ Marek verlauten, bevor sie etwas sagen konnte. „Es wird euch beiden an nichts mangeln, solange du versprichst, zu vergessen, wer Rians Vater ist und dass ich jemals hier gewesen bin."

„Aber ..."

„Die Wahrheit würde Rians Tod bedeuten!", ließ Marek sein Gegenüber erst gar nicht richtig zu Wort kommen. „Du bist ihr einziger Schutz, solange keiner meiner Krieger in der Nähe ist. Wenn ihr etwas zustoßen sollte, werde ich dich zur Verantwortung ziehen und zwar auf solch grausame Weise, wie du dir noch nicht einmal in deinen schlimmsten Albträumen ausmalen kannst."

Radiana schloss den Mund. Angst hatte sich in ihre Züge eingefunden und schien dafür zu sorgen, dass die Vernunft über ihren Wunsch siegte, bei den Bakitarern ein besseres Leben führen zu können.

„Marek Sangarshin hat kein Kind!", sagte er und seine Augen bohrten sich dabei in ihre. „Tinala war mit einem anderen Mann zusammen – mit dem Mann, der in Zukunft für Rians Wohl sorgen wird."

Trotz ihrer Furcht hielt die Alte seinem Blick viel zu lange stand, doch schließlich nickte sie gequält.

„So ist es besser für euch beide", setzte Marek hinzu und griff in die Innentasche seines Wamses, der zu der Kaufmannsverkleidung gehörte, die er trug. Hervor brachte er ein Beldur, eine dieser nützlichen Schmuckscheiben, mit denen man feststellen konnte, ob sich eine magisch begabte Person in der Nähe aufhält. Das letzte, das er noch besaß. Er reichte es der verwunderten Alten.

„Wenn auch nur einer der roten Edelsteine zu leuchten anfängt, läufst du mit Rian fort – so weit weg, wie du kannst, und versteckst dich", wies er sie an. „Erst wenn das Leuchten verblasst, kehrst du zurück zu deinem Haus. Verstanden?"

„Verstanden", gab Radiana demütig zurück und nahm das Beldur an sich. „Aber … was passiert, wenn ich zu alt werde, um sie zu versorgen … oder krank?"

„Dann werde ich jemanden schicken, der sie holt und ihr ein neues Zuhause sucht", versprach Marek. „Ihr wird nichts geschehen, solange niemand die Wahrheit kennt."

Die Alte machte keinen besonders glücklichen Eindruck, gleichwohl nickte sie ein weiteres Mal einsichtig und das genügte Marek. Er wandte sich entschlossen um und lief zurück zu seinem Kind, um noch einmal vor diesem in die Hocke zu gehen und ihm das Amulett abzunehmen.

Erstaunlicherweise ließ Rian das Schmuckstück prompt los – nur um die Arme lachend nach ihrem Vater auszustrecken. Er fühlte ein heftiges Reißen in seiner Brust, als er sich erhob, ohne auf die stumme Bitte seiner

Tochter einzugehen. Es war besser so, denn *er* brachte die Gefahr an sie heran. Er *war* die Gefahr für jeden, der ihn liebte und Teil seines Lebens sein wollte. Nur diese Einsicht machte es ihm möglich, das Weinen und Jammern seines Kindes zu ertragen, während er durch die Hintertür der Hütte trat und sie hinter sich schloss; den Schmerz auszuhalten, den dieser Abschied für immer mit sich brachte. Rian in Sicherheit zu wissen, war alles, was zählte. Und sicher würde sie bald sein, wenn Nadir wieder zu dem Rächer wurde, der er einst gewesen war, und alle Teilstücke Cardasols in seinen Besitz brachte. Jeder, der einst zum Zirkel der Magier gehört hatte, musste sterben und am Ende auch alle Magie, die in dieser Welt noch existierte.

# 1

„Jedes Ding auf dieser Welt hat eine gute und eine schlechte Seite", hatte Melinas Mutter ihr früher oft gesagt. „Dessen solltest du dir immer bewusst sein und nie die Gefahren außer Acht lassen, die unbedachtem Handeln mit unbekannten Dingen entspringen könnten."

Magie war für Melina nichts Neues, aber wenn sie ehrlich war, hatte sie deren negative Seite vor dem Zwischenfall in der Höhle unter der Kirche noch nie derart direkt zu spüren bekommen. Zumindest nicht in dem Maße, dass sie noch Tage danach mit den Wirkungen dieser gefährlichen Kraft zu kämpfen hatte – auch wenn sie die ersten drei Tage nicht bewusst erlebt hatte. Dafür litt sie nun, am vierten Tag, umso stärker unter den Folgen der magischen Entladung.

Ihr Plan, sich die Zeit bis zu ihrer Entlassung aus dem Krankenhaus mit dem Studieren von Madeleines Notizbuch zu vertreiben, war schön gewesen. Leider mangelte es ihr an der Fähigkeit, diesen umzusetzen, weil sie immer, wenn sie sich zu lange auf eine Sache konzentrierte, von stechenden Kopfschmerzen befallen wurde und dass sie sich generell ausgelaugt und müde fühlte, half nicht gerade dabei, tapfer durchzuhalten.

Richtig schlafen konnte sie allerdings auch nicht und so wurden die ersten Stunden nach ihrem Erwachen von wechselnden Phasen kurzen Lesens und unsinnigem in die Luft Starrens bestimmt, die lediglich von einem kleinen Badbesuch auf wackeligen Beinen unterbrochen wurden.

Aus diesem Grund hatte sie noch nicht viel mithilfe von Madeleines Unterlagen herausfinden können, da auf den ersten Seiten des Notizblocks nur Dinge vermerkt worden waren, die ihr entweder nichts sagten oder schon bekannt waren. Ihr war lediglich aufgefallen, dass die junge Frau mit ihrem ‚Geschäftspartner' Roanar nicht ganz so gut klarkam, wie sie alle zunächst angenommen hatten. Seinen Namen konnte Melina zwar nicht direkt in den Notizen finden, aber wer sollte sonst dieser R. sein, der in Falaysia den Ton angab.

*Kontakt zu R. gestaltete sich wieder sehr anstrengend,* stand auf einer der Seiten, die sie gerade erst aufgeschlagen hatte. *Er versucht weiterhin, die Oberhand zu behalten und die Verbindung zu seinen Gunsten auszuweiten. Niemals allein den Kontakt zu ihm suchen. Er darf mich weder an sich binden noch größeren Zugang zu meinen Gedanken erhalten.*

Melina runzelte nachdenklich die Stirn, obgleich das Gift für ihren schmerzenden Schädel war. Bereits aus einigen der vorherigen Einträge war Madeleines Angst vor Roanars Fähigkeiten und Absichten herauszulesen gewesen, doch dies war die erste Notiz, mit der sich auch die junge Frau verdächtig machte. Was hatte *sie* vor Roanar zu verheimlichen?

Melina blätterte rasch weiter. Ein bisschen länger konnte sie noch durchhalten.

*Die Uneinigkeit über das Vorgehen bezüglich Zielperson M. sorgt für einige Unruhe in meinem aber auch R.s Team. Halte eine Eliminierung immer noch für unumgänglich. Lediglich der Zeitpunkt ist noch verhandelbar. Wir dürfen nichts riskieren. M. ist zu gefährlich und könnte unser ganzes Vorhaben maßgeblich beeinträchtigen. Seine Kräfte sind groß und wertvoll, aber nicht unersetzlich. Wir werden einen Weg finden, der weniger riskant ist. R. muss endlich mehr Vertrauen in unsere gemeinsame Stärke entwickeln, sonst könnten wir ganz erbärmlich scheitern. Alleingänge haben keinen Platz in unserem Plan. Werde bei meiner Ankunft in F. versuchen, alle anderen auf meine Seite zu ziehen und R. danach einfach überstimmen. Ich bin ohnehin besser dazu geeignet, unseren Plan erfolgreich in die Tat umzusetzen. Bei Ankunft dringend Kontakt zu T. aufnehmen.*

M. war in jedem Fall Marek, denn vor wem sollte diese Gruppe sonst derart große Angst haben? Auf ihrer Abschussliste hatte er ja definitiv gestanden. Nur wer war T.? Jemand, der dem *Zirkel* bereits bekannt war, oder eine gänzlich neue Person? Mit Sicherheit ein einflussreicher Magier, der sich unter Roanars Anhängern befand.

Mit dem Rotstift, den Peter ihr ebenfalls überlassen hatte, machte Melina einen Kringel um den Buchstaben, schloss für eine halbe Minute die Lider, um ihre Augen etwas auszuruhen, und ging dann weiter die Notizen durch. Peter hatte ihr am Telefon gesagt, dass er schon alle Ortsangaben und Zahlen aus dem Block abfotografiert hatte und sich selbst um deren weitere Auswertung kümmern wolle. Deswegen überging sie diese beim Lesen und gab eher auf die Kürzel von Namen acht. Es war jedoch kein Kürzel, das sie nach einer kleinen Weile inne-halten ließ, sondern ein ausgeschriebener Name: Merlin.

Melina runzelte die Stirn. Madeleine musste sich ver-schrieben haben, denn es war eindeutig, dass es inhaltlich um Malin ging.

*Merlin lebte die meiste Zeit, die er in unserer Welt verbrachte, in Glastonbury und in der Nähe Salisburys. Er und seine Anhänger erschufen das Tunnelsystem unter der uns bekannten Kirche, das wiederum unterirdisch dicht an Stonehenge heranführte und das Bauwerk mit der Magie des dortigen Tores verbindet. Es liegt die Vermutung nahe, dass dieses Tor einst nicht nach Falay-sia, sondern direkt nach Avalon, also Avelonia führte. Ich habe eine Schrift gefunden, die von einer Reise direkt nach Avelonia berichtete – so, wie ich es verstanden ha-be, ohne Zwischenstopp in Falaysia. Allerdings war dort der Ausgangsort ganz anders beschrieben, was wiederum nicht möglich ist, da wir ja nun wissen, wo das Tor ist.*

Melina stutzte erneut, schüttelte kurz den Kopf. Ava-lon? Ihr Herz begann schneller zu schlagen, während ihre Augen über die nächsten Zeilen flogen.

*Ich bin mir nicht sicher, ob das Gradaz, das wir su-chen, wahrhaftig in Lyamar zu finden ist. Dieser Name hat große Ähnlichkeit mit dem lateinischen Wort ,grada-lis', was Gefäß, Schüssel bedeutet und den Verdacht auf-kommen lässt, dass Teile der Artussage einen wahren Kern haben. Einen Kern, der uns eventuell dabei helfen kann, an unser Ziel zu gelangen. Malin, wenn er denn tatsächlich der sagenumwobene Zauberer Merlin war, wie ich vermute, spielte in den Geschichten um die Grals-suche immer eine große Rolle.*

„Gralssuche?", stieß Melina etwas atemlos aus und ließ das Buch in ihren Schoß sinken. Sie schloss erneut die Augen, versuchte, sich zu entspannen, weil ihre Aufregung die Kopfschmerzen zurückholte und es damit ungemein erschwerte, klar zu denken.

Sie musste Madeleine recht geben. Die Ähnlichkeit bestimmter Worte und Geschehnisse konnten kein Zufall sein. Malin und Merlin; König Arsas, den Malin als sehr jungen Mann aus einer anderen Welt nach Falaysia brachte und als Regenten in Piladoma einsetzte, und Artus, der von Merlin unterstützt und beraten worden war … Suchten die *Freien* in Lyamar vielleicht nach dem heiligen Gral? Gab es dieses Gefäß überhaupt? Und welche Macht konnte man damit erringen? Ganz dunkel konnte sich Melina daran erinnern, mal etwas über Unsterblichkeit gelesen zu haben.

Ihre Augen flogen wieder auf und sie griff nach den Büchern auf ihrem Nachttisch, die ebenfalls aus Madeleines Besitz stammten. Eines davon beschäftigte sich mit Astronomie und das andere trug den Titel: *Auf den Spuren legendärer Könige.* Sie schlug das Inhaltsverzeichnis des zweiten Buches auf und wurde schnell fündig. König Artus stand dort gleich an dritter Stelle und die angegebene Seitenzahl bis zum nächsten Kapitel verriet, dass dieses einen großen Teil des Buches einnahm. Melinas Puls beschleunigte sich weiter, als sie die ersten Seiten des Kapitels überflog, in denen der Autor, ein gewisser Daniel Summers, seine Theorie über die reale Person, die hinter dem Zauberer Merlin stand, umriss.

Das Erwähnen einer Parallelwelt, aus der Merlin einst gekommen war, war vermutlich für jeden anderen Menschen ein Grund, die Lektüre abzubrechen und ins Reich der Hirngespinste zu verweisen, für Melina jedoch ein Augenöffner. Summers hatte seiner eigenen Aussage nach ein paar alte Schriften gefunden, in denen sich deren Verfasser dazu bekannten, das legendäre Avalon zusammen mit Merlin durch ein magisches Tor betreten zu haben. Ein unterirdisches Tor, das in einer Höhle unterhalb einer Kirche zu finden sei. Sie nannten diesen Übergang in die andere Welt Shivade.

Melina sah wieder auf, atmete ein paar Mal tief durch. Derselbe Name. Das war der Beleg. Malin *war* Merlin – oder zumindest die ‚reale' Person zu dieser sagenumwobenen Gestalt. Und das mystische Avalon musste in Falaysia zu finden sein.

Melina überflog die nächsten Zeilen, las von dem wundersamen, aber auch wunderschönen Land, den Rittern der Tafelrunde (die möglicherweise Mitglieder des *Zirkels* gewesen waren) und schließlich auch vom heiligen Gral. Da stand es. Dieser magische Gegenstand verschaffte seinem Hüter Unsterblichkeit. Sie hatte es richtig in Erinnerung gehabt. War es das, was die ‚Freien' wollten? Konnte die Antwort auf all ihre Fragen so simpel sein?

Der Autor des Buches war sich sicher, dass es den Gral in irgendeiner Form gegeben hatte. Die Verfasser der Schriften hatten ihn gesehen, in einer steinernen Festung namens Monsalvash. Sie beschrieben ihn als Gefäß von wunderschönem, aber sehr fremdartigem Aussehen, dessen Kraft einen jede Sorge vergessen und das Leben in den eigenen Körper zurückkehren ließe, einem Jungbrunnen gleich …

Ein scharfer Schmerz zog durch Melinas Schläfen und sie sackte mit einem Stöhnen nach vorn, kniff die Augen zusammen und hielt sich den Kopf. Die Pein ebbte allerdings schnell ab. Stattdessen sah sie plötzlich ein hell strahlendes Licht vor sich, in dem sich vier Objekte umeinander drehten, und ihr gegenüber eine junge Frau, deren Augen sich in Faszination geweitet hatten.

„Es funktioniert! Malin!", stieß diese nun aus, während Melinas Körper vor Anstrengung bebte, ihr der Schweiß über die Schläfen lief und ihr Herz hämmerte, wie es das noch nie zuvor getan hatte. Viel Kraft besaß sie nicht mehr, aber wenn sie jetzt versagte ... darüber durfte sie gar nicht nachdenken.

„Du kannst es!", versuchte die Frau sie weiter zu motivieren. „Gleich hast du es geschafft! Halte durch!"

Sie wollte es – wirklich! – doch ihr Körper war am Ende. Ihr Blickfeld verdunkelte sich an den Rändern und die Stimme der Frau entfernte sich, so wie auch alle anderen Geräusche um sie herum, bis die Dunkelheit sie schließlich ganz verschluckte.

Lange blieb sie nicht. Die nächste Szenerie, die sich ihr eröffnete, war jedoch eine ganz andere, obgleich die Person, die darin vorkam, wieder dieselbe war. Die Frau saß dieses Mal auf einer Art Thron, sah verächtlich auf sie hinab.

„Du hast mich verraten, Malin", sagte sie bitter. „Und wenn du jetzt gehst, zerstörst du unser aller Zukunft. Du begräbst unsere Hoffnungen und damit auch die all deiner Untertanen. Die Gnade, die du Vater hast zuteilwerden lassen, wird *er* uns zweifelsfrei nicht entgegenbringen. Und das Schlimmste ist, dass er jetzt im Besitz Iljanors ist. Du weißt, was das bedeutet!"

„Unser Vater ist hier nicht länger der Bösewicht", gab Melina mit tiefer, ergriffener Stimme zurück. „Du hast den rechten Weg vor langer Zeit verlassen, Morana, und vergessen, wer du einmal warst. Das ist auch mir passiert, aber *ich* habe mich besonnen, weiß jetzt wieder, was meine Aufgabe ist."

Morana stieß ein abfälliges Lachen aus. Das hielt Melina gleichwohl nicht davon ab, mit Malins Stimme weiterzusprechen.

„Es ist auch für dich noch nicht zu spät, ein Einsehen zu haben, Buße zu tun. Alles, was du tun musst, ist Monsalvash aufzugeben, nicht länger nach der Allmacht und Unsterblichkeit zu streben, die uns nicht zusteht."

„Damit Berengash dorthin zurückkehren und uns alle unterwerfen kann?", zischte Morana. „Niemals!"

„*Niemand* wird dort leben und die Kraft Cardasols nutzen", gab Malin zurück. „Wir sind die Hüter dieser Gabe – nicht ihre Nutznießer. Wir müssen dafür sorgen, dass das Herz der Sonne seine Stärke behält. Aber das, was du jetzt tust … es zerstört nicht nur unsere Familie, sondern lässt die Kräfte Cardasols versiegen. Willst du das? Denk doch an Mutter! Denk an deinen Sohn!"

„Das tue ich ja – und genau deswegen können wir Vater nicht weiter an der Macht lassen. Er denkt nur an sich und an das, was einst gewesen ist, was er verloren hat. Unser aller Zukunft ist ihm vollkommen gleich."

„Aber mir nicht – und deswegen *muss* ich gehen!" Malin drehte sich entschlossen herum und verließ unter dem lauten Protest seiner Schwester den Saal.

Ein weiteres Mal wandelte sich die Vision. Melina kniete vor dem Sarg eines Mannes und betete. In der Hand hielt sie eine Art Gefäß, in das seltsame Schriftzeichen eingraviert waren. Sie war so traurig, fühlte nichts weiter als Leere in ihrem Inneren.

„Warum hast du das getan?", wisperte sie. „Warum war deine Liebe nicht groß genug, um sie uns allen zu schenken?"

Sie atmete mit bebenden Lippen tief ein, blinzelte den Tränenschleier vor ihren Augen hinfort.

„Wie ... wie soll ich deinem letzten Wunsch nachkommen, wenn du ... Morana solches Leid zugefügt hast? Ich ... ich kann das nicht. Kann nicht schon wieder auf der falschen Seite stehen ..."

„Ms Chetanora?" Die Stimme gehörte eindeutig nicht zu Melinas Vision. Sie war viel zu weit weg, kam aus einer anderen Realität. „Hören Sie mich? Ms Chetanora? Kommen Sie zu sich!"

Sie wollte es nicht, aber die dunkle Welt, in der sie sich gerade eben noch befunden hatte, löste sich auf. Viel zu schnell. Im nächsten Augenblick riss sie schon keuchend die Augen auf, starrte in das Gesicht einer jungen, sehr besorgten Krankenschwester.

„Gott sei Dank!", stieß diese erleichtert aus, während Melina noch mit den Reaktionen ihres eigenen Körpers rang. Sie hatte das Gefühl, gerade an einem Triathlon teilgenommen zu haben.

„Sie haben mir große Angst gemacht!", seufzte die Schwester.

Hinter ihr eilten jetzt auch noch zwei Ärzte und ein Krankenpfleger ins Zimmer, genauso aufgebracht wie die junge Frau.

„A-alles gut", stammelte Melina und hob beruhigend eine Hand. Selbst das war nicht allzu einfach, weil ihr Arm bleischwer war. Jetzt erst stellte sie fest, dass sie nur noch aufrecht in ihrem Bett saß, weil die Schwester sie stützte. „Ich ... ich habe nur geträumt."

Einer der Ärzte machte auf dem Absatz kehrt, während der andere näher kam, nun jedoch deutlich gelassener.

„Sie hat gezuckt und vor sich hingemurmelt", verteidigte die Schwester ihr Alarmschlagen. „Und dabei saß sie vornübergebeugt im Bett."

Der Doktor nickte verständnisvoll. „Möglicherweise eine Art von Somnambulismus", schlug er vor. „Leiden Sie öfter darunter, Ms Chetanora?"

Melina bedachte ihn mit einem irritierten Stirnrunzeln und musste dabei feststellen, dass ihre Kopfschmerzen zwar noch nicht verschwunden, aber schon ein bisschen besser waren. Seltsam.

„Schlafwandeln", übersetzte der Arzt für sie.

„Ach so. Nein, normalerweise nicht."

„Unter Umständen sind das noch Nachwirkungen ihres komatösen Zustandes. Das gibt sich gewiss bald wieder. Nehmen Sie ihre Medikamente!" Er wies nachdrücklich auf die Schale mit den Pillen, die auf ihrem Beistelltischchen bereitstand.

„Mache ich", versprach Melina und war der Schwester sehr dankbar dafür, dass sie ihr dabei half, sich ein wenig mehr auszustrecken. Als sie jedoch nach den Büchern griff, hielt Melina diese eisern fest und schüttelte den Kopf.

„Die brauche ich noch. Aber können Sie mir einen Gefallen tun?"

Die Schwester nickte, ohne zu zögern.

„Würden Sie Mr Norring verständigen? Ich weiß, es ist schon spät, aber ich muss unbedingt mit ihm sprechen."

„Natürlich", gab die junge Frau ihr sofort nach und verließ eiligen Schrittes das Zimmer.

Melina holte tief Atem und schloss die Augen. Peter hatte ihr zwar ein Handy dagelassen, aber augenblicklich fühlte sie sich nicht imstande, dieses zu nutzen. Sie musste sich wenigstens für kurze Zeit ausruhen, damit sie genügend Kraft hatte, um sich mit ihrem Freund über das gerade Erlebte auszutauschen. Denn eines war ganz klar: Bei dem Unfall in der geheimen Höhle war Malins verstecktes Wissen zum Teil auf sie übergegangen und sie musste es unbedingt an die anderen weitergeben – koste es, was es wolle.

# 2

Peters ebenmäßiges Gesicht trug einen ernsten und zutiefst nachdenklichen Ausdruck. Er hatte Melinas Bericht geduldig und stumm gelauscht, dabei ein paar Mal genickt und die Brauen zusammengezogen und schließlich lang und tief eingeatmet. Aber selbst jetzt schien er noch nicht die richtigen Worte zu finden, um seine eigenen Überlegungen bezüglich der neusten Entwicklung in Worte zu kleiden, biss sich auf die Unterlippe und schüttelte schließlich den Kopf.

„Wenn ich ganz ehrlich bin, kann ich mir noch keinen rechten Reim auf all das machen", gestand er endlich. „Selbstverständlich ist dem *Zirkel* der Name Daniel Summers bekannt. Als der Mann damals das erste Buch mit seinen Forschungen über Merlin herausbrachte, stand er lange Zeit unter unserer Beobachtung. Wir mussten sichergehen, dass ihm niemand glaubt und die Fachwelt ihn als Spinner abtut."

„Aber er war keiner", unterbrach Melina ihn etwas unwirsch. „Alles, was er in diesem Buch schreibt, hat Hand und Fuß!"

„Nicht alles", gab Peter mit einem etwas angespannten Lächeln zurück.

Melina bedachte ihn mit einem mahnenden Blick, der ihn zu der aus ihrer Sicht so wichtigen Ernsthaftigkeit zurückbrachte.

„Ja, gut, er … war größtenteils auf dem richtigen Weg, was Merlin oder auch Malin angeht, aber es war gut für uns, dass ihm niemand glaubte."

„Warum? Hätte er euch nicht dabei helfen können, mehr über Malin herauszufinden?"

„Er wusste nichts, was wir nicht auch wussten, und er war kein Magier, hatte nicht den Hauch einer besonderen Begabung. Der Zirkel lässt nur sehr wenige normale Menschen nahe an sich heran. Es ist besser, wenn die Öffentlichkeit nicht über uns Bescheid weiß."

Melina gab einen missbilligenden Laut von sich und presste die Lippen zusammen. Ihr lagen ein paar unschöne Worte auf der Zunge, aber da sie kein Bedürfnis verspürte, sich mit Peter zu streiten, schwieg sie lieber.

„Der Zirkel hat immer wieder Dinge getan, auf die ich nicht stolz bin und die ich heute anders machen würde", gestand Peter leise und bewies dabei wieder einmal, wie gut er sie lesen konnte. „Die Behandlung von Mr Summers gehört zweifellos dazu, aber … er musste nicht so leiden wie deine Mutter und ich verspreche dir, dass so etwas unter meiner Führung nie wieder vorkommen wird. Genügt dir das, um nicht mehr böse mit mir zu sein?"

Der Hundeblick, mit dem er sie ansah, ließ ihre Mundwinkel zumindest ein kleines Stück nach oben zucken.

„Ich bin nicht böse mit dir", gab sie ihm schließlich nach. „Im Grunde habe ich immer noch damit zu kämpfen, dass mir so viel aus der Geschichte meiner Familie verschwiegen wurde und meine Mutter … sie hatte das, was ihr passiert ist, genauso wenig verdient wie dieser Mr Summers."

Peter nickte einsichtig und für einen kleinen Moment blieb es still zwischen ihnen. Es war jedoch keine unangenehme Stille.

„Was sagst du zu meiner … Vision?", fragte Melina schließlich.

„Ich denke, dass dir der Kettenanhänger tatsächlich einen Teil seines Wissens überantwortet hat", überlegte Peter laut. „Allerdings sind einige dieser … Szenen etwas merkwürdig."

„Inwiefern?"

„Morana war uns nicht als Malins Schwester bekannt, sondern als seine Gegnerin – wie es uns ja auch die Legenden um Merlin berichten."

„Sie ist die reale Person zu Morgan le Fay, nicht wahr?"

Peter nickte. „Aus den Geschichten um Artus und Merlin herum geht eigentlich hervor, dass sie eher mit Artus verwandt war, aber Legenden und Sagen entwickeln ja mit der Zeit eine gewisse Eigendynamik. Der Wahrheitsgehalt könnte verschwindend gering sein. Dessen ungeachtet muss ich gestehen, dass in unserer Bibliothek nur wenige Informationen über die realen Geschehnisse und Verwandtschaftsverhältnisse der ältesten Zauberer zu finden sind. Für den Zirkel hier war das, was in Falaysia passierte, nie besonders relevant. Malins Art, Magie zu benutzen und die Macht einzelner Zauberer zu beschränken, das war es, was uns hauptsächlich interessierte. Er selbst hatte das gewollt, klare Anweisungen dazu gegeben, wie der Zirkel ohne ihn weiter wirken sollte."

„Aber seine Anhänger von damals waren doch teilweise auch drüben, oder? So steht das in Summers' Buch."

Peter nickte langsam. „Es gibt Aufzeichnungen darüber, die von seinen Reisen berichten. Auch von den Königen, die er mit Gefolge nach Falaysia nahm. Aber da er später ein Verbot erließ, jemals wieder in die andere Welt zu reisen, gerieten diese Schriften bald in Vergessenheit. Spätestens nachdem auch Hemetion dieses Verbot nach seinem eigenen Erscheinen und Wirken in dieser Welt mit äußerster Strenge wiederaufleben ließ und es so gut wie unmöglich erschien, das Tor hier jemals wieder aktivieren zu können. Madeleine war eine der wenigen, die sich nach langer Zeit wieder mit diesen alten Berichten beschäftigte."

„Wusste sie von Morana?", hakte Melina nach.

Peter hob unschlüssig die Schultern. „Hast du etwas darüber in den Aufzeichnungen finden können?"

„Nein. Sie schreibt über den Gral und ihre Probleme mit Roanar, aber Morana erwähnt sie nicht."

„Das könnte gut für uns sein, denn deine Vision hat dir ja verraten, dass Malin und sie lange zusammenarbeiteten, nicht wahr?"

„Ja, aber dann hat er sie verraten."

„Oder davon abgehalten noch größeres Unheil anzurichten, als ohnehin schon geschehen war. Morana gilt im Zirkel als Bösewicht neben einem anderen großen Zauberer namens Berengash ..."

„Der ihr beider Vater war!"

„Ja?"

Melina nickte eifrig. „Das haben sie beide gesagt. Ich bin mir auch noch nicht im Klaren darüber, was die Familie entzweit hat, aber wenn ich den Kettenanhänger vielleicht doch noch einmal aktivieren könnte …"

Peter schüttelte den Kopf, bevor sie ihren Satz beendet hatte. „Das ist viel zu gefährlich! Und du hast ja schon Visionen oder auch Erinnerungen. Die werden mit Sicherheit wiederkommen und dann kannst du sie genauer ergründen – auch ohne dich mit dem Kontakt zum Anhänger in Gefahr zu bringen."

„Und wenn nicht? Wenn es nur Erinnerungsfetzen bleiben und der Rest des Wissens, der die Lücken füllen könnte, noch auf dem Schmuckstück verblieben ist?"

„In diesem Fall können wir es immer noch unter größten Vorsichtsmaßnahmen damit probieren."

Melina gab einen frustrierten Laut von sich. „Das alles dauert mir einfach zu lange", gestand sie schließlich, weil die Unruhe, von der sie schon die ganze Zeit geplagt wurde, mal wieder überhandnahm. „Wer weiß, was schon alles in Falaysia passiert ist! Ich möchte nicht mit leeren Händen dastehen, wenn Jenna mich kontaktiert und unsere Hilfe braucht."

„Das wirst du nicht", versprach Peter ihr mit einem tröstenden Lächeln. „Erzähl ihr von deinen Visionen, lass sie darauf zugreifen. Möglicherweise hat sie ja bereits genügend Informationen, um das Puzzle zusammenzusetzen. Die Sache mit dem Gral ist schon mal äußerst wichtig und du sagtest doch, dass Malin versuchte, etwas zusammenzusetzen und versagte. Wenn es Cardasol war, ist es weitaus schwerer, das Herz der Sonne wieder zu verschmelzen, als Demeon oder auch Madeleine bisher angenommen haben. Malin war der mächtigste Zauberer, der jemals existierte. Vielleicht wird es niemandem jemals gelingen."

Melina runzelte die Stirn. „Soll das ein Trost sein?"

„In gewisser Weise schon", lächelte Peter. „So viel Macht sollte nie wieder für eine einzige Person greifbar werden. Solange Cardasol in Stücken existiert, kann man diese besser verstecken und die Kraft nur teilweise nutzen. Und wenn es der Plan der ‚Freien' war, die Macht über das *Herz der Sonne* zu erlangen, werden sie diesen niemals in die Tat umsetzen können."

Melina dachte kurz über seine Worte nach und fühlte, wie sich ihr Körper mehr und mehr entspannte. Ihr Freund hatte recht. Eigentlich war es ein sehr tröstender Gedanke, dass diese extreme Macht vielleicht niemals freigesetzt werden konnte, denn dadurch konnten die Teilstücke Cardasols weiterhin zum Öffnen des Tores in *Jala-manera* benutzt werden. Jenna und Benny konnten eines baldigen Tages zu ihr zurückkehren.

Peter schien erneut zu erkennen, was in ihr vorging, denn sein Lächeln wurde immer breiter und seine Augen funkelten warm. „Wir sind momentan auf der Gewinnerspur", sagte er sanft, „vergiss das nicht. Die ‚Freien' hier sind so gut wie geschlagen. Ihre Anführerin liegt im Koma und meine Leute sind den verbliebenen Mitgliedern dicht auf den Fersen. Sie können niemandem mehr etwas anhaben."

„Ja, *hier* – aber wir wissen nicht, was drüben in Falaysia los ist", wandte sie ein und ärgerte sich über ihren eigenen Pessimismus. „Dort drüben könnten sie weitaus mehr und besser organisiert sein."

„Mein Sohn und deine Nichte kämpfen wieder Seite an Seite für das Gute", erinnerte Peter sie sanft. „Und sie tun das nicht allein. Ich denke, das sind äußerst günstige Voraussetzungen, um auch dort drüben den Sieg zu erringen. Wir werden hier tun, was wir können, um ihnen zu helfen. Aber mit Ruhe und Bedacht, okay?"

„Okay", stimmte sie ihm nach kurzem Zögern zu. Sie wollte so gern seinen Optimismus teilen und vielleicht gelang es ihr ja, wenn sie einfach mit aller Macht an seine Worte glaubte.

„Und jetzt ruh dich aus", riet Peter ihr sanft, „dann kannst du das Krankenhaus morgen wie geplant verlassen und bald schon wieder voll in die Arbeit einsteigen."

„Morgen?", vergewisserte sich Melina und Peter nickte lächelnd. Sie schloss die Augen und atmete erleichtert auf. „Dann werde ich mir große Mühe geben, mich heute noch richtig zu erholen und nichts anderes mehr zu machen, als zu schlafen."

„Das höre ich doch gern", erwiderte ihr Freund und erhob sich von dem Stuhl, den er sich zu Beginn ihres Gesprächs herangeholt hatte. „Ich bin morgen gegen elf Uhr da und sehe nach dir."

Es folgte noch ein kurzer Abschied und kurz darauf war Melina wieder allein. Ihre Aufregung hatte sich größtenteils gelegt, als sie sich jedoch auf die Seite gedreht hatte, um wirklich zu schlafen, wollte die Müdigkeit sich nicht weiter ausbreiten. Stattdessen kehrten ihre Gedanken zu ihren Visionen und den neuen Erkenntnissen zurück.

Es gab Aufzeichnungen über Morana in der Bibliothek des Zirkels und Madeleine sollte davon nichts gewusst haben? Sie war doch schon immer *die* Spezialistin gewesen, was Malin und seine Geschichte anging. Der Name Morana *musste* in den Aufzeichnungen gefallen sein und da Madeleine regen Kontakt zum *Zirkel* in Falaysia gepflegt hatte, war sie sicher dazu in der Lage gewesen, mehr über diese Frau herauszufinden, als es ihr hier möglich gewesen war.

Melina seufzte tief und richtete sich wieder auf, um erneut einen Blick in den Notizblock dieser Frau zu werfen. Seite um Seite ging sie durch, gleichwohl tauchte nirgendwo der Name Morana auf. Allerdings fiel ihr auf, dass immer mal wieder ein paar Seiten in dem Block fehlten, als hätte ihn jemand bereinigt.

Entgegen ihrem Willen kamen zum ersten Mal seit langer Zeit Zweifel in Bezug auf Peters Ehrlichkeit ihr gegenüber auf. Wenn *er* die Seiten entnommen hatte, dann bestimmt nicht, um sie zu hintergehen, sondern um sie davon abzuhalten, sich zu sehr anzustrengen. Jedoch würde es nichts daran ändern, dass er sie getäuscht hätte und zwar nicht nur mit dem Rausreißen der Blätter, sondern auch noch, indem er ihr in ihrem Gespräch wichtige Informationen vorenthalten hätte. Informationen, die nötig waren, um Jenna und Benjamin in Lyamar besser beschützen und zurückholen zu können.

Der Block flog auf den Nachttisch und Melina fuhr sich angespannt mit den Händen über das Gesicht, versuchte auf diese Weise, die neu erwachte Kribbeligkeit in ihr wegzuwischen und das unangenehme Ziehen in ihrer Bauchregion zu bekämpfen. Doch es gelang ihr nicht. So konnte sie nicht schlafen. Nicht mit dem scheußlichen Gefühl, dass es Jenna und Benny vielleicht nicht annähernd so gut ging wie ihr, sie möglicherweise längst dringend ihre Hilfe brauchten. Sie *musste* etwas tun, versuchen, auch ohne Peters Unterstützung mehr zu erfahren.

Ein Geistesblitz schoss in ihren Kopf, ließ sie innehalten. Es gab in der Tat eine weitere Person, die wundervoll ihre Wissenslücken füllen konnte, und wenn sie Glück hatte, war diese gar nicht so weit weg!

Melina schlug entschlossen die Decke zurück und stand auf. Ihre Beine waren zwar etwas weich, konnten ihr Gewicht jedoch schon wieder ganz gut tragen. An der Garderobe in ihrem Zimmer hing ein Bademantel, den sie sich schnell überwarf, bevor sie hinaus auf den Flur trat. Wohin jetzt? Wo war das Schwesternzimmer?

Glücklicherweise brauchte sie nicht lange zu suchen, denn nach ein paar Schritten sah sie die junge Frau, die sich zuvor so um sie gesorgt hatte, auf sich zukommen. Auf ihrer Brust prangte ein Schild mit dem Namen Natalie Cooper.

„Ms Chetanora!", mahnte diese sie sofort und ergriff wohlwollend ihre Hände. „Was machen Sie denn hier draußen auf dem Flur?"

„Ich wollte mir nur ein wenig die Beine vertreten, weil ich sonst keinen Schlaf finden kann", beruhigte Melina sie mit einem milden Lächeln. „Außerdem wollte ich nach meiner lieben Freundin Madeleine Brown sehen. Peter sagte, ihr gehe es nicht so gut?"

Ms Cooper machte zunächst einen etwas verwirrten Eindruck, sodass Melina fast glaubte, falsch gelegen zu haben, doch dann drückte die Schwester sanft ihre Finger, sichtbar darum bemüht, ihr Trost zu schenken.

„Sie ist leider immer noch nicht aufgewacht", rückte sie endlich mit der Sprache heraus, „und ihre Vitalwerte sind nicht besonders gut ..."

Sie sah sich kurz um, vermutlich um sicherzustellen, dass niemand anderer etwas von ihrem Gespräch mitbekam.

„Wollen Sie sich vielleicht erst einmal setzen?", fragte sie fürsorglich.

Melina strengte sich an, möglichst besorgt auszusehen, nickte stumm und ließ sich von der guten Frau hinüber zu einem der Sitzbereiche im Flur führen.

„Eigentlich dürfte ich Ihnen das nicht verraten, da Sie ja nicht mit der Dame verwandt sind, aber … Sie beide scheinen ja enge Freundinnen zu sein und haben dasselbe durchgemacht. Ich kann Sie da doch nicht zurück ins Bett schicken, ohne Ihre Fragen zu beantworten. Sie *müssen* die Wahrheit kennen!"

Melina sah sie bewegt an. „Danke!", stieß sie aus und klammerte sich noch fester an die Finger der Frau, um sie anschließend erwartungsvoll anzusehen.

„Was genau Ihre Freundin hat, weiß niemand. Äußerlich ist keine Verletzung des Gehirns zu erkennen, aber … ihr Hirnströme verlangsamen sich immer weiter, sodass es möglich ist …"

„… dass sie nie wieder aufwacht?", hauchte Melina erschüttert und dabei war nur die Hälfte gespielt. Wenn dieser Fall eintrat, kam keiner mehr an die wichtigen Informationen heran, die in Madeleines Kopf gespeichert waren. Der ganze Plan der ‚Freien' befand sich darin!

Natalie nickte betroffen und Melina senkte rasch den Blick, presste die Hand vor den Mund und täuschte ein unterdrücktes Schluchzen vor.

„O je", gab die Schwester von sich und legte tröstend einen Arm um ihre Schultern. „Da habe ich ja etwas angerichtet! Es ist ja noch nicht sicher. Es könnte ihr ja auch morgen schon wieder viel besser gehen."

„Nein, nein", schniefte Melina und konnte sogar ein paar Tränen aus ihren Augenwinkeln quetschen, bevor sie die Frau wieder ansah, „es ist gut, Bescheid zu wissen, damit ich mich auf das Schlimmste gefasst machen kann."

Natalie reichte ihr voller Mitgefühl ein Taschentuch, das Melina mit einem leisen „Danke!" an sich nahm, um sich die Tränen von den Wangen zu tupfen.

„In welchem Zimmer liegt sie denn?", fragte sie, nachdem sie sich auch noch die Nase geschnäuzt hatte.

„Es wäre gut möglich, dass es ihr hilft, wenn ich sie morgen vor meiner Entlassung besuche. Manchmal geschehen ja durch menschlichen Kontakt und Beistand kleine Wunder."

„Das wird bestimmt möglich sein", versicherte ihr Natalie, „wenn ich dem Wachmann vor der Tür schöne Augen mache und ihn ganz lieb bitte, Sie reinzulassen."

„Wachmann?", fragte Melina alarmiert.

„Ja, sie meinten, Ms Brown sei eine ziemlich wichtige Person und müsse in ihrem geschwächten Zustand unbedingt bewacht werden", erklärte die Schwester.

„Ja, das ist sie", stimmte Melina ihr schnell zu. „Vielleicht ist es wahrlich besser so."

„Er passt auch darauf auf, wer bei Ihnen ein und aus geht", setzte Natalie hinzu und wurde um die Nase herum ein bisschen rot. „Ein wirklich gutaussehender Mann!"

Peter hatte offenbar doch noch ein wenig Angst, dass es weitere *Freie* gab, die Madeleine befreien oder anderen Schaden anrichten konnten, und Melina verstand ihn. Richtig sicher fühlte auch sie sich durch ihren letzten ‚Erfolg' nicht.

„Welches Zimmer ist es denn?", blieb sie weiter am Ball.

„Zimmer Dreihundertelf", gab Natalie ohne Zögern bekannt. „Aber Sie wollen doch nicht etwa jetzt noch hin!"

„Nein", winkte Melina rasch ab. „Ich bin viel zu müde. Es ging nur darum, Sie nicht morgen schon wieder zu nerven."

„Aber das müssen Sie doch wegen des Wachmanns", erwiderte die Schwester mit einem verschmitzten Lächeln, das Melina prompt erwiderte, während sie sich bereits zusammen erhoben.

„Ja natürlich – ich bin wohl einfach zu müde."

Natalie nickte verständnisvoll und hakte sich freundschaftlich bei ihr ein.

„Kommen Sie – ich bringe Sie zu Ihrem Zimmer. Es ist wirklich schon spät und da sollten die Patienten nicht länger auf den Gängen herumspuken."

Melina stimmte ihr mit einem einsichtigen Nicken zu und ließ sich bereitwillig zurückgeleiten. Ihr Plan entwickelte sich nur langsam, aber eine Sache stand für sie fest: In der Nacht würde sie hinüber zu Madeleine gehen und versuchen, sie irgendwie zu wecken. Die Frau war ihr in ihrem geschwächten Zustand zweifelsohne vollkommen unterlegen und wozu hatte sie magische Kräfte?


Nur drei Stunden später spähte Melina, erneut in ihren Bademantel gekleidet, in den langen Krankenhausflur. Wie sie es sich erhofft hatte, war dieser menschenleer und wenn ihr doch noch eine Schwester oder ein Pfleger entgegenkam, würde sie einfach behaupten, einen Albtraum gehabt zu haben oder unter Schlafstörungen zu leiden.

Schon auf dem Rückweg zusammen mit Schwester Natalie hatte sie erfreut festgestellt, dass das Zimmer mit der Nummer Dreihundertelf nicht weit von ihrem entfernt lag und sie nur wenige Schritte brauchen würde, um dieses ungesehen zu erreichen.

Das Hindernis ‚Wachmann' hatte sich im Endeffekt als nur geringfügig erwiesen, da sie aus dem Gespräch mit der jungen Frau herausgehört hatte, dass der Wächter ebenfalls ein gewisses Interesse an der hübschen Schwester entwickelt hatte und diese immer dann, wenn sie um Mitternacht Feierabend hatte, auf den Parkplatz begleitete, um für ihre sichere Heimkehr zu sorgen.

Melina hatte sich genau diesen Zeitpunkt für ihre Mission ausgesucht und betrat nun das Zimmer ihrer Feindin vollkommen ungehindert, jedoch mit viel zu schnellem Puls und einem leichten Drücken im Bauch. Da lag sie, die Frau, die ihr in der vergangenen Woche so viel Leid zugefügt hatte, angeschlossen an piepende Geräte und etwas, das aussah wie eine elektronische Fußfessel. Der Zirkel würde umgehend Bescheid wissen, wenn sie erwachte und das Bett verließ, und daraufhin das Sicherheitspersonal auf ihrer Etage zu ihrem Zimmer schicken. Also musste Melina unbedingt vermeiden, dass Madeleine sich bewegte oder gar erhob – falls sie diese überhaupt wecken *konnte*. Nur eine der vielen Schwierigkeiten, mit denen sie in diesem Fall zu kämpfen hatte, denn sie bezweifelte ohnehin, dass diese Frau ihr für die Hilfe dankbar genug sein würde, um ihr auch nur irgendeine Information freiwillig zu geben.

Melina trat an das Kopfende des Bettes heran und betrachtete Madeleine mit gemischten Gefühlen. Keines davon war positiver Natur. Noch konnte sie zurück, sich einfach in ihr Bett legen, schlafen und am nächsten Morgen Peter davon überzeugen, dass sie unbedingt an die Informationen in Madeleines Kopf heranmusste. Allerdings standen die Chancen, dass er ihre Idee abschmetterte, weil er das Ganze für viel zu gefährlich hielt, relativ hoch. In diesem Fall kam sie mit Sicherheit nie wieder in Madeleines Nähe.

Sie schluckte schwer, berührte die Frau an der Schulter und rüttelte vorsichtig daran. Keine Reaktion. Noch nicht einmal ein Augenlid zuckte. Ihr Geist schien nicht mehr anwesend zu sein, hatte ihren Körper als leere Hülle zurückgelassen.

„Madeleine?", flüsterte sie, ohne richtig daran zu glauben, dass etwas passierte. Nichts. Das einzige, das zu vernehmen war, war das Piepen der Geräte, an die die Frau angeschlossen war.

Melina atmete tief durch, sammelte ihre Energie und gab Madeleine einen mentalen Schub. Ein paar Herzschläge lang hielt sie den Atem an, doch auch diese Aktion hatte nichts gebracht. War es wahrlich so hoffnungslos? Sie ließ enttäuscht die Schultern hängen, hielt dann aber inne. Madeleines Geist mochte zwar nicht mehr da sein, aber ihr Gehirn und alle dort gespeicherten Informationen waren eventuell noch intakt! Alles, was man tun musste, um an sie heranzukommen, und endlich zu wissen, was die ,Freien' planten, war, in diesen Verstand zu dringen und sie abzurufen!

Nein, das war zu gefährlich! Melina beleckte sich nervös die Lippen. So etwas durfte sie nicht ganz allein tun, ohne eine Sicherheit, eine Person, die aufpasste … Aber wenn sie Peter davon erzählte – würde er *das* auf gar keinen Fall erlauben! Wenn sie diesen Weg gehen wollte, konnte sie das nur jetzt tun, ohne dass ihr jemand dazwischenfunkte. Und Madeleine ... sie war so gut wie hirntot. War es da wirklich noch *so* gefährlich?

Sie kreuzte die Arme vor der Brust, betrachtete den leblosen Körper vor sich mit fest zusammengepressten Lippen. Ihr Finger krallten sich in ihre eigenen Arme. Sie *musste* es tun, konnte nur so ihrer Nichte und ihrem Neffen wahrhaftig helfen. Wenn die beiden nicht mehr im Dunkeln herumtappten, was die Pläne ihrer Gegner anging, konnten sie diese vielleicht sehr bald besiegen und nach Hause kommen.

Melina holte sich einen der Stühle heran, die augenscheinlich zur Standardausstattung der Krankenhauszimmer gehörten, und ließ sich mit weiterhin sehr gemischten Gefühlen darauf nieder. Zurück konnte sie jetzt nicht mehr. Sie schloss die Augen und versuchte sich zu entspannen, ihren Geist für ihre Umwelt zu öffnen.

Das Krankenhaus war voller Menschen und so unterschiedlich diese waren, waren auch ihre bunten Energiefelder. Lichter glühten auf, Blitze zuckten und die verschiedensten Farben griffen ineinander über, trennten sich, fanden wieder zusammen. Lediglich direkt vor ihr blieb es relativ still. Madeleines Aura besaß nur sehr blasse, dunkle Farben, bis auf den Kern, in dem ab und an ein helleres Licht aufglühte und anschließend wieder erstarb. Ihr Gehirn war noch aktiv und aus diesem Grund auch weiter nutzbar. Melina musste nur einen Zugang dazu finden, irgendwo andocken.

Sie konzentrierte sich stärker auf den Mittelpunkt von Madeleines Aura, ließ ihre eigene Energie ganz bedachtsam Kontakt aufnehmen und stutzte schließlich. Sie hatte sich geirrt. Das Licht kam nicht *aus* dem Kern, sondern war eine eigenständige Energiequelle aus silbrigen Lichtfäden, die sich in ihrer Struktur und Ausstrahlung deutlich vom Rest unterschied. Sie umklammerte diesen, hielt ihn fest, unter Kontrolle, reagierte aber sogleich auf Melinas Annäherungsversuch, indem sie heller wurde und weitere Lichtfäden spann, die sich tastend auf Melina zubewegten. Etwas an ihnen war Melina beinahe vertraut, auch wenn sie nicht wusste warum, und anstatt sich schnell zurückzuziehen und ihre Aktion abzubrechen, suchte sie den Kontakt zu dieser seltsamen Kraft.

,Ich habe nichts Böses im Sinn', sandte sie aus, während sie es zuließ, dass die Fäden tastend über ihren Astralleib glitten. ,Ich brauche nur Antworten. Antworten, die mir eventuell dabei helfen können, meine Familie zurückzuholen.'

Das silberne Licht hielt inne und zog sich schließlich ganz langsam zurück. Melina reckte sich Madeleines Energiefeld erneut entgegen, schob sich vorsichtig durch die Lücke des silbrigen Lichts, die dieses offensichtlich für sie geschaffen hatte. Genauso behutsam griff sie nach Madeleines inaktiver Aura, glitt in sie hinein.

Wie jedes Mal, wenn sie sich mit einem anderen magisch begabten Menschen verband, stockte Melina für einen Moment der Atem. Die Welt wurde plötzlich größer, fühlte sich anders an, noch intensiver als zuvor. Sie atmete nun mit zwei Lungen, fühlte zwei Herzen in ihrem Inneren schlagen. Und dann kamen die Bilder, die Erinnerungen eines schlafenden Verstandes: Kinder, die im Hinterhof eines Hauses spielten – nein, sie zauberten und warfen dabei verstohlene Blicke hinter sich.

„Nun mach schon, Madeleine", drängte der Junge an ihrer Seite und wies auf die Murmel, die vor ihr in der

Luft schwebte. Im Körper von Madeleine konzentrierte sich Melina darauf, ließ ihre Energien zusammenfließen und sandte sie in die Kugel. Mit einem Knall zerbarst diese und ihre Freunde johlten und juchzten vor Freude.

„Madeleine!", rief jemand erbost und alle sprangen auf. Ein älterer Mann kam mit hochrotem Gesicht auf sie zugeeilt, was die anderen Kinder dazu brachte, so schnell wie möglich das Weite zu suchen. Und daran taten sie auch recht so, denn als der Mann sie erreicht hatte, schlug er ihr hart ins Gesicht.

„Wie kannst du so etwas hier draußen tun?!", zischte er ihr zu, packte sie am Arm und zog sie mit sich mit. „Du bringst uns alle damit in Gefahr! Der *Zirkel* wird dich nie aufnehmen, wenn du derart sorglos mit deinen Gaben umgehst! Und dann wird all das, wofür wir so hart im Untergrund gearbeitet haben, wie eine Luftblase zerplatzen! Willst du das?!"

Sie schüttelte wimmernd den Kopf und der Mann stieß sie durch eine offenstehende Tür auf ihre Mutter zu.

„Kind, was machst du nur!", wurde sie auch von dieser gescholten. „Das wird dich einen Monat Hausarrest kosten! Geh jetzt auf dein Zimmer und denk darüber nach, was du getan hast!"

Melina zog sich ein Stück zurück, ließ die Erinnerung hinter sich, um gezielter nach anderen wichtigen Geschehnissen in Madeleines Gedächtnis zu suchen. Sie selbst dachte an Jenna und ihre Familie und wurde sofort in eine neue Szenerie katapultiert.

Sie saß an einem Tisch und studierte den Stammbaum der Chetanoras. Daneben lagen einige andere Bücher über Malin und seine Geschichte.

„Bist du dir ganz sicher?", fragte jemand hinter ihr. Ein Mann, der nun an ihre Seite trat, groß und grobschlächtig, mit raspelkurzem Haar.

„Ja", gab sie zurück. „Ich habe keine Zweifel mehr. Diese Familie stammt von Malin ab und sie müssen Iljanor irgendwo in ihrem Besitz haben. Möglicherweise wissen sie noch nicht einmal, wie überaus wertvoll es ist. Wertvoller als jedes andere Bruchstück Cardasols. Sie wissen nicht, was in ihm steckt."

„Und wie wollen wir es in unseren Besitz bringen?", fragte der Mann. „Ich könnte Melina und diese andere Frau eliminieren, dann kann ich ungestört ..."

„Auf keinen Fall!", entfuhr es Madeleine und damit ihr selbst heftig. „Ich sagte dir doch, dass Malins Blut in ihren Adern fließt. Sie sind seine Erben und ich glaube kaum, dass wir ohne sie an sein verstecktes Wissen herankommen oder gar Jamerea erreichen können."

„Was dann?", brummte der Mann.

„Jeder Mensch ist erpressbar", gab sie zurück. „Wir finden ihre Druckpunkte und dann werden sie tun, was auch immer wir von ihnen verlangen."

Ein seltsames Kribbeln lief mit einem Mal durch Melinas Schläfen, gefolgt von einem leichten Sog, der innerhalb von Sekunden unglaublich stark wurde. Jemand griff nach ihr, verband sich mit ihr! Sie zuckte zurück, versuchte sich zu lösen, den Angriff abzuwehren, doch es war bereits zu spät. Wie die Ranken eines Dornengewächses bohrten sich die Energiefäden des Angreifers in ihre, umschlangen sie, banden sie an sich, bis Melina sich kaum noch regen konnte. Sie war erstarrt, auch physisch, denn sie hatte nicht einmal mehr die Kontrolle über ihren Körper.

‚Hab ich dich!‘, vernahm sie Madeleine in ihrem Kopf, hellwach, kräftig, keineswegs halbtot. ‚Du kannst dir nicht vorstellen, wie sehr ich darauf gehofft habe, dass jemand das tut. Dass ausgerechnet du es sein wirst, hätte ich jedoch nie gedacht. Allerdings hat dich deine Sorge um deine Familie schon öfter törichte Dinge tun lassen. Liebe kann manchmal wirklich tückisch sein.‘

# Lyamar

rubia
Kerut-Matay
Jamerea
Djamar
Avelonia
Neuer Stützpunkt
Camlor
Menjak-Höhlen
Simarin
rush

# Verlies

Jenna hatte Benjamin einst erzählt, dass sie sich zu Beginn ihrer ersten Reise nach Falaysia oft in einen Fantasyfilm versetzt gefühlt hatte. So ähnlich fühlte es sich auch für ihn gegenwärtig an – nur war das Genre, in dem *er* sich bewegte, ein anderes: Horror. Um diesen Eindruck zu bekommen, genügte es schon, wenn er seinen Blick durch den dunklen Kerker schweifen ließ, in den man ihn und Leon nach dem mentalen Kontakt mit Jenna und Marek gebracht hatte. Stahlgitter, klirrende Ketten, seltsame Geräusche in den Wänden und kalte Luft, die ihm in die Knochen kroch und immer wieder erzittern ließ. Hinzu kamen noch der beißende Gestank von Fäkalien, die vermutlich niemand hier entsorgen wollte, und das Stöhnen eines Mannes aus einer anderen Zelle. Zumindest klang es so.

Benjamins Blick fiel zum wiederholten Mal voller Sorge auf Leon, der reglos in dem Häufchen Stroh lag, mit dem man ihren Kerker ausgestattet hatte. Lediglich das rasche Heben und Senken seines Brustkorbs wies darauf hin, dass sein Freund noch unter den Lebenden weilte, und Benjamin hoffte inständig, dass dies noch eine Weile so blieb. Was mit Kilian war, wusste er nicht, denn Roanar hatte den jungen Seemann nicht mit hinunter in den Kerker geschickt. Vorerst würde er ihm wahrscheinlich nichts antun, weil er ihn noch als Marionette brauchte, aber Benny war nicht sicher, dass das so blieb, wenn Marek und Jenna nicht etwa herkamen, um sich zu ergeben, sondern ihre Freunde zu befreien.

*‚Wir holen euch da raus. Leon wird nicht sterben. Bewahre Ruhe! Die Situation ist nicht so aussichtslos, wie sie gerade erscheinen mag. Denk daran, wie schnell sich das Blatt für die Sklavenhändler am Strand gedreht hat.'*

Benjamin wusste nicht genau, wie oft er nun schon Mareks tröstende Worte für sich aufgerufen hatte, aber sie verfehlten nie ihre Wirkung. Auch dieses Mal nicht. Seine Gedärme, die sich schon wieder hatten verkrampfen wollen, entspannten sich, sein Herz schlug nur ein paar wenige Takte zu schnell und auch die Enge in seiner Brust verschwand wieder.

Er hatte Marek kämpfen und zaubern sehen und auch wenn ihm bewusst war, dass kein Mensch unfehlbar oder gar unbesiegbar war, fiel es ihm augenblicklich schwer, sich vorzustellen, dass irgendjemand diesen Mann schlagen konnte. Noch nicht einmal ein Zauberer wie Roanar. So viel Macht er auch haben mochte – der Mann überschätzte sich und das war ein großes Glück für sie alle.

Benjamin ließ seine Augen ein weiteres Mal über Leon wandern, doch da dieser sich immer noch nicht regte und die Ruhe auch brauchte, erhob er sich und wagte sich endlich an die Gitter der Zelle heran. Sie sahen leider weder verrostet noch lädiert aus. Dasselbe galt für den Steinboden, in den sie eingelassen waren. Verdammt! Ohne Magie kam man hier nicht weiter. Auch das eiserne Schloss machte nicht den Eindruck, als könne man es ohne Weiteres knacken. Benjamin berührte es trotzdem zurückhaltend, betrachtete es eingehend.

„Das wird dir nichts bringen", vernahm er eine helle Frauenstimme aus der Zelle gegenüber und zuckte vor Schreck zusammen. Er hatte zuvor gar nicht bemerkt, dass auch diese besetzt war, doch jetzt, da sich die Gefangene bewegte und näher an die Gitter ihrer ‚Unterkunft' herantrat, konnte er ihre Gestalt im Halbdunkel ausmachen. Links neben ihrer Zelle befand sich eine Fackel und, als deren flackerndes Licht endlich in das Gesicht der Gefangenen fiel, stockte Benjamin der Atem. Noch nie in seinem Leben hatte er eine schönere Frau gesehen. Große, dunkle Augen sahen ihn aus einem zarten, ebenmäßigen Gesicht an, das von dunklen Locken umrahmt wurde. Sie trug nur ein schlichtes Kleid, aber dieses konnte trotzdem nicht verhüllen, wie wohlgeformt auch ihr schlanker Körper war.

„Die Schlösser sind viel mehr als das, wonach sie aussehen", fügte sie ihren zuvor gesprochenen Worten hinzu. „Du befindest dich nicht in der Gefangenschaft von normalen Sterblichen, sondern Zauberern."

„Das weiß ich", gab Benjamin nach kurzem Zögern zurück. „Aber deswegen gleich aufzugeben, halte ich für keine gute Idee."

Die Augen der Frau verengten sich und sie musterte ihn eingehend. „Warum bist du hier und nicht bei den anderen Gefangenen?", fragte sie anschließend.

„Dasselbe könnte ich dich auch fragen", erwiderte Benjamin.

Sie entblößte ihre weißen, perfekten Zähne mit einem Lächeln, das ihm ein weiteres Mal den Atem nahm. „Dann tu es doch", schlug sie vor.

„Bekomme ich darauf denn eine Antwort?"

Sie lachte glockenhell auf. „Ich bin hier, weil ich einen besonderen Wert für Roanar und seine Anhänger habe", sagte sie. „Und ich denke, auf dich trifft dasselbe zu."

In Benjamins Gehirn begann es zu arbeiten und es dauerte nicht lange, bis er zu einem aufregenden Schluss kam. „Du … du bist Alentara, oder?", stieß er erfreut aus.

Die Augen der Frau weiteten sich und sie trat sogleich noch näher an die Gitterstäbe heran, versuchte, ihn besser zu erkennen.

„Du kennst meinen Namen?", fragte sie atemlos und in ihren Augen regte sich der erste Hoffnungsschimmer. „Mit wem bist du hier?"

„Das ist Leon hinter mir", erklärte Benjamin rasch und wies über seine Schulter. „Roanar hat ihn verletzt. Aber Sheza ist auch hier …"

Alentara gab einen Laut der Erleichterung von sich.

„… und Marek und meine Schwester Jenna", fuhr er fort.

„Marek und Jenna?"

Er nickte und jetzt schloss die junge Frau sogar die Augen, atmete hörbar auf. „Das erhöht unsere Chancen, diesen furchtbaren Zauberern zu entkommen, erheblich", sagte sie.

„Warum bist du nicht bei den anderen magisch Begabten, die man entführt hat?", stellte Benjamin eine der vielen Fragen, die in seinem Kopf herumschwirrten. „Sind deine Begabungen anders als die der meisten?"

„Meine Begabungen nicht, aber mein Blut", gab Alentara zurück und verzog ihr Gesicht, als würde diese Tatsache ihr beinahe körperliche Schmerzen bereiten.

„Dein Blut?", wiederholte Benjamin dennoch. „Bist du vielleicht auch mit Malin verwandt?"

„Nicht direkt … und was meinst du mit *auch*?"

Benjamin dachte kurz nach und kam zu dem Schluss, dass Alentara eine Verbündete und es vermutlich sogar wichtig war, sie über alles zu informieren. „Es hat sich herausgestellt, dass *meine* Familie mütterlicherseits von Malin abstammt und in gewisser Weise ist das wohl für Roanar und die *Freien* sehr wichtig."

Alentaras feine dunkle Brauen wanderten aufeinander zu und schließlich nickte sie. „Das erklärt, warum deine Schwester eine solch starke Verbindung zu den Bruchstücken Cardasols aufbauen konnte. Ich habe immer gespürt, dass sie besonders ist und mehr bewirken kann als die meisten anderen magisch Begabten."

Sie sah einen Moment gedankenverloren in die Ferne, straffte dann entschlossen die Schultern und suchte Benjamins Blick. „Man hat dich gefangen und eingesperrt, um sie und Marek unter Druck zu setzen – habe ich recht?"

„Ja, Roanar will, dass die beiden sich ihm ergeben und eines der Amulette zu ihm bringen."

Sie runzelte die Stirn. „Hat Jenna denn eines mitgebracht?"

Er nickte. „Aber sie hat es nicht mehr. Die M'atay haben es ihr abgenommen und einer von ihnen ist damit aufgebrochen, um es zurück zu seinem Ursprungsort zu bringen oder so ähnlich. Roanar weiß das aber nicht – wodurch er überhaupt von dem Amulett erfahren hat, ist uns ein Rätsel. Er hat Jenna zwei Stunden Zeit gegeben, um seinen Forderungen nachzukommen, andernfalls lässt er Leon verbluten."

„Das ist übel", gab Alentara zähneknirschend zu. „Denkst du, sie kommen her?"

„Bestimmt, aber sicherlich nicht, um sich zu ergeben."

„Das hätte ich von Marek auch nicht anders erwartet. Was ist mit den anderen? Sheza, Enario und den M'atay?"

„Ich denke, sie …" Benjamin hielt inne. Ein flaues Gefühl breitete sich in seinem Magen aus. Bis auf Sheza hatte er niemand anderen zuvor erwähnt. Woher wusste Alentara, wer noch mit ihnen zusammen gewesen war?

Die schöne Frau sah ihn erwartungsvoll an, aber da war noch etwas anderes in ihrem Blick, etwas seltsam Drängendes … wie eine unausgesprochene Warnung. Er schluckte schwer. Marionetten. Roanar war dazu in der Lage, in den Verstand eines Menschen zu dringen und sie wie Puppen für seine Zwecke einzuspannen, mit ihren Stimmen zu sprechen, sie tun zu lassen, was er wollte. Das hatte er mit Kilian getan und auch bei ihm selbst und Leon versucht. Mareks Zauber hatte sie beide davor bewahrt, aber Alentara war dem Mann ungeschützt ausgeliefert gewesen.

„… sie werden noch dort sein, wo Leon und ich sie zurücklassen mussten", setzte er seinen Satz nun endlich mit schwerer Stimme fort. „Roanar … er … ich weiß nicht, was er ihnen angetan hat."

Alentara schnappte entsetzt nach Luft und Benjamin war sich sicher, dass diese Reaktion nicht gespielt war. Irgendwie war sie noch anwesend, teilte sich ihren Körper mit dem Magier. Deswegen hatte sie ihn auch noch warnen können.

„Aber Sheza ist klug", versuchte er sie zu trösten. „Sie kommt da bestimmt raus und du wirst sie wiedersehen, wenn wir alle frei sind."

„Glaubst du daran?", gab Alentara mit belegter Stimme zurück. „Dass wir hier rauskommen? Dass Jenna und Marek uns befreien können?"

„Das *muss* ich", erwiderte Benjamin, ohne zu zögern. „Sonst wäre ich längst durchgedreht."

„Wie, denkst du, werden sie es versuchen?", hakte Alentara nach einer kurzen Gesprächspause nach und jetzt war sich Benjamin sicher, wieder mit Roanar zu sprechen.

„Keine Ahnung." Er zuckte hilflos die Schultern.

„Hast du so gar keine Vermutung?"

„Ich kenne nur meine Schwester richtig gut und sie würde, glaube ich, sogar auf den Handel eingehen. Vielleicht tut sie das ja auch."

„Das glaubst du doch nicht im Ernst!", entfuhr es Alentara entrüstet. „Erst vor ein paar Minuten warst du dir noch sicher, dass sie sich nicht ergeben werden."

„Ich bin mir mit *gar nichts* sicher", beharrte Benjamin auf seiner Haltung. „Alles, was ich will, ist hier rauszukommen und manchmal bekommen meine Wünsche Flügel und ich glaube ganz fest daran, dass sie sich erfüllen."

„Wie hat denn Roanar überhaupt mit Jenna Kontakt aufnehmen können?", überging Alentara einfach seine letzte Bemerkung.

„Über mich." Diese Information war Roanar nicht neu, also konnte er sie problemlos preisgeben. „Ich habe meine Schwester kontaktiert und sie hat durch mich mit ihm gesprochen."

„Und dabei hat sie dir nicht Mut gemacht?" Alentaras Augen verengten sich, während sie ihn eingehend musterte.

„Selbstverständlich hat sie das. Aber das würde sie auch tun, wenn alles hoffnungslos ist."

„Und danach hattet ihr keinen Kontakt mehr?"

„Roanar würde das doch niemals zulassen."

„Heißt das, du hast es noch nicht einmal versucht?"

Benny schüttelte den Kopf, erstaunt über sein eigenes Verhalten. Alentara oder besser Roanar hatte recht. Es wäre einen Versuch wert gewesen, aber er war derart in seiner Angst und Sorge um Leon gefangen gewesen, dass ihm dieser Einfall nicht gekommen war. Genau das sagte er auch zu Alentara, die verständnisvoll nickte.

„Warum versuchst du es nicht jetzt?", fragte sie zu seiner Überraschung.

Er blinzelte perplex. War das ein Test? Oder … nein … Roanar wollte einfach nur wissen, was Jenna und Marek planten, und derzeit gab es keine andere Möglichkeit dies herauszufinden. Nur was sollte er jetzt tun? Wenn er nicht darauf einging, wusste der Zauberer, dass er seinen Trick durchschaut hatte, und er bekam eventuell nie wieder die Möglichkeit, an Alentara heranzukommen. *Wenn* er es tat, brachte er Jenna und Marek eventuell in Gefahr, weil Roanar sie dann vielleicht orten konnte.

„Ich … ich habe Angst", gestand Benjamin und log dabei noch nicht einmal. „Wenn er mich dabei erwischt …" Er ließ seinen Blick bedeutungsvoll zu Leon hinüberwandern.

„Wir sind im Kerker und er oben in einem der Gemächer", wandte Alentara ein. „Ich kann mir kaum vorstellen, dass er etwas davon bemerkt. Immerhin weiß er, was für ein gefährliches Paar Jenna und Marek sind, und wird sich mit Sicherheit gründlich auf die Begegnung vorbereiten."

„Eben", stimmte Benjamin ihr nachdrücklich zu, „das heißt aber auch, meinen Kontakt zu Jenna zu unterbinden. Marek hat uns allen gesagt, dass Zauberer die Magie anderer orten können, wenn sie sich geschickt anstellen und zusammenarbeiten. Und das tun die *Freien*. Sie sind zusammen sehr stark und wenn irgendwer bemerkt, dass ich Magie verwende ... Ich kann das nicht riskieren. So gern ich es auch tun würde, um Sicherheit zu haben, zu wissen, was als Nächstes passiert."

„Und Marek hat sich in den Kontakt mit deiner Schwester nicht eingemischt, nicht gesagt, was er vorhat?", bedrängte Alentara ihn weiter.

„Nein, ich hatte nur Kontakt zu Jenna", log Benjamin.

Alentara gab ein leises Lachen von sich, verzog erneut das Gesicht und taumelte ein paar Schritte rückwärts. Nur eine halbe Sekunde später konnte Benjamin jemanden mehrmals in die Hände klatschen hören und im flackernden Licht der Fackeln löste sich die Gestalt Roanars aus der Dunkelheit des Ganges. Zweifellos hatte er sich schon seit einer ganzen Weile in unmittelbarer Nähe aufgehalten.

„Bravo!", verkündete der Zauberer mit einem breiten, unsympathischen Grinsen. „Der gute Junge hat nichts ausgeplaudert – bis auf die kleine Sache mit dem Amulett." Er hielt inne und zog die Brauen zusammen. „Nein – *so* klein ist die Sache nicht, wenn man es recht bedenkt, denn ich weiß jetzt, dass eines der Amulette tatsächlich in Lyamar ist und werde es mir holen. Deine Schwester und Marek brauche ich trotzdem. Keine Sorge – ich werde sie am Leben lassen. Zumindest solange, wie es mir möglich ist."

Er machte eine knappe Bewegung mit der Hand und das Schloss an Benjamins Zelle öffnete sich wie von Geisterhand, genauso wie die Tür.

Mit hämmerndem Herzschlag wich Benjamin vor dem gefährlichen Mann zurück – bis er die harte, kühle Wand in seinem Rücken spürte. Überraschenderweise folgte Roanar ihm nicht, sondern ging vor Leons regloser Gestalt in die Hocke, betrachtete ihn eingehend.

„Hm", machte er. „Die Wunde blutet nicht mehr." Er sah auf. „Hast *du* da Hand angelegt?"

Das hatte Benjamin in der Tat. Mit einem Teil seines Hemdes, das noch recht sauber gewesen war. Der stetige Druck auf die Wunde hatte den Blutfluss irgendwann versiegen lassen.

Roanar erhob sich wieder. „Süß. Aber in zwei Stunden wird es wieder anfangen zu bluten – viel schlimmer als zuvor – und niemand wird es danach wieder stoppen können. So ist das mit der Magie. Sie ist stärker als die natürlichen Vorgänge in einem menschlichen Körper. Sollte deine Schwester sich mir allein stellen, wie du behauptet hast, wird sie ohne das Amulett nichts für ihren Freund tun können. Dafür ist sie nicht stark genug."

Er seufzte theatralisch und blickt wieder auf Leon hinab. „Hoffen wir mal für ihn, dass du mich belogen hast und Marek nicht nur bei unserem Kontakt an ihrer Seite war, sondern auch hier auftauchen wird. Denn *er* wird dann der einzige sein, der Leon heilen kann. Und jetzt komm her!"

Er wedelte ungeduldig mit der Hand in Benjamins Richtung, der dieser Aufforderung schließlich mit Bangen nachkam. Sein Magen vollführte ein paar Saltos, als der Zauberer seine Hand ergriff und eine runde metallisch aussehende Scheibe, die er aus seinem Mantel hervorgebracht hatte, in die Innenfläche drückte.

„Au!", stieß Benjamin überrascht aus, denn etwas pikste ihn kurz und, als Roanar ihn wieder freigab, trat sogar Blut aus einer kleinen Wunde in der Mitte seiner Hand aus. Entsetzt wollte Benny Abstand zwischen sich und den Mann bringen, der schüttelte allerdings so energisch den Kopf, dass er mitten in der Bewegung erstarrte.

„Ich bin mit dir noch nicht fertig", sagte der Zauberer streng. „Du hast da doch so ein schönes, nutzloses Hiklet ...", er zog den magischen Anhänger an der Lederschnur aus Benjamins Hemd, „... wollen wir das gute Stück mal wieder aktivieren. Wäre doch Verschwendung. Zudem möchte ich jetzt tatsächlich nicht mehr, dass du Kontakt zu deiner Schwester aufnimmst."

Er nahm den Anhänger in seine Hand und schloss die Augen, atmete tief ein und wieder aus und dann begann es, das Kribbeln und Knistern in der Atmosphäre, das jeden Zauber begleitete und Benjamin bereits sehr vertraut war. Die feinen Härchen auf seinen Armen stellten sich auf und ihm wurde ganz warm. Am Rande seines Sichtfeldes nahm er dennoch eine Bewegung wahr, richtete seinen Blick auf Alentara. Die junge Frau versuchte ihm ohne Stimme etwas zu sagen, bewegte überdeutlich ihre Lippen und versuchte die stummen Worte mit Gesten zu verdeutlichen.

Jenna ... und Marek ... nicht ... hier ... kommen ... Sie sollten nicht herkommen?

Schloss ... nicht ... vollkommen ...

Roanars Augen flogen auf. Er hatte offenbar seinen Zauber beendet und registrierte leider umgehend, dass Benjamin nicht ihn, sondern Alentara ansah. Sein Kopf flog herum und seine Hand schoss nach vorn. Benjamin schnappte entsetzt nach Luft, als die junge Frau von einer unsichtbaren Kraft zurückgeworfen wurde und mit einem dumpfen Krachen gegen die hintere Zellenwand prallte. Dort rutschte sie mit schmerzverzerrtem Gesicht zu Boden, rang heftig nach Atem. Hoffentlich hatte sie sich nichts gebrochen oder anderweitig ernsthaft verletzt.

Benjamin schluckte schwer und wich ein Stück zurück, als Roanars vor Wut funkelnde Augen sich wieder auf ihn richteten. „Glaubt ihr, ihr könnt mich hintergehen?!", zischte er. „Denkt ihr, ihr seid klüger als ich?!"

Benjamin schüttelte hektisch den Kopf und hob abwehrend die Hände, als Roanar eine von seinen in seine Richtung ausstreckte. Der Zauber, den der Mann ausübte, traf jedoch nicht ihn, sondern Leon, der plötzlich über den Boden rutschte und ebenfalls heftig gegen die nächste Wand schlug. Sein Schmerzensschrei war kaum zu ertragen und Benjamin schossen unmittelbar Tränen in die Augen.

„Bitte nicht! Bitte!", flehte er.

Roanar gab einen verächtlichen Laut von sich. „Ihr seid es doch gar nicht wert, dass ich mich so anstrenge", beschloss er, musterte Benjamin fast angewidert und wandte sich schließlich ab, um die Zelle zu verlassen. Aber erst als er die Zellentür hinter sich schloss, wagte es Benjamin, zu Leon zu eilen, der nun zwar wach war, gleichwohl erneut mit heftigen Schmerzen zu kämpfen hatte.

„Daran bist *du* schuld", hörte er Roanar sagen und sah noch einmal auf.

Zu seinem Entsetzen war der Mann nicht mehr allein. Er musste seine Gehilfen mental verständigt haben, denn zwei der Zauberer öffneten gerade Alentaras Kerker und holten die immer noch etwas benommen wirkende Frau heraus. Angst zeigte sich in ihren Zügen, doch sie wagte es nicht, sich zu sträuben, ließ sich willig abführen.

„Und wenn du nicht willst, dass dein Freund Leon stirbt, bevor das Ultimatum abgelaufen ist, verhältst du dich jetzt ganz brav und kooperativ", knurrte der Zauberer.

Benjamin schluckte den dicken Kloß in seinem Hals hinunter und nickte tapfer.

Roanar betrachtete ihn noch ein paar Atemzüge lang, drehte sich dann um und verschwand aus seinem Blickfeld. Ein leises Schluchzen entkam Benjamins Kehle, bevor er sich neben Leon kniete, ein weiteres Stück Stoff von seinem Hemd abriss und zusammenknüllte.

„Was … was ist passiert?", kam es nur ganz leise über dessen Lippen. Er sah nun noch schlechter aus als zuvor, blass und krank, konnte kaum die Augen offenhalten.

„Nichts Wichtiges", erwiderte Benjamin, der sich sicher war, dass Leon ohnehin nichts von dem aufnehmen würde, was er erzählte. „Es tut mir leid, aber ich muss das jetzt wieder tun."

Leons Lippen bewegten sich kurz, verzogen sich aber sogleich schmerzerfüllt, weil Benjamin das Tuch auf die wieder blutende Wunde drückte. Lange hielt er der Pein nicht stand. Seine Augen schlossen sich und sein Kopf sank schlaff zur Seite.

Wieder allein. Zumindest geistig. Das dachte Benjamin zumindest – bis er das Kribbeln fühlte, an seiner Brust, dort, wo das Hiklet hing, und schließlich auch in seinen Schläfen. Ein starkes Energiefeld baute sich in dem Anhänger auf, griff hinaus in die Welt und verband ihn mit einer unglaublich starken Energiequelle in der Ferne, die er nicht zum ersten Mal fühlte.

,Endlich!', vernahm er eine Stimme in seinem Kopf und musste die Lippen fest zusammenpressen, um nicht erleichtert aufzulachen. ,Ich dachte schon, er aktiviert das Hiklet nie.'

Anscheinend war es dann doch nicht so schwer, Roanar auszutricksen – und dieser Gedanke tat unglaublich gut.

# Beisammen

Durch magische Tore zu reisen, war für Jenna nichts Neues, dennoch fühlte es sich jedes Mal etwas anders an – vermutlich, weil die Tore hier in Lyamar ihre Energie aus verschiedenen Elementen zogen und auch von verschiedenen Zauberern erschaffen worden waren. Zudem wusste sie nicht, was sie auf der anderen Seite erwartete, was allein schon genügte, um furchtbar aufgeregt und angespannt zu sein. Da half es auch nicht, Marek an ihrer Seite zu wissen. Die Ungewissheit und der zusätzliche Druck durch Roanars Ultimatum waren zu belastend.

Der Sog des Tores ließ ruckartig nach und etwas atemlos stolperte Jenna in einen dunklen Raum aus Stein. Nein, es war eher eine Art Höhle, die man so bearbeitet hatte, dass sie etwas wohnlicher oder auch feierlicher aussah. Zwei Fackeln, die sich bei ihrem Eintreffen von selbst entzündet hatten, erleuchteten den Raum genügend, um ihn innerhalb weniger Sekunden genau erfassen zu können. Da waren unzählige Reliefs an den von Säulen eingefassten Wänden, die Geschichten vergangener Zeiten wiedergaben, und in der Mitte, zwischen den Fackeln, befand sich eine Art Pult.

Mit stockendem Atem betrachtete Jenna, was sich vor ihren Augen auftat, bis ihr Blick schließlich an dem in den Fels gehauenen Antlitz Malins hängenblieb.

„Fühlst du das?", vernahm sie Mareks Stimme, konnte sich jedoch nicht zu ihm umdrehen. Dieses Gesicht … es rief nach ihr, brachte sie dazu, sich ihm zu nähern.

„Jenna!", stieß Marek alarmiert aus und ergriff ihre Hand, zog sie zurück. „Fass das bloß nicht an!"

„W-wieso nicht?", stammelte sie, immer noch ohne ihn anzusehen.

Marek drehte sie kurzerhand zu sich herum und zwang sie dazu, in seine Augen zu blicken. „Weil dort der größte energetische Sog herkommt. Etwas Derartiges fasst man nicht an, wenn man nicht weiß, was es mit einem macht. Du erinnerst dich zweifelsohne noch an den Torbogen? So einen Vorfall können wir in unserer derzeitigen Lage nicht gebrauchen!"

Sie gab einen beschämten Laut von sich und kniff die Augen fest zusammen, um endlich diesen seltsamen Ruf aus ihrem Kopf zu verbannen. „Ja, du hast recht … ich … Warum fällt es mir so schwer, mich dagegen zu wehren? Das war doch früher nicht so …"

„Cardasol hat dich beschützt – auch vor dem Sog anderer Magie", erklärte er voller Verständnis. „Du musstest bisher nie lernen, dich selbst mental aktiv zu verteidigen. Da kann so was schon mal passieren."

„Ja – *mal*", gab sie zurück, hielt dann aber inne. Jetzt, da sie von der Magie Malins Abstand genommen hatte, vernahm sie panische Stimmen in der Ferne und … ein Knacken und Knistern in der Atmosphäre.

„Sind das …", flüsterte sie.

„Roanars Handlanger – ja", bestätigte Marek ebenso leise. „Sie bedrängen die M'atay, die sich hier versteckt haben – aber sie sind noch nicht richtig nahe herangekommen."

„Wo sind die M'atay?"

„Das werden wir gleich sehen. Aber sei vorsichtig – sie wissen nicht, dass wir nicht der Feind sind und könnten uns attackieren."

Jenna nickte rasch und bewegte sich zusammen mit Marek langsam den dunklen Gang entlang. Staub drang ihr bald schon in die Nase und von der Decke rieselte immer noch Sand. Es mochte sein, dass die Zauberer nicht den ganzen Berg hatten einstürzen lassen, aber Schaden hatte auch dieser Teil der Höhle genommen. Je näher sie dem Tumult, dem Weinen und Zetern kamen, desto mehr Geröll lag im Weg und machte ihnen das Weiterkommen schwer. Schließlich erreichten sie den ehemaligen Eingang zu dem Höhlenabschnitt, in dem sie sich befanden, und mussten erst einmal innehalten.

Ein ähnliches Bild hatte sich ihnen vor einigen Tagen schon einmal geboten: Steine und Felsen so übereinandergeschichtet, dass ein Durchkommen unmöglich war.

„Was jetzt?", wisperte Jenna angespannt.

Marek antwortete nicht sofort, sondern schürzte nur abwägend die Lippen. „Wir haben keine andere Wahl", sagte er und lockerte kurz seine Schultern, bevor er die Augen schloss. „Wenn wir Glück haben, bemerkt es niemand in dem ganzen magischen Chaos."

Jenna brauchte nicht nachzufragen, um zu wissen, was er jetzt tat. Stattdessen schloss auch sie die Augen, versuchte sich zu entspannen und ihren Geist für die Energien um sie herum zu öffnen. Es war anders als sonst, fühlte sich anders an und sah auch anders aus. Nicht weit von ihnen entfernt brodelte die Atmosphäre durch die starken Zauber der *Freien*, die eindeutig versuchten, durch eine Art Wall zu stoßen, der sich um einen Teil der Höhle gelegt hatte; ein Schutz, der wiederum von anderen starken Energien aufrechterhalten und genährt wurde. Die Quelle dieser waren einige menschliche Wesen nicht weit von Marek und ihr entfernt und zumindest eines von ihnen war ihr vertraut.

Mareks leuchtendes Energiefeld breitete sich deutlich spürbar neben ihr aus und Jenna lief ein angenehmer Schauer den Rücken hinunter, weil es sich so wundervoll anfühlte, ihn auch wieder auf diese Weise zu spüren. Dennoch griff sie nicht nach ihm, versuchte ihn nicht zu stören, sondern nur zu kopieren, was er tat – wie damals als sie die Lawine in der Ilvas-Schlucht größtenteils in sich hatten zusammenfallen lassen.

Die Steinwand vor ihnen sah nur in der materiellen Welt stabil und unüberwindlich aus. Auf mentaler Ebene konnte man deutlich die Lücken und Schwächen zwischen und in den Strukturen der Felsbrocken erkennen und genau auf diese zielte Marek nun. Er griff nach der Energie der Erde und der Steine selbst, verband sie mit seiner eigenen und ließ beides zusammen in die Schwachpunkte des Hindernisses laufen. Von dort aus begann er die Strukturen auseinanderzureißen. Es war nicht schwer, wenn man erst einmal einen Ansatzpunkt gefunden hatte und Jenna konnte fast körperlich fühlen, wie sich das harte Gestein zersetzte, um schließlich als feiner Kies zu Boden zu rieseln.

‚Vorsicht, nicht zu viel deiner eigenen Kraft abgeben‘, mahnte Marek sie mental. Er griff nach ihr, schränkte ihr

Wirken ein wenig ein und das war auch gut so, denn als das Hindernis langsam in sich zusammenstürzte und Jenna die Augen wieder öffnete, atmete sie bereits so schwer, als hätte sie die Felsen mit einer Spitzhacke bearbeitet. Schweiß stand ihr auf der Stirn und ihr Herz hämmerte unangenehm gegen ihre Rippen. Ohne Cardasol zu zaubern, war eindeutig sehr viel kraftraubender. Aber zumindest war ihre Anstrengung von Erfolg gekrönt worden.

Die meisten der Felsen hatten sich fast vollständig aufgelöst und die, die noch übrig waren, hatten sich zumindest derart verkleinert, dass sie kein Hindernis mehr darstellten. Trotzdem bewegten sie sich beide nicht von der Stelle und das hatte einen einfachen Grund: Kaum fünf Meter vor ihnen befand sich eine größere Gruppe Menschen, von denen zumindest die vorderen Reihen bewaffnet waren. Pfeile und Speere zielten auf sie und das leichte Zittern der Waffen sowie die vielen ängstlich aufgerissenen Augen verrieten, dass ihre Nutzer unter großem Stress standen. Es war nicht weise, sich in einer solch kritischen Situation unbedacht zu bewegen.

Marek sagte etwas zu den M'atay, das Jenna nicht verstand, und sorgte damit für erste Verwirrung in deren Gesichtern. Ganz ruhig sprach er weiter und es dauerte nicht lange, bis jemand von weiter hinten aus der Gruppe nach vorn kam, sich zwischen den Kriegern hindurchschob und die beiden Neuankömmlinge kritisch musterte. Die alte Frau sah nicht gut aus, war blass und blutete an der Stirn, hielt sich aber ungeachtet dessen bewundernswert aufrecht und zeigte kaum Angst. Sie stellte Marek eine Frage, hörte ihm ganz genau zu und holte Luft, um etwas zu erwidern. Doch es war nicht ihre Stimme, die zuerst an Jennas Ohren drang.

„Lasst mich durch!", blaffte jemand aus der Gruppe, „das sind unsere Freunde, ihr Trottel!"

Es überraschte Jenna nicht, als Sheza sich durch die Menge drängte und, als sie vorn angelangt war, zumindest die Waffen zweier Krieger mit den Händen hinunterdrückte.

„Sie sind hier, um uns zu helfen", setzte sie nachdrücklich hinzu und sah dabei vor allem die Alte an. Deren Augen blieben jedoch bei Marek. Eine weitere Frage kam über ihre spröden Lippen und Jenna verspürte ein leichtes Kribbeln in den Schläfen, bevor der Krieger mit einem kleinen Lächeln antwortete.

Sheza schüttelte verständnislos den Kopf. „Muss das jetzt sein? Es ist Zeit zu handeln! Reden können wir auch noch später! Ewig werden Ilandra und die anderen Begabten den Schutzwall nicht aufrecht halten können!"

Sie waren es also, die die *Freien* davon abhielten, näher heranzukommen! Jenna wollte der Kriegerin beipflichten, doch das war gar nicht mehr nötig, denn die Alte gab ihren Stammesmitgliedern einen knappen Befehl, der diese dazu bewog, endlich alle Waffen zu senken. Obwohl es mehr als zweifelhaft war, dass *Shezas* Worte sie zu diesem Handeln bewogen hatte, nickte diese zufrieden und fühlte sich berufen, neben die M'atay zu treten.

„Die *Freien* haben irgendwie herausgefunden, dass wir hier sind und die Höhle angegriffen, nachdem sie zuvor Kilian, Leon und Benjamin herausgeholt haben", fasste die Trachonierin das Geschehen rasch zusammen. „Sie haben große Teile des Höhlensystems einstürzen und viele M'atay sterben lassen. Danach sind sie hier eingedrungen und haben begonnen, die Überlebenden zu verschleppen. Ilandra konnte einige ihrer Stammesmitglieder um sich scharren und einen magischen Schutzwall erschaffen, der die *Freien* zumindest davon abhält, die magisch Begabten zu quälen und ausfindig zu machen, und die erfahrenen Krieger an ihrer Seite halten den Feind auch körperlich auf Abstand. Allerdings wissen wir nicht, wie lange ihnen das noch gelingt."

„Dann sollten wir die Leute hier schnellstmöglich rausbringen", schlug Jenna vor und sah Marek eindringlich an.

„Du meinst durch das Portal?"

„Portal?", hakte Sheza nach. „Seid ihr damit hergekommen?"

Jenna nickte rasch, während Marek noch zögerte. „Was ist?", fragte sie besorgt. „Ist es nicht möglich so viele Menschen damit wegzubringen?"

„Keine Ahnung", gab Marek zurück. „Wir sollten es auf jeden Fall versuchen ..."

„... aber?", las Jenna aus seinem Gesicht.

„Wir hätten die Gelegenheit, an den Feind heranzukommen, vielleicht einen von ihnen zu fangen und später zu befragen."

„Dafür ist keine Zeit!", erwiderte Jenna ungeduldig. „Denk an Leon und Benny!"

Er sah sie kurz an, presste die Lippen zusammen und nickte. Rasch ließ er die M'atay-Führerin wissen, was sie besprochen hatten und es war deutlich zu erkennen, wie die Hoffnung in ihr Gesicht zurückkehrte, ihre Augen aufleuchten ließ. Sie nickte ein paar Mal, während Marek noch sprach und gab dem Mann neben ihr anschließend ein paar Anweisungen. Zusammen mit zwei weiteren

Männern eilte er davon, gewiss um Ilandra und den Rest der Verteidigung über alles zu informieren.

„Der Tempel, zu dem wir reisen, wird uns nur vorübergehend Unterkunft gewähren, da auch sein Schutzschild zerstört wurde", mahnte Marek sie, als sie bereits zurück in die ‚Ankunftshalle' liefen. „Ich kann dafür sorgen, dass ein Teil des Ganges hier wieder einstürzt, sobald alle drüben sind, aber wenn die *Freien* erst mal diesen Raum erreicht haben, werden sie auch irgendwann das Portal entdecken und ich denke, drei Begabte in einer größeren Gruppe von Zauberern zu finden, die Feuer, Wasser und Luft kontrollieren und damit den magischen Durchgang öffnen können, ist nicht allzu schwierig."

„Gut, dann brauchen wir im Anschluss halt ein weiteres Versteck", lenkte Jenna ein, „aber lass uns einen Schritt nach dem anderen machen. Erst weg von hier und danach weitersehen, ja?"

„Natürlich", stimmte Marek ihr mit einem kleinen aufmunternden Lächeln zu und blieb so wie sie vor der Wand stehen, aus der sie erst vor wenigen Minuten getreten waren. Wie ein Portal sah diese auf den ersten Blick nicht aus. Die magische Tür musste sich sofort nach ihrem Eintreffen wieder geschlossen haben, was vorteilhaft war, wenn man Verfolger abschütteln wollte, sie nun aber bedauerlicherweise aufhielt.

Marek kniete sich auf den Boden und fegte den Sand hinfort, offenbarte Jenna, dass sie es tatsächlich mit demselben Mechanismus zu tun hatten wie schon so oft zuvor.

„Was tut ihr da?", konnte sie Sheza fragen hören, während immer mehr M'atay, zwischen denen sich auch zwei fremde Frauen bewegten, in den kleinen Raum strömten.

Ihre Angst und wachsende Nervosität waren nur allzu deutlich zu spüren und Jenna hoffte und betete, dass bei der Enge bloß keine Panik ausbrach.

Marek schien das ähnlich zu sehen, denn er beeilte sich damit, seinen Wasserschlauch aus der Tasche zu kramen und die Flüssigkeit rasch in die dafür vorgesehene Kuhle zu gießen. Auch Jenna hielt nicht länger an sich, ergriff eine der Fackeln an dem Pult und hielt sie in eine der anderen Kuhlen.

„Wir ... benutzen den Schlüssel", erklärte sie etwas verspätet, sah, wie Marek in die dritte Ausbuchtung pustete, und legte ihre Hand nach kurzem Suchen auf das Zeichen Malins, das über ihr zu finden war.

Die Magie in dem steinernen Gebilde erwachte knisternd und leuchtend zum Leben und ließ ein Raunen durch die Menge gehen. Einige wichen entsetzt zurück und Jenna wandte sich ihnen schnell zu, hob in einer beruhigenden Geste beide Hände.

„Das ist ganz normal", erklärte sie. „Kein Grund sich zu fürchten!"

Seltsamerweise schienen die Menschen sie zu verstehen, denn sie kamen wieder näher, sahen Jenna hilfesuchend an.

„Wir wissen nicht, wie lange das Portal stabil bleibt", unterstützte Marek sie nun und Jenna fragte sich, warum er das nicht in der Sprache dieses Volkes tat – oder ... tat er das etwa und sie verstand ihn plötzlich?

„Deswegen solltet ihr euch rasch überlegen, wer zuerst hindurchgeht", fuhr Marek fort. „Wir werden alles in unserer Macht Stehende tun, um euch alle sicher auf die andere Seite zu bringen, aber wir können nicht versprechen, dass es uns gelingt."

Leises Gemurmel entstand unter den Anwesenden, wurde jedoch umgehend von der Stammesführerin unterbunden. „Wir benutzen den Stammeskodex", verkündete diese und gab einem älteren Mann einen knappen Wink, der darauf mutig auf das Portal zuschritt und mit einem lauten Knistern und Knacken in diesem verschwand.

Gleich nach ihm wurden die drei Kinder, die sich unter den Geflohenen befanden, auf das Tor zugeschoben. Es war erstaunlich, wie schnell sich die M'atay organisierten, ohne dass Streit oder gar Panik aufkam. Einer nach dem anderen durchschritten sie in einer bestimmten Reihenfolge das Tor und der Raum leerte sich zügig.

„Das war ja wieder klar!", ertönte eine tiefe Stimme im Eingang des Raumes und Enario, gefolgt von Silas, Ilandra und weiteren M'atay-Kriegern, kam freudestrahlend auf sie zu. „Kommen erst im letzten Moment, wenn jedermann bereits die Hoffnung aufgegeben hat!"

Der Tiko konnte es sich nicht verkneifen, Marek kurz den Rücken zu klopfen, ein Grinsen auf dem Gesicht tragend, das dem Ernst der Lage vollkommen widersprach. Die Übrigen machten eher einen besorgten bis erschöpften Eindruck, allen voran Ilandra, deren Gesicht vor Anstrengung feucht glänzte. Jenna vermutete, dass sie trotz ihres Erscheinens den Schutzzauber weiter aufrechterhielt. Dazu passten auch ihr schweres Atmen und die leichten Zuckungen, die sie immer wieder befielen.

„Los! Rein da!", befahl Marek seinen Freunden und die kamen dem Befehl ohne Widerworte nach. Ihnen folgten die anderen M'atay, die Ilandra bisher unterstützt hatten, und in dem Augenblick, in dem der letzte von ihnen im Portal verschwunden war, brach die junge Frau geräuschlos zusammen. Marek war schnell genug, um sie aufzufangen und sich über die Schulter zu laden. Nun wirkte auch er gehetzt und angespannt.

Zu Jennas großer Erleichterung waren alle anderen schon in Sicherheit. Das Portal war stabil geblieben und würde sich wahrscheinlich erst wieder schließen, wenn diejenigen hindurchgingen, die es geöffnet hatten. Sie sah Marek an und auf sein Nicken hin schritten sie zusammen durch das magische Tor, Ilandra immer noch über seiner Schulter.

Das Misstrauen der M'atay gegenüber anderen Menschen war groß. Das zeigte sich einmal mehr daran, dass sie beim Anblick der besinnungslosen Ilandra prompt davon ausgingen, dass Marek ihr etwas angetan hatte, und zu ihren Waffen griffen. Es war nur dem beherzten Einschreiten der Stammesführerin zu verdanken, dass sie den Krieger und Jenna nicht kopflos angriffen. Die ältere Frau baute sich schützend vor dem ‚Feind' auf und rief sie zur Vernunft.

„Was ist passiert?", fragte sie darauf Marek, der die junge M'atay behutsam auf den Boden bettete.

„Sie hat sich mit dem Schutzzauber vollkommen überanstrengt", erklärte er bewundernswert ruhig, denn obwohl die M'atay nicht angegriffen hatten, hielten sie ihre Waffen immer noch misstrauisch in den Händen und beobachteten ihn mit Argusaugen.

Marek legte eine Hand auf Ilandras Stirn und schloss die Lider. Das vertraute Prickeln in den Schläfen verriet Jenna, dass er seine Magie auf den Geist der jungen Frau wirken ließ. Er gab ihr einen Teil seiner Kraft, um wieder zu sich zu kommen. Nur ein paar Atemzüge später schlug

Ilandra keuchend die Augen auf, fuhr hoch und sah sich aufgewühlt um.

„Wo …“, begann sie.

„In Sicherheit“, ließ Marek sie wissen. „Aber das wird nicht lange so bleiben. Kennst du ein anderes Versteck in der Nähe, das die *Freien* nicht so schnell finden werden?“

Ilandra erhob sich mit Mareks und Jennas Hilfe. Ihr war anzumerken, dass sie immer noch sehr geschwächt war, aber sie biss die Zähne zusammen, schien zu wissen, wie wichtig es jetzt war, schnell zu handeln. Ihr Blick huschte durch das Tempelgebäude und da war etwas in ihrem Gesicht, das Jenna verriet, dass ihr auch dieses vertraut war.

„Ja“, sagte sie schließlich zu Marek und nickte zusätzlich. „Ich kenne eines.“

Sie gab der alten Stammesführerin ein Zeichen und diese schien sogleich zu verstehen. Es bedurfte nur ein paar strikter Anweisungen, um Bewegung in die Gruppe zu bringen. In Windeseile befanden sich die wenigen Habseligkeiten, die einige von ihnen trotz der Notsituation noch hatten mitnehmen können, wieder auf den Rücken der Kräftigsten und auch Sheza und Enario richteten ihr Gepäck so, dass es sie beim Laufen nicht stören würde. Mit der Alten an der Spitze liefen sie auf den Ausgang des Tempels zu, im Gefolge Marek, Jenna und der Rest ihrer Freunde, zu denen offenbar jetzt auch die beiden Frauen gehörten, die ihr schon zuvor aufgefallen waren. Nachdem sie auch den Hof des alten Gemäuers hinter sich gelassen hatten, wandte sich Jenna zu Enario um und wollte fragen, wer sie waren, als Silas sich an Marek wandte.

„Wo bringen die uns hin?", wollte er wissen. Er schien sein Misstrauen gegenüber den M'atay genauso wenig abgebaut zu haben wie diese ihres gegenüber ihnen. „Sollten wir da einfach so mitgehen? Kilian, Leon und der Junge brauchen dringend unsere Hilfe und ich denke nicht …"

„Ganz genau", unterbrach Marek den jungen Mann etwas ungeduldig, während Jenna das flaue Gefühl in ihrem Bauch, das seine Worte hervorgerufen hatten, tapfer niederkämpfte. „Und *wir* brauchen die Hilfe der M'atay, um sie zu retten."

Silas' Brauen wanderten aufeinander zu, während E-nario bereits verstanden hatte. „Ihr wisst also, wer sie hat und wo sie sind", schloss er ganz richtig.

„Sie sind in Camilor", gab Marek ohne Weiteres bekannt und Ilandra, die noch in Hörweite vor ihnen lief, wandte sich zu ihnen um, besorgt, jedoch nicht verängstigt.

„Das heißt, sie leben noch", stellte sie fest.

Jenna nickte rasch und ihr Puls beschleunigte sich gegen ihren Willen, angetrieben von der tief in ihrem Inneren schwelenden Angst um die beiden.

„Aber Leon wurde verletzt", teilte sie allen Zuhörern etwas atemlos mit, weil keiner von ihnen sein Tempo drosselte, „und Roanar hat uns ein Ultimatum von zwei Stunden gestellt, von dem mittlerweile bestimmt schon eine halbe Stunde verstrichen ist und …"

„Was genau sollt ihr tun?", erkundigte sich Sheza alarmiert.

„Uns ausliefern und das Amulett mitbringen, das wir ja nicht mehr haben", gestand Jenna und ein kalter Schauer lief dabei ihren Rücken hinunter.

„Aber das werdet ihr nicht tun, oder?" Silas sah besorgt von einem zum anderen und stolperte dabei über eine Wurzel.

„Selbstverständlich nicht", gab Marek bekannt, der den jungen Mann mit einem beherzten Zugreifen vor einem üblen Sturz bewahrt hatte und nebenbei wieder auf die Beine stellte.

„Was ist *dann* der Plan?", fragte Enario, kampfbereit wie eh und je.

„Wir müssen ungesehen in die Festung eindringen, die sich dort aufhaltenden Zauberer überwältigen, Roanar töten und unsere Freunde befreien", erklärte Marek in demselben lapidaren Tonfall, mit dem Jenna üblicherweise eine Einkaufsliste vorlas. „Bis auf den ersten Punkt nicht unbedingt in dieser Reihenfolge. *Und* wir haben darauf gehofft, vielleicht von den M'atay ein bisschen unterstützt zu werden, um auch eine Chance zu haben, diesen – zugegebenermaßen noch recht unausgereiften – Plan in die Tat umzusetzen."

Bei seinen letzten Worten hatten sich seine Augen auf Ilandra gerichtet, der das Kunststück gelang, sich nicht anmerken zu lassen, was sie von dieser Idee hielt.

„Also das mit dem Töten und so ist *sein* Wunsch, nicht der meine", setzte Jenna hinzu. „Eigentlich wollen wir nur in die Burg, um unsere Freunde rauszuholen."

Das flaue Gefühl wallte wieder auf und ihr Herz verkrampfte sich, weil die Schamanin für eine Weile stumm blieb. Jenna konnte sich beim besten Willen nicht vorstellen, dass der Plan auch ohne die M'atay gelang. Sie *mussten* ihnen helfen! Waren sie ihnen das nicht auch schuldig? Immerhin wären sie ohne Marek und sie gar nicht aus der Höhle herausgekommen.

„Der Angriff der *Freien* hat uns sehr geschwächt", sagte Ilandra schließlich. „Viele Brüder und Schwestern sind nun erneut in die Hände unserer Feinde geraten und die Angst ist groß. Die M'atay sind jedoch für ihren Zusammenhalt und ihre Treue ihren Stammesbrüdern und -schwestern gegenüber bekannt. Wir lassen niemanden im Stich, solange wir noch eine Möglichkeit sehen, etwas zu tun. Vielleicht kann ich die Übriggebliebenen dazu überreden, euch bei der Befreiung eurer Freunde zu helfen, wenn ihr im Gegenzug versprecht, auch *unsere* Stammesmitglieder zu suchen und zu befreien."

„Das versprechen wir!", platzte es umgehend aus Jenna heraus, ohne vorher Marek anzusehen. Sie fühlte, dass er sich kurz anspannte, konnte ihre Worte gleichwohl nicht bereuen. Es ging hier um Leben und Tod und aus ihrer Sicht waren auch *sie* dazu verpflichtet, den M'atay zu helfen, komme, was wolle. In Zeiten der Not musste man zusammenhalten.

Ilandra sah zu Marek auf und erst, als auch er sich zu einem „Das tun wir!" durchringen konnte, machten sich Erleichterung und Zuversicht auf ihrem Gesicht bemerkbar.

„Ich werde mit Wiranja und im Anschluss mit dem Rest des Stammes sprechen, sobald wir den Eingang zum Tunnel erreicht haben", verkündete sie. „Vermutlich werden nicht alle von ihnen mithelfen, aber es werden am Ende genügend sein."

Marek nickte knapp, während Jenna stutzte. „Tunnel?", wiederholte sie.

Ein kleines Lächeln zeigte sich auf Ilandras Lippen, bevor auch sie nickte. „Er ist sehr alt und ähnlich versteckt wie die anderen Ruinen. Ich denke, Malin wollte nicht, dass jedermann ihn kennt, weil er direkt vor das Schloss führt."

„Das heißt dann wohl, dass du uns auf jeden Fall ganz nah an Camilor heranbringen kannst", erwiderte Marek sichtbar erfreut.

„Ja, aber wir müssen sehr vorsichtig sein, damit seine Existenz für unsere Feinde ein Geheimnis bleibt", mahnte Ilandra ihn. „Wie man ungesehen ins Schloss kommen kann, weiß ich allerdings noch nicht."

„Dafür wird uns sicherlich auch schon bald etwas einfallen", gab sich Marek ausgesprochen zuversichtlich und obgleich es bestimmt nur zur Beruhigung aller daher gesagt war, versuchte Jenna ihm zu glauben.

Sie war nicht die einzige. Keiner ihrer übrigen Freunde, die sich in ihrer Nähe befanden, machte den Eindruck, als würde er auch nur ein Deut an Mareks Behauptung zweifeln, und irgendwie half es dabei, das üble Gefühl in Jennas Bauch zu verdrängen und sich besser auf das zu konzentrieren, was vor ihnen lag.

„Ist euch aufgefallen, dass sie auf einmal ziemlich gut unsere Sprache spricht?", fragte Silas leise, als Ilandra weiter nach vorn lief, um sich mit der Stammesführerin auszutauschen – Wiranja, wie Jenna vermutete.

„Jetzt, wo du es sagst …", erwiderte Enario nachdenklich. „Vielleicht hat sie dafür einfach Talent."

„Oder sie hat die Sprache früher sehr gut beherrscht und kann sich nun wieder daran erinnern", überlegte auch Sheza. „Aber ist das wichtig?"

„Willst du nicht wissen, wer das ist, dem du da so überaus vertrauensselig dein Leben in die Hände gibst?", hakte Silas nach. „Was ist, wenn sie uns die ganze Zeit was vorgemacht hat?"

„Vertrauensselig?", wiederholte Sheza verärgert.

„Was soll sie uns denn vorgemacht haben?", ging Marek dazwischen, bevor die beiden weiterstreiten konnten.

„Sie *ist* eine M'atay und sie *will* ihr Volk vor den *Freien* beschützen. Alles andere ist für uns erst einmal nicht wichtig! Davon abgesehen, war es nicht *sie*, die den *Freien* verraten hat, wo euer Versteck ist, wenn ich das richtig verstanden habe."

Silas hatte gerade noch etwas sagen wolle, doch nun presste er die Lippen zusammen und behielt seine Gedanken lieber für sich. Viel Zeit, um weiter über das Geschehene oder gar ihre Pläne zu reden, blieb ihnen ohnehin nicht, denn der Trupp der M'atay machte plötzlich vor einer Felswand Halt, die geradezu aus dem Nichts aufgetaucht zu sein schien. Trotz des Mooses und der vielen Pflanzen, die diese überwachsen hatten, konnte man noch gut den Türbogen erkennen, den jemand vor langer Zeit in den Felsen gehauen hatte. Die dazugehörige Tür gab es nicht mehr. Stattdessen starrten sie nun in ein dunkles, von Pflanzen fast zugewachsenes Loch.

Ilandra drehte sich herum, sodass ihr Gesicht dem Rest ihrer Gruppe zugewandt war, und holte tief Luft. „Ano stellt uns an diesem düsteren Tag vor eine große Prüfung", verkündete sie. „Lassen wir uns vom Feind erneut einschüchtern und verjagen oder fangen wir endlich an, gegen ihn zu kämpfen? Das ist die Frage, mit der sich jeder von uns im Augenblick gründlich beschäftigen sollte!"

„Was sagt sie?", raunte Sheza Marek zu und machte Jenna erst dadurch klar, dass die M'atay für ihre kleine Rede selbstverständlich die Sprache *ihres* Volkes benutzte – eine Sprache, die Jenna normalerweise genauso wenig beherrschte wie all ihre anderen Freunde.

Der Krieger schüttelte knapp den Kopf, unwillig, schon jetzt den Übersetzer zu spielen, und Sheza war klug genug, nicht weiter darauf zu drängen.

„Wir werden in diesem heiligen Tunnel nur für kurze Zeit Schutz finden", fuhr Ilandra fort. „Deswegen sollten wir sehr bald eine Entscheidung fällen, was das Schicksal unserer gefangenen Brüder und Schwestern betrifft. Folgt mir! Anos Hort wird uns nur allzu willig aufnehmen."

Man konnte den M'atay ansehen, dass sie immer noch sehr verunsichert und aufgewühlt waren, aber sie zögerten nicht, der jungen Frau in die Dunkelheit zu folgen. Auch Enario, Sheza, Silas und die beiden Jenna immer noch unbekannten Frauen setzten sich in Bewegung. Sie selbst blieb jedoch an Mareks Seite, der seltsamerweise die Augen schloss und mit einem Mal wieder einen sehr angespannten Eindruck machte.

„Was ist?", fragte sie besorgt, als er auch noch seine Fingerspitzen gegen seine Schläfen presste.

Es dauerte eine Weile, bis er antwortete und seltsamerweise erschien dabei ein Lächeln auf seinen Lippen. „Endlich! Ich dachte schon, er aktiviert das Hiklet nie!"

Jenna runzelte verwirrt die Stirn. „Wovon sprichst du?", hakte sie nach.

Mareks Blick war in die Ferne gerichtet, als ob er sich auf etwas konzentrierte, das sehr weit weg war.

„Das erkläre ich dir gleich", gab er etwas angestrengt zurück. „Aber bis dahin, halte mir bitte jeden vom Leib, der sich uns nähert. Sag ihnen ... mich hat die ganze Zauberei erschöpft und dass ich jetzt unbedingt ein bisschen Ruhe brauche."

„Aber …"

„Und stell mir selbst keine Fragen, bis ich wieder voll da bin."

Jenna starrte ihn ein paar Herzschläge lang verblüfft an, nickte dann aber. Wenn Marek in *dieser* Situation zu einem Lächeln fähig war, konnte nur etwas Gutes geschehen sein. Etwas, das zweifellos mit ihrem Bruder und Leon zusammenhing und in diesem Fall würde sie einfach *alles* tun, um den Krieger zu unterstützen.

# Halt

Na'hadir hatte wieder zugeschlagen. Niemand aus dem Zirkel wagte es, diese Schlussfolgerung auszusprechen, aber es war eindeutig seine Handschrift gewesen. Nur war er dieses Mal noch geschickter als bei den anderen Morden vorgegangen, hatte Assarel in einen Bannkreis gelockt, sodass diesem seine Zauberkräfte nichts mehr genutzt hatten. So war es Narian zumindest zugetragen worden.

Mit zitternden Fingern hob er den Krug mit Met an seine Lippen und gönnte sich ein paar kräftige Züge. Die Flüssigkeit brannte in seinem Hals, wärmte seinen Magen und beruhigte ihn wenigstens ein kleines bisschen. Der Rächer Nefians, wie viele Zirkelmitglieder den wahnsinnigen Mörder heimlich nannten, hatte bisher immer eine Weile gewartet, bis er erneut zuschlug. Für Narian hieß das erst einmal, dass er momentan nichts zu befürchten und Zeit hatte, einen Plan zu entwickeln, wie er diesem tödlichen ‚Geist' entkommen konnte.

Seine erste Idee war gewesen, zu fliehen, sich in einer abgelegenen Gegend zu verstecken und zu hoffen, dass Na'hadir ihn niemals fand oder irgendwann von einem der mutigeren Zirkelmitglieder zur Strecke gebracht werden würde. Diesen Plan hatte Roanar leider vor ein paar Stunden bei ihrer Notfallsitzung zerplatzen lassen, indem er verkündet hatte, jeden einzelnen Feigling, der die Flucht ergriff, zu jagen und selbst zu den Göttern zu schicken. Alle anderen Zauberer der derzeitigen Führungsspitze hatten Roanar beigepflichtet, ohne Rücksicht auf die Verstörten und Verängstigten unter ihren Anhängern zu nehmen. Wie gern hätte Narian ihnen erzählt, dass eben dieser großmäulige Zauberer hinter ihrem Rücken ganz andere Ziele als nur die Wiederherstellung und den Schutz des Zirkels hatte und sogar Kontakt zu Magiern aus einer anderen Welt hielt, um diese zu erreichen. Doch er war an Roanar gebunden, hatte sich ihm und seinen verrückten Ideen in seiner anfänglichen Begeisterung verschrieben, ohne darüber nachzudenken, welche Folgen dieses Handeln eines Tages für ihn haben könnte.

Narian verkniff sich ein tiefes Seufzen und schüttelte den Kopf. Er war verflucht. Was immer auch geschah, er würde nie wieder zu dem einfachen Leben als Zauberer der unteren Ränge zurückkehren können. Ob nun Na'hadir ihn fand, die anderen Zirkelmitglieder herausfanden, was Roanar heimlich vorbereitete und alles auffliegen ließen, oder dieser seinen verrückten Plan in die Tat umsetzte – Narian war sich sicher, dass ihn jede dieser Möglichkeiten das Leben kosten würde. Um das zu wissen, hätte er noch nicht einmal die Karten und Aufzeichnungen Assarels sichten müssen.

Sein Blick fiel auf die Ledertasche, in der er diese verstaut hatte. Tymion hatte sie ihm heimlich während der Versammlung zugeschoben, ihm ins Ohr geraunt, dass er sich alle Schriften genau ansehen solle, bevor Roanar sie in die Finger bekam. Genau das hatte Narian getan und fühlte sich nun noch schlechter als zuvor.

Roanars Suche nach der größten aller Mächte konnte nicht gelingen, ohne große Opfer zu bringen. *Menschenopfer.* Den Tod anderer Magier. Ohne Zweifel würde Roanar niemals Zauberer opfern, die sehr mächtig und erfahren waren und ihn zusätzlich unterstützten. Er würde die nehmen, die aus seiner Sicht entbehrlich waren; die mit der geringsten Begabung, dem geringsten Nutzen für seine Sache. Er würde ihnen weismachen, dass sie etwas Edles und Gutes taten, wenn sie sich für ein höheres Ziel opferten, und gewiss würden sogar einige auf dieses Gerede hereinfallen, sich wie Lämmer zur Schlachtbank führen lassen.

Nicht so Narian. Er war nicht mehr so dumm, diesem Mann zu glauben, dass es ihm um das Wohl aller ging, den Schutz der Magie und der Menschen, die diese nutzen konnten. Er würde sich weigern. Nur wusste er momentan nicht, ob ihn das retten würde. Roanar war von seinem Plan derart besessen, dass es ihm durchaus zuzutrauen war, andere zu zwingen, das zu tun, was er wollte. Möglicherweise würde er vergessen, was der ein oder andere für ihn und seine Sache bereits getan hatte und dann …

Narians Kehle begann sich erneut zuzuschnüren. War es in diesem Fall nicht doch besser, gleich zu fliehen und sich zu verstecken? War die Bedrohung nicht viel zu groß geworden, um sich ihr noch weiter auszusetzen? Allein würde er gleichwohl niemals überleben. Er brauchte andere Zauberer an seiner Seite. Möglichst solche, die es mit Roanar aufnehmen konnten, jedoch nicht auf dessen Seite standen und schon gar nicht zum Zirkel gehörten. Viele von ihnen gab es nicht mehr in Falaysia und sie liefen auch nicht gut sichtbar für alle in der Welt herum, sondern versteckten sich bereits und niemand wusste genau wo.

Kychona! Narians Herz klopfte bei dem Gedanken an sie gleich ein wenig schneller. Soweit er informiert war, versteckte sich seine alte Verbündete in den Wäldern Piladomas bei den Chratna. Wahrscheinlich war sie immer noch wütend auf ihn, weil er sein Amt als Hüter eines der heiligen Amulette niedergelegt hatte, um sich dem damals langsam wieder zusammenfindenden *Zirkel der Magier* und vor allem Roanar anzuschließen. Aber vielleicht nahm sie ihm ja ab, dass er sein Handeln von einst zutiefst bereute, denn das tat er ja auch. Mittlerweil sehnte er sich die Einsamkeit, die mit dieser Aufgabe einherging, fast zurück.

Und wenn er erst einmal bei ihr war, würde sie ihn sicherlich nicht gleich wieder wegschicken – selbst wenn sie ihn binnen kurzem durchschaute und erkannte, dass er ein Feigling war, der aus reiner Verzweiflung zu ihr kam. Sie mochte auf den ersten Blick streng und schroff wirken, hatte jedoch ein gutes Herz, das er bestimmt noch einmal erweichen konnte, und wenn das geschah, war er fürs Erste gerettet. Nicht einmal Na'hadir würde ihn dort finden und wenn er *ganz* großes Glück hatte, löschte dieser Irre in der Zwischenzeit den ganzen Zirkel und auch Roanar samt seiner Anhänger aus, sodass Narian am Ende nie mehr um sein Leben fürchten musste.

Wenn er anschließend selbst überzeugend seinen Tod vortäuschte, war er auch vor dem kalten Rächer sicher und konnte seinen Lebensabend wie ein ganz normaler Mensch begehen. Vielleicht sogar mit einer kleinen Farm, die ihn mit dem Wichtigsten versorgte und es somit auch nicht nötig machte, sein Gesicht in einer der größeren Städte zu zeigen.

Allein diese Vorstellung genügte, um sein Herz zu erleichtern und seinen Körper entspannen zu lassen. Ja. Genau so würde er vorgehen. Schutz bei Kychona suchen, sich verstecken und dann wieder anfangen zu leben. *Richtig* zu leben.

Sein Blick fiel erneut auf die gefährlichen Unterlagen in seinem Besitz. Die musste er selbstverständlich erst einmal loswerden und er wusste auch schon wo. Er schob seinen Becher in die Mitte des Tisches, lud sich die Tasche auf die Schulter und stand schließlich auf – allerdings nur kurz. Eine halbe Sekunde später landete sein Hintern wieder auf dem Stuhl. Eine Frau war gerade eben in die Wirtsstube gekommen. Eine Kriegerin, die Narian schon ein paar Mal zuvor gesehen hatte, denn sie war eine Dienerin Roanars. Eine mörderische Garong.

Narian senkte rasch den Blick, nahm seinen geleerten Metkrug in die Hand und tat so, als würde er daraus trinken, in der Hoffnung, dass dieser sein Gesicht genügend verdeckte, um von der Kriegerin nicht erkannt zu werden. Die ließ ihren Blick in der Tat suchend über die Gäste gleiten und sorgte damit für allerhand Turbulenzen in Narians Magengegend. Sein innerliches Gebet, noch einmal in seinem Leben ungeschoren davonzukommen, wurde jedoch nicht erhört, denn die Augen der Frau blieben an seiner Gestalt haften und verengten sich kurz, bevor sie sich wieder in Bewegung setzte.

Narians Panik wuchs. Er setzte den Becher ruckartig ab und spähte hinüber zum Hinterausgang des Wirtshauses, denn glücklicherweise war dieses am heutigen Tag so gut besucht, dass die Kriegerin mit einigen Hindernissen zu kämpfen hatte. Doch sein Fluchtgedanke verweilte nicht lange in seinem Verstand. Trachonische Kriegerinnen waren schnelle und geschickte Jäger. Selbst wenn es ihm gelang, die Stube unbehelligt zu verlassen, würde er mit Sicherheit draußen von ihr gestellt werden und dort einer möglichen Bestrafung für seine Flucht ungeschützt ausgesetzt sein. In Vaylacias Straßen patrouillierten zwar in regelmäßigen Abständen Wachen, aber er musste schon ungeheures Glück haben, genau jetzt auf einen von diesen ehrenwerten Männern zu treffen. Hier war er allein schon aufgrund der vielen Augenzeugen sicherer. Es war vermutlich ohnehin am besten, sich erst einmal anzuhören, was die Kriegerin von ihm wollte. Eventuell war sie ja gar nicht im Auftrag Roanars hier.

Die noch sehr junge Frau mit den harten Gesichtszügen und dem dunklen, streng aus dem Gesicht gebundenen Haar hatte seinen Tisch jetzt erreicht und ließ sich ungefragt auf dem freien Stuhl ihm gegenüber nieder.

„Wo man überall vertraute Gesichter wiedersieht …", waren ihre ersten Worte an ihn und ihre Lippen verzogen sich zu einem unterkühlten Lächeln. „Ich hatte schon lange kein Schwätzchen unter alten Bekannten mehr. Wir sollten den Abend unbedingt dafür nutzen … Riol, nicht wahr?"

Er schluckte schwer, versuchte den Kloß in seinem Hals herunterzuwürgen. „Nun, ich … ich muss zugeben, dass mir *Euer* Name nicht mehr einfallen will, aber … Ihr seid eine Dienerin Roanars, liege ich da richtig?"

Das Lächeln der Kriegerin schwand jäh dahin und in ihren Augen funkelte etwas, das Narian nicht ganz einordnen konnte. „Sheza", sagte sie und wies dabei auf ihre

Brust. „Und ja, ich *arbeite* für Roanar, aber ich bin heute nicht in seinem Auftrag hier."

„In wessen dann?", fragte Narian beklommen. War sie in Wahrheit eine Verbündete Na'hadirs? Das würde erklären, warum es diesem brutalen Rächer so überaus erfolgreich gelang, die Mitglieder des Zirkels aufzuspüren und zu dezimieren.

„In meinem eigenen", gab Sheza zu seiner großen Überraschung bekannt und seltsamerweise glaubte er ihr. „Ich war auch auf der Versammlung des Zirkels. Du hast mich nicht gesehen, aber ich *war* dort und wurde Zeugin, wie Tymion dir diese Tasche übereignet hat." Sie wies auf den ledernen Beutel in Narians Armen, den er prompt noch fester an seinen Körper drückte.

„Ich … wir … das sind nur Unterlagen, die ich durchgehen soll, um … um Roanar zu helfen", stammelte er unbeholfen.

„Es sind die Schriften, an denen Assarel zuletzt arbeitete", wusste Sheza und Narian wurde schlecht. Woher hatte die Frau diese Information?

„Ich will sie haben", fügte sie ihrer letzten Äußerung in einem Ton hinzu, der deutlich machte, dass sie ihren Willen durchsetzen würde, ganz gleich was er davon hielt.

Narian reagierte dennoch nicht auf ihre Aufforderung. Er starrte die Kriegerin mit offenem Mund und großen Augen an. „A… aber wieso?", kam es ihm kaum hörbar über die Lippen.

„Das geht dich nichts an!", schnauzte sie und streckte auffordernd die Hand in seine Richtung aus. „Her damit!"

„Aber Roanar …"

„Ich sagte doch, Roanar hat damit nichts zu tun!"

„Ich ...“

Shezas Hand landete so kräftig auf dem Tisch, dass der Krug dort einen kleinen Hopser in die Luft machte und die Leute, die sich in unmittelbarer Nähe zu ihnen befanden, erschrocken zusammenzuckten oder sogar herumfuhren. Der Trachonierin schien das jedoch egal zu sein. Ihre Augen bohrten sich in seine und Narian wusste, dass er mit seinem Leben spielte, wenn er sich weiter ihrem Befehl verweigerte. Also tat er, was er nie geglaubt hatte tun zu können: Er stellte sein eigenes Wohl über das des Zirkels.

Flink befreite er sich vom Riemen der Tasche und schob sie danach auf Sheza zu, die diese sofort gierig an sich nahm.

„Gute Entscheidung“, lobte sie ihn, während sie sich nun selbst den Riemen über den Kopf zog. „Wenn du auch nur *ein* Wort darüber an Roanar verlierst, werde ich kommen und dich eigenhändig ausweiden. Aber ...“, sie musterte ihn kurz, „... das halte ich eigentlich für unwahrscheinlich. Du hast dich doch längst dazu entschieden, das Weite zu suchen – was aus meiner Sicht ebenfalls die richtige Entscheidung ist. Lauf weg, so weit du kannst, denn die Lage für den Zirkel wird sich noch weiter zuspitzen. Dieser ... Rächer ist ein Verrückter und die sind *immer* gefährlich.“

Sie erhob sich mit einem mitleidigen Gesichtsausdruck. „Hoffen wir mal, dass du schlauer bist, als du aussiehst, und ein sehr gutes Versteck finden wirst“, setzte sie noch hinzu, bevor sie sich umdrehte und einen Weg durch die Menge der Gäste Richtung Ausgang bahnte.

Erst als die Tür des Wirtshauses hinter ihr zuschlug, wagte Narian, wieder richtig zu atmen. Seine Ohren summten, sein Herz polterte in seiner Brust und aus der Ferne vernahm er eine vertraute Stimme ... eine junge Stimme...

„Ich weiß, dass du eigentlich deine Ruhe brauchst und dich nicht aufregen solltest, aber du *musst* jetzt wach werden! Es ist wichtig, Leon!"

Leon? Das Bild verschwamm vor seinen Augen, die Menschen, Tische und Stühle lösten sich auf, die Geräusche erstarben. Stattdessen wurde es dunkel um ihn herum und ein beißender Geruch drang an seine Nase. Doch das war nicht das Schlimmste ... viel schrecklicher war der pochende Schmerz in seiner Seite, der immer stärker wurde und ihn schließlich aufstöhnen und die Augen aufreißen ließ.

Ein paar Sekunden lang hatte er Probleme, das Gesicht der Person, die sich über ihn gebeugt hatte, zu erkennen, dann klärte sich das Bild und er stellte erleichtert fest, dass es nur Benjamin war und kein Folterknecht.

„Endlich!", stieß der Junge aus, hinderte Leon aber daran, sich aufzusetzen, indem er mit einer Hand gegen seine Brust drückte. Ein Kopfschütteln folgte.

„Du bist verletzt", erklärte Benny rasch. „Erinnerst du dich nicht? Roanar hat ein Messer ..." Er brach ab. Der Horror des Gesehenen zeigte sich nur allzu deutlich in seinem Gesicht.

„Wo ...", krächzte Leon, räusperte sich mühsam, um wieder Herr über seine Stimme zu werden und fuhr schließlich fort: „... sind wir?"

„Im Verließ Camilors", informierte Benjamin ihn bereitwillig. „Ich hab keine Ahnung, wieviel Zeit inzwischen vergangen ist, aber ...", der Junge beugte sich noch weiter zu ihm hinunter, brachte seine Lippen ganz dicht an sein Ohr, „... ich hab Kontakt zu Marek!"

„Was? Wie ..."

„Er muss irgendwas mit dem Hiklet gemacht haben. Als Roanar es aktiviert hat, hat es mich nicht etwa von der Außenwelt abgeschirmt, sondern direkt mit Marek verbunden. Und zwar so, dass es für niemand anderen wahrnehmbar ist. Alles, was andere fühlen, ist die Zauberkraft Roanars."

Das waren eigentlich gute Neuigkeiten, doch der Schmerz in Leons Seite, das Rauschen in seinen Ohren und die Schwäche, die ihn eisern in ihren Krallen hielt, machten es schwer, sich wirklich zu freuen.

„Sie ... sie kommen aber nicht hierher, oder?", brachte er matt heraus.

Benjamin sagte nichts dazu, aber sein Blick sprach Bände. Leon schloss resigniert die Augen.

„Sag ... sag ihm, dass sie das Schloss nicht betreten dürfen. Roanar kann man nicht trauen und er wird ..."

„Das ist Marek und Jenna vollkommen klar", unterbrach Benny ihn. „Sie sind klug und Roanar gewachsen. Sie wissen schon, was sie tun. Marek sagte mir, wir sollen uns keine Sorgen machen und uns still verhalten, alles tun, was Roanar von uns verlangt. Und außerdem soll ich überprüfen, welcher Zauber auf deiner Verletzung liegt."

Das irritierte Stirnrunzeln gelang Leon trotz aller Pein. „Wie das?"

„Also ... ich zeig's dir einfach." Benny rückte noch näher an ihn heran, streckte seine Hand aus, sodass sie über der Wunde schwebte und versuchte eindeutig, sich zu entspannen. „Du musst nicht viel machen, außer mir sagen, was du fühlst."

„O-okay", brachte Leon skeptisch heraus. Eigentlich war das ganz leicht in Worte zu fassen: Er fühlte sich beschissen. Selbstverständlich sprach er das nicht vor dem Jungen aus, aber wenn er ehrlich war, war es ihm schon seit einer halben Ewigkeit nicht mehr so schlecht gegangen, wie in diesem Augenblick und ...

Leon hielt den Atem an. Das schmerzhafte Pulsieren hatte nachgelassen, stattdessen begann die Wunde zu pieken und zu kribbeln.

„Was ist?", raunte Benny ihm aufgeregt zu.

„Es ... es kribbelt und ... sticht", keuchte Leon.

„Okay." Benjamin schloss die Augen. Sonst behielt er seine Position bei. Dennoch verschwanden die unangenehmen Empfindungen.

Leon wollte schon erleichtert aufatmen, er hatte sich jedoch zu früh gefreut, denn nun machte sich ein leichtes Brennen an der Verletzung bemerkbar – eines, das immer intensiver wurde.

„Es ... brennt", presste Leon zwischen den Zähnen hervor und seine Hand zuckte nach oben, getrieben von dem Bedürfnis, die von Benjamin wegzuschlagen. Doch der Schmerz ließ sogleich wieder nach und der Junge wankte ein Stück nach vorne, so als hätte auch er unter der Pein zu leiden gehabt.

Leon sah ihm ins Gesicht und bemerkte jetzt erst, dass Benjamin schneller atmete als zuvor und sich Schweißperlen auf seiner Stirn gebildet hatten. So ging das nicht weiter. Das Kind konnte sich nicht derart für ihn verausgaben. Er wollt ihm das gerade mitteilen, als Benjamin die Hand sinken ließ und nickte, als hätte er eine Anweisung aus der Ferne erhalten – und wahrscheinlich war das auch so.

„Der Zauber hat seine Tücken", gab er offensichtlich weiter, was Marek ihm mitgeteilt hatte, „aber er denkt, dass er ihn brechen kann. Wir sollen uns darüber keine Sorgen machen und einfach nur ausruhen, bis sie kommen, am besten an irgendwas denken, was uns Kraft gibt und beruhigt."

Leon atmete tief ein und wieder aus. Eigentlich war es ein guter Rat, allerdings in einer Lage wie ihrer nur sehr schwer umzusetzen. Jetzt, da sich sein Verstand geklärt hatte, versuchte dieser sich selbstverständlich mit den Problemen zu beschäftigen, mit denen sie derzeit zu kämpfen hatten – was wiederum das Bangen um seine Freunde aufflammen ließ. Marek war zwar ein erfahrener Krieger und großartiger Stratege – von dem Titel ,mächtigster Magier dieser Welt' mal abgesehen – aber ihre Feinde hatten diese Burg besetzt und waren in der Überzahl. Allein konnten er und Jenna sie hier niemals herausholen.

„Sie sind nicht allein, weißt du", schien Benjamin seine Gedanken zu erraten. „Ilandra und einige der M'atay werden an ihrer Seite kämpfen."

Das waren in der Tat wundervolle Nachrichten und Leon wurde ruckartig sehr viel leichter ums Herz. „Hat … hat er dir das gesagt oder hast du es selbst sehen können?", fragte er hoffnungsvoll.

„Ersteres."

„Und glaubst du ihm?"

Benjamin nickte überzeugt und Leon entschied sich dazu, ebenfalls nicht an der Aussage des Kriegers zu zweifeln. Es war beruhigender und vor allem gesünder für ihn.

„Denkst du …", begann er, brach aber gleich wieder ab, weil Benjamin unvermittelt die Augen aufriss und hektisch den Kopf schüttelte.

Schritte. Da waren Schritte auf dem Gang zu hören. Sie bekamen Besuch! Nur einen Atemzug später erschienen zwei von Roanars Anhängern vor ihrer Zelle. Eindeutig Zauberer. Wie ihr Meister trugen beide lange Kapuzenmäntel und Glatzen. Nur ihre Bärte waren kürzer. Einer der Männer vollführte eine Geste vor dem Schloss und dieses sprang auf, sodass sie eintreten konnten.

Leon hörte Benjamin ängstlich keuchen und versuchte nun doch, sich etwas aufzurichten, um dem Jungen zu zeigen, dass er nicht allein war. Der Schmerz, der durch seine Seite zog, ließ ihn fest die Zähne zusammenbeißen, dennoch kam er mit Hilfe der Wand hinter ihm in eine halbwegs sitzende Position.

„Du!", sagte einer der Zauberer zu Benjamin und wies mit dem Finger auf ihn. „Du kommst jetzt mit!"

„Nein!", stieß der Junge entsetzt aus. „Wieso?"

„Weil Roanar das so will", antwortete der andere etwas sanfter. „Er will sich noch einmal mit dir allein unterhalten."

Benjamin schüttelte den Kopf und rutschte dichter an Leon heran.

„Dann soll er herkommen", stieß Leon aus. „Ich brauche ihn hier oder wollt ihr, dass ich gleich sterbe? Ich glaube nicht, dass das in Roanars Sinne ist."

„Wir haben unsere Befehle und hinterfragen unseren Meister nicht", brummte der erste Sprecher und ging einfach auf sie zu. „Er weiß, was er tut!"

Es war vermutlich die Panik, die Benjamin reagieren ließ, denn er schlug nach der Hand, die sich zu ihm ausstreckte. Allerdings schürte das die Wut des Zauberers, der Benjamin darauf an den Haaren packte und nach vorn zog. Der Junge schrie und schlug um sich, Leon versuchte zumindest auf die Knie zu kommen, um einzuschreiten, verlor aber sofort sein Gleichgewicht und schlug hin. Für einen kurzen Moment vernahm er nur noch einen hellen Piepton in seinen Ohren und sein Blickfeld schwärzte sich an den Rändern, dann war er auch schon wieder zurück in der schrecklichen, qualvollen Realität.

Die beiden Männer hatten Benjamin zwischen sich und schleppten ihn aus der Zelle. Das Kind hatte längst aufgegeben, ließ schluchzend alles mit sich geschehen, während Leon den Dreien nur schweratmend und mit einer starken Übelkeit ringend zusehen konnte. Mit einem lauten, schrillen Quietschen schloss sich die Tür der Zelle. Leon hätte es nie für möglich gehalten, aber er fühlte sich nun noch schlechter als zuvor. Mit Benjamin war jegliche Hoffnung gegangen, denn nun war er von all seinen Freunden vollkommen abgeschnitten. Es gab nur noch Schmerz und Resignation in seinem Körper.

Er schloss matt die Augen. Wahrscheinlich würde er Cilai nie wiedersehen und sein ungeborenes Kind ... es würde ohne Vater groß werden. Cilai ... das Kind ... Marek hatte ihnen geraten, an etwas zu denken, das ihnen Kraft gab ... Ja, die Erinnerung an seine kleine Familie tat das und genau daran hielt er sich fest. Für den Fall, dass sie vielleicht doch noch gerettet wurden.

# Bund

Jenna hatte, seit sie zum ersten Mal in Falaysia gewesen war, schon so viele Höhlen und Geheimgänge gesehen, doch jedes Mal, wenn sie ein weiteres dieser seltsamen von Menschenhand erschaffenen oder umgebauten Gebilde betrat, befielen sie ein leichter Schauer und ein Hauch von aufgeregter Neugierde. Je älter die Höhle war, desto mysteriöser war ihre Ausstrahlung und desto größer ihre Wirkung auf Jenna. Auch dieses Mal packte sie eine gewisse kurz anhaltende Atemlosigkeit, während sie sich in dem Gebilde umsah, dessen einstige Funktion zu verstehen versuchte.

Nachdem er wieder ansprechbar gewesen war, waren Marek und sie dem Verlauf des Tunnels, in den Ilandra die anderen geführt hatte, gefolgt. Auf halbem Weg waren sie auf ihre wartenden Freunde gestoßen und schließlich mit ihnen zusammen in die kleine runde Halle getreten, in der sich die M'atay gemeinsam mit den beiden geflohenen Frauen niedergelassen hatten.

Die ganze Form des Gebildes ähnelte der Höhle unter der Kirche in Jennas Welt ungemein – obgleich ein wichtiges Detail fehlte: das Tor zur anderen Welt. Zumindest war auf den ersten Blick kein Objekt auszumachen, das nur annähernd danach aussah. Es gab zwar einige schlichte Verzierungen wie angedeutete Pflanzen und sonstige verschlungene Linien an den Wänden, aber das war es dann auch schon. Jenna behielt diese Feststellung erst einmal für sich, denn viele Augen der M'atay hatten sich auf ihre Freunde und sie gerichtet, erwartungsvoll, fast ungeduldig. Ilandra erhob sich und trat dichter an Marek heran, sah ihm dabei fest in die Augen.

„Meine Stammesbrüder und -schwestern sind gewillt, sich gegen den Feind aufzulehnen", verkündete sie, was offenbar in ihrer Abwesenheit beschlossen worden war, „doch sie werden sich nicht als ahnungslose Puppen benutzen lassen. Sie wollen genau wissen, was du planst – und sie wollen nicht nur ein Versprechen, sondern einen Pakt."

„Geht es darin um die Befreiung der magisch Begabten aus deinem Volk, die erneut in die Hände der *Freien* gefallen sind?", riet Marek und Ilandra nickte.

„Ja", setzte sie dieser Geste noch hinzu. „Wir brauchen eine Sicherheit, dass wir eure Hilfe bei ihrer Befreiung erhalten werden."

„Selbstverständlich", nahm Jenna ihm die Antwort ab, was ihn jedoch nicht daran hinderte „In welcher Form?" zu fragen.

Ilandras Blick ruhte weiterhin auf Marek. „In Form eines Blutschwurs", sagte sie und zog ein Messer aus ihrem Gürtel, bevor sie auch Jenna ansah. „Von euch beiden.

Dieser wurde nun doch etwas mulmig zumute, dennoch nickte sie tapfer und streckte willig ihre Hand aus. Aus ihrer Sicht machte es keinen Sinn darüber zu verhandeln, denn die Zeit rannte ihnen langsam davon.

Marek gab ein missbilligendes Schnaufen von sich, streckte aber ebenfalls seine Hand aus. Einer der anderen M'atay erhob sich und brachte ein Stück Leder heran.

Ilandra ritzte ihren eigenen Zeigefinger an und zeichnete mit ihrem Blut ein Runenzeichen darauf. Anschließend wandte sie sich Marek zu und schnitt auch ihm in den Zeigefinger. Es war nicht schwer zu erraten, was zu tun war, und als Jenna schließlich an der Reihe war, folgte auch sie mit ihrem blutenden Finger den dunklen Linien des Zeichens.

„Der Bund hält uns zusammen", verkündete Ilandra laut in der Sprache ihres Volkes und während das Leder durch die Reihen der M'atay ging und ein jeder seine Stirn gegen das Zeichen drückte, erklärte Marek ihren Freunden rasch, was das alles zu bedeuten hatte.

Erleichterung zeigte sich in den meisten Gesichtern, in die Jenna nach diesem seltsamen Ritual blickte. Nur in wenigen verblieb ein Hauch Misstrauen und Angst. Die ältere Stammesführerin veranlasste, dass die M'atay etwas Platz für ihre Verbündeten machten, und Jenna beeilte sich, dem Wink in ihre Richtung nachzukommen und sich in der Gruppe niederzulassen.

„Also: Wie gehen wir vor?", sprach schließlich Enario die Frage aus, die vermutlich allen auf der Zunge brannte.

Marek holte tief Luft und begann mit Hilfe der Übersetzung Ilandras seinen noch recht vagen Plan auszubreiten, der lediglich auf den Informationen beruhte, die er mit nach Lyamar gebracht, sich bereits hier erarbeitet und soeben – so viel hatte er Jenna auf dem Weg durch den Tunnel schon sagen können – von Benjamin erhalten hatte.

Die Burg Camilor, so stattlich und eindrucksvoll sie auch erscheinen mochte, war eine kleine Burg, hatte Malin doch nie damit gerechnet jemals dort angegriffen zu werden. Zudem war sie seit jeher von Zauberern bewohnt worden und besaß demzufolge keine große Waffenkammer – wenn es die überhaupt gab. Roanar arbeitete zwar mit Sklavenhändlern und Söldnern zusammen, doch seine ‚Streitkraft' war nicht besonders groß und wurde zum großen Teil zum Bewachen der Sklaven und der bisher gefundenen Ruinen benutzt. Er konnte die Männer dort nicht abziehen, da die Gefangenen derzeit enorme Schwierigkeiten machten und immer mehr von ihnen wegliefen, was hieß, dass in Camilor sicherlich mit keinem allzu großen Soldatenaufgebot zu rechnen war.

Gleichwohl hatte er ohne jeden Zweifel einige mehr oder minder gut ausgebildete Magier an seiner Seite, vor denen man sich in Acht nehmen musste, da sie nicht nur mit diversen tückischen Zaubern angreifen, sondern auch das Verwenden magischer Kräfte erspüren konnten.

„Ich will einen Kampf möglichst vermeiden", ließ Marek seine Mitstreiter wissen. „Unser Hauptziel ist nicht, Roanar und seine Anhänger heute in Camilor zu schlagen, sondern Benjamin und Leon herauszuholen."

„*Und* Kilian!", setzte Silas mit Nachdruck hinzu.

Verärgert über die Unterbrechung zog Marek die Brauen zusammen, nickte dann aber. „Ja, den auch. Wichtig ist, dieses Ziel im Auge zu behalten und möglichst keine Verluste von Menschenleben auf unserer Seite hinzunehmen. Wenn wir dabei den *Freien* großen Schaden zufügen oder gar Roanar töten können, ist das wunderbar, aber unser Fokus darf sich nicht verschieben. Ich habe das Hiklet, das Benjamin bei sich hat, umfunktioniert und konnte deswegen, verborgen unter Roanars magischer Energie, unbemerkt Kontakt zu dem Jungen aufnehmen. Er und Leon befinden sich in einem Keller-

verlies, das wir möglichst ungesehen erreichen müssen –
andernfalls wird Roanar versuchen Leon zu töten."

„Und wie sollen wir das machen?", fragte Sheza angespannt. „Wie sollen wir überhaupt in die Burg hinein-
kommen? Hast du nicht gerade berichtet, dass sie auf einem steilen Berg steht? Willst du da raufklettern?"

„Ja, genauso wie Malin und seine Lehrlinge das getan
haben, Tag für Tag, mit Spitzhacken und Seilen", gab
Marek etwas genervt zurück. „Ich sagte doch, dass *Zauberer* dort wohnten. Es gibt mit Sicherheit auch am Boden ein Portal, das man mit ...", er griff in seine Tasche
und kramte das Medaillon daraus hervor, das Nuro, der
Mann, in dessen Gefangenschaft Marek und sie geraten
waren, bei sich gehabt hatte, „... diesem Schlüssel öffnen
kann."

Ein überraschtes Raunen ging durch die Gruppe, Hälse
wurden gereckt, Finger zeigten auf das seltsame Objekt.

„Wir kommen auf jeden Fall in die Burg hinein", sagte
Marek, „die Schwierigkeit liegt darin, uns unentdeckt *in*
ihr zu bewegen."

„Unentdeckt zu bleiben, ist für uns weniger schwierig
als für euch", wandte Ilandra ein und übersetzte rasch
auch ihre eigenen Worte für ihr Volk.

„Deswegen brauchen wir auch unbedingt eure Hilfe",
ging Marek umgehend auf sie ein. „Magie können wir nur
sehr sparsam und mit Bedacht benutzen, zumindest, solange wir unsere Freunde noch nicht befreit haben. Sollte
es allerdings nicht mehr vermeidbar sein, *müssen* wir sie
nutzen. Wie viele von euch beherrschen ihre Kräfte gut
genug, um sie gezielt einsetzen zu können, ohne sich
selbst zu gefährden?"

Ilandra wandte sich Wiranja zu und besprach sich kurz mit ihr.

„Sie sagt sechs von ihnen sind sehr wehrhaft und vier weitere können mit etwas Unterstützung ebenfalls mithelfen", verkündete sie kurz darauf.

Marek schürzte nachdenklich die Lippen. „Ich hoffe, das genügt", murmelte er und sah schließlich Jenna an. „Du kannst deine eigenen Kräfte ganz gut kontrollieren. Traust du es dir auch zu, gegebenenfalls helfend einzugreifen?"

Jenna dachte kurz nach und nickte schließlich. Sie hatte Mareks Kraft in Grenzen halten können, als er selbst noch nicht richtig Herr darüber gewesen war, und das waren *immense* Kräfte, die zweifellos keiner der hier anwesenden M'atay besaß. Wenn sie vorsichtig war, konnte sie durchaus einschreiten – auch ohne Cardasol.

„Sie ist eine Fala-Skiar", erklärte Marek auf die verwirrten Blicke der anderen magisch Begabten hin und erntete damit weitere bewundernde Laute.

Jennas Selbstsicherheit ließ unversehens ein gutes Stück nach. Sie wollte nicht, dass die Leute falsche Hoffnungen in sie setzten. Niemand war durch ihre Hilfe wahrhaft geschützt, denn immerhin traten sie, wenn sie Pech hatten, gleich gegen eine ganze Gruppe ausgebildeter Magier an. Wenn es einen Kampf gab, konnte es durchaus auf beiden Seiten Verluste geben.

„Davon abgesehen haben wir auch ein paar erfahrene Krieger in unserer Gruppe, die unserem Feind unter unserem Schutz auch physisch ordentlich zusetzen können", setzte Marek hinzu. „Auf mehreren Eben zugleich wehrhaft zu sein, ist immer gut."

„Da stimme ich dir zu", mischte sich Enario ein, „aber was tun wir, wenn wir bemerkt werden, *bevor* wir unsere Freunde befreien konnten?"

„Kämpfen und hoffen, dass wir trotzdem noch schnell genug sind, um das Schlimmste zu verhindern", war die schlichte Antwort, die Jennas Gedärme prompt verkrampfen ließ.

Marek sah sich kurz in der kleinen Runde um und sie war sich sicher, dass er den anhaltenden Zweifel in einigen der Gesichter genauso gut erkannte wie sie.

„Also gut", sagte er entschlossen, „einen besseren Plan können wir augenblicklich nicht auf die Beine stellen und die Zeit rennt uns davon. Wenn das alles dem ein oder anderen zu heikel ist, muss er hierbleiben und mit den Kindern und Alten auf uns warten. Alle anderen folgen Ilandra und mir."

Er erhob sich und zu Jennas großer Überraschung blieb nicht eine einzige der kampffähigen Personen sitzen. Die M'atay hielten anscheinend geschlossen zusammen.

Nachdem Ilandra den Alten und Kindern erklärt hatte, wo sie sich unter der Führung Wiranjas zusammen mit den beiden ehemaligen Sklavinnen verstecken sollten, bis der Rest ihrer Gruppe zurück war, machte sich ihr wunderliches kleines ‚Heer' auf den Weg nach Camilor. Marek, der den Trupp zunächst zusammen mit Ilandra angeführt hatte, blieb nicht lange an der Spitze, sondern ließ sich bald ein Stück zurückfallen, um in der Nähe seiner Freunde zu bleiben.

„Wie geübt bist du?", wandte er sich leise an Silas. „Und erzähl mir jetzt nicht, dass du kaum Kräfte hast, weil du deine Ausbildung zu früh abgebrochen hast, denn ich *weiß*, wie es um dich steht."

Für einen kurzen Augenblick zeigte sich Verärgerung in Silas' Zügen, dann hatte er sich wieder im Griff. „Ich habe meine Talente unter Kontrolle", erwiderte der junge Mann. „Keine Sorge."

„Gilt das auch für deine Gefühle?", hakte Marek weiter nach.

„Selbstverständlich!", knurrte Silas. „Ich weiß, dass meine Kräfte sonst für andere zur Gefahr werden können!"

„Nicht nur deine Kräfte – kannst du dich generell zurückhalten, wenn du Kilian irgendwo siehst?"

„Ja!"

„Und wenn ich ihn ausschalte, damit er uns nicht gefährden kann?"

Silas' Augen weiteten sich. „Wie meinst du das?"

„Er wird ihn vielleicht niederschlagen müssen, weil Roanars Bann nicht so schnell gebrochen werden kann", ging Jenna helfend dazwischen, obgleich sie genau wusste, dass Mareks ‚Ausschalten' auch eine durchaus drastischere Vorgehensweise beinhalten konnte.

Silas sah den Bakitarer eindringlich an und schließlich konnte sich Marek zu einem knappen bestätigenden Nicken durchringen. „Genau das meine ich", passte er sich Jennas Vorstellung an.

„Wenn das alles ist, was du tust, werde ich damit leben können", versprach der Jüngere daraufhin, aber auch bei ihm zweifelte Jenna an der Aufrichtigkeit seiner Aussage. Bisher hatte der junge Mann einen recht hitzköpfigen Eindruck gemacht und sie konnte verstehen, dass Marek ihn als Unsicherheitsfaktor wahrnahm. Es war immer gefährlich, Menschen wie ihn in eine solch heikle Aktion zu involvieren. Aber momentan brauchte sie einfach *jeden* Mann.

„Was ist mit dir?", wandte sich Marek leise an sie. „Hast du deine Sorgen und Ängste im Griff?"

Sie nickte rasch und schob ihren Ärger über sein Misstrauen vehement zurück, denn auch in ihrem Fall war Mareks Sorge berechtigt: Ihre Angst um Benny ließ sie manchmal nicht klar denken und nun war auch noch Leons Leben in Gefahr. Sie durfte sich auf keinen Fall von ihren Gefühlen leiten lassen, musste sich auf Mareks Erfahrung und strategisches Geschick verlassen, wenn sie – heil aus der Sache herauskommen wollten.

„Es wird gutgehen", versprach ihr der Krieger, umfasste ihr Handgelenk und drückte es kurz, bevor er sich von ihr abwandte und wieder zurück an die Spitze der Truppe lief.

Jenna versuchte ruhig und tief zu atmen, um damit ihre Aufregung wieder in den Griff zu bekommen. Sie waren doch so viele geworden, standen nicht mehr allein da – so wie Marek es vorausgesagt hatte. War das allein nicht schon Grund genug, voller Hoffnung in dieses gewagte Unterfangen zu laufen?

*Nicht verzweifeln. Du wirst gerettet. Alles wird gut werden.* Das waren die Worte, die Benjamin innerlich immer wieder vor sich hersagte. Sie hatten seine Tränen versiegen lassen und seine Panik verdrängt, als die beiden Männer ihn eine Treppe nach der anderen hinaufgezerrt hatten. Sie und Marek, der weiterhin zumindest zum Teil geistig bei ihm war und immer dann, wenn die negativen Gefühle erneut zu stark aufwallten, eine Welle der Ruhe und Zuversicht zu ihm sandte. In dieser Situation nicht allein zu sein, fühlte sich ausgesprochen gut an, ganz gleich, wie weit der Krieger physisch von ihm entfernt war.

Benjamin hatte auch gefühlt, dass Marek einen Plan hatte und andere Menschen um sich herum scharrte, die ebenfalls zu ihrer Rettung eilen würden. Genaue Bilder sah er nicht, spürte nur ihre Anwesenheit und die kämpferische Stimmung.

Die beiden Zauberer führten ihn nun auf eine bereits geöffnete Flügeltür zu und Benjamin erkannte, dass es die Halle war, in der sie sich bei ihrer Ankunft in Camilor für eine Weile aufgehalten hatten. Nur einen Atemzug später betraten sie den großen Raum, der sich mit weiteren Zauberern gefüllt hatte, unter denen sich selbstverständlich auch Roanar befand. Der Mann ging eilends auf ihn zu, wandte sich aber sogleich an seine Bewacher.

„Sehr gut!", lobte er diese. „Bringt ihn zum Nordportal und wartet dort auf mich. Wenn alles nach Plan verläuft, werden wir bald bei euch sein – mit ein paar Gefangenen mehr und sehr viel besser ausgerüstet als jemals zuvor."

Er blickte nun doch auf Benjamin hinab, streng, fast drohend. „Und du, mein Junge, benimmst dich und tust brav, was man dir sagt. Andernfalls wirst nicht nur du, sondern auch deine Schwester darunter zu leiden haben!"

Benjamin nickte eingeschüchtert, obwohl ihm nicht danach war, und wehrte sich nicht, als die Männer ihn erneut an den Armen packten und wieder aus der Halle hinausführten. Nordportal … Meinte er damit ein echtes Tor oder schon wieder ein magisches? Wenn es letzteres war, musste er sich den Weg und die Lage ganz genau merken. Vielleicht war es ihm ja möglich, Marek und die anderen dorthin zu lotsen …

Ein Rumpeln aus der Tiefe, das sogar den Boden unter seinen Füßen zum Beben brachte, ließ Benjamin entsetzt nach Luft schnappen und sogar nach den Ärmeln seiner Begleiter greifen. Die beiden blieben ruckartig stehen und sahen sich an.

„Was … was war das?", stieß Benjamin aus.

„Nichts, was dich etwas angeht", brummte die ältere seiner beiden Wachen.

„Ist da was zusammengestürzt?", fragte Benjamin nichtsdestotrotz weiter. Vielleicht hatte ja der Angriff seiner Freunde begonnen und sie waren nicht unentdeckt geblieben, mussten schon jetzt kämpfen …

‚Nein, keine Sorge', hörte er Marek überraschend in seinem Kopf. ‚Wir sind auf dem Weg, aber noch nicht im Schloss. Das muss etwas anderes gewesen sein.'

„Durchaus möglich", erwiderte der jüngere Magier zum sichtbaren Ärger des anderen. „Die Burg ist alt und nicht mehr so stabil, wie sie von außen aussieht. Zudem gibt es hier noch etliche Fallen, die wir noch nicht …"

„Jona!", mahnte der Ältere seinen Kameraden und der schloss rasch seinen Mund.

„Weiter jetzt!", kommandierte der Strengere und zog Benjamin wieder grob vorwärts. „Wir sollen außer Reichweite sein, wenn Ma'harik und die Frau hier eintreffen!"

„Ist ja gut, Cyrus", murrte sein Kamerad zurück. „Du wirst dich schon nicht mit ihm duellieren müssen. Niemand wird das, wenn alles gut geht."

„Still!", wurde er erneut von seinem Mitstreiter angefahren und der Blick in Benjamins Richtung war mehr als eindeutig.

„Er ist doch nur ein Kind!", entrüstete sich Jona. „*Und unser Gefangener!*"

„Trotzdem sollte er den Plan nicht kennen!"

Das brachte Jona nun doch zum Schweigen und zwar für eine ganze Weile, die Benjamin dazu brachte, sich genauestens umzusehen – denn genau das war es, was auch Marek von ihm wollte.

Man konnte der Burg in der Tat die vielen Jahre ansehen, die sie nun schon existierte. Sämtlicher noch erhaltener Wandschmuck lag am Boden oder hing in Fetzen von den Wänden, das Mauerwerk war rissig und teilweise sogar brüchig und an einigen Stellen drang bereits Feuchtigkeit ins Innere der Gänge. Je weiter sie sich von der großen Halle entfernten, desto schlimmer wurde es und Benjamin fragte sich nach einer Weile, ob eventuell ein magischer Schutzschild auf einigen Bereichen der Burg lag, der diese erhielt, aber den Rest nicht beeinflusste.

Besser wurde der Zustand des Gemäuers, als sie eine weitere Treppe hinter sich gelassen hatten und in einen dieses Mal recht kurzen Gang traten, der vor einer mit seltsamen Symbolen verzierten Flügeltür endete. Cyrus öffnete diese und Benjamin wurde in eine etwas größere Kammer geschoben, in der es nichts weiter als eine lange Bank und einen ebenfalls mit einigen Symbolen geschmückten Torbogen gab. Das musste das Nordportal sein. Also doch wieder Magie. Es war allerdings noch nicht aktiviert worden.

„Wo ist Tymion?", wandte sich Jona mit leichter Sorge in der Stimme an Cyrus.

„Keine Ahnung", brummte sein Kamerad. „Der ist bestimmt jeden Moment da. Außerdem brauchen wir die Frau dieses Mal nicht."

„Aber ohne …", begann Jona, verstummte jedoch sofort, als Cyrus eine runde, mindestens zwei Zentimeter dicke Scheibe aus einer Tasche in seiner Robe holte und vor seine Nase hielt. „Ist das …"

„Das Sangor – ja."

Jona betrachtete die Scheibe fasziniert und auch Benjamin versuchte sie unauffällig genauer zu inspizieren. War das dasselbe Objekt, mit dem Roanar ihn im Kerker gestochen hatte oder nur ein ähnliches? Richtig gesehen hatte er es ja nicht, aber möglich war es schon. Obenauf konnte er jetzt rötlich leuchtende Linien erkennen, die sich spiralförmig über die Oberfläche zogen und bis in die Ränder hineingingen …

„Und Roanar hat es dir einfach so gegeben?", hakte Jona nach.

„Er vertraut mir halt und möchte, dass ich alles für eine schnelle Weiterreise vorbereite", erklärte Cyrus mit stolzgeschwellter Brust. „Die Frau war in letzter Zeit so widerwillig, dass Roanar sich dazu entschlossen hat, den leichteren Weg zu gehen. Was gleichwohl nicht heißt, dass sie geschont wurde." Er lachte hämisch. „Die wurde ordentlich zur Ader gelassen – für den Fall der Fälle."

Benjamins Magen zog sich zusammen. Von wem zur Hölle sprachen die da?

„Hat sie das überlebt?", wollte Jona wissen und Benjamin meinte sogar einen Hauch von Sorge in seinem Gesicht zu erkennen.

„Wieso?", feixte der andere. „Dachtest du, du hast Chancen bei ihr?" Er gab ein verächtliches Geräusch von sich, ging vor dem Tor in die Knie und griff in einen Krug, der dort stand.

Benjamin runzelte verwirrt die Stirn, denn der Mann hatte nun Sand in der Hand und ließ ihn in eine Kuhle am Boden rieseln.

„Verstehen kann ich dich ja", sprach er weiter mit Jona. „Sie ist schon ausnehmend schön. Wenn ich ehrlich bin, habe ich noch *nie* zuvor eine derart schöne Frau gesehen. Aber gerade das macht sie ja auch so gefährlich. Man vergisst, wen man vor sich und was man eigentlich geplant hat, und sie legt einen dann herein."

Alentara! Die Männer mussten von der ehemaligen Königin sprechen! Nun war Benjamin derjenige, in dem sich Sorge breit machte. Hatte Roanar die Frau etwa seinetwegen bestraft – blutig bestraft?

„Ich weiß, wer sie ist", brummte Jona zurück. „Und ich bin nicht so dumm, auf sie hereinzufallen – keine Sorge! Aber ich halte es für keine gute Idee, die einzige Person, die uns gegenwärtig mit Malins Blut versorgen kann, schwerer zu verletzen, als es eigentlich notwendig ist."

„Roanar weiß schon, was er tut", gab Cyrus zurück und goss etwas Wasser aus einem Krug, der ebenfalls vor dem Torbogen zu finden war, in eine weitere Kuhle.

Jona gab einen leisen Laut von sich, der alles andere als zustimmend klang und als Benjamin in sein Gesicht blickte, war er nicht überrascht, dort eine gewisse Unzufriedenheit zu entdecken. In den Reihen der *Freien* gab es allem Anschein nach einige Unstimmigkeiten und war das nicht ein gutes Zeichen? So was ließ sich doch gewiss nutzen, um den Feind später von innen zu schwächen. Benjamin beschloss, sich schon allein aus diesem Grund möglichst still zu verhalten. Lauschen und lernen.

Cyrus scherte sich nicht weiter um seinen Kameraden, umfasste das runde Objekt fester und berührte damit anschließend das Zeichen Malins, das über dem Tor prangte. Benjamins Augen weiteten sich, als sich vom Boden aus knisternd ein paar weißlich leuchtende Linien im Rand des Torbogens emporfraßen, dieses umrundeten und schließlich auf der anderen Seite im Boden versanken. Sie erloschen dabei jedoch nicht, sondern glühten noch viel heller auf, während ein gleißendes Licht das Innere des Tores füllte. Blitze knisterten aus diesem hinaus, schienen Funken zu sprühen, gleichwohl nur ein paar Sekunden lang, dann war das Spektakel vorbei und das Licht im Torbogen hatte viel eher Ähnlichkeit mit einer Wand aus fluoreszierendem Wasser, die sich kaum noch bewegte.

„Noch nie gesehen?", wandte sich Jona, der sein Staunen augenscheinlich bemerkt hatte, an Benjamin.

„Doch, aber … das sah irgendwie anders aus", gestand Benny.

Jona wollte noch etwas sagen, mit dem nächsten Wimpernschlag öffnete sich jedoch die Tür der Kammer und zwei weitere Männer kamen herein. Einer davon trug eine Frau über der Schulter und lud diese wortlos und mit wenig Feingefühl auf der Bank ab.

Benjamin stockte der Atem. Es war Alentara und sie sah furchtbar aus. Besinnungslos, blass, geschwächt, die Handgelenke mit Leinentüchern verbunden, auf denen sich bereits zwei rote Flecken zeigten. Roanar war kein Mensch, sondern ein Monster – das stand für Benjamin in diesem Augenblick fest und es fiel ihm sehr schwer, seine wachsende Wut im Griff zu behalten. Insbesondere weil die anwesenden Männer vollkommen gefühllos mit der Frau umgingen.

„Und?", wandte sich Cyrus an einen der Neuankömmlinge, einen etwas dickeren Mann, der anders als seine Freunde keine Glatze, sondern nur den obligatorischen Bart trug. „Gibt es neue Anweisungen?"

„Noch nicht", gestand dieser. „Wir sollen hier auf weitere Befehle warten. Roanar will erst mal sehen, wie sich die Situation entwickelt. Er meint, Ma'harik ist so schwer einzuschätzen, dass einfach *alles* möglich ist."

„Auch dass er sich tatsächlich ergibt?" Cyrus hob zweifelnd die Brauen, woraufhin sein Gegenüber etwas hilflos die Schultern zuckte.

„Ich bin nur froh, dass ich für den Gefangenentransport abgestellt wurde und diesem Mann nicht gegenübertreten muss", fuhr der Dicke fort. „Ich würde mich nicht mal mit hundert Zauberern an meiner Seite in einem Kampf mit diesem Übermenschen wirklich überlegen und sicher fühlen und Roanar … er hat ja selbst zu spüren bekommen, was passiert, wenn man sich mit ihm duelliert."

Er machte eine unbestimmte Geste über sein Gesicht hinweg, was die anderen dazu brachte, betreten in eine andere Richtung zu sehen oder den Kopf zu senken. Die Entstellung stammte also aus dem Kampf in Tichuan, von dem Jenna Benny erzählt hatte.

‚Er hatte es nicht anders verdient', vernahm Benjamin Marek in seinem Kopf und wurde dadurch erst wieder daran erinnert, dass er nicht ganz allein mit dem Feind war. ‚Wie auch diese Leute alles verdienen, was auf sie zukommt. Hör zu – sollten sie die Anweisung bekommen, die Burg durch das Tor zu verlassen, darfst du auf keinen Fall mitgehen! Die Tür der Kammer wurde nicht verschlossen. Alles, was du tun musst, ist, deine Aufpasser loszuwerden.'

‚Und wie?'

‚Sie halten dich für ein Kind, das ihnen nicht gefährlich werden kann und haben dich weder gefesselt noch ein besonderes Auge auf dich. Das ist gut. Ich möchte, dass du dir Cyrus' Mantel ansiehst. Fokussier dich auf ihn, präg dir die Struktur ein, sodass du ihn vor Augen hast, selbst wenn du nicht mehr hinsiehst. Und wenn ich dir das Zeichen gebe, öffnest du deine Sinne ganz weit und lässt die Energie los, die ich dir sende. Kannst du das tun?'

‚Ja.'

‚Es wird ein großes Chaos entstehen und alles, was du dann tun musst, ist zu laufen, so schnell du kannst. Dorthin, wohin es dich zieht.'

‚Was ist mit Alentara?'

‚Um die müssen wir uns später kümmern.'

‚Aber ...'

‚Kannst du sie tragen?'

‚Nein.'

‚Siehst du. Wir kümmern uns später um sie.'

Benjamin schluckte schwer. Sein Blick ruhte auf Alentaras lebloser Gestalt und er fühlte sich ganz schlecht. Aber Marek hatte recht. Er konnte sie nicht mitnehmen. Dazu war er nicht stark genug.

„Sie wird schon wieder", sprach ihn Jona an und tätschelte tröstend seine Schulter. „Sie ist nur besinnungslos – nicht tot."

Benjamin konnte nichts darauf erwidern.

‚Noch nicht', lag ihm auf der Zunge und er hoffte so sehr, dass er sich irrte und Marek noch rechtzeitig auftauchte, um auch die ehemalige Königin zu retten. Seine Augen wanderten hinüber zu Cyrus, der sich die ganze Zeit weiter mit den anderen beiden *Freien* unterhalten hatte, und richteten sich auf dessen Robe. Er hatte einen Auftrag und den würde er jetzt ausführen.

# Umwege

Ilandras Schleichweg durch den Tunnel brachte den ‚Guerilla-Trupp', wie Jenna ihre Gruppe insgeheim nannte, tatsächlich sehr nah an den Felsen heran, auf dem Malins Burg thronte. Durch den dichten Pflanzenwuchs konnten sie den Rest des Weges dorthin auch unter freiem Himmel unentdeckt zurücklegen und Jenna bewunderte die M'atay insgeheim für ihre Leichtfüßigkeit und Geschicklichkeit. Trotz der Größe ihrer Gruppe verursachte diese nur wenige Geräusche und selbst die stammten mit Sicherheit nicht von den Ureinwohnern Lyamars, sondern eher von Jennas Freunden und ihr selbst.

Selbst Marek sorgte noch ab und an für ein Knacken oder Rascheln, obwohl er ein trainierter Krieger war, in dessen Adern auch noch M'atayblut floss. Er war allerdings genauso wenig im Dschungel groß geworden wie Jenna und Magie in einem von Zauberern derart verseuchten Gebiet einzusetzen, um nicht bemerkt zu werden, war ein Widerspruch in sich.

Gut zehn Meter von dem Felsmassiv entfernt hielt ihr ‚Guerilla-Trupp', immer noch gut versteckt im Dickicht des Waldes. Zwei Männer befanden sich direkt vor der Steilwand. Bewaffnete Männer, die ihrer Rüstung nach zu urteilen, zu den Söldnern gehörten, die für Roanar arbeiteten.

„Jetzt wissen wir zumindest schon mal, wo der magische Zugang zur Burg ist", raunte Enario den andern zu. „Die stehen da ganz bestimmt nicht einfach nur so herum."

Jenna verengte die Augen und meinte wahrhaftig so etwas wie einen Torbogen in der unebenen Wand ausmachen zu können, ähnlich denen, die Marek und sie im Höhlensystem und dem Tempel vorgefunden hatten.

„Wir müssen die Wachen irgendwie ausschalten, ohne dass sie Alarm schlagen können", warf Sheza ein. „Ich könnte mich zusammen mit einem anderen Bogenschützen noch ein Stück näher heranschleichen und..."

Mareks Kopfschütteln ließ sie verstummen. „Roanar hat sie sicherlich gegen eine solche Attacke geschützt. Erinnerst du dich an den Talisman, den Alentara dir mal mitgegeben hat?"

Oh, daran konnte sich auch Jenna noch gut erinnern und wenn die beiden Wachen etwas Derartiges bei sich hatten, würde es schwer werden, sie zu überwältigen.

„Und was sollen wir stattdessen tun?", erkundigte sich Silas etwas ungeduldig. „Sie mit Magie angreifen?"

„Auf keinen Fall", konterte Marek sogleich und sah Ilandra an, die der ganzen Unterhaltung aufmerksam, aber schweigend gefolgt war. „Ihr habt Cardasols Kraft umgehen können – würde das hier auch funktionieren?"

„Die Griza-Früchte?", fragte die M'atay und Marek nickte.

Natürlich! Die Pollen der Früchte hatten eine Wirkung, die dem Radar jedweder Magie entging!

Ilandra wandte sich an zwei ihrer Mitstreiter, erklärte ihnen kurz, was sie wollte, und schon eilten die beiden los – so lautlos, wie sie auch hergekommen waren.

„Das könnte funktionieren!", freute sich Jenna und runzelte die Stirn, weil Marek zu ihrem Erstaunen die Augen geschlossen hatte und mit einem Mal einen sehr angestrengten Eindruck machte. Sie wartete, bis er die Lider wieder aufschlug, und sah ihn fragend an. „Benny?"

Er nickte und irgendetwas an seinem Gesichtsausdruck gefiel ihr gar nicht.

„Ist was passiert?", fragte sie mit Bangen.

„Nein, alles gut. Sie ... sind noch im Kerker und Roanar lässt sie in Ruhe. Keine Sorge."

„Ich strenge mich an", seufzte sie und sah hinauf zur Burg. So nah und doch so fern. „Das dauert nur alles so verdammt lange ..."

„Roanar ist nicht dumm. Er wird Leon nicht sterben lassen, wenn wir uns ein paar Minuten verspäten. Zumindest nicht, ohne zuvor wieder Kontakt zu uns aufzunehmen. Außerdem braucht er die Zeit für seine eigenen Vorbereitungen. Er ist sich nämlich alles andere als sicher, dass wir tun, was er sagt, und muss sich auf alle Eventualitäten einstellen, wenn er überleben will."

„Und wenn er das besser macht als wir?", sprach Jenna ihre größte Sorge aus. „Immerhin hatte er viel mehr Zeit, Pläne zu machen, als wir."

„Hatte er nicht", widersprach Marek ihr und verwirrte sie damit ein wenig.

„Nein?"

„Ich gehe davon aus, dass er zwar vor etwas längerer Zeit an Kilian herangekommen ist und ihn als Spion benutzt hat ..."

„Kilian ist kein Verräter!", beschwerte sich Silas prompt.

„Das habe ich auch nicht behauptet", knurrte Marek ihn an. „Ich sagte, er wurde *benutzt* – wahrscheinlich, ohne dass er es selbst bemerkt hat. Aber darum geht es jetzt nicht. Roanar hat hier in Lyamar an einem bestimmten Punkt, den er als günstig empfand, zugeschlagen, um Benjamin in seine Gewalt zu bringen, und zwar weil er an dich ...", er wies auf Jenna, „... nicht herankam. Das war sein *Ersatz*plan: Dich mit deinem Bruder erpressen und über dich wiederum an mich und Cardasol herankommen. Ob, wo und wann das stattfindet, wusste er nicht, also kann auch er sich erst jetzt neu sortieren und auf das vorbereiten, was er selbst eingeleitet hat – eine weitere Begegnung mit mir."

„Was wiederum auch nicht von Anfang an geplant war", überlegte Jenna jetzt mit, „denn als ich nach Falaysia kam, hieß es noch, man wolle dich töten. Auch diesbezüglich muss er sich, aus welchem Grund auch immer, umorientiert haben."

„Ganz genau", stimmte der Krieger ihr zu. „Wir sind im Grunde alle am Improvisieren. Roanar hat derzeit nur mehr Männer."

Das war ein wahrlich tröstender Gedanke und nahm einen Teil des Druckes weg, der auf Jennas Brust lastete. Noch besser ging es ihr, als die beiden M'atay wieder auftauchten, die Arme beladen mit den seltsamen Früchten, die auch sie und ihre Freunde schon einmal ausgeschaltet hatten – trotz des magischen Amuletts, das damals noch in Jennas Besitz gewesen war.

Ilandra gab ein weiteres Mal ein paar knappe Anweisungen und die beiden anderen verstauten den Großteil der Früchte in einem ledernen Beutel, bevor einer von ihnen – Ilandra sprach ihn mit dem Namen Lomyo an – sich, bewaffnet mit zwei Früchten, auf den Weg hinüber zu den Wachen machte. Er nutzte dabei die Felswand und die Pflanzen um ihn herum als Deckung, denn auch bei ihm funktionierte die natürliche Tarnung seiner Haut hervorragend. Dennoch beschleunigte sich Jennas Puls enorm und ihr Atem stockte, als der M'atay den Arm hob und die Früchte genau zwischen die Füße der Wachen beförderte.

Die beiden Männer, die ihren Job nicht gerade sehr ernst zu nehmen schienen und eben noch in ein angeregtes Gespräch vertieft gewesen waren, zuckten heftig zusammen und griffen nach ihren Waffen.

„Wer ist da?!", rief einer von ihnen in die Ferne und schien dabei die Pollen, die aus den Früchten strömten, gar nicht zu bemerken.

Sein Freund hingegen begann bereits zu husten und den Nebel vor seiner Nase mit der Hand wegzuwedeln. Nur einen Herzschlag später ging er in die Knie.

„Was zur Hö …", begann sein Kamerad. Der Rest des Satzes ging ebenfalls in einer heftigen Hustenattacke unter. Es dauerte nur wenige Sekunden, bis beide am Boden lagen und sich nicht mehr regten.

Die M'atay stürzten los, Marek unter ihnen, und Jenna sprang ebenfalls auf, eilte mit dem Rest ihrer Freunde auf das ‚Schlachtfeld' zu. Der Nebel hatte sich, durch das Wasser, das Lomyo mit seinem Wasserschlauch vor Ort verteilt hatte, schnell wieder gelegt, sodass niemand Gefahr lief, ebenfalls von dem Gas niedergestreckt zu werden.

Während die M'atay die Wachen fesselten und knebelten, um sie gleich darauf in die Büsche zu schleppen, trat Marek schon mit Nuros Anhänger an den Torbogen im Felsen heran und suchte dort nach dem ‚Schlüsselloch'. Jenna gesellte sich zu ihm, konnte gleichwohl nichts entdecken, was auch nur im Entferntesten daran erinnerte.

„Vielleicht sind wir doch an der falschen Stelle", überlegte Enario, der unbemerkt hinter sie getreten war.

„Nein." Marek schüttelte vehement den Kopf, die Brauen in hoher Konzentration zusammengezogen. Er hob seine Hand, in der der Anhänger lag und führte sie ganz langsam über den Torbogen, von links nach rechts und dabei immer weiter abwärts wandernd. An einem bestimmten Punkt flackerte plötzlich ein kleines grünliches Licht im Inneren des Anhängers.

„Na also!", stieß der Krieger mit derselben Erleichterung in der Stimme aus, die auch Jenna erfasste, und presste das Schmuckstück genau an dieser Stelle auf den Felsen. Ein Knistern ertönte und ähnlich wie bei den anderen Toren breiteten sich silberne Lichtfäden von dem ‚Schlüsselloch' über das ganze Innere des Tores aus, bis schließlich dieselbe wabernde Energiefläche entstanden war, die alle Portale gemein hatten.

„Und jetzt?", fragte Enario etwas atemlos, während sich der Rest ihres Trupps hinter ihnen sammelte.

Marek atmete tief ein und zog sein Schwert, was die anderen dazu verleitete, ebenfalls zu den Waffen zu greifen. „Jetzt gehen wir da rein und stellen uns, was auch immer uns erwartet."

Jenna schluckte schwer. Ihr Herz hämmerte wie wild in ihrer Brust und ihre Beine wurden weicher. Es war Mareks warme Hand, die sie schließlich genügend beruhigte, um den Schritt hinein ins Ungewisse zu machen. Seine Finger umschlossen ganz fest die ihren und ließen sie auch nicht los, als der Sog einsetzte, sie mit Macht nach vorne zog.

Leon wusste nicht genau, wie viel Zeit vergangen war, seit Benjamin ihn verlassen hatte. Zweimal hatte er seitdem versucht aufzustehen, um an das Schloss heranzukommen. Es war nicht so, dass er tatsächlich glaubte, es öffnen zu können, aber aktiv etwas Sinnloses zu versuchen, war immer noch besser, als passiv herumzuliegen und darauf zu warten, gerettet zu werden ... oder zu sterben. Er wusste, dass es nicht vernünftig war, aber er konnte einfach nicht anders.

Leider waren seine Aktionen Versuche geblieben. Der Blutverlust der letzten beiden Stunden hatte ihn so viel Energie gekostet, dass seine Muskeln kaum mehr zu einer Regung fähig waren. So zitterten seine Arme bereits, wenn sie nur einen minimalen Teil seines Körpergewichts tragen mussten und sein Kreislauf spielte verrückt, ließ seine Ohren summen und die Welt zu einem Karussell werden, das sich unaufhörlich drehte, bis er wieder lag.

Seine Sinne funktionierten jedoch noch gut genug, um den widerlichen Gestank des Kerkers und die gruseligen Geräusche im alten Gemäuer wahrzunehmen. Wie gern hätte er gerade darauf verzichtet. Dann hätte er auch nicht das Zusammenstürzen des Ganges auf der linken Seite mitbekommen, was seine Sorgen vervielfacht hatte. Benjamin war nicht allzu lange weg gewesen, als es passiert war. Rumpeln, Krachen, das Beben des Bodens und schließlich eine große Staubwolke, die ihm einen äußerst schmerzhaften Hustenanfall beschert hatte.

Soweit Leon sich erinnerte, war sämtlicher Besuch bisher von links gekommen und gerade diese Tatsache sorgte für ein unangenehmes, hohles Gefühl in seinem Bauch und den schrecklichen Gedanken, dass Roanar ihn nicht mehr lebend brauchte und den Zusammensturz selbst verursacht hatte. Auf diese Weise kamen seine Freunde nie an ihn heran und er … er starb hier allein.

Leon schloss die Augen und konzentrierte sich darauf, weiter ruhig zu atmen und die Panik, die sich schon seit geraumer Zeit in einem Winkel seines Bewusstseins regte, nicht weiter wachsen zu lassen. Seine Freunde würden ihn nicht im Stich lassen und er hatte schon einmal mitangesehen, wie Marek und Jenna riesige Felsen hatten zu Sand zerfallen lassen. Gut, sie hatten dabei Unterstützung von Kychona und Cardasol gehabt, aber Marek war jetzt viel mächtiger als die Zauberin damals. Er brauchte gewiss keine Hilfe mehr für solcherlei Dinge.

Ein seltsames Geräusch in seiner Nähe ließ Leon aufhorchen. Es hatte sich angehört, als ob etwas Hartes über Stein kratzte. Da war es wieder, hielt dieses Mal deutlich länger an, gefolgt von dem Stöhnen, das er schon ein paar Mal vernommen, aber bisher nie darüber nachgedacht hatte, wer es verursachte. Ganz allein war er dann wohl doch nicht.

Er öffnete die Augen und räusperte sich. „Ha… hallo?", brachte er mit Mühe aus seiner viel zu trockenen Kehle hervor.

Keine Antwort und auch das Geräusch war verstummt.

„Ist da noch jemand?", versuchte Leon es trotzdem weiter.

Stille.

„Vielleicht können wir einander helfen", schlug er vor, in der Hoffnung, dass die Person es möglicherweise nur mit der Angst zu tun bekommen hatte, die Antwort blieb allerdings ein weiteres Mal aus.

Leons Blick richtete sich auf die Kerkertür. Ganz so weit weg wie zu Anfang war sie nicht mehr, also hatten seine Versuche, auf die Beine zu kommen, ihn doch näher an sein Ziel herangebracht als gedacht. Wenn er nicht daran arbeitete, aufzustehen, sondern einfach am Boden entlang kroch, konnte er eventuell einen Blick auf die anderen Zellen werfen und die Person, die sich in einer davon befand, eventuell sogar sehen.

Er holte tief Luft und drehte sich so, dass er mit dem Rücken flach auf dem Boden lag. Die Beine anzuziehen war weitaus anstrengender und schmerzhafter als die Drehung, aber es war auszuhalten.

„Los, Leon, du kannst das – ganz gleich, was für ein lächerliches Bild du abgibst!", motivierte er sich selbst, stemmte die Füße auf den Boden und schob sich vorwärts. Es tat weh, aber es funktionierte. Das Stroh unter seinem Körper ließ diesen leichter rutschen und es dauerte gar nicht lange, bis er die Gitter der Tür mit den Fingern erreichen und sich zusätzlich mittels seiner zitternden Armmuskeln heranziehen konnte.

An der Tür angekommen, musste er erst einmal verschnaufen. Er fühlte sich vollkommen ausgelaugt und sein Herz schlug viel zu schnell. Seine Finger berührten das Stück Stoff, das seine Wunde behelfsmäßig abdeckte. Es war klebrig, aber nicht nass, was vermutlich hieß, dass die Wunde zumindest nicht wieder angefangen hatte zu bluten. Wenigstens ein kleiner Trost in dieser recht unangenehmen Situation.

Nach ein paar Sekunden entschied Leon, dass er sich genügend erholt hatte, und drehte sich mit großer Mühe auf die Seite, spähte durch die Gitter seiner Zelle. Von seinem Blickwinkel aus, konnte er in drei weitere Zellen hineinsehen, die augenscheinlich leer waren. Ob es noch weitere davon im verschütteten Teil gegeben hatte, konnte Leon schwerlich feststellen, da sich die Steine aus dem Gemäuer bis an die Decke stapelten. Allerdings verlief der Gang auch auf der rechten Seite noch ein Stück länger, war dort aber zu dunkel, um Genaueres erkennen zu können, da sich die einzige noch brennende Fackel gegenüber von Leons Kerker befand.

Da war es wieder! Das kratzende, schleifende Geräusch! Und jetzt war es noch näher als zuvor.

„Hallo?!", rief Leon erneut. „Ist noch jemand hier unten im Kerker?"

Keine Antwort und schon wieder war auch das Geräusch verklungen. Es konnten durchaus auch nur Ratten sein, die sich jedes Mal erschreckten, wenn sie seine Stimme hörten. Leon entschloss sich, beim nächsten Mal still zu bleiben und stattdessen genauer hinzuhören, um das Geräusch besser zuordnen zu können.

Es dauerte nicht lange, bis es wieder zu vernehmen war. Ratten waren das nicht, die bewegten sich schneller und es klang wirklich so, als würde jemand mit etwas Hartem an der Wand kratzen. Und zwar genau an der rechts neben Leon. Er rückte näher heran, presste sein Ohr dagegen. Nein, das war nicht nur ein Kratzen an ein und derselben Stelle. Es klang eher so, als würde sich jemand an der Wand entlang bewegen – oder besser *in* der Wand!

Seine eigene Spekulation ließ Leon kurz erstarren und ein eiskalter Schauer lief seinen Rücken hinunter. Wahrscheinlich irrte er sich und da war tatsächlich nur ein weiterer Gefangener in der Zelle neben ihm, der stumm oder derart in sich gekehrt war, dass er sich nicht mehr artikulieren konnte ... Und wenn jemand *in* der Wand war, waren das bestimmt doch nur Ratten. Sie klangen nur größer und länger, weil die Tunnel so eng waren und sie ganz dicht hintereinander herliefen...

Leons Blick wanderte über die Mauer und blieb schließlich an einem kleinen Loch hängen. Irgendwann musste dort ein Stein herausgebrochen sein. Wenn er auf die Knie kam, erreichte er es eventuell sogar und konnte hineinsehen – wenn es überhaupt tief genug ging, um zu erkennen ... was auch immer dort in der Wand war. Aber wollte er das überhaupt?

Leon biss sich auf die Unterlippe. Roanar war nicht dumm. Es war gut möglich, dass er etwas in der Mauer hinterlassen hatte, das auf seine Retter losging, sobald sie den Kerker betraten. Und wenn das so war, musste er es wissen, um sie zu warnen.

Leon sog tief Luft in die Nase, sammelte all seine verbliebenen Kräfte, griff nach dem Gitter seiner Zellentür und zog sich daran empor. Ihm entwischte ein schmerzerfüllter Laut und die Welt begann sich wieder zu drehen, doch nicht für lange. Seine Knie taten weh und seine Oberschenkel zitterten, aber er blieb aufrecht! Endlich ein kleiner Fortschritt!

Ganz langsam und mit Bedacht näherte sich Leon dem Loch in der Wand. Es ging tief und war recht dunkel, dennoch meinte er genau dort eine Bewegung ausmachen zu können. Sein Herz schlug prompt wieder schneller und sein Magen verkrampfte sich, denn ein dumpfes Gefühl in seinem Inneren sagte ihm, dass dort kein Mensch zu finden war. Trotzdem brachte er sein Gesicht näher heran, spähte mit angehaltenem Atem hinein. Das nächste Geräusch, das er vernahm, war eindeutig nicht menschlich. Es klang wie ein Grunzen, gefolgt von einem Zischen und dann blickte er in das helle Gelb eines Reptilienauges.

Mit einem entsetzten Keuchen zuckte Leon zurück, doch sein Körper war nicht stark genug, um diese hektische Bewegung abzufangen. Für einen Sekundenbruchteil rang er noch mit dem Gleichgewicht, ruderte mit den Armen, dann fiel er rückwärts und schlug hart auf dem Boden auf, wie ein gefällter Baum. Der Schmerz, der folgte, war zu viel, ließ die Dunkelheit unbarmherzig über ihn hereinbrechen.

Immer mit dem Schlimmsten zu rechnen, hatte manchmal so seine Vorteile. Man war für alles gewappnet und kam des Öfteren in den Genuss, positiv überrascht zu werden.

Als Jenna zusammen mit Marek aus dem Portal in das Innere der Burg trat, wurden sie weder von einer Gruppe bewaffneter Söldner noch von kampfbereiten Zauberern empfangen. Der Raum, in den sie schritten, war menschenleer und stand offen, sodass sie mit nur einem Blick erkennen konnten, dass auch davor niemand auf der Lauer lag.

Marek, der ebenso wie Jenna etwas überrascht wirkte, näherte sich mit dem Schwert in der Hand der Tür und spähte argwöhnisch hinaus, um seinen anderen Mitstreitern, die nach und nach den Raum füllten, anschließend mit einem Kopfschütteln anzuzeigen, dass dort tatsächlich kein Feind zu sehen war. Achtsam und leise zog er die Flügeltüren etwas dichter heran und wandte sich dann an Ilandra.

„Ich brauche ein paar M'atay, die die Vorhut bilden und für uns den sichersten Weg hinunter in den Kerker finden", flüsterte er.

Die junge Frau nickte, gab ein paar Kommandos weiter und die Männer und Frauen setzten sich unverzüglich in Bewegung.

„Warum hat uns niemand hier in Empfang genommen?", raunte Enario Marek zu. „Wer lässt denn den Eingang zu seiner Burg so schlecht bewachen, wenn er zumindest mit dem *Auftauchen* zweier feindlicher Magier rechnet? Da ist doch was faul!"

„Mehr als das", gab Marek leise zurück. „Irgendwo *muss* er Wachen postiert haben, die zumindest Meldung über unser Erscheinen machen sollen. Oder er hat uns an anderer Stelle eine Falle gestellt, die meine magischen Kräfte außer Gefecht setzt, wenn sie zuschnappt, denn die fürchtet er besonders. Dessen ungeachtet kann ich mir nicht vorstellen, dass Roanar mit den M'atay rechnet, was heißt, dass wir eine gute Chance haben, einen möglichen Hinterhalt rechtzeitig zu entdecken und hier in der Festung hinter ihrem Rücken an unsere Freunde heranzukommen."

„Ma'harik", zischte Ilandra und nickte ihm zu, was offenbar eine Aufforderung war, ihr zu folgen, denn genau das tat der Bakitarer im nächsten Moment. Hatte die Vorhut etwa schon das Zeichen zum Aufbruch gegeben?

Jenna dachte nicht länger darüber nach, sondern folgte den beiden, eilte geduckt durch die an den Raum grenzende kleine Halle, die durch nur wenige Fackeln an den Wänden erhellt wurde. Am Zugang zu einem längeren Gang hielten sie inne, warteten auf das nächste Signal. Dieses Mal nahm Jenna es sogar wahr. Es war ein feines, sehr helles Pfeifen, das zweifellos jedem anderen entgangen wäre, der nicht genau auf Geräusche in der unmittelbaren Umgebung achtete.

Anscheinend war auch der nächste Gang frei, denn ihre Truppe bewegte sich erneut, schnell und leise. Es dauerte nicht lange, bis sie auf zwei M'atay der Vorhut trafen, einen Mann und eine Frau. Die Frau erklärte Ilandra etwas und zwar so leise, dass Jenna kein Wort verstand, der sich verdüsternde Gesichtsausdruck von Marek sprach allerdings Bände. Etwas war nicht in Ordnung.

„Wir haben ein Problem", sagte der Bakitarer, als sie alle ihre Köpfe zusammensteckten. „Man kommt zwar hinunter in den Kerker, aber der Eingang ist zusammengestürzt."

Jenna presste sich die Hand vor den Mund, um den entsetzten Laut, der ihrer Kehle entweichen wollte, nicht herauszulassen. Das war eine katastrophale Nachricht!

„Nur der Zugang", beruhigte Marek sie. „Wir könnten Magie anwenden, um die Steine aus dem Weg zu räumen, aber dann werden wir mit Sicherheit entdeckt."

„Meinst du nicht, der Kerker hat zwei Eingänge?", mischte sich Sheza in das Gespräch ein. „Die Burg ist doch ähnlich wie Tichuan aufgebaut und es gibt dort mehr als einen Turm, der hinunter in den Keller führt."

„Ja, aber in der anderen Richtung hat unsere Vorhut bereits ein paar Soldaten gesichtet", wandte Marek ein. „Das heißt, wir müssen sehr, sehr vorsichtig sein ..."

„... weil es sich um eine Falle handeln könnte", beendete Silas seinen Satz.

Marek sagte nichts dazu, aber aus seinem Gesicht konnte Jenna die Bestätigung dieser Vermutung herauslesen.

„Wir sind hergekommen, um eure Freunde zu retten, und das werden wir jetzt tun", verkündete Ilandra entschlossen, weil für einen kurzen Augenblick niemand anderes etwas sagte. „Du sagtest es ja schon – Roanar rechnet vielleicht mit dir und deinen Freunden, aber nicht mit uns. Das ist ein großer Vorteil! Und wir haben auch noch die Griza-Früchte. Die habe ich nicht ohne Grund mitgenommen."

Sie wartete gar nicht erst auf eine Antwort von Marek, sondern gab ihren Krieger einfach erneut ein paar Anweisungen, die diese ohne zu zögern in die Tat umsetzten. Innerhalb von Sekunden waren sie außer Sichtweite, was Ilandra jedoch nicht davon abhielt, ebenfalls wieder loszueilen.

„Ist das eine gute Idee?", raunte Enario Marek zu, während sie der Schamanin und den anderen M'atay hinterherhetzten.

„Hast du eine bessere?", gab der Bakitarer zurück.

Sein Freund schüttelte den Kopf und Jenna sandte ein Stoßgebet gen Himmel, dass Roanar tatsächlich so ahnungslos war, wie alle dachten, und sie nicht doch direkt in seine Arme rannten.

Es dauerte nicht lange, bis erneut das Pfeifen der M'atay ertönte und Ilandra rasch eine Hand hob, um den

Rest ihres Trupps zum Stehen zu bringen. Hinter Enario und Marek konnte Jenna nicht genau sehen, was los war, aber da es kein Kampfgeschrei gab und alle kurz darauf wieder losliefen, ging sie erst einmal davon aus, dass nichts Schlimmes passiert war.

Sie behielt recht. In der nächsten kleinen Halle lagen zwar drei Mann am Boden, aber keiner von ihnen war ein M'atay. Sie trugen lange Roben und Glatzen, was höchstwahrscheinlich bedeutete, dass sie Anhänger Roanars und damit Zauberer waren, und es war auch ganz klar, *was* sie ausgeschaltet hatte, denn die nassen Früchte, die so unschuldig zwischen ihnen lagen, waren Jenna allmählich vertraut.

Die beiden M'atay-Krieger, die ihre Feinde so leise und geschickt überwältigt hatten, standen vor einer schlichten Tür und machten zu Jennas Erstaunen einen sehr aufgeregten Eindruck. Sie sprachen zwar nur im Flüsterton miteinander, aber ihre Gestik und Mimik verriet, dass sie in Sorge, wenn nicht sogar verängstigt waren. Ganz automatisch hielt Jenna auf die beiden zu und war nicht überrascht, dass Marek und Ilandra umgehend an ihrer Seite waren.

„Was ist los?", fragte Marek in der Sprache der M'atay, als sie vor der Tür angekommen waren.

Jenna hatte derweil Probleme, die beiden anzusehen, denn von dem Holz und dem steinernen Rahmen um die Tür herum schien ein seltsames Flimmern und Summen auszugehen, das in rasender Geschwindigkeit auf ihren Körper übergriff.

Eine unangenehme Vorahnung überkam sie und sie machte einen Schritt zurück, doch es war bereits zu spät. Die Bilder kamen. Schnell und eindringlich. Sie sah Malin vor der Tür und zwei weitere Männer in Kapuzenmänteln. Sie schnitten sich in die Handflächen und pressten ihre blutenden Hände auf drei Punkte rund um die Tür herum. Ein strahlendes Licht breitete sich über dem Durchgang aus und verschloss ihn für lange Zeit.

„Jenna!" Jemand umfasste ihre Oberarme, rüttelte sanft an ihr und sie kam wieder zu sich, schwer atmend und mit einem unangenehmen Schwindel kämpfend.

Mareks Augen musterten sie besorgt. „Hattest du eine Vision?"

Sie nickte benommen. „Die Tür wurde …"

„… mit Magie verschlossen", beendete er ihren Satz. „Ich weiß. Man kann es fühlen. Es ist sehr starke Magie und sie betrifft nicht nur die Tür, sondern die ganze Wand. Man könnte sich auch keinen anderen Weg in den Bereich dahinter bahnen, ohne zuvor den Zauber zu deaktivieren."

„Es … es waren Malin und zwei andere Zauberer", kam es immer noch etwas schleppend über Jennas Lippen.

„Insgesamt also drei Menschen mit verschiedenen Begabungen und unterschiedlicher Abstammung", überlegte der Bakitarer und ließ sie erst jetzt wieder los. Allem Anschein nach fühlte er durch seine Verbindung mit ihr, dass ihr Kreislauf sich wieder stabilisiert hatte, war aber dennoch selbst von der Vision verschont worden.

„Liegt hinter dieser Tür der Turm, durch den wir runter in den Kerker kommen?", stellte Sheza die auch aus Jennas Sicht augenblicklich wichtigste Frage.

Zu ihrem großen Leidwesen nickten Ilandra und Marek gleichzeitig, der Krieger machte dabei jedoch einen leicht abwesenden Eindruck. Zwischen seinen Brauen war eine tiefe Falte entstanden und Jenna fühlte, dass seine Gedanken sich fast überschlugen. Etwas wirklich Klares nahm sie allerdings nicht wahr.

„Was jetzt?", fragte Silas in die Stille hinein. „Können wir die Tür öffnen oder nicht?"

„Die Frage ist wohl eher, ob wir das *sollten*", mischte sich auch Enario ein. „Wenn Marek Magie verwendet, wissen die *Freien*, wo wir sind, und werden versuchen uns daran zu hindern, durch die Tür zu kommen."

„Nein, das werden sie nicht", überraschte Marek sie. Die tiefe Nachdenklichkeit war aus seinem Gesicht verschwunden. Er war zu einer Erkenntnis gekommen, die nicht unbedingt positiver Natur war – so fühlte es sich zumindest für Jenna an.

„Warum nicht?", fragte Enario verwirrt.

„Weil er *will*, dass wir das tun", verkündete Marek mit einem kleinen, verärgerten Lachen, trat einen Schritt zurück und betrachtete die Wand samt Tür kopfschüttelnd. „Er und seine Anhänger haben nie die ganze Burg einnehmen können. Sie sind an Malins Zauber gescheitert. *Deswegen* sind wir hier. Nicht weil er Jenna oder mich oder auch Cardasol in seine Gewalt bringen will. Er will, dass wir diesen Bereich der Festung für ihn öffnen und mögliche weitere Fallen auf unserem Weg hinunter zum Kerker entschärfen."

„Das kann doch nur heißen, dass hinter dieser Tür sich etwas befindet, an das er unbedingt herankommen möchte", schloss Silas aufgebracht. „So dringend, dass er es sogar riskiert, wieder in einen Kampf mit dir zu geraten. Etwas, das ihm dabei hilft, sein Ziel zu erreichen."

„Ganz genau", stimmte Marek ihm grimmig zu. „Und er wird uns so lange nicht behelligen, bis er hat, was er braucht. Deswegen war es bisher so einfach, ungesehen in die Burg hineinzukommen. Deswegen gab es kaum Wachposten. Er hat sich mit seinen Freunden irgendwo verschanzt, dann einfach den anderen Zugang zum Kerker versperren lassen und damit dafür gesorgt, dass er von uns selbst über unser Eintreffen informiert wird ..."

„... weil wir so oder so zaubern müssen, um zu Leon und Benny zu kommen", beendete Jenna seinen Satz. Ihr Blick suchte den seinen, voller Sorge. „Und was machen wir jetzt?"

# Schadensbegrenzung

alin und seine Anhänger waren für die M'atay etwas Heiliges, Unantastbares. So viel war Jenna schon durch Ilandra und ihre Ehrfurcht vor den heiligen alten Stätten der Zauberer klargeworden. Aus diesem Grund war sie auch nicht überrascht, dass die M'atay sich sogleich dagegen aussprachen, den Schutzzauber der Tür aufzulösen und leise, aber sehr emotional in die entstehende Diskussion gingen.

Während sich Sheza und Enario erst einmal zurückhielten, drängte Silas, der unbedingt seinen besten Freund Kilian retten wollte, darauf, den Schutz zu durchbrechen, weil sie in diesem Fall länger von den *Freien* in Ruhe gelassen werden und damit mehr Zeit haben würden, doch noch zu ihren Freunden zu gelange. Jenna selbst fühlte sich innerlich zerrissen. Auf der einen Seite wollte sie unbedingt ihre Freunde retten, auf der anderen wusste sie, dass sie mit diesem Schritt durchaus ihren Feinden in die Karten spielen und damit ein noch größeres Unglück über den Rest der Welt bringen konnten, als das ohnehin schon der Fall war. Herz gegen Verstand – ein Kampf, der nur selten für letzteres entschieden wurde.

„Malin hat diesen Bereich Camilors vor genau dieser Art Menschen beschützt!", ereiferte sich Ilandra gerade. „Er hatte zweifelsfrei gute Gründe dafür."

„Das glaube ich auch", stimmte Marek ihr zu. „Aber wir haben auch gute Gründe, diese Tür zu öffnen."

„Eure Freunde sind mehr wert als der letzte Wille Malins?!", entfuhr es der Schamanin entrüstet.

„Ja – aber das ist nur einer der Gründe, die für das Auflösen des Zaubers sprechen", erwiderte Marek für seine Verhältnisse erstaunlich ruhig. „Es könnte uns zusätzlich die Augen über Roanars wahre Pläne öffnen. Was glaubst du ist hinter der Tür? Die Speisekammer? Ein Ballsaal? Schlafzimmer? Glaubst du, Roanar sucht nach einer besseren Schlafmöglichkeit? Einem gemütlichen Zuhause?"

„Malins Zauberkammer", hauchte Jenna mit großen Augen und sie war sich ganz sicher, dass sie recht hatte.

Alle anderen verstummten, mussten diese Worte erst einmal verdauen.

„Das macht am meisten Sinn", stimmte Marek ihr zu. „Selbstverständlich will ich nicht, dass Roanar Zugriff auf die Materialien und mögliche Schriften hat, die dort eingelagert wurden, aber da die *Freien* bereits an ganz anderen Orten in beiden Welten nach seinem geistigen Nachlass suchen, denke ich nicht, dass allzu viel davon in der Kammer zu finden sein wird. Diese Leute wissen, was sie tun. Nichtsdestotrotz muss dort etwas sein, das Roanar dabei hilft, Malins Nachlass oder Ähnliches zu *finden* – wenn wir ihm aber zuvorkommen und es in unseren Besitz bringen …"

„… spucken wir ihm gehörig in die Suppe", führte Silas seinen Satz begeistert zu Ende.

„Und wie sollen wir das tun, wenn wir nicht wissen, *was* es ist?", erkundigte sich Sheza stirnrunzelnd.

Marek antwortete nicht sofort, sondern wandte sich Ilandra zu, die zwar immer noch keinen besonders überzeugten Eindruck machte, aber viel mehr Ruhe ausstrahlte als zuvor. Mareks Argumentation hatte sie gepackt, das konnte man ihr ansehen.

„Gut ausgebildete Magier können Dinge, die stark magisch sind, meist besser auf den ersten Blick erkennen als jeder andere", sagte der Bakitarer zu ihr. „Wenn du deine Leute nicht dazu bringen kannst, durch die Tür zu gehen, kannst wenigstens du mir versprechen mitzukommen? Du wirst wissen, was Roanar haben will, wenn du den Raum betrittst. Du wirst es fühlen."

Ilandra presste die Lippen aufeinander und ihre Brauen zogen sich zusammen. Der Kampf in ihrem Inneren war nur allzu deutlich zu erkennen und versetzte Jenna in eine solche Anspannung, dass sie kaum noch richtig atmete. So kam das Nicken der M'atay fast einer Erlösung gleich und Jenna konnte sich zumindest ein kleines Seufzen nicht verkneifen.

„Warum gehst du nicht selbst in die Kammer?", fragte Ilandra trotz ihrer Einwilligung.

„Weil ich nicht will, dass Roanar unseren Plan durchschaut", erklärte der Bakitarer. „Jenna und ich werden Leon und Benny befreien und unten im Kerker Magie verwenden, sodass Roanar erst einmal denken wird, dass sein Plan aufgegangen ist. Ich gehe immer noch davon aus, dass er nichts über euer Auftauchen hier weiß – und so soll das möglichst lange bleiben. Verwende Magie nur im äußersten Notfall, dann konzentriert er sich auf mich und nichts anderes."

Ilandra nickte erneut und sah nun schon viel überzeugter aus als zuvor. Jenna ging es ganz ähnlich, je mehr sie darüber nachdachte, desto größer wurde ihre Zuversicht.

„Gut – dann steht der Beschluss", verkündete Marek anschließend für alle. „Wir öffnen die Tür. Niemand wird gezwungen mitzukommen."

Ein paar der M'atay, die bei der ersten Verkündung postwendend Einspruch erhoben hatten, verstummten bei seinen letzten Worten wieder – obgleich sie weiterhin alles andere als glückliche Gesichter machten.

„Hier draußen wird es allerdings nicht viel besser für euch werden", setzte Marek hinzu und rückte schließlich mit einer Idee heraus, die es in sich hatte, Roanars Plan jedoch wunderbar durchkreuzen konnte.

Die übrigen magisch Begabten sollten den Gang, aus dem die drei gefangen genommenen Zauberer gekommen waren, ebenfalls zusammenstürzen lassen und zwar genau in dem Moment, in dem der alte Zauber Malins zerstört wurde. Damit gewannen sie Zeit und die *Freien*, die sich in dem dahinter liegenden Abschnitt verbarrikadiert hatten, würden eine Menge ihrer Kraft verbrauchen, um sich aus ihrer misslichen Lage zu befreien. Zudem sollten die drei Männer, die immer noch zu ihren Füßen lagen, als Geiseln herhalten, denn Marek bezweifelte, dass Roanar sie einfach so opfern würde, gab es doch unter seinen Anhängern bereits einigen Unmut gegen ihn.

Sheza und Enario nahmen die Anweisung, dass sie vor Ort bleiben und die M'atay beim Halten ihrer Position unterstützen sollten, nur widerwillig hin, konnten jedoch nichts gegen das Argument einwenden, dass es hinter der Tür keinen Feind gab, den sie mit ihren Mitteln bekämpfen konnten. Mit der Aufgabe für Silas überraschte Marek allerdings auch Jenna.

„Du bist von Tymion relativ gut ausgebildet worden, nicht wahr?", wollte der Bakitarer zunächst wissen und der junge Mann nickte stirnrunzelnd.

„Hast du mit seiner Unterstützung gezaubert?"

„Ja ... Worauf willst du ..."

„Ich möchte, dass du bei dem Zauber, der den Gang einstürzen lässt, in den Vordergrund rückst, weil ich, wie ich schon sagte, will, dass die M'atay ..."

„... möglichst lange unentdeckt bleiben", beendete Silas seinen Satz. „Ich verstehe, aber ..."

„Ich hole *alle* unsere Freunde, die unten im Kerker sind, raus", erkannte Marek, was den jungen Mann bewegte. „Versprochen!"

Silas sah ihn lange an und rang sich zu einem weiteren Nicken durch, bevor er sich umwandte und an die M'atay herantrat, die bereits von Ilandra instruiert wurden. Mareks Augen ruhten noch ein paar Herzschläge lang auf seinem Rücken, dann suchten sie Jennas Blick.

„Bereit, einen weiteren Fluch auszulösen?", witzelte er.

Jenna verdrehte kurz die Augen, obwohl ihr Herz schon längst wieder viel zu schnell schlug. Ihr war nur allzu deutlich bewusst, dass ihr Plan noch einige Risiken beinhaltete, die sie gekonnt umschiffen mussten. Einfach würde die ganze Sache ganz bestimmt nicht werden.

„Ich werde mir Mühe geben, nichts falsch zu machen und nur einen Eingang öffnen", erwiderte sie mit einem kleinen Lächeln. „Versprochen!"

Der Ausdruck seiner Augen war warm und zuversichtlich und genügte, um ihre wachsende Aufregung ganz gut in den Griff zu bekommen – selbst noch, als sie zusammen an die Tür herantraten und sich auch Ilandra zu ihnen gesellte. Erst jetzt fiel Jenna auf, dass sie noch gar nicht darüber gesprochen hatten, *wie* sie den Zauber brechen konnten.

„Was genau hast du in deiner Vision gesehen?", fragte Marek, während er Wand und Tür eingehend betrachtete.

„Die Männer haben sich ihre Hände angeritzt und auf drei Punkte am Rahmen gelegt", erklärte Jenna und wies auf die genannten Stellen.

Marek berührte eine davon und zuckte gleich wieder zurück.

„Was ist?", wollte Ilandra wissen.

„Da ist ein Sog ... etwas, das sich mit mir verbinden will." Stirnrunzelnd legte er seine Hand auch auf die anderen beiden Stellen. „Überall dasselbe und es ... es spricht keine meiner Gaben speziell an."

Ilandra tat es ihm nach, berührte die Punkte nacheinander und nickte. „Ich fühle es auch." Ihr Blick wanderte zu Jenna.

Die holte tief Atem und berührte den Punkt zu ihrer Rechten. Merkwürdig. Sie konnte nichts fühlen.

„Und?", hakte Marek nach.

„Nichts", gestand sie etwas verunsichert, erhob sich auf die Zehenspitzen und legte die Handfläche dort ab, wo es Malin in ihrer Vision getan hatte. Ihre Haut prickelte ein wenig, aber von einem richtigen Sog konnte keine Rede sein.

Mareks Brauen begaben sich auf Wanderschaft, als sie ihm ihre Beobachtung mitteilte und seine Augen wurden schmaler. „Hm", machte er nur und sah hinüber zu ihren anderen Mitstreitern.

Silas und die M'atay standen bereit, blickten erwartungsvoll zu ihnen hinüber und Sheza und Enario hatten sogar ihre Schwerter in den Händen.

„Ihr könnt anfangen", verkündete Marek zu Jennas großer Überraschung.

„Aber ...", begann sie, wurde jedoch von seinem leisen „Vertrau mir!", unterbrochen.

„Leg deine Hand oben auf den Punkt", wies er sie an.

Sie zögerte nur kurz. „Müssen wir nicht auch unser Blut darauf schmieren?", fragte sie, die Hand bereits auf dem kalten Stein platziert.

„Nein", gab er zurück und nickte Ilandra zu, die wortlos, den Punkt auf der rechten Seite berührte. „Es ging nur darum, sicherzustellen, dass kein Erbe Malins ohne die Hilfe der M'atay Zugang zu dieser Seite Camilors erhält. Der Zauber erkennt, welches Blut in unseren Adern fließt."

Mit seinen letzten Worten legte er seine Hand auf den Punkt links und Jenna erhielt den Beweis für die Richtigkeit seiner Annahme: Der Sog, von dem Marek gesprochen hatte, war mit einem Mal da und er war so kräftig, dass er Jenna nach Atem ringen und ihren Oberkörper nach vorn kippen ließ. Nicht nur die Tür und die Wand begannen laut zu knistern und zu vibrieren, sondern auch ihr eigener Körper und ihre gesamte Umwelt. Vor ihr schoss ein helles Licht aus der Tür, breitete sich aus, ließ sie in ihm versinken und sie nahm nichts weiter als das Summen und Knistern des Zaubers wahr, der sich noch einmal aufzublähen schien und dann in sich zusammenfiel.

Sog und Licht verschwanden innerhalb eines Sekundenbruchteils und Jenna ging keuchend in die Knie.

Sämtliche Kraft schien aus ihrem Körper gewichen zu sein und ihr Herz hämmerte in einem solch wahnsinnigen Tempo in ihrer Brust, dass sie glaubte, es könne jede Sekunde zerbersten. Ihre Außenwelt nahm sie kaum wahr. Sie bemerkte, dass jemand mit ihr sprach – vermutlich Marek – aber was er sagte, konnte sie nicht verstehen. Dazu war der Pfeifton in ihren Ohren viel zu laut. Sie konnte ihn auch nicht richtig sehen, weil alles vor ihren Augen verschwamm, aber sie fühlte, dass er sie festhielt, sie in seinen Armen hing.

„Jen?" O ja. Das hatte sie jetzt verstanden. Wahrscheinlich nur, weil sie es so liebte, wenn er diese Kurzform ihres Namens benutzte.

„Jenna, kannst du mich hören?"

Sie nickte, war ganz erleichtert, weil sich nun auch ihr Blickfeld klärte, sie ihn wieder erkennen konnte. Ihre Kraft kehrte zurück.

Seine nächsten Worte gefielen ihr allerdings überhaupt nicht. „Du bleibst besser hier bei den anderen. Ilandra und ich schaffen den Rest auch allein."

„Nein!", entfuhr es ihr entrüstet und sie nahm all ihre verbliebene Kraft zusammen, befreite sich aus seinen Armen und kam schwankend auf die Beine. „Ich lasse dich da nicht allein runtergehen!"

„Jenna …"

„Nein – und damit basta! Wir haben keine Zeit, darüber zu streiten!" Sie wandte sich rasch zur Tür um, griff nach der Klinke und öffnete sie – mit Leichtigkeit, wie sie erfreut feststellte. Teil zwei ihres Planes konnte in die Wege geleitet werden!

Es war schwierig für Benjamin gewesen, seinen Fokus die ganze Zeit auf Cyrus' Mantel gerichtet zu halten, doch in dem Augenblick, in dem die Männer erschrocken innehielten und er selbst das vertraute Kribbeln, das starke Magie immer begleitete, in seinen Schläfen spürte, wusste er, dass sich die Anstrengung gelohnt hatte.

‚Denk an Hitze, Funken, Feuer!', waren die Worte, mit denen sich Marek zurückmeldete, während eine unangenehme Hektik um ihn herum ausbrach. ‚Stell dir vor, wie die einzelnen Fasern des Mantels glühen, rauchen, zu brennen anfangen.'

Es war seltsam – obwohl zwei der anderen Männer Alentara von der Bank hoben und mit ihr durch das Portal verschwanden, blieb Benjamin innerlich vollkommen ruhig und tat genau das, was er zu hören bekam. Etwas in seinem Inneren rührte sich, verband sich mit der Energie der flackernden Fackel im Raum und schließlich auch mit der von Cyrus' Robe. Ein Schub Energie schoss aus der Ferne in seinen Körper und Benjamin gab ihn umgehend wieder frei, ließ ihn auf seine Umwelt los. Genau im richtigen Moment, denn Jona ergriff ihn gerade auf Cyrus' Befehl hin am Arm, um ebenfalls mit ihm durch das Tor zu schreiten, taumelte einen Wimpernschlag später jedoch mit einem Aufschrei zurück, weil eine Stichflamme von Cyrus' Mantel in die Luft schoss und das Kleidungsstück innerhalb eines Sekundenbruchteils lichterloh in Flammen stand.

Cyrus schrie laut und versuchte das Feuer mit den Händen auszuschlagen. Jona ließ Benjamin los, um seinem Freund zur Hilfe zu eilen und ihm trotz der schnell um sich greifenden Flammen die Robe auszuziehen und Benjamin rannte los.

Die Tür ließ sich mit Leichtigkeit aufstoßen und er verlor keinen Gedanken daran, dass er keine Ahnung hatte, in welche Richtung er laufen musste. Wichtig war nur, möglichst schnell von den Männern wegzukommen und dabei nicht anderen Mitgliedern der *Freien* in die Arme zu laufen.

‚Nicht da lang!', vernahm er Mareks Stimme, als der Gang auf einen weiteren führte und er schon dabei war, nach links abzubiegen. Er stoppte abrupt, warf sich herum und rannte in die andere Richtung.

‚Öffne dich für die Magie in deiner Nähe', kam die nächste Anweisung. ‚Versuche, zu erspüren, wo ich bin.'

Es fiel Benjamin nicht leicht, sich in Windeseile durch die Gänge der Festung zu bewegen, dabei Ausschau nach möglichen Gefahren haltend, und gleichzeitig auf einer ganz anderen Sphäre die Energie wahrzunehmen, mit der er die ganze Zeit verbunden gewesen war. Das alles überforderte ihn immer mehr, weil die Burg plötzlich aus ihrer Starre zu erwachen schien und sich überall energetische Quellen öffneten, sich verbanden und auf ihre Umwelt einwirkten. Die *Freien* wurden magisch aktiv und das war gar nicht gut.

‚Benny!' Marek versetzte ihm einen Stoß. ‚Konzentrier dich! Unsere Verbindung ist stärker! Greif nach mir!'

Da war er wieder, der Energieschub von vorhin, etwas schwächer, aber dafür tatsächlich greifbarer. Benjamin verband sich mit ihm, fühlte nun einen Sog aus einer bestimmten Richtung, der ihm zuvor entgangen war, für ihn nun aber wie ein Licht in der Dunkelheit war, dem er folgen konnte.

‚Stopp!‘, kommandiert Marek, nachdem er schon durch die nächste Tür gestürmt war, und er hielt ruckartig inne. ‚Ist da irgendwo ein Raum in deiner Nähe?‘

Benjamin sah sich gehetzt um. Da war eine Tür! Er riss sie auf, schlüpfte in den kleinen Raum dahinter und schloss sie gleich wieder hinter sich. Dunkelheit verschluckte ihn.

‚Verhalte dich ganz still. Verschließe deinen Geist und reg dich nicht.‘

Mareks Präsenz verschwand ruckartig und Benjamin tat trotz seiner wachsenden Angst genau das, was der Krieger ihm gesagt hatte. Er war zurück in seinem Körper, in der materiellen Welt und nun wieder ganz auf seine normalen Sinne angewiesen. Aber auch die verrieten ihm, warum er sich hier verstecken musste. Er konnte Schritte vernehmen und aufgeregte Stimmen. Da waren Männer auf dem Flur. Sie rannten, waren in Aufruhr.

„Hier ist niemand!“, rief einer von ihnen. „Ich weiß nicht, wie Roanar auf die Idee kommt, dass er hierher geflohen ist!“

„Hast du noch Kontakt zu Roanar, Smeld?“, fragte ein anderer. Sie waren jetzt stehengeblieben, nicht weit von Benjamins Versteck entfernt.

„Nein – keine Ahnung, was da los ist“, erwiderte ein Dritter. „Irgendwas scheint schiefgegangen zu sein und jetzt sind die Zauberer in der großen Halle eingesperrt. Er kann selbst nicht herkommen, aber auch nichts Magisches machen, um genau festzustellen, wo der Junge ist.“

„Und er sagte dir, dass er irgendwo hier ist?“

„Nicht direkt. Klar ist nur, dass er geflohen ist, und da er nicht Richtung Westflügel kann, bleiben nur zwei Optionen offen."

„Ostflügel oder Mittelteil", stimmte der andere Mann Smeld zu. „Wo fangen wir an?"

Ein paar Atemzüge lang sagte niemand etwas, weil vermutlich über die Frage intensiv nachgedacht wurde.

‚Nicht hier. Bloß nicht hier', betete Benjamin vor sich hin. Wenn sie in diesen Raum kamen, würden sie ihn sofort entdecken, denn hier gab es so gut wie kein Versteck! Seine Augen hatten sich mittlerweile an die Dunkelheit gewöhnt und er konnte jetzt erkennen, dass es einst eine Art Lagerraum gewesen sein musste, denn in einer Ecke standen noch zwei Säcke, aus denen Stoffreste herausquollen, und eine Truhe. Eine *große* Truhe.

„Ich schlage vor, wir fangen bei der ersten Tür an und arbeiten uns den Gang runter zum Mittelteil vor", sagte nun leider einer der anderen Männer. „Bisher ist uns der Junge ja noch nicht begegnet und wenn einer von uns immer auf dem Gang bleibt, kann er uns eigentlich gar nicht entkommen."

Benjamin bewegte sich mit rasendem Herzschlag auf die Truhe zu und öffnete den Deckel so leise, wie es ging. Glücklicherweise lag nur eine Decke darin, die er anhob, um anschließend darunter zu schlüpfen und sich in der Truhe zusammenzukauern. Der Deckel war schwer, dennoch gelang es ihm, diesen ebenso leise zu schließen wie zu öffnen. Wirklich gut fühlte er sich danach trotzdem nicht, denn nun konnte er nicht nur nichts mehr sehen, sondern auch die Männer nicht mehr hören. Alles, was ihm übrigblieb, war zu warten und zu beten, dass der

Feind in seiner Suche nach ihm nicht besonders gründlich war.

‚Das war gut!'

Benjamin verkniff sich ein erleichtertes Aufatmen. Es war erstaunlich, wie viel Sicherheit ihm die mentale Verbindung zu Marek immer gab. Dabei war er ja in Wahrheit gar nicht bei ihm.

‚Doch. In gewisser Weise bin ich das schon', verbesserte ihn der Krieger. ‚Sich zu verstecken, war klug und hilfreich. Das macht es leichter, sie in die Irre zu führen. Verhalte dich einfach ganz still und beweg dich nicht, bis ich dir sage, dass du rauskommen kannst.'

‚Okay', gab Benjamin zurück. Trotz seiner verkrampften Haltung versuchte er sich zu entspannen, langsam und ruhig zu atmen und nicht daran zu denken, wie nah der Feind ihm war. Richtig schwer wurde es, als er dumpf vernahm, wie sich die Tür des Raumes öffnete und jemand eintrat.

Sein Hinterkopf wurde warm und begann zu kribbeln, genauso wie seine Stirn und Schläfen. Bilder drängten in seinen Verstand. Bilder einer überfüllten Abstellkammer, die mit der Überlegung einhergingen, dass sich hier unmöglich jemand verstecken konnte. Es gab doch gar keinen Platz für einen Menschen, nicht mal für einen kleinen und in die vielen kleinen Kisten und Fässer, die herumstanden, passte auch niemand hinein.

„Na, hier ist er bestimmt nicht", konnte Benny kurz darauf einen Mann murmeln hören, dann schloss sich die Tür wieder und Stille kehrte ein. Alles, was Benjamin jetzt noch hören konnte, war sein eigenes Atmen und das schnelle Schlagen seines Herzens.

‚Sie sind weg', meldete sich Marek nach einer kleinen Weile zurück. ‚Raus aus der Kiste und dem Raum! Viel Zeit hast du nicht, bis sie den Rückweg antreten.'

Benjamin reagierte flink und war innerhalb weniger Sekunden an der Tür der Kammer, spähte ängstlich hinaus in den nur spärlich beleuchteten Flur. Er konnte die Stimmen der Männer noch hören und, obwohl sie sich entfernten, sandten sie ein paar unangenehme Schauer über seinen Rücken und ließen sich seinen Magen verkrampfen.

Ungeachtet dessen schob er sich schnell durch die Tür, schloss sie leise hinter sich und rannte wieder los, dem energetischen Sog entgegen, den er jetzt wieder stärker spürte. Er wusste nicht warum, aber irgendwie spürte er, dass dort seine Freunde zu finden waren und nicht der Feind. Wenn er sie erreichte, war er gerettet. Er musste nur vorsichtig sein und auf Mareks Anweisungen achtgeben – auch wenn die Verbindung zu ihm immer wieder erschüttert und langsam schwächer wurde. Marek war sein Weg in die Freiheit und zurück zu Jenna.

# Eiserner Wille

Der Zauber hat dir sehr viel Kraft entzogen", vernahm Jenna Ilandra hinter sich, als sie den kleinen Flur betraten, der hinter der verzauberten Tür gelegen hatte. Nur einen Atemzug später fühlte sie die Hand der M'atay an der Schulter und befreite sich rasch von ihr, um ungehindert weiterzulaufen. Sie war kein kleines, naives Kind, das ständig beschützt und bevormundet werden musste!

Sand knirschte unter ihren Füßen und ein modriger Geruch drang an ihre Nase. Alles andere als angenehm oder gar Mut machend, aber so leicht ließ sie sich nicht abschrecken. Auch nicht, als das laute Donnern und Rumpeln aus der kleinen Halle verriet, dass Silas und die M'atay ihren Teil des Planes in die Tat umgesetzt hatten und es nun kein Zurück mehr gab.

„Wir wissen nicht, was noch auf uns zukommt", warf sie den beiden anderen über die Schulter zu. „Vielleicht müssen wir weitere Zauber auflösen, um in die Kammer oder nach unten zu kommen – und wenn ich mich recht erinnere, ist keiner von euch beiden ein Nachfahre Malins."

Ihr Argument war unschlagbar, das wusste sie auch, ohne sich zu Marek und Ilandra umzudrehen. Deren Schweigen genügte und aus ihrer Sicht hatten sie nun auch wahrhaft keine Zeit mehr für weitere Diskussionen. Marek schien das ähnlich zu sehen, denn bevor sie das Ende des gruseligen Ganges erreicht hatte, hatte er schon zu ihr aufgeschlossen. Die Tür wurde von ihm geöffnet und nicht von ihr und er ließ es sich auch nicht nehmen, zuerst hindurchzugehen, sein Schwert kampfbereit in der Hand.

Hinter der Tür befanden sich jedoch keine Gefahren, sondern lediglich eine Wendeltreppe, die hinab-, aber auch hinaufführte.

„Die Kammer ist da oben", stieß Marek angespannt aus, den Blick dorthin gerichtet.

Jenna brauchte nur einen Schritt zu machen, um zu wissen, warum er sich da so sicher war. Ganz ähnlich, wie wenn eines der Teilstücke Cardasols in der Nähe war, fühlte sie etwas nach sich rufen … eine Energie, die einen unwiderstehlichen Sog auf sie ausübte. Auch Ilandra schien ihn zu spüren, denn ihre Augen weiteten sich und sie atmete stockend ein.

Marek suchte den Blick der M'atay. „Riskier nichts", riet er ihr. „Such nur nach Dingen, die besonders magisch sind oder für Roanar wichtig sein könnten. Wenn du Hilfe brauchst, ruf jemanden von den anderen. Zögere nicht."

Ilandras Nicken war knapp und angespannt, dann eilte sie auch schon die Stufen des Turms hinauf.

„Können wir sie wirklich allein gehen lassen?", fragte Jenna mit Bangen. Sie hatte kein gutes Gefühl bei der Sache.

„Wir *müssen*", erwiderte Marek mit Nachdruck und begann die Treppe hinabzulaufen, „denn ich lasse *dich* ganz bestimmt nicht allein da runter gehen."

Genau das hatte sie vorschlagen wollen, biss nun aber die Zähne zusammen und ersparte sich eine weitere Debatte. Davon abgesehen wäre es nur eine Notlösung gewesen, die ihr, wenn sie ehrlich war, ziemliche Angst gemacht hatte. Sie war ohnehin keine ausgebildete Magierin, hatte auch keine besonders großen Kräfte, und das Auflösen des Schutzzaubers steckte ihr immer noch in den Knochen. Wenn es tatsächlich weitere Fallen oder Zauber im Kellergewölbe gab, hätte sie diese allein bestimmt nicht so schnell bewältigen können. Und Marek an ihrer Seite zu haben, Zauberkraft hin oder her, fühlte sich *immer* gut an.

Die Fackel, die der Krieger aus der Vorhalle mitgenommen hatte, half zusätzlich, einen gewissen Optimismus beizubehalten, denn sie spendete genügend Licht, um die teilweise schon recht maroden Stufen gut zu erkennen und festzustellen, dass es zumindest keine unangenehmen Spinnennetze nebst zugehöriger Bewohner in ihrer Nähe gab. Gruselig war nur, dass die Treppe nicht enden wollte, und die kühle Luft, die zu ihnen hinaufstieg, das Licht der Fackel gespenstisch flackern ließ.

Jenna stieß einen überraschten Laut aus, als Marek ruckartig stehenblieb und sie von hinten in ihn hineinlief.

„Hast du das gehört?", raunte er ihr zu.

Sie schüttelte den Kopf. „Was denn genau?"

Er wollte antworten, doch das war gar nicht mehr nötig, denn das Geräusch war nun so laut, dass auch Jenna es hören konnte. Es klang wie ein Schrei. Nicht der eines Menschen, sondern der eines …

„Drachen!", stieß Marek leise aus.

Jetzt konnte man auch Flügel schlagen hören, und das Kratzen von Krallen auf Steinboden.

„Kommen die her?", flüsterte Jenna beklommen.

Marek reagierte nicht auf ihre Frage. Stattdessen schloss er die Augen. Sie fühlte das vertraute Prickeln in ihren Schläfen, das seine Magie immer begleitete, und die Fackel erlosch.

In der plötzlichen Dunkelheit griff Jenna reflexartig nach Mareks Rücken, krallte ihre Finger in sein Hemd und kämpfte tapfer ihre aufwallende Panik nieder. Es war richtig gewesen, das Licht zu löschen, damit die Tiere sie nicht bemerkten. Selbst wenn es bedeutet, dass sie diese jetzt auch nicht mehr sehen konnten.

‚Benutze dein inneres Auge', vernahm sie Marek auf der mentalen Ebene. ‚Öffne deine Sinne.'

Sie atmete tief durch, versuchte, sich zu entspannen und ihre eigene Energie in die ihrer Umwelt strömen zu lassen. Es war nicht einfach, an Mareks leuchtender Aura vorbeizugleiten, gerade weil sie dieses Mal zu einer Seite hin etwas heftiger ausschlug, mit ein paar wenigen Energiefäden in die Ferne zu greifen schien, aber schließlich gelang es ihr. Die Drachen auszumachen, war danach ein Kinderspiel.

Ihre Auren waren stark, wenngleich sie physisch nicht sonderlich groß zu sein schienen, eher kleineren Raubkatzen glichen als den großen Drachen, denen sie in Falaysia begegnet war. Aber auch kleine Raubtiere konnten gefährlich werden, insbesondere, wenn man sie reizte, und dass sie in keiner guten Stimmung waren, verrieten bereits ihre Energiefelder. Sie leuchteten hell und in den unterschiedlichsten Rottönen und immer wieder schlugen ihre Energiespitzen aggressiv in ihr Umfeld aus. Irgendetwas hatte sie aufgeschreckt, ja sogar wütend gemacht…

Jenna stutzte. Unweit der Drachen nahm sie eine weitere sehr viel schwächere, nur matt leuchtende Aura wahr und sie brauchte nicht lange, um zu erkennen, dass sie diese gut kannte, schon oft mit ihr verbunden gewesen war.

„Leon!", kam es ihr atemlos über die Lippen. Sie musste wohl auch mental nach ihm gerufen haben, denn sein Energiefeld leuchtete erfreut auf, streckte und reckte sich ihr entgegen. Ohne zu zögern, griff sie zu, knüpfte innerhalb eines Atemzugs ein festes Band und erwachte in seinem geschundenen, erschöpften Körper. Er lag in einer vergitterten Zelle auf Stroh. Ihm war kalt und der Blutverlust machte ihm bereits so zu schaffen, dass er kaum mehr die Kraft hatte, aufrecht zu sitzen – selbst mit der Wand in seinem Rücken.

‚Es … es ist eine Falle', ließ er ihr zukommen. ‚Ihr dürft nicht herkommen. Auf dem Gang sind …'

‚Drachen – ich weiß', half sie ihm. ‚Wir finden schon eine Lösung dafür.'

‚Sie waren erst eingesperrt, aber es gab … so ein Licht und … und dann waren sie unversehens draußen. Sie haben versucht, zu mir reinzukommen, aber die Magie, mit der Roanar die Zelle verschlossen hat, hat sie davon abgehalten. Sie sind sehr wütend …'

‚Wir schaffen das trotzdem', versprach Jenna ihm optimistisch. ‚In welcher Zelle ist Benny?'

‚In gar keiner. Sie haben ihn mitgenommen.'

Jenna erstarrte und ihre Innereien verknoteten sich schmerzhaft. ‚Wer hat ihn mitgenommen?'

‚Zwei Männer. Mehr weiß ich nicht. Ich … ich konnte nichts tun, Jenna … ich … es tut mir so leid.'

Es war schwer, aber es gelang ihr, alle Angst und Sorge zurückzuschieben, die Kontrolle über ihre Gefühlswelt zu behalten – nicht zuletzt, weil sie Mareks beruhigende geistige und körperliche Nähe fühlte, seine Zuversicht auf sie überstrahlte.

‚Dich trifft keine Schuld,‘ beruhigte sie nun auch Leon. ‚Du bist schwer verletzt. Wir kümmern uns später darum. Erst einmal holen wir dich da raus und heilen dich, so gut, wie es uns möglich ist.‘

‚Jenna – nein, Benny ist …‘

‚Kein Widerspruch!‘, befahl sie, atmete tief ein und musste erneut innehalten. Dieses Mal nicht freiwillig, denn Marek hatte mental nach ihr gegriffen, blockierte sie in gewisser Weise.

‚Du brauchst deine Kraft erst einmal für die Drachen‘, mahnte er sie und unterbrach ihren Kontakt zu Leon nun vollständig. ‚Eins nach dem anderen und solange wir nicht bei ihm sind, ist es gut, wenn ihm die Kraft fehlt, sich zu bewegen. Er war noch nie der vernünftigste Mensch.‘

In dieser Hinsicht musste sie ihm leider recht geben, auch wenn es sie schmerzte, ihren Freund noch länger in diesem kritischen Zustand zu belassen.

‚Was tun wir jetzt?‘, fragte sie aus Mangel an eigenen Ideen.

‚Bist *du* nicht die Drachenbetörerin unter uns?‘, gab Marek zurück.

‚Das war damals nur *ein* Drache …‘

‚Aber ein sehr viel größerer.‘

‚… und die meiste Arbeit hat dabei Cardasol übernommen.‘

‚Sicher?‘

‚Mehr als das. Was ist mit dir? K'uaray war doch bei dir mehr Schoßhund als Drache.‘

‚Ich kann schlecht fünf Drachen auf einmal die Stirn kraulen, um sie friedlich zu stimmen – ganz gleich, wie klein sie sind.‘

Leider war auch das ein gutes Argument.

‚Sie waren vorher eingesperrt – oder? Können wir sie nicht irgendwie wieder dort reinbringen?‘

‚Keine schlechte Idee‘, gab Marek zu und sie fühlte, dass er sich bewegte, trotz der schlechten Sichtverhältnisse die Treppe weiter hinunterging.

Sie öffnete die Augen ebenfalls und musste feststellen, dass diese sich schnell an die Dunkelheit gewöhnten. So konnte sie zumindest Mareks Gestalt, die Wände und Stufen schemenhaft erkennen. Wahrscheinlich lag das auch daran, dass von unten ein flackerndes Licht in den Turm drang. Irgendwo musste dort noch eine schwache Lichtquelle existieren und möglicherweise war das auch der Grund, warum die Drachen dort blieben. Sie suchten das Licht. Vielleicht konnten sie das irgendwie nutzen.

Die Treppe endete leider nicht vor einer Tür, sondern direkt im Übergang zum Kerkergang und das Schnaufen, Brummen und Fauchen der Drachen war nun so laut, dass sie mit Sicherheit nicht allzu weit von ihnen entfernt hin und her liefen.

Marek schob sich leise an die Ecke heran und spähte in den Gang. Nur wenig später zog er den Kopf wieder zurück. Allzu glücklich sah er nicht aus und Jenna konnte es sich nicht länger verkneifen, ebenfalls einen Blick auf ihr Problem zu werfen. Für einen kurzen Moment setzte ihr Herzschlag aus, als sie die Kreaturen leibhaftig im Licht einer flackernden Fackel ausmachen konnte. Sie sahen vollkommen anders aus als die Drachen, die sie bisher in Falaysia gesehen hatte, waren länger als diese, dafür jedoch nicht so hochbeinig. Ja, sie hatten eher etwas von Echsen, besaßen allerdings Flügel und Stacheln, die den ganzen Rückenkamm bis hin zum Schwanz bedeckten.

Eines der Tiere erhob sich gerade auf die Hinterbeine und reckte seine Nase in die Luft, als würde es etwas Interessantes wittern. Nur Sekunden darauf warf es sich gegen etwas vor ihm, das nach Metall klang. Funken stoben auf und die Luft vibrierte unter der Kraft des Schutzzaubers, der auf der Zellentür ruhte. Der Drache fauchte und sprang zurück, während seine Kameraden seltsame Laute von sich gaben und die Zähne bleckten. Lange, spitze Reißzähne, die zweifelsfrei genauso gefährlich waren wie die scharfen Krallen an ihren Pranken.

Mit einem dicken Kloß im Hals zog sich Jenna zurück, suchte Mareks Blick, doch der hatte die Augen geschlossen und schien sich auf etwas ganz anderes zu konzentrieren – das ihn scheinbar sehr anstrengte, denn seine Kiefermuskulatur zuckte und ein paar Schweißperlen hatten sich auf seiner Stirn gebildet.

Jenna sprach ihn nicht an, sondern wartete, obgleich Geduld etwas war, das sie augenblicklich nicht besaß. Es war eher ihrer Angst zu verdanken, ihm ungewollt Schaden zuzufügen, wenn sie ihn ablenkte, denn sie war sich sicher, dass er gerade seine Kräfte benutzte, und wie gefährlich die auch für ihn werden konnten, wusste sie noch ganz genau. Ausgebildeter Super-Magier hin oder her.

Es dauerte nur noch ein paar Sekunden, dann flogen Mareks Lider wieder auf und er sah sie endlich an.

„Benny ist erstmal in Sicherheit", wisperte er zu ihrer großen Überraschung und Jennas Herz machte einen kleinen Freudensprung.

„Hast du …", begann sie, brach aber auf sein Kopfschütteln hin sofort ab. Er hatte recht, jetzt war nicht die Zeit, um sich auszutauschen.

,Holen wir Leon da raus', ließ Marek ihr nun wieder mental zukommen und lugte erneut kurz um die Ecke, bevor er sie wieder ansah. ,Von hier aus können wir nicht feststellen, woher sie kamen – aber sie scheinen von zwei Dingen im Flur gehalten zu werden: Dem Licht der Fackel…'

,… und Leon', wusste Jenna. ,Sie riechen sein Blut.'

,Wenn wir sie da weglocken wollen, müssen wir ihnen etwas Besseres liefern als das, was sie schon haben.'

Jenna dachte kurz nach. Sie waren eingesperrt gewesen wie der Drache, den damals Alentara gegen die Bakitarer eingesetzt hatte. ,Freiheit?', schlug sie schnell vor.

,Das ist gut', erwiderte Marek, ohne viel darüber nachdenken zu müssen. ,Freiheit in greifbarer Nähe.'

Er sah ein weiteres Mal in den Flur.

,Die letzte Zelle auf der linken Seite hat ein Fenster, durch das Licht scheint. Also muss das eine Außenwand sein. Wenn wir die Zelle öffnen und zerstören …'

,… werden sie möglicherweise rausfliegen.'

,… oder weiter auf uns zukommen und uns vielleicht entdecken,' fand Marek unmittelbar die Problematik in seiner eigenen Idee.

Jenna schluckte schwer, suchte in seinem Gesicht nach einem Anzeichen dafür, dass ihm noch ein besserer Einfall gekommen war, aber dort war nichts dergleichen zu finden.

‚Wie tun wir es?', fragte sie entschlossen.

‚Einer von uns öffnet die Zellentür und der andere zerstört die Wand so weit, dass die Drachen hindurchpassen. Es muss unbedingt gleichzeitig passieren, damit die Tiere nicht weiter laufen, als sie sollen.'

Jenna nickte einsichtig, hielt dann aber inne. ‚Ohne Cardasol beherrsche ich nur das Element Erde ...'

‚... und Steine gehören eindeutig dazu', erinnerte Marek sie.

‚Aber ... ich hab so was noch nie allein getan', wandte sie mit Unbehagen ein. ‚Nicht ohne mindestens eines der Amulette oder Zugriff auf deine Kräfte.'

‚Ich stütze dich, so gut es geht', versprach er, ‚aber wir müssen wirklich jetzt damit anfangen. Unsere anderen Freunde geraten sonst ebenfalls in Bedrängnis.'

Jenna gab sich geschlagen. Statt noch etwas einzuwenden, schob sie sich wieder an die Ecke heran, warf einen kurzen Blick auf die geschuppten Untiere, die glücklicherweise immer noch Leon belagerten, und sah hinüber zu der Kerkerzelle, die ihrer Position am nächsten war. Tatsächlich befand sich in deren Rückwand ein ungefähr tellergroßes Loch, durch das helles Tageslicht schien.

Sie ließ ihre Augen weiterwandern. Obschon die Zelle an sich einen sehr schmutzigen, verlotterten Eindruck machte – die eisernen Gitterstäbe der Tür taten das bedauerlicherweise nicht. So leicht wie die Steine der Mauer würden diese sicherlich nicht zerfallen.

‚Bist du sicher, dass du die Tür zerstören kannst?', erkundigte sich Jenna mit Bangen bei ihrem Begleiter.

‚Nein', gab er nun leider zurück. ‚Wir müssen es trotzdem versuchen und wenn es schiefgeht, können wir immer noch kämpfen. Das wären nicht die ersten Drachen, die ich mit Hilfe von Magie aufhalten muss – keine Sorge, ich kann das jetzt, ohne mich dabei umzubringen.'

Jenna drängte die Erinnerung an das Geschehen auf der Dracheninsel zurück und versuchte, sich vollkommen auf die vor ihr liegende Aufgabe zu konzentrieren. ,Also tue ich dasselbe wie damals in der Ilvas-Schlucht und in der Höhle vorhin?'

,Ganz genau. Du stellst dir die Steine der Wand in ihrer kleinsten Struktur vor und löst diese auf, lässt sie zu feinem Sand zerfallen.'

Jenna nickte erneut, fixierte das Loch in der Wand, atmete einmal ganz tief ein und wieder aus und versuchte ihre Energie in ihrer Körpermitte zusammenfließen zu lassen.

,Jetzt?', fragte sie, eine Hand in Richtung der Wand ausgestreckt, um für sich selbst einen sichtbaren Punkt zu haben, aus dem sie ihre Energie in den Äther schießen wollte.

,Jetzt!', bestätigte Marek.

Sie fühlte sein Kraftfeld neben ihr anwachsen, spürte das elektrisierende Knistern seiner Aura und ließ auch ihre eigene Energie aus ihrem Körper strömen. Im Nu verband sich diese mit ihrer Umwelt, mit all jenen Quellen, die das Element Erde hergab, und mit der Wand vor ihr. Sie drang in diese, fühlte sie mit jeder Faser ihres Körpers und zwängte sich in die kleinsten Strukturen jedes einzelnen Steins, der sich in der Nähe des Loches befand. Es war nicht so schwer wie gedacht, die Verbindungen der Moleküle aufzuspüren und sich an sie zu heften – doch sie auseinanderzureißen, gestaltete sich weitaus schwieriger. Nicht, weil es das tatsächlich war, sondern weil sie aus der Ferne ein Anschwellen einer anderen Magie wahrnahm, einen Kampf zwischen verschiedenen Kräften.

‚Konzentrier dich!', fuhr Marek dazwischen und sandte ihr einen Schub Kraft, der sie ganz automatisch dazu brachte, die Verbindungen zwischen einigen Partikeln zu zerstören. Sie besann sich rasch, machte da weiter, wo sie den ersten Erfolg erzielt hatte, und konnte fühlen, wie die Mauer an dem Loch langsam zusammenstürzte, dieses immer größer wurde.

Die Drachen fauchten und zischten und auch wenn Jenna mit ihrer Arbeit vollkommen ausgelastet war, bereits zu schwitzen und heftiger zu atmen begann, nahm sie wahr, dass sich die Aufmerksamkeit der Tiere verschob, sie die Hälse reckten und näherkamen.

Schneller ... sie musste schneller werden. Mit einem weiteren tiefen Atemzug holte sie noch mehr Energie aus ihrem Körper, sandte diese in das wachsende Loch und mit lauten Poltern lösten sich die nächsten Steine aus der Mauer. Helles Licht brach durch die Öffnung, beendete die Herrschaft der Dunkelheit im Kerker und ließ zumindest einen der Drachen einen Sprung nach vorn machen. Bedauerlicherweise kam er nicht weit, denn das Gitter zitterte und wackelte zwar, aber es zersetzte sich nicht.

‚Ich kann es noch nicht einmal verbiegen', sandte Marek ihr zu, während zwei weitere Drachen herankamen. Nur noch wenige Schritte und sie befanden sich in einer Position, in der sie die beiden Menschen in ihrer Nähe durchaus sehen konnten!

Jennas Gedanken überschlugen sich. Zuerst wollte sie Marek einen Teil ihrer Kraft geben, doch dann fiel ihr Blick auf das Mauerwerk, in dem die Tür verankert war.

Stein. Sand. Erde. Sie dachte nicht weiter nach und verschob ihren Fokus einfach auf eben diese Punkte. Strukturen auflösen ... Ihre Energie floss unverzüglich dorthin, richtete dort denselben Schaden an, den sie an der Mauer hinterlassen hatte. Nur ein paar Herzschläge später rutschte die Tür an der Wand ab, pendelte zum Gang hin und wurde schließlich mit Schwung zur Seite geworfen.

Die Drachen, die schon recht nah heran gewesen waren, sprangen kreischend zur Seite und Jenna erstarrte genauso wie Marek. Eines der Tiere war so zurückgesprungen, dass es nun direkt vor ihnen saß, den Rücken zu ihnen gewandt, der lange Schwanz nur Millimeter von Jennas Füßen entfernt.

Sämtliche mentale Aktivität erstarb von ihrer Seite aus, dennoch brach ein weiteres großes Stück Mauerwerk in sich zusammen und der Weg in die Freiheit war nicht länger versperrt. Das dunkle Grün des Dschungels rief verlockend nach den geflügelten Echsen und trotzdem bewegten sie sich nicht, blinzelten nur verwirrt hinaus in das helle Licht des Tages.

Jenna fühlte, dass Marek weiterhin tapfer seine Kräfte einsetzte. Dieses Mal, um dem Leittier, das ganz vorn am geöffneten Eingang zur Zelle stand, das Gefühl von Freiheit zu vermitteln, ihm Bilder von der Weite des Himmels zu senden.

Jenna riss sich zusammen, suchte ebenfalls Verbindung zu dem Tier. ‚Schnell! Raus in die Freiheit!‘, sandte sie ihm. ‚Bevor es zu spät ist und sich die Tür wieder schließt!‘

Das kombinierte Bemühen schien endlich Früchte zu tragen, denn der Drache bewegte sich, lief zögernd in die Zelle, sprang in das Loch, die Krallen ins noch stehende

Mauerwerk geschlagen und verharrte dort erst einmal. Drei seiner Artgenossen folgten ihm, die Schnauzen in die Luft gereckt und seltsame Brumm- und Pfeiflaute von sich gebend. Sie zuckten zusammen, als ihr Leittier die Flügel öffnete und sich kurz schüttelte, bevor es sich duckte und schließlich absprang.

Jenna konnte nicht sehen, was danach geschah, hörte jedoch das Schlagen der Flügel und den beglückten Laut, den der Drache ausstieß, als er endlich in die Freiheit flog. Die drei Nachfolger zögerten ebenfalls nicht länger, schubsten sich und bissen nach einander, weil jeder von ihnen der nächste sein wollte, und auch das Tier direkt vor Jenna bewegte sich wieder, machte ein paar zögerliche Schritte auf die Zelle zu. Sein Schwanz touchierte dabei allerdings Jennas Hand und der Kontakt zu ihrer warmen Haut genügte, um es dazu zu bringen, den Kopf in ihre Richtung zu drehen.

Seine gelben Augen fixierten ihr Gesicht und das Maul öffnete sich, sodass sie seine scharfen Reißzähne nur allzu deutlich erkennen konnte. Ihr Herz zog sich zusammen und ihr Körper spannte sich an. Ihr Instinkt schrie ihr zu, die Beine in die Hand zu nehmen und die Treppe hinauf zu fliehen.

‚Warte!‘, warnte Marek sie. ‚Beweg dich nicht!‘

Der nächste Drache sprang mit einem lauten Flügelschlag in die Freiheit, gefolgt von einem weiteren, der sich direkt hinter diesem in das Loch gedrängt hatte. Doch das Tier vor Jenna sah nur kurz hinüber zum Geschehen, bevor es sich langsam drehte, den Kopf schräg legte und Jenna eingehender betrachtete.

‚Hier ist nichts', versuchte Marek den Drachen zu be-
einflussen. ‚Hier bist du nur gefangen. Flieh in die Freiheit!'

Der dritte Drache in der Zelle verschwand nun auch
ins Licht des Tages und sie waren allein mit dem letzten
Mitglied der Gruppe, das immer noch keine Anstalten
machte, seinen Freunden zu folgen. Stattdessen reckte es
den Kopf ein wenig höher, sog tief Luft in seine sich
leicht blähenden Nüstern. Eine seiner Pranken hob sich
vom Boden und Jenna wusste, wenn es jetzt einen Schritt
in ihre Richtung machte, würde Marek nicht länger zögern und sein Schwert einsetzen, um sie zu schützen.

Die Erlösung brachte ein heiserer Schrei von draußen.
Der ungeduldige Ruf des Leittieres ließ den Kopf des
Drachen ein weiteres Mal herumfliegen und das Loch
anstarren. Für ein paar qualvoll lange Sekunden verharrte
es in dieser Position – dann setzte es sich endlich in Bewegung, trabte in die Zelle und sprang auf den Mauer-
rand. Ein letzter Blick ins Innere des Kerkers, dann
schwang sich das Tier in die Lüfte und verschwand ebenfalls aus ihrem Blickfeld.

Jenna stieß ein tief erleichtertes Seufzen aus. Ihre Beine waren zwar weich wie Butter, aber sie konnte sie noch
nutzen, eilte zeitgleich mit Marek los, hinüber zu Leons
Zelle. Ihr Freund saß dort immer noch mit dem Rücken
an die Wand gelehnt, hatte allerdings die Augen geschlossen und atmete nur sehr flach. Sein Zustand hatte
sich noch weiter verschlechtert.

Jenna versuchte geistig nach ihm zu greifen, bekam
jedoch keinen Zugang mehr zu seinem Verstand. Er war
vollkommen weggetreten. Während Marek das Schloss
und seinen Zauber inspizierte, fokussierte sie sich auf sei-

ne Wunde, versuchte ihre Energie dorthin zu leiten, doch sie konnte nicht richtig in seinen Körper dringen. Etwas wehrte sie ab, ließ einen scharfen Schmerz durch ihre Stirn schießen.

Sie holte zischend Luft, presste ihre Hand gegen ihren Kopf und kniff die Augen zusammen.

„Warum zur Hölle tust du so was?!", fuhr Marek sie sogleich an. „Du weißt doch, dass Roanar die Wunde mit einem Zauber belegt hat! Genauso wie dieses verdammte Schloss!"

Er kniff die Lippen zusammen, ließ seinen Blick an den Gitterstäben rauf und runter wandern. „Nein, es ist eher die ganze Vorderseite der Zelle", setzte er missgestimmt hinzu.

Jennas Sorge wuchs. Sie mussten Leon so schnell wie möglich da rausholen, denn sehr viel länger würde er mit Sicherheit nicht mehr durchhalten.

„Aber wir *müssen* etwas tun. *Jetzt*!", stieß sie mit erstickter Stimme aus. „Was ist, wenn ich dir helfe? Können wir den Zauber gemeinsam lösen?"

Marek sah sie an, musterte sie kurz – dann erhellte sich sein Gesicht. „Erde", sagte er. „Ja, natürlich! Der Boden! Das wird erneut funktionieren!"

Er ging in die Hocke, hielt seine Hand kurz über den Steinboden und gab einen erfreuten Laut von sich. „Wenn wir es zusammen machen, funktioniert es in jedem Fall!"

„Was genau?"

„Wir senken den Boden ab und kommen damit von unten an Leon heran, denn Roanars Zauber wird das Gitter an Ort und Stelle halten."

„Natürlich!", rief Jenna begeistert aus und kniete sich neben ihn. Wie gewohnt griff sie nach Mareks Energiefeld, doch auch dieses Mal schob er sie ein Stück weit zurück, ließ die Verbindung nur am Rande zu. Trotzdem konnte Jenna erneut fühlen, dass er auch in eine andere Richtung griff, irgendetwas oder irgendwen mit seiner Kraft zusätzlich unterstützte. War Benjamin etwa doch noch nicht in Sicherheit, wie er es zuvor behauptet hatte?

„Jenna ...", konnte sie ihn mahnend brummen hören und zog sich rasch noch weiter zurück, konzentrierte sich stattdessen auf das, was sie tun mussten.

Der Zauber Roanars war stark, das konnte sie jetzt auch mental fühlen und sehen. Er hatte ihn zweifelsohne nicht allein hergestellt, denn in dem Kraftfeld funkelten ganz unterschiedliche Farben, die ineinandergriffen und starke energetische Ströme erzeugten. Kein Wunder, dass Marek gar nicht erst versucht hatte, den Zauber auszulöschen, denn sein Energiefeld hatte deutlich an Kraft verloren und sah längst nicht mehr so geordnet und stabil aus wie zuvor. Was immer er auch die ganze Zeit still und heimlich getan hatte – es strengte ihn extrem an und raubte ihm von Minute zu Minute mehr Kraft. Sie mussten sich beeilen, wenn sie Leon befreien, ihn heilen und auch noch unversehrt die Burg verlassen wollten – wenn das überhaupt noch möglich war.

Jenna entschloss sich dazu, den Großteil der Arbeit zu übernehmen, ließ ihre Reserven zusammenlaufen und hob wie Marek zuvor die Hand über den Boden. Ihr Wunsch, möglichst keine Zeit mehr zu verlieren, war so stark, dass ihre Verbindung zu ihrem Element sich unglaublich schnell und intensiv auflud und schließlich mit Wucht in den Boden vor ihr schoss. Es rumpelte laut, die Steine, die dem Untergrund seine Festigkeit verliehen hatten, brachen entzwei und die Erde darunter senkte sich ruckartig um einen halben Meter ab. Das Gitter der Zelle gab ein ohrenbetäubendes Quietschen von sich und sandte erneut einen scharfen Schmerz durch Jennas Kopf.

Sie sank ein Stück nach vorn und stützte sich rasch mit den Händen ab. Schlimmer war die Hitze, die sich in ihrem Körper ausbreitete und das Summen in ihren Ohren. Mit einem Mal hatte sie das Gefühl, auseinandergerissen und gleichzeitig ganz fest zusammengedrückt zu werden, doch im nächsten Moment spannte sich eine andere Kraft um sie, hielt sie fest, stützte sie und brachte ihre außer Kontrolle geratene Magie wieder ins Lot.

Dass sie die Augen zusammengekniffen hatte, bemerkte sie erst, als sie diese wieder öffnete, schwer atmend und mit einem unangenehmen Schwindel kämpfend.

„Wenn man so untrainiert ist wie du, wartet man auf den Magier mit den größeren Erfahrungen", tadelte Marek sie, doch als sie ihn ansah, fand sie nichts als Sorge in seinen Augen. „Das war gefährlich, Jenna."

Sie nickte einsichtig, sah aber gleich wieder nach vorn. Zu ihrer großen Freude war die Kuhle unter dem Gitter bereits tief genug, um bequem unter diesem hindurchzukriechen. Als sie eben dies tun wollte, hielt Marek sie jedoch am Arm fest.

„Du ruhst dich jetzt aus!", sagte er in einem Ton, der keinen Widerspruch duldete. „*Ich* hole ihn!"

„Aber ...", begann sie.

„Du könntest ihn ohnehin nicht problemlos bewegen", wurde sie unterbrochen und damit schien die Angelegenheit für den Krieger auch schon geklärt zu sein, denn er legte sein Schwert neben ihr ab und schlängelte sich geschickt durch die Öffnung unter dem Gitter.

Jenna sah nervös den Gang hinunter. Verdächtige Geräusche waren dort noch nicht zu hören, aber sie wusste, dass sich das schnell ändern konnte, und ganz allein würde sie sich bestimmt nicht ausreichend zur Wehr setzen können.

Marek hockte nun schon neben Leon, fühlte kurz am Hals seinen Puls und nahm anschließend dessen Hand samt blutdurchtränktem Tuch von der Wunde. Sein Blick gefiel Jenna gar nicht, denn er verriet, dass ihm der Zustand der Verletzung Sorgen bereitete. Er packte Leon bei den Schultern, aber anstatt ihn zu drehen, um ihn hinüber zur Kuhle zu ziehen, bettete er ihn behutsam auf den Boden und kniete sich neben ihn.

„Was tust du da?!", stieß Jenna beunruhigt aus. „Wir wollten doch zusammen den Zauber brechen und ihn heilen!"

„Wenn ich ihn bewege, wird der Blutfluss nur noch stärker werden und das übersteht er nicht", gab Marek angespannt zurück, riss Leons Hemd an der Wunde noch weiter auf und legte vorsichtig eine Hand darauf.

Jenna sah, wie er die Augen schloss und, so wie sie es immer vor dem Verwenden von Magie tat, tief Luft holte, dann wurde er ganz still. Zumindest äußerlich. Auf der mentalen Ebene glühte seine Aura hell auf und drang mit Macht in das rötlich blaue Licht, das sich in Leons Seite gekrallt hatte.

Jenna rutschte näher an die Zelle heran, langte mit einer Hand in die Kuhle und versuchte erneut ihre eigene magische Kraft zu aktivieren, um Marek zu unterstützen, doch es gelang ihr nicht. Sie war vom letzten Zauber zu erschöpft, konnte nur zusehen, wie Marek gegen Roanars Magie kämpfte, diese unter seiner Attacke immer schwächer wurde und schließlich mit einem letzten Aufflackern erstarb.

So wie sie zuvor wankte der Bakitarer mit dem Oberkörper nach vorn, hatte sich aber schnell wieder im Griff. Seine Hand ruhte weiterhin auf Leons Verletzung und seine Lider schlossen sich wieder. Erneut leuchtete sein Kraftfeld auf und Jenna konnte fühlen, dass er nun den Heilungsprozess einleitete. Schon wieder ohne ihre Unterstützung. Das konnte doch nicht ewig gutgehen!

Sie schloss ebenfalls die Augen, versuchte noch einmal, ihre Kräfte zu aktivieren, und hatte dieses Mal endlich Erfolg. Ihre Verbindung zu Marek verstärkte sich und dieses Mal war sie es, die ihn stützte, die ausschlagenden Energien in Schach hielt und somit verhinderte, dass er sich vollkommen verausgabte. Es dauerte nur ein paar Minuten, bis Leon mit einem Keuchen die Augen aufschlug und vor Mareks über ihn gebeugter Gestalt zurückzuckte.

Der Krieger ließ ihn los, nicht nur mental, sondern auch physisch und hob beschwichtigend die Hände. „Alles gut. Wir holen dich jetzt hier raus!", versprach er.

„Wie … wo …", krächzte Leon, stützte sich mühsam auf seine Ellenbogen und sah sich hektisch um. Sein Blick blieb an Jenna hängen. „Die Drachen?"

„Sind weg", ließ sie ihn wissen. „Und wir müssen jetzt dasselbe tun. So schnell wie möglich."

Marek wartete gar nicht erst darauf, dass Leon sich von allein aufsetzte, sondern erhob sich, packte ihn unter den Achseln und zog ihn kurzerhand hinüber zur Zellentür.

„Du bewegst dich nicht, bis wir es dir sagen!", befahl er ihm und Leon schien immer noch zu erschöpft zu sein, um zu widersprechen oder gar etwas anderes zu tun. So ließ er es geduldig über sich ergehen, dass Marek ihn, nachdem er selbst durch die Kuhle gekrochen war, dort hindurch zog und anschließend auf die Beine brachte.

Jenna konnte nicht anders: Als Leon, gestützt von Marek, endlich vor ihr stand, schloss sie ihn kurz in ihre Arme und drückte ihm einen innigen Kuss auf die Wange.

„Jag mir nie wieder solche Angst ein!", brachte sie mit belegter Stimme hervor.

„Ich werd mich hüten", gab Leon zurück und verzog gleich darauf schmerzerfüllt das Gesicht, weil Marek sich mit ihm vorwärtsbewegte, in der anderen Hand das Schwert haltend, das Jenna ihm zuvor gereicht hatte.

Die beiden wankten ein wenig, was Jenna dazu brachte, rasch an Leons andere Seite zu laufen und sich seinen linken Arm um die Schulter zu legen, um ihn zusätzlich zu stützen.

„Was … was ist mit Benny?", brachte er schuldbewusst heraus, als ihre Blicke sich trafen.

„Er ist in Sicherheit", tröstete sie ihn, in der Hoffnung, dass Marek sie zuvor nicht belogen hatte. Benny durfte nichts passiert sein, sonst würde sie ihres Lebens nicht mehr froh werden.

# Geballte Kraft

Sich möglichst unauffällig und leise durch die Korridore der Burg zu bewegen, fiel Benjamin nicht schwer. Seine Turnschuhe, die spärliche Kleidung und der Mangel an Gepäck erleichterten ihm das Ganze erheblich. Viel schwieriger gestaltete es sich allerdings, einen Weg zu der Energiequelle zu finden, die so verlockend nach ihm rief, denn einige der Türen in andere Gänge waren abgeschlossen oder durch diverse Zauber unzugänglich gemacht worden. Überhaupt glich die gesamte Festung mit ihren vielen Treppen und Türmen eher einem Irrgarten als einem normalen Gebäude. Erschwerend kam hinzu, dass Marek sich immer seltener bei ihm zurückmeldete und große Schwierigkeiten damit zu haben schien, ihm den Weg zu weisen, geschweige denn einen ordentlichen Kontakt zu ihm zu halten

Es war sein eigener Instinkt, der Benjamin vor der nächsten Gefahr rettete, als er zur besseren Orientierung gerade aus einem glaslosen Fenster sah – oder besser gesagt der Instinkt kombiniert mit seinem Gehör. Etwas schlug dort draußen kräftig mit seinen Flügeln und er ließ sich einfach auf den Boden fallen, weil ihm prompt der Gedanke „Drache!" in den Kopf schoss. Nur einen Atemzug später warf das Tier seinen gruseligen Schatten in den

Gang und aus der Ferne vernahm er aufgeregte Rufe, die seine Annahme bestätigten.

„Drachen! Drachen!"

Fauchen und Kreischen folgten den Worten und weiteres ‚Geflatter', dann war der beängstigende Tumult vorüber und Benjamin hörte nur noch die lauten Stimmen von Menschen aus einiger Entfernung.

Ganz vorsichtig schob er sich wieder an das Fenster heran, spähte hinaus. Gegenüber von seiner momentanen Position befand sich ein weiterer Gebäudeteil, aus dem gerade ein Mensch kletterte. Es sah nicht so aus, als wäre das etwas Alltägliches für diesen Mann, denn er war dabei sehr achtsam und wurde von einem Seil gesichert, das man ihm um die Körpermitte gebunden hatte.

Benjamin sah etwas genauer hin und meinte Roanar unter den an den Fenstern stehenden Männern zu entdecken. Das machte Sinn, denn der Gebäudeteil sah breiter und prunkvoller aus als der Rest der Burg, was vermutlich bedeutete, dass es der Saal war, in dem sich der Zauberer mit seinen Anhängern zuletzt aufgehalten hatte. Saßen die etwa fest und versuchten nun durch die Fenster zu entkommen? Warum verbanden sie nicht einfach ihre Kräfte und zauberten sich ein magisches Portal, wie sie es zuvor bereits getan hatten?

Benjamin schob den Gedanken beiseite, entfernte sich vom Fenster und lief weiter, auf die nächste Tür zu, die ihn näher an seine Freunde heranbringen würde. So fühlte es sich zumindest für ihn an und dieses Mal musste es ihm endlich gelingen, sie zu erreichen, denn sonst wusste er auch nicht mehr weiter. Dreimal hatte er schon einen anderen Weg als geplant nehmen müssen, weil ihm kleinere Trupps von Soldaten entgegengekommen waren –

eine weitere Pleite würde er zumindest emotional nicht mehr ertragen.

Unglücklicherweise öffnete sich die schwere Tür mit einem lauten Knarren, das seine Kopfhaut unangenehm prickeln ließ, und glitt ihm anschließend auch noch aus den schwitzigen Finger, um mit einem Lauten Rumsen ins Schloss zu fallen. Wunderbar! Wenn sich hier irgendwo feindliche Soldaten aufhielten, wussten sie jetzt ganz genau, wo er war. Etwas daran ändern konnte er allerdings nicht mehr, also lief er tapfer weiter, versuchte sich in der Dunkelheit des neuen Ganges zurechtzufinden.

Niemand hatte hier Fackeln angezündet und es gab lediglich zwei schmale Fensternischen an der Außenwand, die etwas Tageslicht ins Innere dringen ließen. Sand hatte sich am Boden abgesetzt und eingestaubte Spinnenweben hingen von Decke und Wänden. Hier war ohne Frage schon längere Zeit niemand mehr …

Benjamin hielt inne, denn sein Blick hatte sich auf den Boden gerichtet, auf dem bedauerlicherweise viele Fußspuren zu finden waren und … war das Blut? Und dahinter sah es so aus, als seien mehrere Personen über den Boden gezogen worden. Ihm wurde schlecht und er sah sich entsetzt um. Sein Herz schlug ihm bis zum Hals, denn mit einem Mal hatte er das Gefühl, beobachtet zu werden.

Laute Stimmen hinter der Tür, die er soeben geschlossen hatte, ließen ihn herumfahren. Der Feind rückte schon wieder an und hier gab es nichts –

Da war plötzlich etwas hinter ihm. Jemand packte ihn, erstickte seinen Schrei unter einer kühlen Hand, die sich eisern auf seinen Mund presste, ihn rückwärts mit sich zog, herumwirbelte und schließlich mit dem Rücken gegen die Wand presste. Die Hand blieb auf seinem Mund, doch das Bedürfnis zu schreien, war Benjamin vergangen, denn er sah in ein Paar Augen, das ihm einigermaßen vertraut war. Übermäßige Freude und Erleichterung wallte in ihm auf und er verspürte den starken Drang, die Frau, die ja noch nicht einmal eine richtige Freundin war, zu umarmen und ganz fest zu drücken.

Ilandra deutete ein Kopfschütteln an und presste sich mit ihrem ganzen Körper an ihn, sodass er vollkommen von ihr verdeckt wurde, wie damals im Wald – und wahrscheinlich hatte sie dieselbe Intention: Ihn möglichst unsichtbar zu machen.

Die Tür flog auf und ein Blick zur Seite genügte, um es mit der Angst zu tun zu bekommen, denn ein Trupp von vier schwerbewaffneten Soldaten stürmte in den Flur. Sie waren nicht so sorgfältig wie Benjamin, liefen trotz der schlechten Sichtverhältnisse im Laufschritt weiter und genau das war ihr Todesurteil, denn Ilandra war nicht allein. Im Halbdunkel lösten sich drei weitere M'atay von den Wänden, an die sich ihre Haut perfekt angepasst hatte. Sie bewegten sich so leise und schnell, dass die Soldaten sie erst wahrnahmen, als es schon zu spät war. Messer und Säbel durchschnitten die Luft, fanden ungebremst ihr Ziel und für ein paar Minuten hallten die widerlichsten Geräusche durch den Flur, unterbrochen von überraschten, schmerzerfüllten Lauten und dem dumpfen Rumsen von Körpern, die ungebremst auf den Boden aufschlugen.

Benjamins ohnehin schon sehr rissiges Nervenkostüm bekam weitere Blessuren und neben der Übelkeit, die in ihm heraufdrängte, wurden jetzt auch noch seine Beine ganz weich. Ilandra schien das nicht zu spüren, denn sie ließ ihn ruckartig los, um zu den anderen M'atay zu gehen, sodass er ein paar unbeholfene Schritte nach vorn stolperte, bevor er sich wieder fing.

*Sicher. Du bist in Sicherheit!*, sagte er sich selbst, um sich zu beruhigen. *Endlich!*

Ilandra, die rasch ein paar Worte mit ihren Kameraden gewechselt hatte, kehrte jetzt zu ihm zurück, packte ihn etwas grob am Arm und zog ihn mit sich mit.

„Du hattest sehr viel Glück", mahnte sie ihn, während er neben ihr herstolperte. „Nur etwas später hätten sie dich erwischt. Hat dir Marek nicht gesagt, dass du keine Pause machen kannst?!"

„Ich hab keine Pausen gemacht!", wehrte er sich gegen die Unterstellung.

„Dann bist du nicht schnell genug gerannt."

Benjamin wollte auch gegen diese Bemerkung protestieren, Ilandra hielt jedoch vor einer weiteren Tür inne und gab einen kurzen Pfiff von sich, der dafür sorgte, dass diese von innen für sie geöffnet wurde. Mit dem nächsten Schritt blickte er in zwei weitere vertraute Gesichter: Enarios und Shezas.

„Ano sei Dank!", stieß die Kriegerin aus, während Ilandra Benjamin zu ihr hinüberschob.

Erneut wurde er grob am Arm gepackt und regelrecht abgeführt. Doch dieses Mal fühlte es sich nicht mehr ganz so schlimm an, denn die Halle, in der er sich nun befand, war mit anderen M'atay gefüllt, was eigentlich nur bedeuten konnte, dass dies der momentane Stützpunkt seiner Freunde war. Er war wahrhaft in Sicherheit!

Silas eilte ihm entgegen. Er sah etwas mitgenommen aus, verschwitzt und erschöpft, als hätte er in den letzten Stunden schwere Arbeit verrichtet.

„Wo ist Kilian?", fragte er besorgt.

„Ich weiß nicht", entschied sich Benjamin für die Wahrheit und sah wie die Gesichtszüge des jungen Mannes entgleisten, er noch blasser wurde. „Wir wurden schon früh getrennt. Aber er lebt und ich glaube, Roanar hat gerade auch kein Interesse daran, das zu ändern. Er weiß, wie wichtig Geiseln für ihn sind."

Silas sah ihn weiterhin aufgelöst an und für einen kleinen Augenblick hegte Benjamin die Befürchtung, dass er kopflos losrennen und trotz der in der Festung lauernden Gefahren nach seinem Freund suchen könnte. Er schien mit diesem Gefühl nicht allein zu sein, denn Sheza trat einen Schritt auf Silas zu und packte ihn an der Schulter.

„Der Junge hat recht", sagte sie und ihre Augen bohrten sich dabei in die von Silas. „Das alles hier ist für Roanar bisher nicht nach Plan verlaufen und er hat schon einmal die Erfahrung gemacht, dass Kilian wichtig für uns ist und er ihn als Druckmittel einsetzen kann. Er wird ihn nicht töten! Wir können ihn immer noch retten, selbst wenn es nicht hier und jetzt passiert!"

„Mach bloß keine Dummheiten", schaltete sich auch Enario ein und endlich reagierte Silas, schloss kurz die Augen und schüttelte den Kopf.

„Tu ich nicht", versprach er schweren Herzens. „Kilian würde nicht wollen, dass ich mich für ihn in Gefahr bringe."

„Gut", sagte Enario und klopfte dem jungen Mann tröstend den Rücken, „dann müssen wir nur noch warten, bis Marek und Jenna zurück sind. Können wir den Zauber auf der Barrikade noch solange halten?"

Silas musste sich sichtbar zusammenreißen, um zurück zum eigentlich Wichtigen zu finden, und nickte schließlich. „Ich denke, ein bisschen länger halten wir noch aus, wenn ich mich den M'atay wieder anschließe – was ich jetzt unbedingt tun sollte."

Er wollte sich schon abwenden, Benjamin hielt ihn jedoch geistesgegenwärtig am Arm fest. „Warte! Barrikade? Habt ihr die ‚Freien' irgendwo eingesperrt?"

„Ja, in gewisser Weise", erwiderte Silas stirnrunzelnd. „Sie wagen es nicht, all ihre Kraft für die Zerstörung der Barrikade einzusetzen, weil sie dann uns – oder besser Marek – nichts mehr entgegenzusetzen haben. Deswegen greifen uns momentan nur von der Ostseite aus Soldaten an. Allerdings kommen sie auch von dort aus nur über Umwege an uns heran, aber Ilandra und die M'atay haben…"

Benjamin ließ ihn nicht aussprechen. „Sie versuchen zu euch hinüberzuklettern! Die Soldaten sind nur Ablenkung!"

Entsetzen zeigte sich in Silas' Gesicht und er eilte sogleich auf eine offenstehende Flügeltür zu. Benjamin verstand schnell wieso, denn in den Raum dahinter fiel Tageslicht – was bedeutete, dass er ein Fenster besaß! Sheza, die umgehend einen Pfeil in ihren Bogen legte, folgte ihm und auch Benjamin konnte nicht mehr an sich halten und lief eiligst hinterher. Weit kam er gleichwohl nicht, da Enario ihn blitzschnell festhielt und zurückschob.

„Das ist nichts für Kinder!", brummte der große Krieger. „Du bleibst hier!"

Benjamin wollte widersprechen, doch als der erste Pfeil von Shezas Bogensehne schnellte und hörbar sein Ziel fand, überlegte er es sich anders. Er musste nicht dabei zusehen, wie Menschen abgeschlachtet wurden und…

Ein ohrenbetäubendes Dröhnen ging durch den Stein-
haufen im anderen angrenzenden Gang und der Boden
bebte. Einer der M'atay, die wie in ein Gebet versunken
davor knieten, sank mit einem schmerzerfüllten Stöhnen
und verdrehten Augen zur Seite. Niemand musste Benjamin sagen, was das bedeutete: Roanar ging jetzt aufs
Ganze, griff von allen Seiten her an, weil er spürte, dass
er sehr wohl als Verlierer aus der Konfrontation hervor-
gehen konnte.

„Bei Erexo!", hörte er Silas keuchen und der junge
Mann kam zurückgerannt, während Enario seinen Platz
im anderen Raum einnahm.

Fast im selben Moment stürmte Ilandra durch die dritte Tür in der Halle. „Sie kommen mit noch mehr Männern!", rief sie aufgebracht. „Wir werden die Ostseite
nicht mehr lange halten können! Wir müssen gehen!
Jetzt!"

Silas zögerte, sah hinüber zu Sheza und Enario, die
immer wieder Pfeile auf den anrückenden Feind abschos-
sen, aber erst als der Tiko plötzlich von einer unsichtbaren Kraft zurückgeworfen wurde und ein paar Meter über
den Boden rutschte, fällte er eine Entscheidung.

„Rückzug!", rief er in die Runde. „Wir müssen zurück
zum Portal, sonst gehen wir hier alle drauf!"

„Nein!", stieß Benjamin entsetzt aus und hielt den
jungen Mann am Arm fest. „Was ist mit Jenna und Marek? Wir müssen ..."

„Sie würden es auch so wollen", schnitt Silas ihm das
Wort ab. „Sie ... sie werden es auch ohne uns rausschaf-
fen."

„Nein!", wehrte sich Benjamin mit aller Macht gegen
die Entscheidung, obwohl Ilandra bereits ihre Leute zu-

sammenholte und sich einen prall gefüllten Beutel, der vorher an einer Wand gelehnt hatte, über die Schulter lud. „Das können wir nicht tun! Wir müssen ihnen wenigstens noch ein paar Minuten geben!"

Sheza tauchte neben ihm auf und hinter ihr der immer noch etwas taumelige Enario. Sie sprach erst gar nicht mit ihm, sondern packte ihn gleich am Oberarm.

Eine gefährliche Mischung aus Wut und Verzweiflung wallte in Benjamin auf und er machte sich mit einer geschickten Bewegung von ihrem noch nicht allzu festen Griff frei, stürzte los, auf die offenstehende Flügeltür des anderen Raumes zu. Irgendwie wusste er, dass seine Schwester dorthin verschwunden war und – behielt recht. Noch bevor er den kleinen Raum dahinter durchquert hatte, öffnete sich die Tür auf der anderen Seite und drei Menschen stolperten hindurch. Sie sahen ähnlich mitgenommen aus wie Silas und dennoch empfand Benjamin nichts als Freude bei ihrem Anblick. Jenna und Marek waren zurück und sie hatten Leon bei sich!

„Was machst *du* noch hier?!", wurde er sofort von dem Krieger angefahren, was ihn jedoch nicht davon abhielt, weiter auf sie zuzulaufen, mit dem Ziel, sich in Jennas bereits für ihn geöffnete Arme zu werfen.

Weit kam er allerdings nicht. Aus dem Augenwinkel nahm er eine Gestalt am Fenster auf der gegenüberliegenden Seite wahr und ohne genau hinzusehen, wusste er, dass es Roanar war. Nein – er *spürte* es viel eher, denn dort ballte sich Energie zusammen, die ausgesprochen gefährlich war.

„RUNTER!", schrie er laut und warf sich selbst fast zeitgleich auf den Boden.

Marek reagierte blitzschnell, zog Leon und damit auch Jenna mit sich mit, sodass der Feuerball, der in der nächsten Sekunde durch das Fenster schoss, in der Wand und nicht in einem ihrer Körper einschlug.

„Los! Lauft!", rief Marek Benjamin und den anderen zu, sprang selbst wieder auf und hob beide Hände zum Fenster hin.

Die Luft um sie herum begann zu vibrieren und zu knistern und Benjamin war flink wieder auf den Beinen, half seiner Schwester dabei, Leon auf die Füße und sogleich mit sich zur schützenden Halle zu ziehen. Enario und Sheza waren im nächsten Atemzug bei ihnen und nahmen ihnen die taumelnde Last ab, sodass Benjamin die Zeit fand, sich umzudrehen und Zeuge davon zu werden, wie der nächste Feuerball direkt vor Marek in der Luft stehenblieb, anwuchs und zurück in die Richtung schoss, aus der er gekommen war. Ihm entging jedoch auch nicht, dass der Krieger gleich danach mit einem Keuchen in die Knie sackte und nur mit großen Schwierigkeiten wieder hochkam.

Seine Schritte hinüber zu ihnen waren ungewohnt schleppend und taumelig. „Los! Raus hier!", rief er ihnen zu und brachte damit noch mehr Bewegung in ihren Trupp.

Ilandra gab das Kommando an ihre Leute weiter, sodass sich nun auch die sechs M'atay erhoben, die bisher ihre magischen Kräfte zur Aufrechterhaltung der Barriere eingesetzt hatten. Auch sie taumelten und wankten und brauchten schließlich die Unterstützung anderer, um sich schneller fortzubewegen.

Jenna, die Benjamin eben noch in eine kurze, aber umso innigere Umarmung gezogen hatte, verließ ihren Platz an seiner Seite, gab Enario einen Wink und eilte zusammen mit ihm zu Marek. Sie hatte offenbar ebenfalls bemerkt, dass es ihm nicht besonders gut ging. Stattdessen erschien Sheza neben Benjamin, ergriff wieder seinen Arm und sorgte dafür, dass er nun sehr viel schneller laufen musste, als es ihm eigentlich noch möglich war. Dass er ab und an ins Stolpern geriet, scherte sie wenig, denn sie besaß genügend Kraft, um ihn immer wieder zu stabilisieren und trotzdem weiter vorwärts zu schieben.

Nach ein paar Minuten, in denen sie durch einige glücklicherweise verlassene Gänge der Burg gehetzt waren, erreichten sie eine Art Torbogen, in dessen Mitte ein seltsames Licht schimmerte. Es sah anders aus als das, was Benjamin in den anderen magischen Portalen vorgefunden hatte, fast so, als befände es sich hinter Glas. Eine Täuschung, wie er schnell feststellte, als Sheza einfach zusammen mit ihm hineinschritt. Der Sog, der ihn vorwärts riss, war ihm hingegen nicht unbekannt und deswegen wunderte er sich auch nicht weiter, als er nur einen Atemzug später hinaus in die wilde Natur Lyamars stolperte.

Etwas atemlos wandte er sich um, sah, wie nacheinander alle anderen Mitstreiter aus der Felswand vor ihm traten. Aber erst als auch Jenna, Marek und Enario erschienen, wagte er es, kurz aufzuatmen. Die Erleichterung hielt jedoch nicht lange an, denn in der nächsten Sekunde zischte ein Pfeil dicht an seinem Kopf vorbei. Er sprang erschrocken zur Seite, während weitere Geschosse im Boden einschlugen, sah nach oben und riss entsetzt die Augen auf. Ein wahrer Pfeilregen zischte auf sie hinab, prallte aber nur einen Wimpernschlag später an einem unsichtbaren Schild ab, das sich über sie gespannt hatte.

Ilandra hatte die Hände erhoben und schien dieses Wunder zu vollbringen. Sie rief laut etwas in ihrer Stammessprache und dieses Mal brauchte Benjamin keine Übersetzung. Er warf sich herum und rannte mit den anderen zusammen los, folgte den M'atay hinein ins dichte Buschwerk, wo sie einigermaßen geschützt waren. Leicht war es nicht, diesen agilen und wendigen Menschen zu folgen, sich durch die Pflanzen zu kämpfen und dabei die eigene Panik soweit im Griff zu behalten, dass er nicht unachtsam wurde und hinfiel, aber mit Ach und Krach gelang es ihm, mitzuhalten.

Es war das laute Brüllen eines Tieres, das ihn schließlich doch noch aus dem Takt brachte – insbesondere, weil zeitgleich der Boden unter seinen Füßen zu beben begann – und ein lautes Krachen im Dickicht verriet, dass das Tier sich auf sie zubewegte. Ein sehr, sehr großes Tier!

Benjamin stolperte und dieses Mal war niemand da, um ihn aufzufangen – außer einigen Pflanzen, die den Sturz etwas dämpften. Mühsam rappelte er sich wieder auf, schlug die Blätter eines sehr breiten Gewächses aus seinem Sichtfeld und erstarrte.

Das Tier, das nun durch die Büsche und Bäume brach, war ihm nicht unbekannt: drahtiges Haar, grüne, gepanzerte Haut, gelbe Augen und ein mit scharfen Zähnen bewaffnetes Maul. Es war das Monster, das Silas und ihn kurz nach ihrem Eintreffen in Lyamar beinahe gefressen hatte und es sah noch genauso furchterregend aus wie zuvor. Nur hatte es dieses Mal anscheinend kein Interesse an ihnen. Grollend trabte es an der Gruppe von Menschen vorbei, direkt in die Richtung, aus der sie gerade gekommen waren.

Ein weiteres Mal hörte er Ilandra Kommandos geben und beobachtete staunend, wie sich die M'atay weiterbewegten, etwas ruhiger als zuvor und vollkommen unbeeindruckt von dieser Begegnung der dritten Art.

„Sie sagte, das Nuajaka werde es unseren Verfolgern schwer machen, uns nachzusetzen", vernahm er Mareks Stimme hinter sich und der Krieger tauchte schwer atmend neben ihm auf, gefolgt von Jenna und Enario. „Komm – wir müssen nur noch ein bisschen länger durchhalten, dann sind wir in Sicherheit. Niemand findet hier schneller ein gutes Versteck als die M'atay."

Das glaubte Benjamin ihm sofort, nur wusste er nicht genau, wie lange seine Beine ihn noch tragen würden. Gleichwohl äußerte er das nicht laut vor Marek, der, ohne ein weiteres Wort zu verlieren, das Hiklet ergriff, das immer noch an Bennys Hals baumelte, und es kurzerhand vor seinen sich weitenden Augen zu Staub zerfallen ließ.

„Nur zur Sicherheit", merkte der Krieger nun doch noch an und schob ihn etwas unsanft vorwärts.

Benjamin beschwerte sich nicht. Wichtig war jetzt nur, dass sie alle zusammenblieben – das würde ihm schon genügend Kraft geben, um bis zum Ende durchzuhalten.

# Melandanor

etzten Endes war es eine der zahlreichen heiligen Stätten aus vergangenen Zeiten, die ihnen erneut als Zufluchtsort diente und bereits im Vorfeld als Treffpunkt mit Wiranjas Gruppe ausgemacht worden war. Der Fußmarsch dorthin war lang und anstrengend gewesen, aber zumindest waren sie nicht noch einmal in Kämpfe geraten, da das – sicherlich von Ilandra gerufene – Untier in den Reihen der *Freien* ganze Arbeit geleistet hatte. Ihre Entsetzensschreie waren ihnen noch in der Ferne an die Ohren gedrungen und hatten etwas widerlich Beruhigendes an sich gehabt.

Jenna hatte ihr schlechtes Gewissen ob dieses Gefühls damit beruhigt, dass es sich bei den Männern hauptsächlich um erfahrene Zauberer handelte, die sich gewiss ganz gut verteidigen und retten konnten, und danach keinen weiteren Gedanken mehr an ihre Feinde verschwendet. Viel größer waren ihre Sorgen um Leon und vor allen Dingen Marek, den das intensive Benutzen seiner Kräfte mehr mitgenommen hatte, als er das nach außen hin zu erkennen gab.

Während ihres beschwerlichen Weges zum nächsten heiligen Bauwerk hatte es einige Momente gegeben, in denen der Bakitarer auf einmal getaumelt oder gestolpert war und sich nur mit Mühe hatte auf den Beinen halten können. Was für einen Mann wie ihn ausgesprochen bedenklich war. Das hatte auch Enario so gesehen, der Mareks Seite nach dem ersten Straucheln zu dessen sichtbarem Ärger nicht mehr verlassen hatte.

Durch die Verbindung mit Marek fühlte Jenna zudem die Turbulenzen in seiner Aura überdeutlich. Das glatte, in sich ruhende, geschlossene Bild gab es nicht mehr. Stattdessen veränderte sein Energiefeld ständig die Form, wurde mal kleiner, mal größer, schlug zwischendurch immer mal wieder hektisch aus und erzeugte dann ein gruseliges Vibrieren im Äther. Auch jetzt noch, da sich die gesamte Gruppe niedergelassen hatte und zumindest körperlich in einen Zustand der Ruhe verfallen war.

Nicht so Marek. Auch noch nachdem einige Minuten vergangen waren, ging sein Atem viel zu schnell und das oft recht lange Schließen seiner Lider, kombiniert mit der schweißnassen Haut, sprachen eine sehr deutliche Sprache: Er hatte den Kampf in Camilor nicht besonders gut verkraftet und nun unter den Folgen seines selbstlosen Einsatzes zu leiden. Dementsprechend angespannt war auch Jenna. Sie wusste noch allzu gut, was das letzte Mal passiert war, als er sich derart übernommen hatte, und leider hatten sie gerade keines der Amulette bei sich, um wie damals das Schlimmste abzuwenden, falls er kollabierte.

Aus diesem Grund hatte sie auch schon während ihres Marsches immer wieder mental nach ihm gegriffen und versucht, beruhigend auf seine Aura einzuwirken, die Unruhe ein wenig zu glätten. Marek hatte sich nicht dagegen gewehrt – wahrscheinlich hatte er es in seinem geschwächten Zustand noch nicht einmal bemerkt – aber da sie ihre eigenen Kräfte ebenfalls überstrapaziert hatte, war ihr Bemühen bislang nur ein Tropfen auf dem heißen Stein gewesen und hatte nicht nachhaltig zur Verbesserung seines Zustandes geführt.

Glücklicherweise waren auch alle anderen momentan von ihrem Einsatz in Camilor so erschöpft, dass sie erst einmal nicht anderes taten, als ihre Wunden zu versorgen, sich mit Wasser und Essen zu stärken und vor allem auszuruhen. Niemand zeigte das Bemühen, sich gleich zusammenzusetzen und neue Pläne zu machen, und Jenna war wirklich froh darüber. Marek war nicht der Typ Mensch, der sich bei solchen Dingen zurückhielt, nur weil sein Körper keine Kraft mehr besaß.

Trotz ihrer Befürchtungen ließ Jenna ihn aber erst einmal in Ruhe, weil sie das Gefühl hatte, dass er sie zurückstoßen würde, wenn sie versuchte, ihm zu helfen. Er war die letzten zwei Jahre zu sehr auf sich selbst gestellt gewesen, um sich der Vernunft zu beugen und Hilfe von außen anzunehmen – oder gar vor anderen zuzugeben, dass es ihm nicht gut ging. Enario hatte er bereits abgewehrt, als dieser ihm Wasser und etwas zu essen angeboten hatte, und sich daraufhin sogar ein Stück vom Rest der Gruppe entfernt. Sie musste behutsam vorgehen, wenn sie keine ähnliche Reaktion erzeugen wollte.

Einen anderen Menschen zu finden, um den sie sich erst einmal kümmern konnte, war nicht schwer gewesen. Zunächst hatte sie ihren Bruder mit weiteren innigen Umarmungen und besorgten Nachfragen über das, was in der Burg geschehen war, ‚gequält' – bis er in die Büsche geflohen war, weil er dringend mal ‚musste'. Leon war ihr nächstes ‚Opfer' gewesen. Ihm ging es zwar nicht mehr so schlecht, dass sie um sein Leben fürchten musste, aber man konnte ihn zweifellos nicht als gesund bezeichnen.

Zum Glück hatten sie mit Wiranja eine erfahrene Heilerin zur Hand, die sich, nachdem sie sich selbst etwas gestärkt hatte, unverzüglich um Leon gekümmert hatte. Seine Wunde hatte sich unter der Einwirkung von Mareks Magie zwar verschlossen, aber richtig gut sah sie noch nicht aus und auch der Blutverlust machte Leon noch zu schaffen. Er war sehr blass und zittrig und hatte den größten Teil des Weges auf einer im Urwald rasch zusammengezimmerten Trage verbracht. Lange zu laufen war ihm nicht möglich gewesen und da es noch andere Verletzte oder Geschwächte gegeben hatte, die ebenfalls eine Trage benötigt hatten, hatte es zumindest von seiner Seite aus keine Einwände gegen den kurzen Stopp gegeben.

„Ich kann dir gar nicht sagen, wie froh ich bin, dich und Benny wieder bei mir zu haben", äußerte Jenna, nachdem Wiranja mit der Behandlung fertig und den Platz an seiner Seite verlassen hatte.

„Das kann ich zurückgeben", erwiderte ihr Freund mit einem matten Lächeln. „Ich muss ehrlich sein – als die Drachen aus ihrem Versteck kamen, dachte ich, mein letztes Stündlein hätte geschlagen."

„Der Zauber auf deiner Zellentür hat dich beschützt", erinnerte Jenna ihn.

„Ja, aber wer weiß, wie lange das noch angehalten hätte", seufzte Leon. „Ich glaube nicht, dass Roanar vorhatte, mich am Leben zu lassen."

Jenna hob die Schultern. „Ich weiß nicht. Zwei Geiseln sind immer besser als eine."

„Auch wieder wahr", stimmte Leon ihr zu, „aber in diesem Fall war der Schachzug mit den Drachen nicht besonders schlau. Abgesehen von mir, hätte das dazu führen können, dass auch *ihr* im Versuch, mich zu befreien, sterbt."

„Vielleicht wollte er das mit den Drachen ja auch gar nicht", überlegte sie. „Oder er hat einfach auf Mareks übermäßige Kräfte vertraut."

Nun konnte sie es sich nicht mehr verkneifen, zu dem Bakitarer hinüberzusehen. Er saß immer noch dort, wo er sich zuletzt niedergelassen hatte, sein Kopf lehnte nun jedoch an dem Baum hinter ihm und seine Augen waren geschlossen.

„Es geht ihm nicht gut", merkte Leon leise an. „Schon seit einer ganzen Weile nicht mehr."

„Du hast das auch gemerkt?"

„Dazu muss man kein Genie sein," kam es aus einer anderen Richtung und Benjamin, der anscheinend seine Furcht vor weiteren Knuddelattacken seiner überbesorgten großen Schwester verloren hatte, ließ sich an Leons anderer Seite nieder. „Er hat sich total verausgabt. Das konnte ich schon während meines Kontaktes zu ihm fühlen. Ich denke, seine Kräfte zeitgleich an zwei verschiedenen Orten einzusetzen, war im Endeffekt doch keine so gute Idee. Auch wenn ich ihm sehr dankbar dafür bin – sonst wäre ich jetzt sicherlich nicht hier bei euch."

„Er hat seine Kräfte bei dir *eingesetzt*?", hakte Jenna überrascht nach. „Ich dachte, ihr hättet nur Kontakt zueinander gehalten!"

„Er hat mir immer wieder Energieimpulse gesandt und ich konnte urplötzlich Zauber vollbringen, die ich allein nie hinbekommen hätte", erklärte ihr Bruder. „Außerdem war es ihm irgendwie möglich, eine Art Radar für mich zu sein – bis seine Kraft dann nicht mehr dafür ausgereicht hat."

Jennas Augen richteten sich erneut auf den Mann, den sie mit dieser Information gleich noch mehr liebte als zuvor – wenn das überhaupt möglich war. Sich an den Rand seiner Kräfte zu bringen, um ihre Familie zu beschützen...

Jenna erhob sich. „Wär es sehr schlimm ...", begann sie und erhielt umgehend einstimmiges Kopfschütteln.

„Geh schon zu ihm", forderte Leon sie mit einem kleinen Lächeln auf. „Er braucht dich mehr als ich."

„Ich passe solange auf Leon auf", versprach Benny großzügig und das genügte, um die beiden allein lassen zu können.

Eine halbe Minute später erreichte sie Mareks Lagerplatz und ließ sich leise neben ihm nieder. Er bewegte sich nicht, öffnete auch nicht die Augen, aber irgendwie wusste sie, dass ihm ihre Annäherung nicht entgangen war.

„Mir geht es schon wieder besser", bestätigte er ihre Annahme mit träger Stimme, hob aber noch immer nicht die Lider. „Mach dir keine Sorgen."

„Tue ich ja gar nicht", log sie. „Ich bin nur hergekommen, um mich zu bedanken. Benny hat mir erzählt, was du für ihn in Camilor getan hast."

„Ja?" Nun schlug er doch die Augen auf, sah sie mit leicht gerunzelter Stirn an. „Was habe ich denn für ihn getan?"

„Ihn geführt ... ihm deine Kräfte geliehen ..."

„Nein, ich hab ihm *Energie* geliehen und Tipps gegeben. Gezaubert hat er selbst. Dein Bruder ist sehr talentiert."

„U-hm." Sie nickte zustimmend. „Und trotzdem wäre er Roanar ohne dich nicht entkommen. Genauso wenig wie Leon. Denn ich allein hätte die beiden niemals retten können."

„Unterschätz dich nicht", mahnte Marek sie sanft. „Nur weil wir *meinen* Weg gegangen sind, heißt das nicht, dass du nicht auch allein einen gefunden hättest. Du bist ziemlich erfindungsreich."

„Kannst du nicht einfach mal einen Dank annehmen?", hakte sie schmunzelnd nach.

„Nein", erwiderte er ebenfalls mit zuckenden Mundwinkeln.

Wie gern hätte sie ihn jetzt in ihre Arme geschlossen und geküsst, aber vor all den anderen war das kaum möglich und sie hatten ja abgemacht, nur Freunde zu sein, solange sie nicht über ihre leicht verkorkste Beziehung sprechen konnten – Freunde, die miteinander schliefen, wenn sie allein waren und Zeit dafür hatten.

Schön war nur, dass auch Mareks Blick ganz warm geworden war und verräterisch zu ihren Lippen wanderte. Sie war offenbar nicht allein mit diesen unangebrachten Impulsen.

„Wie geht's deinem Bruder?", fragte der Krieger ganz unvermittelt, vermutlich, um sich selbst von seinen plötzlich aufwallenden Bedürfnissen abzulenken.

„Er ist müde und erschöpft, aber glücklich wieder bei uns zu sein", gab sie bereitwillig Auskunft. „Leon erholt sich auch langsam und ich wette, er wird der nächste sein, der dich mit einem unangenehmen ‚Dankeschön' stressen wird."

„Herrje", kam es Marek mit einem Seufzen über die Lippen und sie musste lachen.

„Spiel seltener den Helden und wir lassen dich in Ruhe", riet sie ihm grinsend.

„Ich werde sehen, was ich tun kann", erwiderte er amüsiert, „aber ein leichtes Unterfangen wird das nicht, weil die Rolle des Bösewichts gerade so überaus beeindruckend besetzt wird."

„Die ist auch nicht mehr wirklich in", erwiderte Jenna grinsend.

„Nein?" Er tat überrascht. „Auch nicht mehr bei dir?"

„*Mein* ‚Bösewicht' war ja gar keiner", erklärte sie mit einem Anflug von Zärtlichkeit, den sie nur sehr schwer bändigen konnte. „Das war mir von Anfang an klar. Ich hab den sexy Helden in dir schon auf den ersten Blick erkannt."

„Sexy?", wiederholte er und erneut huschten seine Augen zu ihren Lippen, verweilten sogar so lange auf ihnen, dass sich dort ein leichtes Kribbeln ausbreitete.

„Ja, das gehört auch zu diesem schweren Los", gab sie etwas heiser bekannt. „Der Dank anderer Leute und die Anziehungskraft, die man ganz automatisch auf die Frauenwelt ausübt."

Marek gab ein leises Lachen von sich und der Blick in ihre Augen war schon wieder viel zu tief und gefühlvoll. Allem Anschein nach war es im Zustand totaler Erschöpfung sehr viel schwerer, eine Abwehrmauer aufzubauen, als sonst. Vielleicht war es ja in diesem Fall doch möglich, ihm noch besser zu helfen – wenngleich sie den kleinen Flirt nur ungern beendete.

„Marek …", begann sie zögerlich und sah, wie das amüsierte Funkeln in seinen Augen erlosch, sprach aber trotzdem beherzt weiter. „Ich weiß, dass sich durch das Training mit Kychona vieles verändert hat und du dich sehr viel besser unter Kontrolle hast als jemals zuvor, aber ich ... ich fühle, dass deine Aktionen in Camilor einen gewissen Schaden hinterlassen haben und ich ..."

„Ja."

Sie stutzte. „Was?"

„Ja – wenn es dir dadurch besser geht, kannst du gern versuchen, mir dabei zu helfen, wieder alles ins Lot zu bringen", wurde Marek genauer.

Sie starrte ihn an, mit offenem Mund und großen Augen. Eine derartige Bereitschaft zur Annahme ihrer Hilfe hatte sie nicht erwartet.

„Aber wenn ich merke, dass du dich verausgabst und dir selbst Schaden zufügst, um meinen zu reparieren, brechen wir das sofort ab, okay?", wandte er sogleich ein.

„Okay", gab sie etwas atemlos zurück und brachte sich in eine Haltung, die einigermaßen bequem für sie war.

Wie bei vielem, was Marek und sie betraf, war es sehr leicht, die alte Dynamik zwischen ihren Auren wiederherzustellen: Sie, die als richtender, beruhigender Pol auf ihn einwirkte, und er, der sich für ihre mentalen Berührungen öffnete, sie vertrauensvoll tun ließ, was zu tun war. Nichtsdestotrotz spürte Jenna schnell, dass sie tatsächlich nicht so viel geben konnte wie sonst. Ihr eigenes Kraftfeld hatte sich zwar dadurch, dass sie nun schon seit einer kleinen Weile keine Magie mehr angewandt hatte, erholt, aber ihre Reserven waren noch nicht wieder aufgestockt worden. Bedauerlicherweise war Marek sensibel genug, um das zu bemerken, und schob sie mental zurück, sobald sie an ihre Grenzen kam.

Sie protestierte nicht. Das machte wenig Sinn und eigentlich war sie mit dem, was sie erreicht hatte, ganz zufrieden. Marek war zwar immer noch erschöpft, aber es gab kein bedenkliches Ausschlagen seiner Energie mehr, was hieß, dass sie den Bereich des Kritischen hinter sich gelassen hatten.

„Besser?", fragte sie und erhielt das warme Lächeln, auf das sie gehofft hatte.

„Besser", bestätigte er. Seine Augen hielten den Kontakt zu ihren und ihr Bedürfnis, den Mann, den sie liebte, in ihre Arme zu schließen, wurde so groß, dass es fast schmerzte.

Eine Bewegung nicht weit von ihnen entfernt riss sie aus ihrer leichten Trance und sie sah zu der Person hinüber, die jetzt auf sie zukam: Ilandra.

Die M'atay hatte den Kreis ihrer Stammesmitglieder verlassen und ihr Gesichtsausdruck war ernst und entschlossen. Ohne ein Wort zu verlieren, ließ sie sich vor Marek im Schneidersitz nieder und stellte den Beutel, den sie die ganze Zeit mit sich herumgeschleppt hatte, in ihre Mitte.

„Es gab nicht viel in dem Raum, was Roanar hätte interessieren können", verkündete sie. „Keine Bücher oder Schriften. Nur wenige Zauberutensilien. Malin hat die Kammer gut geräumt, bevor er sie für immer verlassen hat. Er wollte nicht, dass sein Wissen in die falschen Hände gerät."

„Wenn das so ist, was ist dann in dem Beutel?", hakte Marek nach.

„Du sagtest, ich solle nach Dingen Ausschau halten, die magisch sind", erwiderte Ilandra. „Das sind die einzigen Sachen, bei denen ich etwas Magisches fühlen konnte."

Marek streckte die Hand danach aus, doch Ilandra hob ermahnend die ihre. „Ich werde dir den Beutel überlassen, wenn du mir erklärst, wie du die M'atay finden und befreien willst, die von den *Freien* mitgenommen wurden. Das war Teil unserer Abmachung."

„Und ich werde mein Versprechen halten", gab Marek ihr nach, machte aber keine weiteren Anstalten, den Beutel an sich zu bringen.

„Also – was tun wir?", blieb Ilandra hartnäckig.

„Nun ...", Marek holte tief Luft und stand auf, wies hinüber zu den anderen, „... wir sammeln das Wissen, das jeder einzelne von uns über die Pläne der *Freien* besitzt, und finden dadurch heraus, an welchen Orten sie sich hier in Lyamar aufhalten und wo sie noch auftauchen werden."

Auch Jenna und Ilandra waren nun wieder auf den Beinen, folgten ihm hinüber in die Mitte ihrer Mitstreiter. Deren Gespräche verstummten abrupt und alle Augen richteten sich auf Marek.

„Roanar hätte nicht die Anweisung gegeben, eure Brüder und Schwestern gefangen zu nehmen, wenn er sie nicht brauchen würde", verkündete der Krieger und Ilandra übersetzte seine Worte wie immer, wenn er Englisch sprach, in die Sprache der M'atay. „Er hätte sie einfach töten lassen. Ich denke, dass er sie nicht nur wegen ihrer Kräfte mitgenommen hat, sondern auch wegen ihres Wissens über die unzähligen verzauberten Ruinen alter Zeiten. Er wird sie dazu benutzen, diese aufzuspüren, und da er nicht dumm ist, wird er sie nicht als geschlossene Gruppe mit sich führen, sondern längst aufgesplittet haben."

Besorgtes Gemurmel machte sich unter den M'atay breit, doch auf Ilandras strengen Blick hin verstummte es gleich wieder.

„Dann müssen wir sie einzeln aufspüren", sagte sie entschlossen.

„Und das wird *nur* schwer, wenn sie alle dasselbe Wissen über die antiken Tempel und Tore haben", wandte Marek ein. „Haben sie das?"

Ilandra schüttelte den Kopf und ihr Gesicht erhellte sich. „Jeder M'atay kennt nur die Stätten, die mit seinen Elementen verbunden sind!"

„Aber du kennst sie alle", behauptete Marek.

„Nein, nicht alle, aber …" Die junge Frau sah mit leichtem Misstrauen hinüber zu Silas.

„Was?", fuhr der prompt auf. „Ich bin kein Verräter! Und Kilian ist es auch nicht! Er ist nur von diesem Hexer ausgetrickst und versklavt worden!"

„Du brauchst meine Frage nicht zu beantworten", schritt Marek ein. „Unser Vorteil liegt darin, dass wir mit euch an unserer Seite mehr über dieses Land wissen als der Feind und diesen dadurch besser aufspüren können als er uns. Alles, was wir brauchen, ist ein Überblick über die Orte, die von den *Freien* bereits entdeckt wurden, und die, an denen sie noch nicht waren. Dann können wir ihnen eine Falle stellen und deine Leute befreien."

Auf Ilandras Stirn hatten sich ein paar tiefe Falten gebildet. Sie biss nachdenklich auf ihrer Oberlippe herum. „Wir haben dafür nicht genügend Krieger und auch nicht genug Zeit. Die alten Bauwerke liegen teilweise sehr weit voneinander entfernt. Wir würden Tage brauchen, um sie zu erreichen und …"

„Nicht, wenn wir das System benutzen, das Malin hier erschaffen hat", unterbrach Marek sie und Jenna hörte gleich mehrere M'atay empört nach Luft schnappen.

„Was meinst du damit?", fragte Leon von seinem Platz aus und richtete sich dort etwas mehr auf.

„Als Jenna und ich von euch getrennt waren, haben wir in den Menjak-Höhlen ein geheimes Portal gefunden, mit dem man gleich mehrere Orte in Lyamar erreichen konnte", erklärte Marek. „Man musste nur das Symbol des Ortes berühren und das Portal aktivieren. Ich denke, dass es an anderen heiligen Stätten weitere dieser Mehrfach-Tore gibt, die etwas anders funktionieren, als die magischen Durchgänge in der Tempelanlage und in Camilor. Ja, ich denke sogar, dass Malin hier eine Art Reisenetz erschaffen hat, das ihm die langen Wege über diesen doch recht großen Kontinent ersparte."

Ilandra wandte sich bei diesen Worten seltsamerweise von Marek ab, senkte den Blick und biss erneut auf ihrer Oberlippe herum, bevor sie auf sein aufforderndes Räuspern hin seine Worte auch für die M'atay übersetzte.

„Ein Netz, von dem die *Freien* wissen und das auch sie nutzen wollen", fuhr Marek darauf fort. „Jedoch konnten sie bisher nur wenige dieser Portale finden oder gar aktivieren. Und weil sie nicht wollten, dass wir das Portal in den Menjak-Höhlen vor ihnen finden, haben sie den Höhleneingang einstürzen lassen."

„Das macht Sinn", gab Jenna nachdenklich von sich. „Vielleicht war es das, was sie in Wahrheit an den Ausgrabungsstätten gesucht haben und immer noch suchen: Portale, die sie zu einem bestimmten Ort führen sollen – und nicht Malins Grabkammer selbst."

Marek stimmte ihr mit einem Nicken zu. „Und da einige oder eventuell sogar alle magischen Zugänge mit Schutzzaubern gesichert sind, die Zauberern ihre Kräfte rauben ..."

„... haben sie sich Sklaven hergeholt, die sie dafür opfern können", beendete Silas seinen Satz.

„Gut, das bedeutet dann, dass du recht hast, Marek", mischte sich nun auch Enario ein. „Sie werden so lange nach den Portalen suchen und Menschen opfern, bis sie an ihrem Ziel sind, und von den M'atay werden sie jetzt erfahren, wo diese sind. Das heißt, wenn wir die armen Leute befreien wollen, müssen wir die Portale, die dieses Volk kennt, ebenfalls benutzen, um ihnen zuvorzukommen."

Es war Wiranja, die, nachdem Ilandra erklärt hatte, worum es ging, unversehens ihre Stimme erhob, zornig in der Sprache ihres Volkes verkündete, dass ein solches Handeln ein Frevel wäre, den die Götter sicherlich hart bestrafen würden. Ihr Volk würde sich niemals derart an den heiligen Stätten vergehen – die Flucht vor dem Feind und das Eindringen in Camilor wäre eine Ausnahme gewesen.

„Es gibt keinen anderen Weg!", unterbrach Marek die Alte erbost und sorgte erneut für Aufregung unter den M'atay. „Und Malin war kein Gott, sondern nur ein Zauberer! *Er* hat die Portale in den alten Gemäuern errichtet oder zumindest für seine Zwecke benutzt. Wir entweihen nichts, was er nicht längst vor Jahrhunderten zu seinem Eigen gemacht hat. *Er* hat den Zorn der Götter nie zu spüren bekommen und das werden *wir* auch nicht!"

„Weil er in ihrem Sinne gehandelt hat!", wandte Wiranja ein. „Er hat dieses Land und die Menschen, die hier leben, geachtet und beschützt!"

„Und das tun wir auch! Wir retten diese Welt vor dem, was Roanar mit ihr vorhat, und das ist mit Sicherheit nichts Gutes!"

Seine Worte sorgten für betrübte Stille zwischen den alten Tempelüberresten. Doch nicht für lange Zeit.

„Melandanor wurde nicht von Malin erschaffen", brachte Ilandra mit deutlich sichtbarem Widerwillen hervor, „und das weiß mein Volk."

„Melan-was?", hakte Benjamin nach, der mittlerweile zusammen mit Leon ebenfalls nähergekommen war.

„Melandanor", wiederholte Ilandra mit solcher Ehrfurcht in der Stimme, dass sofort klar war, wie heilig ihr das war, was auch immer sich hinter dem Namen verbarg. Damit war sie nicht die einzige, denn die meisten anderen M'atay warfen einander verängstigte bis entsetzte Blicke zu. Anscheinend war es noch nicht einmal erlaubt, diesen Namen vor Fremden auszusprechen.

„Das bedeutet magisches Labyrinth", übersetzte Marek und erhielt nach kurzem Zögern ein bestätigendes Nicken aus Ilandras Richtung.

„Die Portale ... ich denke, sie sind damit gemeint", ergänzte sie. „In einer alten Schrift meines Volkes wurde davon berichtet. Von magischen Wegen, die einen Schamanen innerhalb weniger Atemzüge in einen vollkommen anderen Teil Lyamars bringen oder auch in sein Herz führen können. Die N'gushini erschufen sie mit Anos Hilfe und Berengash und seine engsten Vertrauten bauten sie weiter aus. Es gab aber immer nur einen einzigen Weg, der nach Monsalvash führte."

„Berengash?", wiederholte Jenna irritiert. Irgendwo hatte sie den Namen schon einmal gehört.

„Er gehörte zu den N'gushini, den ersten Zauberern dieser Welt, und war allem Anschein nach derjenige, der Ano dazu brachte, ihnen *das Herz der Sonne* zu übergeben. Er soll noch mächtiger als Malin und dessen Gegner gewesen sein und es gibt eine Legende, die besagt, dass in seinen Adern Anos Blut floss."

Jenna stockte der Atem – wenn Marek und sie mit ihrer Theorie recht hatten …

„Und was ist Monsalvash?", unterbrach Sheza ihren Gedankenfluss.

„Der Tempel der Götter auf der schwebenden Insel Jamerea, dem Herzen Lyamars."

„Das sind doch nur Legenden", murrte Silas. „Schwebende Insel? Wer glaubt denn an so was?"

Ilandra holte tief Luft. „Ich!", sagte sie mit fester Überzeugung, griff nach dem Beutel, den sie neben sich abgelegt hatte, und öffnete diesen, um ein aufgerolltes Pergament daraus hervorzuholen. Unter staunenden Blicken rollte sie eine alte, vergilbte Karte aus, die ganz Lyamar zu zeigen schien.

„Das ist eines der Dinge, die ich aus Malins Zauberkammer mitgenommen habe", verkündete sie mit etwas zittriger Stimme.

„Eine Landkarte?!", fragte Silas entgeistert. „Du gehst in die geheime Kammer des größten Zauberers aller Zeiten und kommst *damit* wieder heraus?!"

„Das wird nicht *irgendeine* Landkarte sein, sondern der Schlüssel, um Malins Grab zu finden", wies Marek ihn zurecht und zog das Pergament zu sich hinüber, um es stirnrunzelnd zu betrachten. „Wo sollte es sonst sein, wenn nicht im Herzen dieses Landes?"

Aufregung machte sich unter den M'atay breit, die ebenfalls näher rückten und Ilandra erklärte in knappen Worten, was sie soeben besprochen hatten.

Marek wies mit dem Finger auf die Schriftzeichen, die genau in der Mitte der Karte zu finden waren. ‚Monsalvash' und ‚Jamerea' stand dort und tatsächlich hatte jemand etwas eingezeichnet, das wie eine Insel aussah. Jedoch war es nicht sie, die Jennas Herzschlag beschleunigte und ihren Mund offenstehen ließ, sondern eher die vielen, überall auf der Karte verteilten kleinen Kreuze. Sie leuchteten, teilweise in verschiedenen Farben, und waren mit silbrig glitzernden Linien verbunden

„Sie zeigt die Portale!", stieß Benjamin atemlos aus.

Mareks Blick flog zu ihm hoch. „Was?"

„Na, da sind lauter kleine Kreuze eingezeichnet und Linien", erklärte Benjamin und sorgte für neuerliches aufgeregtes Gemurmel unter den M'atay.

„Ich kann es auch sehen", schaltete sich Jenna ein, bevor jemand anderes etwas sagen konnte.

„Weil ihr Erben Malins seid." Marek nickte verstehend. „Auch diese Karte ist verzaubert worden, damit sie nicht in die falschen Hände gerät."

„Deswegen habe ich sie mitgenommen", gestand Ilandra. „Ich habe ihre Magie gefühlt – auch wenn ich selbst nicht die Kreuze sehen konnte."

„Und zeigt euch die Karte den Weg zu dieser ... komischen Insel?", wollte Silas ungeduldig wissen.

Jenna ging neben Marek in die Hocke und betrachtete das Pergament genauer. Nicht alle Kreuze waren miteinander verbunden und keine einzige Linie führte direkt zum Mittelpunkt Lyamars.

„Nein – man kommt durch sie nur sehr dicht an sie heran", gab sie zu.

„Weil es wahrscheinlich nicht Berengashs Karte war, sondern Malins", schloss Marek. „Wenn dieser N'gushini tatsächlich so mächtig war, wie Ilandra sagt, brauchte er keine Karte, er hatte alles im Kopf. So wie ich das Labyrinth, das ins Tal der Götter führt. Er hat sein Wissen nicht weitergegeben – zumindest nicht an Malin und dieser versuchte, selbst den Weg dorthin zu finden. Dabei hat er diese Karte erstellt."

„Also hat Malin auch versucht, die Insel zu erreichen?", fragte Benny.

„Ja, das hat er", gab Leon nachdenklich bekannt. „In der Höhle, bevor Roanar uns angriff … da hatte ich eine Vision von Narian, also eine Erinnerung und … er … er sprach mit einem anderen Zauberer über etwas, das Malin gesucht hat, aber nie finden konnte. Ich glaube, sie erwähnten auch Berengash."

„Dann liegen wir mit unserer Vermutung richtig", kam es Jenna beeindruckt über die Lippen und sie sah Marek an. „Es geht hier nicht nur um Malin und sein Wissen, sondern auch um Berengash und die Götter, die diese Welt einst besuchten. Roanar strebt nach der Macht der Götter!"

Die M'atay, die ihre Worte durch die Übersetzung Ilandras vernahmen, schnappten nach Luft, einige begannen sogar unverzüglich zu beten, während sich andere furchtbar über diesen Frevel ereiferten.

„Wie? Ich verstehe jetzt gar nichts mehr", meldete sich Enario mit einem Ausdruck tiefster Verwirrung zu Wort. „Die *Freien* suchen jetzt doch nicht Malins Grab, sondern das von einem anderen Zauberer? Und Malin hat dieses ebenfalls gesucht?"

„Ganz genau", stimmte Jenna ihm zu. „Es ist gut möglich, dass Malin nicht so edel war, wie alle dachten, und von genau demselben Machthunger befallen wurde, der viele andere nach ihm ins Verderben stürzte. Wir vermuten, dass er nach göttlicher Macht strebte und wenn Berengash diese besaß …"

„… geht es womöglich darum, *sein* Grab zu finden, um an sie heranzukommen", beendete Leon den Satz.

„Grundgütiger!", stieß Sheza aus. „Roanar mit göttlichen Kräften ist etwas, das ich ganz bestimmt nicht erleben möchte!"

„Und genau deswegen *müssen* wir die Portale benutzen!", drang Mareks kräftige Stimme durch den wachsenden Tumult. „Es ist unsere Pflicht, zu verhindern, dass Roanar sein Ziel erreicht! Und wenn wir dabei auch noch die gefangenen M'atay befreien können, wird das nicht unser Schaden sein."

„Er hat recht!", stimmte ihm Ilandra überraschend in der Sprache ihres Volkes zu und brachte damit auch die letzten M'atay zum Schweigen. „All das, was in den letzten Tagen passiert ist … es *kann* kein Zufall sein! Malins Erben *sollten* zu uns finden und wir *sollten* auf die Karte stoßen. Es ist der Wunsch der Götter, dass wir einschreiten und ihre Gaben nutzen! Nicht nur die, die in uns schlummern, sondern auch die, die sie in Lyamar für uns hinterlassen haben. Das begreife ich jetzt."

„Was denkst du denn, wollen die Götter uns tun sehen?", fragte Wiranja zweifelnd.

„Alles, was nötig ist, um den Feind von der heiligsten aller Stätten fernzuhalten", gab Ilandra ohne Zögern zurück. Sie sah hinab auf die Karte und dann Jenna an. „*Unser* Wissen und *euer* Erbe werden uns den richtigen Weg weisen. Es wird jedoch schwer werden, wenn wir nur so wenige bleiben."

„Denkst du wirklich, dass du mehr als diese paar Menschen dazu bringst, gegen den übermächtigen Feind in den Krieg zu ziehen und dabei auch noch die alten Gesetze zu brechen?", stocherte Wiranja weiter nach. „Nach allem, was unserem Volk schon widerfahren ist, all dem Elend, das uns immer wieder durch Zauberer anderer Welten zugefügt wurde?"

„Mit den richtigen Worten und den Göttern auf unserer Seite ist vieles möglich", gab die jüngere M'atay selbstbewusst zurück. „Es gibt *so* viele von uns in Lyamar und nicht alle denken, dass sich zu verstecken der richtige Weg ist, um uns vor dem erstarkenden Feind zu retten."

„Glaubst du wahrhaftig, du kannst noch weitere Krieger für diese Sache gewinnen?" Wiranja hob skeptisch die Brauen. „Selbst wenn es dir gelingt, so schnell wird es nicht gehen und bis dahin sind alle, die der Feind gefangen nahm, tot."

„Nicht wenn wir uns aufteilen", mischte sich Marek ein und überging dabei Silas' ungeduldige Nachfrage, was die M'atay da zu besprechen hatten. „Wir sind genügend Leute, um Gruppen mit verschiedenen Aufgaben zu bilden. Ilandra kann mit dir zusammen zu den anderen Stämmen reisen – möglichst erst einmal zu denen, die nicht allzu weit entfernt sind – um dort weitere Hilfe zu holen, während wir anderen nach und nach die heiligen Orte absuchen, die bisher noch nicht von den *Freien* entdeckt wurden. Es lässt sich bestimmt herausfinden, an welchen unsere Feinde zuerst auftauchen werden, und wenn wir dort ein paar Späher hinsenden, sind wir rechtzeitig darüber informiert und können einen Plan schmieden, wie wir die Gefangenen befreien und dem Feind größtmöglichen Schaden zufügen."

Wiranja sah so aus, als wolle sie Mareks Idee widersprechen, doch ihre schmalen Lippen bewegten sich nur kurz und ohne ein Wort hervorzubringen.

„Wenn der Plan jemandem hier nicht zusagt, kann er sich auch gern raushalten und verstecken, während *wir* die Arbeit erledigen", setzte Marek hinzu und sah sich in den Reihen der M'atay um. „Niemand wird gezwungen, sein Leben für die Rettung Lyamars einzusetzen. Ihr solltet euch nur vor Augen halten, dass wir momentan ohnehin schon in der Unterzahl sind. Je mehr von euch mitkämpfen, desto wahrscheinlicher ist es, dass wir siegreich sind und bald wieder Frieden in diese Welt einkehrt, ihr euch hier endlich wieder frei bewegen könnt."

„Wir werden aber auch den größten Schaden davontragen, wenn dir nicht gelingt, was du planst", wandte ein anderer M'atay ein. „Der Krieg wird in *unserem* Land gefochten, mit *unseren* Brüdern und Schwestern."

„Das muss nicht so sein", brachte Jenna sich ein. „In Falaysia gibt es viele Soldaten, die für uns, aber auch für euch kämpfen würden, aber wir können sie nicht herbringen, solange wir keinen Kontakt zu ihnen herstellen können. Unsere Magie dafür einzusetzen wäre augenblicklich zu gefährlich. Das heißt aber nicht, dass es nicht irgendwann möglich sein wird."

„Und wie *wäre* es möglich?", hakte der junge Mann nach und sah dabei auch Ilandra an.

„Wir bräuchten einen Ort wie diesen hier, an dem wir sicher, aber dennoch nicht abgeschnitten von der Welt sind", antwortete Marek und Jenna konnte ihm ansehen, dass er das nicht gern tat. Weitere Verbündete aus Falaysia nach Lyamar zu holen, hatte sicherlich nicht zu seinem anfänglichen Plan gehört. Aber war es nicht das

Sinnvollste, das sie in einer Lage wie der ihrigen tun konnten?

„In Jala-manera war das auch möglich", fiel Jenna ein. „Dort gab es bestimmte Punkte, an denen man Kontakt nach außen aufnehmen konnte, ohne geortet zu werden oder gar Magie von außen hineinzulassen. Ich kann mir nicht vorstellen, dass das Tal der Götter der einzige Ort ist, der solche Möglichkeiten hat."

Auch ihre Augen richteten sich auf Ilandra, die mit gerunzelter Stirn nachdenklich auf die Karte vor ihr sah, dann allerdings Jenna anblickte.

„Kannst du das für mich sichtbar machen?", fragte sie mit einem Fingerzeig auf das Pergament.

Jenna hob etwas unentschlossen die Schultern und blickte Marek hilfesuchend an.

„Ich weiß nicht, ob das eine gute Idee ist", gab er zurück. „Wenn der Zauber einmal aufgehoben ist, wird er nicht so leicht wieder aktiviert werden können – wenn das *überhaupt* möglich ist. Sollte die Karte danach in Roanars Hände fallen, wird auch er sie lesen können."

„Ja, aber müssen wir das nicht ohnehin tun?", wandte Silas ein. „Jenna und Benjamin können sich ja nicht vierteilen, um allen Gruppen den Weg zu den Toren zu zeigen. Wir müssen alle sehen, wo sie sind. Und selbst Malin hatte augenscheinlich nicht das ganze Labyrinth entschlüsselt und auch noch nicht diese komische schwebende Insel erreicht. Das heißt, selbst *wenn* Roanar an die Karte herankommen sollte – was ich schwer bezweifle – wird sie ihm nicht mehr helfen als uns. Ich sage, mach sie für uns alle sichtbar!"

Der junge Mann erhielt aus verschiedenen Richtungen Zuspruch, Jenna sah jedoch nur weiter Marek an. Er war der Krieger mit dem größten strategischen Geschick und der meisten Erfahrung. Allein schon deswegen war seine Einschätzung die wichtigste für sie.

„Was sagst *du*?", fragte sie ihn.

Er schürzte die Lippen und zwischen seinen Brauen entstand eine steile Falte. Es dauerte einen langen Moment, dann holte er tief Luft und nickte.

„Tun wir's", sagte er. „Vielleicht können wir später einen anderen Schutzzauber auf die Karte legen."

Jenna ging vor der Karte in die Knie und betrachtete sie eingehend. Bei den Toren hatte es genügt, das Zeichen Malins zu berühren, um sie für Marek sichtbar zu machen. Hier war allerdings nichts dergleichen zu finden. Ein paar Orte besaßen Namen und dazugehörige Symbole, aber als sie eines davon berührte, geschah gar nichts. Auch die Handfläche Millimeter über der Karte kreisförmig über sie zu führen, brachte keinen Erfolg.

Sie wollte schon aufgeben, als sie bemerkte, dass der untere Teil der aufgemalten schwebenden Insel eine sehr ähnliche Form wie das Zeichen Malins hatte. Einen Versuch war es doch wert ... Sie streckte die Hand aus, berührte mit ihrer Fingerspitze die Insel und hielt schließlich inne. Ein warmes Prickeln strömte durch ihren Finger in ihren Körper und im selben Augenblick breitete sich ein silbernes Licht über der Karte aus. Diese hob sich unter der energetischen Spannung ein Stück weit an und sank wieder zu Boden, als das Leuchten in den Rändern versank.

„Bei den Göttern!", konnte sie Sheza wispern hören und erst jetzt nahm Jenna wahr, dass jeder einzelne in ihrer Gruppe näher gekommen war, sie sich alle dicht gedrängt über die wunderliche Karte gebeugt hatten.

„Das sind unglaublich viele Portale", stellte Enario fest und verriet Jenna damit, dass ihre Bemühungen wahrhaft Früchte getragen hatten. Jedermann konnte jetzt die leuchtenden Punkte und Linien erkennen. „Wie sollen wir die denn alle absuchen?"

„Deswegen sagte ich ja, dass wir mehr Mitstreiter brauchen", erinnerte Marek ihn, aber auch ihm konnte Jenna seine Überraschung ansehen.

„Dort, dort und dort haben sie schon Ausgrabungen gemacht", ließ Ilandra sie wissen und wies auf verschiedene Kreuze.

„Die sollten wir markieren", schlug Silas vor.

„Und hier …", überging Ilandra seinen Kommentar und wies auf einen Punkt weiter nördlich in einem Gebirge, der von Malin nicht markiert worden war, „… findet ihr, was ihr sucht."

Sie sah zu Marek und Jenna hinüber. „Ich war nur einmal vor langer Zeit mit meiner Meisterin dort. Man kommt dorthin nur mit einem der Portale – nicht zu Fuß."

„Dann hast auch du schon einmal eine heilige Stätte zum Reisen benutzt", merkte Silas mit einem kleinen Grinsen an. „Sowas …"

Ilandras Blick verfinsterte sich. „Ich hätte es nie gewagt, wenn meine Meisterin mir damals nicht gesagt hätte, dass die Götter uns erlaubt haben, den Ort zu nutzen. Es war wichtig, um die Ausbildung ihrer Lehrlinge abzuschließen!"

Sie wandte sich wieder Marek zu. „Niemand kann diese Stätte finden, wenn er nicht ihr Zeichen kennt – selbst wenn sie auf dieser Karte verzeichnet wäre. Also sind wir dort sicher – und wir können unbemerkt Kontakt zur Außenwelt aufnehmen, wie ihr es wünscht."

„Das klingt gut", erwiderte Jenna und auch Marek nickte.

„Der Ort liegt zudem auch ziemlich zentral zwischen den Portalen", fügte er an. „Wir sollten unser Basislager dort aufschlagen, von dort aus alles planen und organisieren. Das würde uns auch noch weiter von Camilor wegbringen."

„Wie hast du damals die Stätte erreicht?", wollte Sheza wissen.

„Meine Meisterin hat einen Torbogen im alten Tempel meines Stammes aktiviert, aber sie sagte mir, dass man auch jeden anderen dafür benutzen kann", gestand Ilandra nach kurzem Zögern.

„Man kann sie von *überall* erreichen?", wiederholte Jenna verblüfft.

„*Wenn* man das Zeichen kennt", wandte Ilandra ein. „Oder das, was die Meisterin einem als Ersatz dafür gibt."

„Das heißt, nicht jeder Lehrling bekommt sofort das richtige Zeichen, sondern nur derjenige, der am Ende die Prüfungen besteht", riet Marek und die M'atay bestätigte seine Annahme mit einem Nicken. „So verhindert man, dass Unwürdige jemals wieder an den Ort zurückkehren können. Das kommt uns ganz gelegen, denn somit können wir zurückkreisen, solange Ilandra uns das erlaubt, aber nicht mehr, wenn sie die Stätte für das geborgte Zeichen verschließt."

„Wenn also jemand in Gefangenschaft gerät, kann sie dadurch den Zugang versperren", freute sich auch Enario. „Das ist sehr gut! Worauf warten wir dann noch?"

„Auf unsere Mitstreiter", erklärte Marek und sah sich erneut in der Runde um. „Bevor wir das Portal *hier* öffnen", er wies hinüber zu dem Torbogen, der sich auch in dieser Ruine in einer der Wände befand, „sollten diejenigen gehen, die nicht mit uns kämpfen wollen. Ihr werdet zweifellos Unterschlupf bei einem der anderen Stämme finden. Alle anderen können ihre Sachen packen und zum Tor gehen."

Ilandra übersetze seine zuletzt gesprochenen Worte rasch für die anderen M'atay und bald schon kam Bewegung in diese. Jedermann packte seine wenigen Habseligkeiten zusammen und wer keine hatte, wartete einfach ab. So auch Jenna. Das dachte sie zumindest.

„Ich denke, das hier gehört dir", vernahm sie Shezas Stimme neben sich und wandte sich stirnrunzelnd zu ihr um. Die Kriegerin hielt ihr einen Rucksack entgegen. *Ihren* Rucksack!

„Wo ... woher ...", stammelte Jenna überwältigt.

Sheza gab ein leises Lachen von sich. „So blind kann man sein, wenn man aufgeregt ist." Sie schüttelte grinsend den Kopf.

„Hattest du den schon die ganze Zeit dabei?" Jenna blinzelte perplex, während sie ihr Eigentum an sich nahm.

„Erst hat Benjamin ihn mit sich herumgeschleppt", erklärte die Kriegerin nun gnädig, „und als die *Freien* uns in der Höhle angriffen, haben Enario und ich nicht nur unsere Waffen, sondern auch Teile unseres Gepäcks mitgenommen. Ich dachte mir, wenn ihr beide so viel Wert darauf legt, müssen da wahrlich wichtige Sachen drin sein."

„Sind sie auch", bestätigte Jenna, obgleich sie vermutete, dass sie beide vollkommen verschiedene Ansichten von ,wahrlich wichtigen Sachen' hatten. Beglückt lud sie sich ihr Gepäck auf den Rücken und ließ es sich nicht nehmen, die Trachonierin kurz zu umarmen.

„Danke!", sagte sie mit Nachdruck. „Das bedeutet mir viel."

Sheza erwiderte nichts, sondern winkte nur etwas verlegen ab, bevor sich ihr Augenmerk wieder auf das Geschehen um sie herum richtete. Jenna tat es ihr nach und war überrascht, festzustellen, dass niemand der Anwesenden Anstalten machte, aus der Gruppe zu treten und die Ruine zu verlassen. Erneut bewiesen die M'atay ihren bewundernswerten Zusammenhalt und Jennas Hochachtung vor diesem Volk wuchs.

Auch wenn Marek es zu verbergen suchte – seine Erleichterung, als sie geschlossen an das Portal herantraten, das Ilandra bereits mit Bennys Hilfe geöffnet hatte, war für Jenna ganz deutlich zu erkennen. Er dachte vermutlich dasselbe wie sie: Mit ein wenig Überzeugungskraft konnten sie sicherlich noch weitere Mitstreiter für den Kampf gegen die *Freien* gewinnen. Und das waren doch wirklich gute Aussichten.

# Kopfsache

**H**ier in Lyamar ähnelten sichere Häfen einander sehr. Entweder waren es die Ruinen alter, heiliger Tempel oder Höhlen in den Bergen des unendlichen Dschungels, die von den N'gushini vor sehr langer Zeit ausgebaut und umfunktioniert worden waren. Der Ort, an dem sich Leon gerade befand, war offenbar beides in einem, denn wenn er hinaus in den Urwald sah, wurde sein Blickfeld auch von hübsch verzierten, stattlichen Säulen und einer kleinen Mauer eingenommen, die zu dem ‚Balkon' ihres neuen Unterschlupfes gehörten. Sobald er sich umwandte, blickte er jedoch in eine geräumige, tief in das Bergmassiv hineinreichende Höhle, deren Wände nur teilweise von Menschenhand bearbeitet und verschönert, während andere Bereiche in ihrem Naturzustand belassen worden waren.

Sicher fühlte er sich hier allemal, denn die Magie, die auch in allen anderen heiligen Orten wirkte, ließ es trotz des großzügigen ‚Panoramafensters' nicht zu, dass man die Höhle von außen entdecken konnte und ein anderer Eingang neben dem in einer Ecke versteckten Portal existierte nicht. Was auch hieß, dass sie hier gefangen waren, wenn jemand den Zugang zur magischen Tür versperrte. Allerdings war Leon sich sicher, dass dies niemand hier tun würde, was ihn dazu verleitet hatte, nach seiner Ankunft erst einmal ein längeres Nickerchen zu machen, um besser zu Kräften zu kommen.

Er erholte sich zwar langsam von seiner Verletzung und dem Blutverlust, aber seine Wunde schmerzte noch ab und an und die Erinnerungen an die letzten furchterregenden Stunden waren zu frisch, um keine Wirkung mehr auf seinen Gemütszustand zu haben.

„Hey, du bist ja wieder wach!", vernahm er Jennas erfreute Stimme und wandte sich ihr zu.

Seine Freundin näherte sich ihm mit einem Wasserschlauch und einer ihm unbekannten Frucht und reichte ihm beides, bevor sie sich mit einem kleinen Seufzen neben ihm niederließ. Ihr Blick wanderte über ihre neue Umgebung, blieb kurz an Marek hängen, der sich zusammen mit Ilandra, Enario, Sheza und Wiranja über Malins Karte gebeugt hatte, und richtete sich anschließend wieder auf Leons Gesicht.

„Woher nehmen Krieger wohl ihre Kraft?", ließ sie ihn an ihren Gedanken teilhaben. „Ich kann nur noch daran denken, wie schön es jetzt wäre, zu schlafen, aber die …" Sie wies mit dem Daumen über ihre Schulter in Richtung der kleinen Gruppe und stieß ein missbilligendes Schnauben aus.

„Du hast dein Bestes gegeben, um ihn zu stärken", beruhigte Leon sie, weil er genau wusste, um wen es hier in Wahrheit ging. „Und er sieht sehr viel besser aus als noch vor ein paar Stunden. Wenn er das Gefühl hat, alles Wichtige für heute geklärt zu haben, kommt er bestimmt her und ruht sich aus."

„Meinst du?" Sie hob zweifelnd die Brauen.

„Mein ich", bestätigte er lächelnd. „Über welchem Problem brüten sie denn jetzt schon wieder?"

„Nun, wir haben festgestellt, dass die Portale teilweise verschiedene Aktivierungsmechanismen besitzen", klärte Jenna ihn auf. „Das hier vor Ort zum Beispiel ist mit vier Symbolen an den Seiten ausgestattet."

Leon nickte. Auch er hatte das beim Betreten der Höhle bemerkt, als er sich zu dem Tor umgewandt hatte. „Man kann also vier Orte von hier aus anreisen."

„Wahrscheinlich", stimmte sie ihm zu. „Was dieses Portal *nicht* besitzt, ist das Zeichen Malins oder gar die Vertiefungen, in die man Stellvertreter der Elemente füllen muss."

„Es hat also keine zusätzliche Sicherung?", fragte Leon erstaunt.

„Nein. Aber die Höhle ist auch nur sehr schwer zu erreichen, denn, um hierherzukommen, mussten wir das Ortssymbol kennen, mit drei Elementen verbunden sein *und* Malins Zeichen aktivieren."

Leon runzelte die Stirn. „Und was ist jetzt das Problem? Dann sind wir hier nichtsdestotrotz gut aufgehoben."

„Darum geht es ja auch nicht", äußerte Jenna. „Sondern um unser Vorhaben, Melandanor zu benutzen, um die *Freien* besser bekämpfen zu können."

„Wird das denn nicht funktionieren?"

„Doch. Wir denken, dass nur die Eingänge zum Labyrinth stark gesichert sind, aber die Reise *in* ihm sehr viel einfacher ist. Wenn wir uns nun aber aufteilen, um die Tempelanlagen nach den entführten M'atay abzusuchen und aus dem Netz heraustreten, kommt die ein oder andere Gruppe vielleicht nicht wieder hinein."

„Weil nicht in jeder ein Erbe Malins sein kann", setzte Leon hinzu. „Natürlich. Ich verstehe."

Er sah wieder hinüber zu Marek und den anderen. „Denen fällt bestimmt eine gute Lösung ein", versuchte er Jenna zu trösten. „Und zwar ohne, dass sie sich vollkommen verausgaben."

„Hoffentlich", seufzte Jenna und musterte ihn gleich darauf. „Wie geht es *dir* denn?"

„Es wird langsam", lächelte er. „Und ich werde in Zukunft großen Abstand zu Roanar halten. So was muss ich nicht nochmal durchmachen."

Er nahm nun endlich einen großen Schluck aus dem Wasserschlauch und betrachtete danach die Frucht in seiner Hand etwas genauer. „Schält man die?", fragte er stirnrunzelnd.

„Ja, wie eine Apfelsine und sie schmeckt auch ganz ähnlich", erklärte Jenna. „Wenn du lieber eine Banane willst, kann ich dir eine holen."

„Banane?", wiederholte er erstaunt.

„Ich nenne die Frucht einfach so, weil sie fast genauso aussieht und schmeckt wie die aus unserer Welt", sagte Jenna, „aber ob es tatsächlich dasselbe ist, weiß ich nicht."

Sie wollte aufstehen, Leon hielt sie jedoch am Arm fest und schüttelte den Kopf. „Mir reicht das hier erstmal. Danke."

So ganz der Wahrheit entsprach es nicht, aber Leons Blick hatte kurz Sheza gestreift, was das Bedürfnis in ihm geweckt hatte, über seine Vision im Kerker zu sprechen. Das war wichtiger als sein Hungergefühl zu tilgen.

„Marek hat doch gesagt, dass Narians Erinnerungen mit der Zeit in mir wachgerufen werden würden, durch bestimmte Auslöser", kam er schnell zum Punkt.

„Ja, und du hattest bereits die Vision in der Höhle, durch die du erfahren hast, dass Malin das Portal-Labyrinth nicht erschaffen, sondern selbst versucht hat, es zu durchschauen."

„Das war nicht die einzige Vision. Im Kerker hatte ich noch eine."

Jenna hob überrascht die Brauen. „Was hast du gesehen?"

„Narian war mit dem, was Roanar hier vorhatte, nicht einverstanden. Er hatte Angst und wollte sich absetzen – und zwar mit den Unterlagen, die ein anderer Zauberer für ihn entschlüsselt hatte. Er kam aber nicht weit, weil er von einer Kriegerin gefunden wurde, die ihm die Unterlagen abnahm."

„Einer Kriegerin?" Jenna war anzusehen, dass sie schon eine gewisse Ahnung hatte, denn ihre Augen wanderten kurz hinüber zu Sheza.

„Ja – genau", bestätigte er.

„Sheza?", wisperte sie nun mit leichtem Entsetzen in der Stimme.

Leon nickte beklommen.

„Hat sie die Unterlagen für Roanar zurückgeholt?"

„In der Vision hat sie das verneint."

„Was für Schriften waren das?"

Leon hob etwas hilflos die Schultern. „In der Vision hat Narian nicht reingesehen und ich weiß nicht, wie ich an diese spezielle Information herankomme."

Jenna kniff die Lippen zusammen und sah wieder zu Sheza hinüber. Die Gruppe schien nun mit ihrer Besprechung fertig zu sein, denn sie löste sich auf. Während Marek und Enario auf sie zuhielten und Sheza zu ihrem Schlafplatz hinüberging, begaben sich Ilandra und Wiranja zum Portal. Anscheinend hatten sie sich genügend ausgeruht, um ihren Auftrag in die Tat umzusetzen. Bewundernswert.

„Sheza ist jetzt unsere Freundin", sagte Jenna mit fester Stimme. „Wir können sie einfach fragen. Vielleicht weiß sie noch, was in den Schriften stand."

Sie gab der Kriegerin, die sich gerade auf ihrer Decke niederlassen wollte, einen Wink. Diese runzelte die Stirn, kam aber dennoch auf sie zu – gefolgt von Benjamin und Silas, die wohl ganz richtig annahmen, dass es sich um etwas Wichtiges handelte.

Marek, der als erster bei ihnen war, schenkte Leon einen fragenden Blick, auf den er jedoch nicht reagieren konnte, weil Jenna schneller war.

„Leon hatte im Kerker eine weitere Vision, in der du vorgekommen bist, Sheza", sagte sie zu der Trachonierin, die gerade zwischen Marek und Enario trat.

„Was?" Die Kriegerin schien ernsthaft verblüfft. Kein Wunder, war das Geschehene ja schon Jahre her. Ihre braunen Augen verengten sich. „Bist du sicher, dass das nicht nur ein Traum war?"

„Keine Ahnung", gab Leon zurück, „aber kannst du dich daran erinnern, mal Narian getroffen zu haben?"

Sie schüttelte den Kopf.

„In einer Taverne in Vaylacia. Es muss sehr lange her sein …"

Ihr Kopfschütteln wurde langsamer und gefror schließlich. Stattdessen zeigte sich ein Hauch von Erkenntnis in ihren Zügen. „Wie sah der Mann aus?"

„Als ich ihn kennenlernte, war er schon ein alter Mann mit weißem Haar und einem ebenso weißen Vollbart", versuchte Leon sich zu erinnern. „Er hatte braune Augen und immer ein paar Sommersprossen auf der Nase. Früher soll er recht füllig gewesen sein …"

„Hatte er irgendein spezielles Merkmal?", hakte Sheza ungeduldig nach.

„Hm …" Leon ging noch tiefer in sich, versuchte, Narians Gesicht vor seinem inneren Auge aufzurufen. „Seine Nase war eher knollig … o ja! Er hatte eine Narbe an seinem Hals. Eine ganz schön große sogar, weil jemand mal versucht hatte, ihm die Kehle durchzuschneiden."

„Riol", sagte Sheza mit einem Nicken.

„Was?"

„Das war damals sein Name. Zauberer wechseln die wie ihre Kleider. Mal heißen sie M'aharik, mal Na'hadir…"

„Witzig", merkte Marek freudlos an.

Sheza entwischte ein minimales Schmunzeln. „Ich glaube, sie benennen sich immer nach dem Meister, zu dem sie gerade gehören."

„Also *hast* du ihn getroffen", stellte Jenna klar.

„Ja. Ich sollte ihn für Roanar suchen, ein paar Unterlagen besorgen und ihn danach laufen lassen."

„Warum?", wollte Leon wissen. „Narian wusste, dass Roanar normalerweise keine Gnade mit Verrätern kannte."

„Er hoffte damals, dass er zu Kychona flieht", erklärte Sheza. „Ich sollte ihm folgen, um ihren Aufenthaltsort herauszufinden."

„Damit er sie töten kann", wusste Marek. „Aber das hat nicht funktioniert."

„Nein. Sie war zu schlau und die Chratna sind wahre Künstler darin, sich im Wald zu verstecken und ihre Spuren zu verwischen. Es wurde mir zu gefährlich, denn jeder weiß, dass sie ihre Speere und Pfeile in Gift tränken, gegen das nur sie selbst ein Heilmittel besitzen."

„Gut, also du hast die Schriften von Narian an dich genommen", lenkte Jenna ihre Aufmerksamkeit zurück auf das wichtigere Thema. „Hast du sie dir angesehen?"

„Einer Garong ist es nicht erlaubt, sich in die Angelegenheiten der Zauberer einzumischen", brachte Sheza wie aus einem Automatismus heraus hervor.

„Du bist aber nicht nur eine Garong gewesen, sondern auch ein neugieriger Mensch", erwiderte Marek. „Und je jünger man ist, desto größer ist die Neugierde und auch das Potential zum Ungehorsam."

Shezas Augen wurden schmaler. „Willst du mir unterstellen, dass ich meinen Meister betrogen habe?!"

Marek dachte kurz nach, schürzte die Lippen und nickte dann. „Ja, das will ich. Ungehorsam passt zu dir."

Die Trachonierin funkelte ihn verärgert an. Leon war sich gleichwohl sicher, auch einen Hauch von Belustigung in ihren dunklen Augen zu entdecken.

„*Hast* du nun die Unterlagen gesehen oder nicht?", hakte er deswegen mutig nach.

Shezas Blick richtete sich auf ihn und schließlich gab sie nach. „Ja, habe ich, aber ich kann mich beim besten Willen nicht mehr an die Details erinnern. Ich glaube, es war eine Karte dabei, ähnlich wie die, die wir jetzt haben, und mehrere Schriften über den Krieg, der einst in Lyamar und Falaysia wütete. Die Texte waren mir zu lang und ich hab nur ein paar Seiten überflogen. Die Landkarte habe ich mir ein bisschen länger angesehen. Aber ich könnte sie jetzt nicht aus dem Gedächtnis aufzeichnen. Das ist einfach zu lange her."

„Roanar waren die Schriften sehr wichtig", überlegte Jenna. „Was ist, wenn sein gesamter Plan darauf fußt? Dann hätten wir eine Chance, ihn vollkommen zu durchschauen."

„Aber ihr kommt doch nicht an die Schriften heran", ereiferte sich Sheza. „Ich hab euch bereits gesagt, dass ich mich nicht mehr daran erinnere ..."

„Dein Verstand hat die Informationen nicht gelöscht, Sheza", sagte Marek streng. „Es ist alles noch in deinem Gehirn gespeichert. Nur weil du nicht darauf zugreifen kannst, heißt es nicht, dass wir nicht an die Erinnerungen rankommen."

Sheza gab einen entrüsteten Laut von sich. „Auf keinen Fall!", stieß sie empört aus. „Ich lasse niemanden in meinem Verstand herumwühlen – und schon gar nicht dich!"

Sie starrte Marek wütend an, dessen Unmut nun ebenfalls zu wachsen schien. Doch bevor er etwas erwidern konnte, befand sich Jenna zwischen den beiden.

„*Ich* könnte es machen", schlug sie vor, obwohl Leon bezweifelte, dass dies für Sheza tatsächlich besser zu verkraften war.

„Warum belästigt ihr Leon nicht damit?", wehrte sich Sheza weiter gegen die Idee. „Narian hat die Schriften mit *Sicherheit* studiert – genauer als ich."

„Leon *ist* aber nicht Narian", erwiderte Marek. „Wenn ein Zauberer sein Wissen auf einen Lehrling – oder in diesem Fall auf einen armen unwissenden Tropf – überträgt, kann dabei auch ein Teil verlorengehen. Zudem muss sich sein Geist erst mit den fremden Erinnerungen arrangieren, zulassen, dass sie zu seinen eigenen werden. Das dauert. Und solange die Erinnerung, die wir brauchen, noch nicht in seinem Gedächtnis verankert ist, können wir auch nicht darauf zugreifen."

Sheza sah von ihm zu Jenna, schüttelte jedoch erneut den Kopf. „Ich kann das nicht. Ich kann keinen Magier in meinen Verstand lassen. Wer weiß, was ihr da für einen Schaden anrichtet! Und nachher macht ihr mich zu solch einer Marionette wie Kilian!"

„Niemand hat so etwas mit dir vor", versuchte Jenna sie zu beschwichtigen, aber Leon konnte sehen, dass es nicht half. Sheza war zu oft Zeugin der schrecklichen Taten großer Zauberer gewesen.

„Würdest du es für Alentara tun?", meldete sich eine junge Stimme zu Wort. Alle Blicke richteten sich auf Benjamin, der nun auf Sheza zu trat.

Der Schmerz, der die Kriegerin allein bei der Nennung des Namens ihrer Geliebten durchfuhr, offenbarte sich ganz deutlich in ihrem Gesicht. „Ich weiß nicht, ob ich weiterhin daran festhalten sollte, dass sie noch lebt."

„Das kannst du", erwiderte Benjamin mit einer Überzeugung in der Stimme, die auch Leon aufhorchen ließ. „Ich hab sie gesehen. Unten im Kerker und auch später in einem anderen Raum, in den man mich gebracht hat."

„Was?!", entfuhr es Sheza aufgebracht. „Sie war in der Burg?! Warum hast du nicht schon vorher etwas gesagt?!"

„Weil sie weggebracht wurde, durch eines der Portale", erklärte Benjamin. „Roanar braucht sie, weil auch in ihren Adern Malins Blut fließt."

„Nicht Malins – Moranas", verbesserte Sheza ihn. „Wo haben sie sie hingebracht?"

„Moment mal – Alentara stammt von Morana ab?", hakte Marek nach.

Sheza ging nicht auf ihn ein, packte stattdessen Benjamin am Arm und zog ihn dichter zu sich heran, woraufhin Jenna aufsprang und mit einem mahnenden „Hey!" die Hand der Kriegerin umschloss.

„Wo ist sie hingebracht worden?!", bedrängte Sheza den Jungen dennoch weiter.

„Das weiß ich nicht", brachte dieser rasch heraus. „Aber wenn die Portale tatsächlich alle miteinander verbunden sind, muss sie zu einer anderen Ruine oder etwas Ähnlichem gebracht worden sein."

Sheza ließ Benjamin ruckartig los und machte den Eindruck, unverzüglich los eilen zu wollen, doch Marek war schneller, hielt sie am Arm fest.

„Fass mich nicht an, Bakita!", stieß sie wütend aus und versuchte, sich aus seinem Griff zu befreien.

„Wenn du denkst, dass sie Alentara zu einer der Ausgrabungsstätten, die uns *bekannt* sind, gebracht haben, bist du dümmer, als man sich über die trachonischen Krieger erzählt", brummte Marek.

„Was er damit meint, ist, dass Roanar durch die andere Karte wahrscheinlich noch weitere dieser geheimen Orte kennt", griff Jenna rasch ein, weil der typische Marek-Ton wohl auch aus ihrer Sicht in dieser Situation recht unvorteilhaft war. „Aus diesem Grund wird er sie eher zu einer Ruine bringen, an der seine Leute noch nicht gesichtet wurden, um zu vermeiden, dass wir kommen, um sie zu befreien."

Shezas Wutpegel schien durch diese Worte deutlich gesenkt zu werden, denn ihre Hände, die sich zuvor zu Fäusten geballt hatten, öffneten sich wieder und auch die energische Falte zwischen ihren Brauen verschwand.

„Lass – mich – los!", brachte sie dennoch mit dunkler Stimme und funkelnden Augen hervor.

Marek reagierte nicht sofort, öffnete seine Hand erst, als Jenna die ihre auf seinen Unterarm legte. Sheza trat einen Schritt von ihm zurück, schüttelte ihren Arm kurz, als wolle sie auch die Erinnerung an die ungewollte Berührung loswerden. Erst dann wandte sie sich Jenna zu.

„Gut", sagte sie angespannt. „Ich werde es zulassen, dass du auf meinen Geist zugreifst – aber nur unter *einer* Bedingung! Alentara zu befreien, hat für uns oberste Priorität!"

Marek holte Luft, doch Jenna war schneller als er. „Wir *werden* nach ihr suchen – nach besten Kräften – und auch für sie kämpfen, sollte das nötig sein – so wie wir das auch für Kilian und die gefangenen M'atay tun werden. Aber es gibt keine Alleingänge und keine Abänderung des Plans, nur um sie zu retten. Das sollte dir klar sein!"

Jennas Worte gefielen der Kriegerin nicht und man konnte sehen, dass sie einen inneren Kampf mit sich auszufechten hatte. Nichtsdestotrotz nickte sie schließlich.

„Wie tun wir das?", fragte sie angespannt.

„So wie bei Leon", erklärte Marek. „Jenna kniet sich vor dich und legt ihre Fingerspitzen an deine Schläfen. Durch den direkten Kontakt wird es leichter sein, sich mit dir zu verbinden."

Die Kriegerin zögerte noch, sah verunsichert zu Leon hinüber, während Jenna schon in die Knie ging.

„Du kannst ihr vertrauen", versicherte er ihr. „Sie ist ein guter Mensch und würde dich niemals hintergehen. Das weißt du doch."

Sheza atmete hörbar ein und wieder aus, bevor auch sie sich hinkniete. Die beiden Frauen sahen einander an, Jenna mit einem aufmunternden Lächeln auf den Lippen und Sheza mit verkniffenem Gesichtsausdruck und einem Hauch von Angst in den Augen. Leon konnte fast selbst fühlen, wie ihre Furcht noch weiter wuchs, als Jenna, wie von Marek beschrieben, die Finger an die Schläfen der Kriegerin legte und die Augen schloss.

Wie jedes Mal, wenn Magie in Leons unmittelbarer Nähe verwandt wurde, machte sich ein Kribbeln in seinem Kopf breit, das dieses Mal auch noch seinen Rücken hinunterlief. Wenn er sich nicht irrte, beteiligte sich Marek heimlich an dem Zauber, leitete Jenna an, da die junge Frau in diesen Dingen sicherlich noch nicht so geübt war wie er. Sheza schien davon jedoch nichts mitzubekommen. Ihre Lider hatten sich gesenkt und ihr Blick sich nach innen gerichtet.

Leon konnte sich noch gut daran erinnern, wie sich Mareks Zugriff auf seinen Verstand ausgewirkt hatte. Er war in eine Art Trance verfallen, in der er sich so geborgen und entspannt gefühlt hatte, dass er über deren Abbruch letztendlich fast enttäuscht gewesen war. Seltsamerweise wurden auch Leons Lider jetzt schwerer, seine Umwelt verschwamm und die leisen Stimmen der M'atay in der Ferne verkümmerten zu einem brummenden Hintergrundgeräusch.

„Wovor fürchtest du dich?", vernahm er stattdessen klar und deutlich Kychonas Stimme.

Er öffnete die Augen, blickte ihr in das von tiefen Falten zerfurchte Gesicht.

„Vor … vor seiner Rache", gestand er mit brüchiger Stimme. Narians Stimme.

„Roanar ist nicht so mächtig, wie er glaubt, und ich bezweifle, dass es ihm möglich ist, dem Zirkel zu seiner alten Macht zu verhelfen", erwiderte die Alte gelassen. „Zudem wird er nicht jedem Abtrünnigen auf ewig hinterherrennen. Harre nur eine Weile hier aus, dann wird er dich sehr bald vergessen."

„Meinst du?", fragte Narian zweifelnd.

Kychona lächelte sanft. „Meine ich!", bestätigte sie. „Aber wenn dir mein Wort nicht genügt, kann ich zusätzlich veranlassen, dass man das Gerücht streut, du seist von meinen Chratna getötet worden."

Erleichterung durchflutete Narians und damit auch Leons Brust. „Würdest du das tun? Obwohl ich dich und Nefian verraten habe, um Roanar nachzulaufen?"

„Man sollte *immer* seinem Herzen folgen", gab sie lächelnd zurück, beugte sich vor und legte eine Hand auf seine Schulter, „selbst wenn es einen manchmal auf Irrwege führt, denn am Ende wird sich alles so fügen, wie es am besten ist."

Narian nickte. Zu mehr war er nicht fähig, denn sein Blick war auf das gefallen, was sich im Ausschnitt ihres Hemdes befand: Ein Amulett, in das ein Teilstück Cardasols eingefasst war. *Sein* Amulett! Er hatte es ihr gegeben, als er sein Amt als Hüter niedergelegt hatte, um dem Zirkel beizutreten, hatte sich dazu verpflichtet gefühlt, weil man ihm vor langer Zeit eingeimpft hatte, Cardasol aus dem politischen Geschehen herauszuhalten, diese heiligen Steine nie wieder in die Nähe machtgieriger Menschen zu bringen. Er hatte Anos Zorn gefürchtet. Und jetzt … jetzt hatte er dieses Symbol der unendlichen Macht wieder vor sich, obschon das Gesetz besagte, dass kein Hüter jemals *zwei* der Steine in seiner Obhut haben durfte. Kychona hätte es längst an einem sicheren Ort weit weg von ihrem Wohnsitz verstecken oder einen neuen Zauberer zum Hüter dieses Amuletts ernennen müssen. Und warum trug sie es so offensichtlich bei sich? War die alte Magierin etwa nachlässig geworden oder *wollte* sie, dass er den Stein sah?

„Sag mir", vernahm er ihre Stimme wie aus weiter Ferne, „wie viele Anhänger konnte Roanar schon gewinnen?"

„Das weiß ich nicht so genau", gab er zurück und zwang sich dabei, ihr wieder in die Augen zu sehen. „Es war schwer festzustellen, wer von den Menschen auf der Versammlung nur dem Zirkel beigetreten und wer Roanar hörig ist. Zudem tragen viele bei den Treffen Masken und ich müsste raten, um zu sagen, wer dahinter steckt."

„Masken?", wiederholte Kychona erstaunt. „Wovor haben sie Angst?"

„Hat sich das noch nicht bis zu dir herumgesprochen? Es gibt einen Mann, der sich Na'hadir nennt und jeden jagt, der zum Zirkel gehört – ganz gleich, ob das nun alte Mitglieder oder neu angeworbene sind."

„Wenn du ‚jagen' sagst, meinst du damit …"

„… dass er sie tötet – ja. Ich laufe nicht nur vor Roanar davon."

Kychona sah ihn eine kleine Weile nur an. Ob sie sich fürchtete oder lediglich die neuen Informationen verdaute, konnte er nicht erkennen. Dazu war ihr Gesichtsausdruck nicht eindeutig genug. Aber warum sollte sie Angst haben, mit dieser magischen Wunderwaffe an ihrer Brust? Ob Roanar ahnte, dass sie einen der Steine besaß, nach denen er sich so verzehrte? Hatte er ihn vielleicht sogar mit Absicht entkommen lassen, um herauszufinden, wo Kychona sich versteckte?

„Wie sicher sind wir hier?", fragte er, nachdem er sich kurz geräuspert hatte. „Kann uns hier wirklich niemand finden?"

Kychona legte den Kopf schräg und musterte ihn kurz. „Du befürchtest, dass man dich verfolgt hat und nun bald jemand auftauchen wird, der nicht nur dich, sondern auch mich töten will", erriet sie seine Gedanken.

Narian blieb nichts anderes übrig, als beklommen zu nicken.

„Sorge dich nicht", lächelte Kychona. „Die junge Kriegerin, die dir folgte, hat längst wieder den Rückweg angetreten. Sie ist klug und weiß, dass man sich nicht in die Waldgebiete wagt, in der die Chratna leben. Du bist geschützt, solange du dich nicht allzu weit vom Dorf entfernst. Hier kommen nur Menschen lebend an, die ich hier auch sehen *will*. Und sie *bleiben* auch nur am Leben, wenn ich das will."

War das eine Drohung? Kychona lächelte zwar, aber in ihren Augen war ein Funkeln zu erkennen, das Narian Angst machte und seine von neuem aufgeflammte Gier nach dem Amulett deutlich schrumpfen ließ.

„Dann bin ich beruhigt", erwiderte er und zwang sich ebenfalls zu einem Lächeln.

„Noch Suppe?", fragte Kychona fürsorglich und erhob sich auf sein Nicken hin von ihrem Platz.

Narians Augen wanderten über ihre kleine, zarte Gestalt, registrierten ihr Humpeln und den leichten Buckel. Gefährlich war Kychona nur aufgrund ihrer Magie und möglicherweise war es damit auch nicht so weit her, wie jedermann dachte. Vielleicht war sie nur eine so große

Magierin, weil ihr das Amulett bei all ihren Zaubern half. Vielleicht war sie eine der wenigen, die die Macht des ihr anvertrauten Teilstücks nutzen konnte – ein Geschenk, in dessen Genuss Narian auch in seiner Zeit als Hüter nie gekommen war. Es gab ihr Kraft und Schutz ... etwas, das auch er gerade unbedingt brauchte. Er hatte sich über die Jahre im Zirkel verändert, war stärker und mächtiger geworden – eventuell war es ihm nun ebenfalls möglich, auf die Kraft Cardasols zuzugreifen. Und wenn das der Fall war und er sein Amulett zurückhatte, konnte er auch eher mit Roanar verhandeln, denn der Mann wollte unbedingt an alle Bruchstücke herankommen, um seinen großen Plan in die Tat umzusetzen. Er hatte dann ein Druckmittel, konnte Roanar vielleicht sogar steuern ...

Es mochte riskant und gefährlich sein, aber alles, was er brauchte, um das Amulett wiederzubekommen, war Kychonas Vertrauen. Und das hatte er ja schon einmal besessen. Wie schwer konnte es da sein, es zurückzugewinnen?

„Leon?"

Die Stimme drang umgehend zu ihm durch, zu dicht war sie, um sie zu überhören. Mit einem leisen Keuchen schlug Leon die Augen auf und blickte in Benjamins fragendes Gesicht.

„Hattest du wieder eine Vision?", fragte der Junge.

Leon, der erst jetzt bemerkte, dass er während seiner mentalen Abwesenheit vollkommen zusammengesunken war, richtete sich mühsam wieder auf.

„Ja ... ich ... weiß nur nicht, ob das wichtig für uns ist", antwortete er, den Blick auf Jenna gerichtet, die gerade von Marek gestützt wurde, weil ihre Verbindung mit Sheza sie allem Anschein nach viel Kraft gekostet hatte.

Die Kriegerin sah dagegen noch recht munter aus, rieb sich nur die Schläfen und schüttelte ein paar Mal den Kopf, wohl um wieder mehr Klarheit in ihren Verstand zu bringen. Immerhin waren sie jetzt fertig und aller Voraussicht nach etwas schlauer als zuvor.

„Was *hast* du denn gesehen?", wollte Benjamin wissen.

Leon winkte ab. „Verschieben wir das auf später", sagte er und rückte näher an das wichtigere Geschehen heran.

Jenna blinzelte ein paar Mal wie benommen, bevor sie den Blick hob und Marek ansah. „Es ... es war nicht nur eine Karte, sondern drei und nur eine stellte Lyamar dar", berichtete sie.

„Von welchen Ländern waren die anderen?", hakte Marek stirnrunzelnd nach.

„Falaysia und ein Land, das ich nicht kenne", antwortete Sheza an Jennas Stelle.

„Du erinnerst dich jetzt wieder?", fragte Silas erstaunt.

„Ja ... es ist so, als hätte die Verbindung einen Schleier von den alten Erinnerungen genommen". Sheza kratzte sich nachdenklich an der Stirn. „Ich kann jetzt alles wieder ganz klar sehen."

„Die letzte Karte war eine Darstellung Großbritanniens", setzte Jenna hinzu. „Das ist ein kleiner Teil meiner Welt und der Inselstaat, aus dem ich komme."

In Leons Verstand regte sich etwas und auf einmal sah auch er die Karten vor sich – erst nur verschwommen, dann immer deutlicher. Er blätterte darin herum ...

„War die Lyamarkarte dieselbe wie die, die wir in Malins Kammer gefunden haben?", wollte Enario wissen. „Gab es dort dieselben Eintragungen?"

„Nein, sie sah anders aus, obgleich jemand dort ebenfalls Portale eingetragen hatte", gab Jenna bekannt. „Aber sie war weder magisch noch wies sie annähernd so viele Kreuze auf wie die Malins."

„Ich denke allerdings, Roanar hat die heiligen Stätten, an denen er die Sklaven hat arbeiten lassen, über ebendiese gefunden", setzte Sheza hinzu. „Und es war *doch* etwas anderes Besonderes an den Karten …"

„Nicht an den Karten – am *Papier*," verbesserte Jenna sie aufgeregt. „Die Lyamarkarte war dünner als die mit der Darstellung von Falaysia und diese wiederum dünner als die Großbritanniens."

„Ja – aus einem ganz einfachen Grund", mischte sich Leon etwas atemlos ein und alle Blicke richteten sich auf ihn. „Auf der Falaysiakarte gab es Markierungen für die Lyamarkarte, und auf der Englandkarte welche für erstere. Wenn man diese übereinanderlegte und gegen eine Lichtquelle hielt, gab es drei Portale, die auf den anderen Landkarten direkt auf drei dort markierten Punkten lagen."

„Woher weißt *du* denn das jetzt schon wieder?", entfuhr es Silas verblüfft, der bisher genauso wie Enario nur staunend zugehört hatte.

„Als ihr angefangen habt, davon zu sprechen und die Karten beschrieben habt, konnte ich sie plötzlich vor mir sehen", erklärte Leon rasch. „Die Erinnerung Narians war schlagartig da."

„Sehr gut!", freute sich Jenna, „dann wird es noch leichter das alles zu enträtseln!"

„Bestimmt – aber welche Portale waren das?", stieß Marek ungewohnt atemlos aus und, wenn Leon sich nicht täuschte, war auch etwas Farbe aus seinem Gesicht gewichen. „An welchen Orten in Falaysia trafen sich die Kreuze?"

Leon kniff die Augen zusammen und ging in sich. Da waren die Karten wieder, wurden übereinandergelegt, vor eine Kerze gehalten … Sein Puls beschleunigte sich.

„Ein Kreuz war auf der Ilia Tracha und auf Stonehenge in England", brachte er angestrengt heraus. „Eines in der Nähe von Nivat und an der Südwestküste Schottlands und eines in der Nähe von York in England und in … Zydros."

„Zydros?", entfuhr es Sheza. „Dort, wo Nadir zuletzt seinen Sitz hatte?"

Leon reagierte nicht auf ihre Frage, sah Marek stattdessen direkt in die Augen, weil ihn eine dumpfe Ahnung befiel, warum der Krieger so nervös wurde. Ungewöhnlicherweise konnte der Bakitarer seinen Blick nicht lange halten, sprang auf und entfernte sich ein paar Schritte von ihrer Gruppe.

„Was soll das alles heißen?", fragte Silas verwirrt, während auch Jenna sich erhob, für einen Moment wankend wie ein Grashalm im Wind dastand und schließlich zu Marek hinüber schwankte.

„Ich denke – und da bin ich augenscheinlich nicht der einzige – dass die drei Portale mit weiteren in den anderen beiden Ländern verbunden sind", äußerte Leon seine Schlussfolgerung.

„Du meinst, man kann von hier aus direkt dorthin reisen?" Enario sah ihn mit großen Augen an.

„Ja, mehr oder minder, aber es wird nicht so einfach sein, sie zu finden und zu aktivieren", teilte Leon seine Überlegungen mit seinen Freunden. „Und da Roanar noch nicht in Falaysia oder gar Jennas Welt ein- und ausgehen kann, ist ihm das offenbar trotz der Karten noch nicht gelungen. Oder es gibt noch andere Schwierigkeiten damit."

„Ilandra nannte Melandanor ein Labyrinth, in dem sich noch nicht einmal Malin zurechtgefunden hat", fügte Sheza an. „Ihm wurde allerdings nachgesagt, dass seine Kräfte so stark waren, dass er überraschend aus dem Nichts an bestimmten Orten in Falaysia auftauchen konnte."

„Dann hatte *er* zumindest diese drei Portale gefunden, wusste, wie man sie erreicht und nutzt", setzte Enario hinzu. „*Deswegen* wollte Roanar unbedingt an Malins Karte herankommen – nicht nur, um die schwebende Insel zu finden, sondern vor allem, um auch die drei Portale aufzustöbern. Die anderen Karten haben ihn nur darüber in Kenntnis gesetzt, dass die Weltenübergänge *existieren*, seine Suche danach war aber bisher erfolglos. Er dachte, dass er in Camilor weitere Hinweise findet, und höchstwahrscheinlich *hat* er das auch. Womöglich fand er dort heraus, dass auch Malin eine Karte hatte – und zwar eine sehr viel bessere – kam aber nicht an dessen Kammer heran, um sie sich zu holen."

„Natürlich!", entfuhr es nun auch Benny. „Er braucht die Portale, jetzt da Marek und meine Schwester hier sind, sogar noch dringender als zuvor, weil er sich vor Angst in die Hose scheißt! Auf diese Weise könnte er seine Leute aus *meiner* Welt direkt hierher nach Lyamar holen könnte. Kein Umweg mehr über Falaysia!"

„Und diese Leute wollen wir auf gar keinen Fall hier haben", setzte Leon mit Nachdruck hinzu. „Mit ihren modernen Waffen erledigen die uns im Nu."

„Das heißt, Malins Karte darf ihm niemals in die Hände fallen", äußerte Silas.

„Das genügt nicht", ertönte Mareks Stimme, der sich der Gruppe zusammen mit Jenna wieder genähert hatte. Anscheinend hatte sein kurzes Privatgespräch mit der jungen Frau genügt, um sein Gefühlsleben wieder unter Kontrolle zu bekommen.

„Roanar hat *seine* Karten, die ihm zumindest die ungefähre Position der drei Weltenübergänge verraten. Wahrscheinlich sind sie ähnlich wie dieser Ort hier und man kann sie nicht erreichen, ohne das Labyrinth zu nutzen, weil sie von einem mächtigen Zauber geschützt werden oder sich an einem vom Boden aus unerreichbarem Ort befinden. Roanar weiß jedoch, wie wertvoll gerade diese drei magischen Übergänge für ihn sind, und er wird alles daransetzen, sie zu erreichen. Einfach *alles*! Und er braucht nur ein bisschen Glück zu haben – dann findet er vielleicht *zufällig* genau den richtigen Zugang und holt sich damit nicht nur gefährliche Waffen und Soldaten aus der anderen Welt, sondern kommt auch ohne größere Probleme an unsere daheimgebliebenen Freunde und Verbündeten heran, weil dort niemand ist, der seiner Magie etwas entgegensetzen kann. Das können wir nicht zulassen!"

Leons Magen vollführte eine turbulente Umdrehung. Cilai! Sie wusste nichts von all dem, was hier passierte, und wenn Kychona tatsächlich schon mit einigen Fürsten und Soldaten losgezogen war, um sie hier in Lyamar zu unterstützen, war sie einer möglichen Attacke durch die *Freien* schutzlos ausgeliefert. Zumindest war das der Plan gewesen, als Jenna die alte Magierin zuletzt auf Kilians Schiff kontaktiert hatte.

„Was schlägst du vor, sollen wir tun?", erkundigte sich Enario bei Marek.

„Kontakt zu Kychona und Kaamo aufnehmen und veranlassen, dass in Falaysia zumindest an den Orten, an denen wir die Portale vermuten, Truppen stationiert werden", erklärte der Bakitarer. „Und dann sollten wir dafür sorgen, dass diejenigen, die uns besonders am Herzen liegen, an einen sicheren Ort gebracht werden."

„Aber nichts davon würde verhindern, dass Roanar Soldaten aus der anderen Welt herholt!", wandte Sheza besorgt ein.

„Nein, deswegen müssen wir uns *hier* dieses Problems annehmen", gab Marek zurück.

„Auf welche Weise?", fragte Leon stirnrunzelnd.

„Wir müssen die drei Portale zuerst finden und zerstören."

# Aus dem Lot

Jenna war am Hafen von Anmanar. Gerade eben noch hatte sie auf die Gravur aus alten Schriftzeichen und Bildern in ihrem neuen Versteck in Lyamar gestarrt und nun wehte ihr salzige Seeluft um die Nase und sie starrte auf die Holzplanken des stolzen Segelschiffs vor ihr.

‚Bei den Göttern!‘, vernahm sie Kychona mental und spürte etwas, das sich in gewisser Weise wie eine Umarmung anfühlte. ‚Endlich ein Lebenszeichen! Ich bin schon fast umgekommen vor Sorge! Warte … warum ist mir die Wahrnehmung deiner Außenwelt nicht möglich?‘

‚Ich befinde mich an einem geschützten Ort‘, ließ Jenna sie wissen. ‚Er lässt es nicht zu, dass du auf meine Sinne zugreifen kannst. Marek meinte, derselbe Zauber würde auch dafür sorgen, dass kein anderer magisch Begabter etwas von unserer Kontaktaufnahme mitbekommt. Ich musste in eine bestimmte Kammer in unserem Versteck gehen, um diesen überhaupt herstellen zu können.‘

‚Ah – ich verstehe‘, gab Kychona zurück. ‚So etwas hatte ich auch bei den Chratna. Ich bin froh, dass ihr Marek finden konntet. Dein Bruder ist auch wieder bei dir?‘

‚Ja, aber das ist nicht der Grund, warum ich mich melde. Ist Kaamo auch mit nach Anmanar gekommen?‘

‚Ja, genauso wie Wesla und Uryo und ein großer Trupp Soldaten. Wir haben das Nest der Sklavenhändler ausgehoben. So schnell wird kein Entführter mehr nach Lyamar gebracht werden.'

‚Habt ihr Gefangene gemacht?'

‚Nur eine Handvoll.'

‚War darunter ein großer, rothaariger Mann mit seltsamem Haarschnitt und ebenso seltsamer Kleidung?'

‚Nein', war die ernüchternde Antwort. ‚Aber ich muss auch gestehen, dass wir erst hier ankamen, nachdem ein weiteres Schiff der Sklavenhändler abgelegt hatte. Mir wurde erzählt, dass ein merkwürdig aussehender Kerl mit einer magischen Waffe die Kommandos gegeben habe und der soll in der Tat rothaarig gewesen sein.'

Na himmlisch! Dann war bereits eine ganze Tasche gefährlicher Waffen mitsamt kaltblütigem Killer auf dem Weg nach Lyamar. Nicht gut.

‚Es sollen zwanzig Sklaven auf das Boot geladen worden sein', setzte Kychona hinzu. ‚Ich hoffe, die armen Seelen halten durch, bis wir kommen. Denkst du, du kannst mich von der Position aus, an der du bist, zum Portal im Meer führen?'

‚Das müssen wir erst einmal verschieben', ging Jenna erst gar nicht darauf ein. ‚Es gab hier ein paar Entwicklungen, die schnelles Handeln erfordern.'

Rasch schilderte sie der alten Magierin, was sich bisher ereignet hatte. Sie konnte dabei fühlen, wie Kychonas Sorgen wuchsen und eine deutlich spürbare Nervosität im Inneren der alten Frau auslösten.

‚Das sind keine guten Nachrichten', kommentierte diese das Gehörte schließlich. ‚Wenn diese drei Portale tatsächlich einen einfachen Zugang zu den anderen beiden Ländern und damit auch in die andere Welt öffnen, ist niemand mehr sicher. Marek hat recht: Wir müssen sie zerstören, bevor der Feind an sie herankommt. Ich werde hierbleiben und versuchen, die Verbindungsportale in Falaysia zu finden – wenn das überhaupt möglich ist.'

‚Denkst du nicht, sie werden von Lyamar aus aktiviert?'

‚Doch, aber man sollte jede Möglichkeit in Betracht ziehen. Kannst du deine Tante in deiner Welt erreichen?'

‚Du meinst, damit sie ebenfalls nach den Weltenübergängen sucht? Das habe ich schon versucht, aber sie hat mich kaum an sich herangelassen und schon nach ein paar wenigen Minuten des minimalen Austauschs weggestoßen, weil sie gerade unter starkem Stress zu stehen scheint. Es hat allem Anschein nach einen folgenschweren Unfall mit einem weiteren magischen Objekt gegeben, das sie und Peter gefunden haben, aber ich konnte nichts Genaueres über das Geschehen herausfinden. Ich werde später nochmal versuchen, sie zu kontaktieren, denn sie sollte unbedingt über alles Bescheid wissen, was hier passiert ist, und umgekehrt. Zudem hat der Zirkel in meiner Welt recht viele Mitglieder. Vielleicht kommen sie durch ihre Vernetzung ja auch schneller ans Ziel als wir.'

‚Ich denke, der Weltenübergang am Stonebenge ...'

‚Henge.'

‚... wird das Tor sein, das bereits unter der Kontrolle des Zirkels ist.'

Jenna war verwirrt. ‚Ist das denn möglich? Ich dachte, damit kann man nur Falaysia ansteuern.'

‚Magie ist meist vielseitig nutzbar und manche Funktionen magischer Objekte wurden von ihren Erschaffern so gut versteckt, dass man sie erst sehr spät oder gar nie entdeckt. Das kann mit diesem Tor bisher genauso gewesen sein."

‚Gut, dann sage ich meiner Tante, dass sie das Tor unter der Kirche nochmal genauer unter die Lupe nehmen sollen – aber ich kann nicht veranlassen, dass sie es zerstören, weil ich sonst …'

‚Ich will dir deinen Rückweg nicht nehmen', lenkte Kychona sofort ein. ‚Keine Sorge. Das Tor sollte jedoch sehr, sehr gut bewacht werden.'

‚Das gebe ich so weiter', versprach Jenna. ‚Wie willst *du* bei deiner Suche vorgehen?'

‚Ich werde zuerst nach Zydros reisen', weihte Kychona sie in ihren Plan ein, ‚denn ich denke, dass die *Freien* als erstes dort auftauchen würden, weil Marek in der Festung nicht nur Rian, sondern vermutlich auch eines der Amulette versteckt hat.'

‚Das weißt du?' Jenna war überrascht.

‚Ich bin nur alt – nicht dumm. Und ich hätte dasselbe getan. Nadirs Burg befindet sich an einer Klippe. Es gibt nur *einen* Zugang und mit seinen außergewöhnlichen Fähigkeiten ist es Marek sicherlich gelungen, das Amulett zum Schutz der Burg einzusetzen. Nichtsdestotrotz ist es fraglich, ob die Magie Cardasols auch einen Angriff von innen wahrnimmt.'

‚Ja – genau das hat Marek mir auch gesagt. Er macht sich schreckliche Sorgen um die Kleine und ich kann es ihm *so* nachempfinden. Ich drehe auch immer durch, wenn meine Familie bedroht wird.'

‚Rian wird nichts passieren', versprach Kychona. ‚Ich werde rechtzeitig dort sein und sie beschützen. Und ein

Bote wird dafür Sorge tragen, dass zusätzliche Truppen der Allianz in der Burg Stellung beziehen.'

,Das werde ich ihm ausrichten', erwiderte Jenna, ,und Kychona ... danke, dass du Marek weiter ausgebildet hast. Das hat uns schon ein paar Mal das Leben gerettet.'

,Es war nicht immer einfach,' gestand die Alte, ,aber ich denke, wir haben uns am Ende zusammengerauft. Marek ist ... kein einfacher Mensch, aber er hat ein gutes Herz. Und seine Kräfte ... ich muss zugeben, dass sie mich manchmal geängstigte haben, aber die meiste Zeit war es wundervoll mit einer solchen Begabung zu arbeiten.'

,Wie stabil ist er eigentlich?', sprach Jenna eine Sache an, die sie immer noch etwas beunruhigte.

,Sehr viel stabiler als jemals zuvor, aber die Gefahr, dass seine Energien überhandnehmen und ihn vernichten, wird wahrscheinlich immer da sein. Deswegen ist es gut, dich an seiner Seite zu wissen. Wenn ihr zusammenbleibt, wird nichts passieren – auch nicht, wenn er wahrhaft große Zauber vollbringt. Du wirst ihn immer zurückholen können.'

,Das ist beruhigend', gab Jenna zurück, wenngleich sie noch nicht wirklich so empfand. Immer an Mareks Seite zu bleiben war zwar etwas, das sie sich gut vorstellen konnte, aber ob *er* das genauso sah, war fraglich.

,Seid trotzdem bedachtsam, wenn ihr euch durch dieses Portal-Labyrinth bewegt', riet Kychona ihr. ,Erst recht, wenn ihr die drei Weltenübergänge gefunden habt und versucht, sie zu zerstören. Wir wissen nicht, mit was für einer Magie wir es zu tun haben, solange nicht klar ist, wer ihr wahrer Erschaffer ist.'

,Marek tippt auf Berengash ...'

‚Den letzten N'gushini?'

‚War er das? Nach ihm gab es keinen von ihnen mehr?'

‚So heißt es zumindest. Ich bin mir allerdings nicht sicher, ob er das Labyrinth tatsächlich gebaut hat. Es ist gut möglich, obwohl er uns anderen Magiern eher als Bösewicht oder Abtrünniger bekannt war, aber der Name Melandanor …'

‚Marek sagte, es heißt ‚magisches Labyrinth'.'

‚Eher ‚Labyrinth der Götter' – zumindest in der Sprache der N'gushini, die ja schon immer etwas anders war als die der M'atay.'

‚Der Götter?! Heißt das …'

‚Nicht unbedingt. Es ist durchaus möglich, dass Berengash oder ein anderer N'gushini dem magischen Reisenetz diesen Namen gegeben hat, weil er wollte, dass alle *glaubten*, Ano selbst habe es erschaffen. Niemand in Lyamar würde es wagen, etwas zu beschädigen oder gar zu zerstören, das von göttlicher Hand gefertigt worden ist. Aber, wie ich schon sagte: Man sollte nichts von vornherein ausschließen. Deswegen rate ich euch, seid in Bezug auf Melandanor vorsichtig, insbesondere, wenn ihr einen Teil davon zerstören wollt. Berengash war schon sehr mächtig, aber wenn *göttliche* Kräfte im Spiel sind …'

‚Wir passen auf', versprach Jenna und nahm sich das auch fest vor. Den Zorn eines Gottes auf sich zu ziehen, war keine gute Idee – auch wenn sie bezweifelte, dass es sich um echte Götter handelte.

‚Gut – dann sollten wir jetzt unsere Vorbereitungen für die anstehenden Reisen treffen', sagte Kychona. ‚Werdet ihr später wieder Gelegenheit haben, erneut diesen sicheren Ort aufzusuchen und Kontakt mit mir aufzunehmen?'

‚Ganz bestimmt', erwiderte Jenna mit einer Zuversicht, die sie selbst überraschte.

‚Dann hören wir voneinander', waren die letzten Worte, die sie austauschten, bevor Jenna zurück in die reale Welt kehrte.

Da waren sie wieder, die Schriftzeichen und Bilder, die jemand vor langer Zeit in die harte Felswand vor ihr gehauen und geritzt hatte und die alle das magische Wirken mit den Kräften der Erde darstellten. Jenna erhob sich von der Steinbank, auf der schon andere Zauberer vor aberhundert Jahren gesessen und mental in die Welt hinaus gegriffen hatten, nahm die Fackel, die sie mit in den kleinen Raum genommen hatte, aus der Halterung und trat damit zurück in die Haupthöhle.

Von Marek, der in eine der anderen Kammern verschwunden war, um dort Kaamo und Rian zu kontaktieren, war noch nichts zu sehen, also lief sie dorthin zurück, wo die anderen sich zuletzt aufgehalten hatten. Das Bild hatte sich ein wenig gewandelt, denn ihre Freunde saßen nun mit den M'atay an einem kleinen Feuer und versuchten, sich mit diesen zu verständigen.

Marek hatte zwar knapp erklärt, welche weitere Gefahr sich für sie aufgetan hatte, jedoch nicht genügend Zeit gehabt, ins Detail zu gehen. Da war es verständlich, dass die Leute noch Gesprächsbedarf hatten – insbesondere, da der Bakitarer ihnen, bevor er mit Jenna verschwunden war, den Auftragt erteilt hatte, kleine Grüppchen zu bilden, mit denen sie verschiedene Portale auf der Karte anreisen sollten.

„Seid ihr sicher?", hörte sie gerade Silas fragen, als sie nahe genug heran war, um das Gespräch aufzuschnappen.

Der M'atay, den er angesprochen hatte, nickte nachdrücklich und wies auf die Zeichnung, die er mit Asche auf den hellen Boden gemalt hatte. Das Symbol war Jenna unbekannt und erinnerte sie an eine Spirale, aus der ein Pfeil hervorsprang.

„Aber das ist an dem Torbogen, durch den wir reisen sollen, nicht zu finden", äußerte Silas stirnrunzelnd.

„Ja, soll nicht", erwiderte der M'atay. „Niemand sonst kennt."

„Aber dann können wir damit doch gar nicht hierher zurückkreisen", wandte nun auch Sheza ein.

Der M'atay verzog missgestimmt das Gesicht, wechselte ein paar Worte mit der Frau neben ihm und registrierte erst danach, dass Jenna zurück war. Sein Gesicht erhellte sich und er begann ihr ohne Umschweife zu erklären, was es mit dem Symbol auf sich hatte. Zumindest vermutete sie das, denn dieses Mal verstand sie nur sehr wenige Worte.

Marek. Der Verbindung zu ihm war es zu verdanken gewesen, dass sie die Sprache der M'atay zuvor verstanden hatte. Sie konnte dann nicht nur auf seine magischen, sondern auch auf seine menschlichen Fähigkeiten zugreifen. Nun war er aber in seiner Kammer abgeschirmt und auch sie kam nicht mehr an seinen Geist heran. Ihr hilfloses Gesicht ließ den M'atay enttäuscht verstummen und wieder hilfesuchend die Frau an seiner Seite ansehen.

„Magie!", sagte sie, als würde das alles erklären und wies ungeduldig auf die Zeichnung.

„Hat Ilandra nicht gesagt, dass wir nur ein geborgtes Zeichen bekommen?", mischte sich Benjamin in das Gespräch ein. „Dann ist es doch ganz logisch, dass es nicht an dem Tor zu finden ist. Das meint sie mit ‚Magie‘. I-landra hat sich mit dem Portal verbunden und dieses Symbol magisch … eingespeichert. Wie bei einem geborgten Passwort, das der Admin jederzeit wieder löschen kann, sodass der richtige Zugangscode nur ihm bekannt ist.“

„Was bitte?“, fragte Silas und blinzelte verwirrt. „Was ist ein … Admin?“

Er sah zu Leon hinüber, der hob allerdings nur die Schultern. „Ich bin zu lange aus der Welt raus. Ich hab auch keine Ahnung, wovon er spricht.“

„Computer, Leon!“, grinste Benjamin. „Erzähl mir nicht, dass du nicht weißt, was das ist.“

„Du meinst diese großen rechteckigen Kästen?“

Benjamin sah ihn fassungslos an. „Wow! Wie alt bist du?“

„Was mein Bruder sagen wollte, ist, dass Ilandra dieses Zeichen vorrübergehend mit dem Portal verbunden hat“, schritt Jenna rasch ein, weil auch der Rest ihrer Gruppe selbstverständlich nichts mit Benjamins Beschreibung anfangen konnte. „Wenn wir eine Hand auf das Zeichen Malins legen, das an vielen Toren zu finden ist, und dabei die Linien dieses Symbols in uns wachrufen, wird uns das jeweilige Tor hierher zurückbringen. Um das Portal hier in der Höhle zu aktivieren, brauchen wir es gleichwohl nicht.“

„Hm …“, machte Enario und nickte schließlich. „Das klingt irgendwie … sinnvoll.“

„Also hatte ich vorher recht“, setzte Silas hinzu, „in jeder Gruppe, die loszieht, muss jemand sein, der Malins Blut in sich trägt. Wie soll denn das mit mehr als zwei

Gruppen funktionieren?" Er wies nachdrücklich auf Benjamin und Jenna.

„Nun", druckste sie herum, „wir wissen ja noch nicht mit Sicherheit, dass wir auf den Torbögen, die uns hierher zurückbringen sollen, das Zeichen Malins vorfinden. *Hier* gibt es ja auch keins und wir können uns gut vorstellen, dass während der Reise *innerhalb* des Labyrinths, die Blutsverwandtschaft mit Malin keine Rolle mehr spielt."

„Und wenn wir versehentlich einen Ausgang benutzen?", hakte Silas nach. „Kommen wir dann nicht mehr ins Labyrinth rein?"

Jenna öffnete den Mund, konnte aber keine Worte finden, die dem jungen Mann seine Sorgen nehmen würden.

„Ernsthaft?", entfuhr es Silas empört. „Ihr wolltet *dieses* Risiko eingehen, ohne uns vorher darüber zu informieren?!"

„Nein – natürlich nicht", lenkte sie rasch ein. „Wir wollten das noch ansprechen und niemand wird von uns gezwungen, trotzdem mitzumachen. Es gibt nur augenblicklich keine Lösung für dieses Problem."

„Ich kenne eine", warf Benny ein, „aber die besitzt nur Roanar."

Jenna sah ihren Bruder stirnrunzelnd an. „Wovon sprichst du?"

„Die Zauberer in Camilor waren auch keine Erben Malins, aber sie konnten das Portal dort trotzdem öffnen, weil sie so eine komische Metallscheibe hatten, in der Alentaras Blut … gespeichert war oder so."

„Alentaras Blut?!", entfuhr es Sheza entgeistert.

„Nicht viel", beruhigte Benny sie. „Mich hat Roanar auch mit sowas gepiekt. Die haben das San … gu … oder so genannt."

„Sangor?", ertönte eine tiefe Stimme hinter Jenna und nur einen Herzschlag später trat Marek neben sie. „Das Wort kann man mehr oder weniger mit ‚Blutsammler' übersetzen."

„Ja genau!", stimmte Benny ihm begeistert zu.

Der Krieger nickte, begab sich zu seinem Schlafplatz und brachte von dort die Tasche mit Malins Karte heran, die Ilandra ihm letztendlich doch noch überlassen hatte. Unter den staunenden Augen der Anwesenden holte er daraus drei seltsam aussehende Metallscheiben hervor und hielt sie Benny vor die Nase.

„Sahen die so aus?"

„Ja", keuchte Jennas Bruder aufgebracht, nahm eine davon an sich und drückte sie in seine Handinnenfläche. Er zuckte kurz und als er das Objekt wieder hochhielt, wanderte sein Blut in einer Spirale bis in die Mitte der Scheibe, um anschließend leicht aufzuglühen.

Laute der Begeisterung und Faszination waren aus den Reihen ihrer Verbündeten zu vernehmen.

„Waren die auch in Malins Kammer?", stieß Jenna verblüfft aus.

Marek nickte. „Ilandra hat sie mir gezeigt, kurz nachdem wir in der Höhle angekommen sind, aber wir wussten beide nichts damit anzufangen – nur dass sie magisch sind und zweifelsfrei einen gewissen Wert für Roanar hätten. Jetzt kennen wir ihn."

„Das ist wunderbar!", freute sich Enario, während auch Jenna eine der Scheiben an sich nahm und sie gegen ihre Handfläche drückte. „Dann können wir unseren Plan doch noch relativ gefahrlos in die Tat umsetzen!"

„Ja, relativ", stimmte Silas ihm zu. „Wir brauchen aber immer noch mindestens eine magisch begabte Person in jeder Reisegemeinschaft. Versuchen wir es noch einmal …" Er beugte sich zu den M'atay vor, dabei offenbar vergessend, dass Marek wieder bei ihnen war. „Wer – von euch – hat – Magie?"

Bei seinem letzten Wort machte er eine seltsame Bewegung mit den Fingern, die danach aussah, als wolle er jemanden kitzeln. Wahrscheinlich sollten das Funken oder energetisches Knistern sein.

„Almenak sarid vandurat?", übersetzte Marek mit einem kleinen Schmunzeln.

Die Antworten der M'atay verstand Jenna nun wieder, als sprächen sie Englisch. Ungefähr die Hälfte der einsatzfähigen Krieger war magisch begabt, was ihr Vorhaben sehr erleichterte. Marek, der die kostbare Karte nun wieder aus dem Beutel holte, rollte diese auf dem Steinpult in ihrer Nähe aus und alle Anwesenden versammelten sich im Kreis um diesen herum.

„Das Tor hier bringt uns nur zu vier Orten, von denen aus wir möglicherweise zu weiteren Punkten auf der Karte reisen und damit unsere Suche nach den Weltenübergängen starten können", sagte Marek auf Englisch. „Vier Gruppen zu bilden, dürfte nicht schwer sein." Er wandte sich den M'atay zu und übersetzte rasch.

„Wir haben aber einundzwanzig freiwillige Helfer", wandte Silas ein. „Warum machen wir nicht gleich fünf Gruppen und sichten noch eine weitere heilige Stätte, wenn wir auf ein Portal stoßen, das vielleicht ebenfalls wieder zu mehreren Orten führt?"

„Weil Leon, Benjamin und die drei …", er wies auf drei der M'atay, von denen zwei sichtbar verletzt und der andere einfach am Ende seiner Kräfte zu sein schien, „…

hierbleiben werden. Sie sind nicht einsatzfähig – auch wenn sie das höchstwahrscheinlich anders sehen."

„Was?!", stieß Benjamin empört aus, während Leon ein nicht sehr überzeugendes „Mir geht's wirklich schon besser!" von sich gab.

„Wieso darf *ich* nicht dabei sein?!", setzte Benny noch seinem Ausruf hinzu und Jenna konnte ihm ansehen, dass ihm dieser Ausschluss sehr wehtat.

„Weil du in den letzten Stunden schon genug durchgemacht hast und vollkommen erschöpft bist", erwiderte Marek streng. „Du ruhst dich hier aus und damit basta!"

„Du ... du bist nicht mein Vater!", brachte Benny bereits mit belegter Stimme hervor.

„Aber *ich* bin deine Schwester", mischte sich Jenna in den Streit ein. „Du bleibst hier, Benny! Wenn du dich sehen könntest, würdest du mir nicht mehr widersprechen!"

Sie übertrieb nicht. Ihr Bruder war sehr viel blasser als jemals zuvor und kombiniert mit den dunklen Rändern unter den Augen und den vor Schweiß und Schmutz stakenden Haaren gab er wahrlich ein schauerliches Bild ab. Sie war sich sicher, dass er kurz davor war, zusammenzubrechen. Er war nur nicht vernünftig genug, das vor sich selbst und den anderen einzugestehen. Umso wichtiger war es, dass sie als seine große Schwester eingriff.

„Mir geht es gut!", ereiferte Benny sich. „Ich hab gegessen und mich ausgeruht und kann jetzt wieder mithelfen. Wir kämpfen doch nicht gleich wieder und wenn ..."

„Das ist nicht gesagt", unterbrach Marek ihn einfach. „Wenn die *Freien* eines der Tore bereits entdeckt haben, *müssen* wir kämpfen."

„Ja, aber wie sicher ist das?!"

„Es ist nicht auszuschließen und deswegen bleibst du hier!"

Benjamin kochte vor Zorn und gleichzeitig glitzerten bereits Tränen in seinen Augen. Doch er sagte nichts mehr, warf sich stattdessen herum und stürmte davon, tiefer in die große Höhle hinein.

Jenna suchte Mareks Blick und der nickte ihr sofort zu. Sie konnte sich auch später noch über den genauen Plan informieren lassen.

Sie fand Benjamin an der kleinen Quelle, die durch die Höhle sprudelte und damit jeden Zufluchtsuchenden unbegrenzt mit Trinkwasser versorgte. Er saß auf einem kleineren Felsen, mit hängenden Schultern, den Kopf in den Händen.

Jenna näherte sich ihm vorsichtig und wunderte sich nicht, dass er nicht aufsah, als sie sich neben ihm niederließ. Ihr Bruder war schon immer sehr stolz gewesen und würde todsicher nicht den Anfang machen, indem er sie ansah. Stattdessen würde er so tun, als wäre sie nicht da.

„Niemand will dich verletzen", sagte sie nach ein paar Minuten des anhaltenden Schweigens zwischen ihnen. „Es geht nur darum, dich vor deinem eigenen Mut und Kampfgeist zu schützen."

Er gab ein Geräusch von sich, das Jenna in die Kategorie zweifelndes Lachen einsortierte.

„Das, was du in Camilor durchgemacht hast, lässt sich nicht so leicht wegstecken, wie du vielleicht denkst", fuhr sie fort, „irgendwann machen dein Körper und deine Seele schlapp. Glaub mir – ich hab das auch alles durchgemacht. So etwas sollte niemals in einer gefährlichen Situation passieren. Nur deswegen will ich nicht, dass du mitkommst und Marek ... ihm geht es sicherlich ...“

„Genauso?“ Benjamin hob nun doch den Kopf, das Gesicht tränennass und auf den Lippen ein gequältes Lächeln. „Das glaub ich dir nicht. Ich bin für euch alle nur ein Klotz am Bein. Das Kind, das ständig in Gefahr gerät und gerettet oder zumindest beschützt werden muss. *Deswegen* wollt ihr mich hierlassen, um mich aus dem Verkehr zu ziehen. Keiner von euch will sich mit mir herumschlagen!“

„Das ist nicht wahr!“, hielt Jenna dagegen, obwohl sie innerlich zugeben musste, dass zumindest der Part mit dem ‚aus dem Verkehr ziehen‘ nicht ganz falsch war. Hier war Benny einfach sicherer. „Du warst noch nie ein Klotz an meinem Bein und das wirst du auch nie sein. Ich bin nur um deine Gesundheit besorgt! Und Leon kommt doch auch nicht mit!“

„Aber Marek!“, stieß Benjamin aus. „Und ihm geht es nicht viel besser als mir. Ich hab Augen im Kopf! Ich sehe so was!“

„Er ist ein erfahrener Magier und Krieger“, erinnerte Jenna ihren Bruder. „Und auch er wird sich erst einmal ausruhen, bevor wir aufbrechen!“

„Ach ja? Ich finde, es sieht nicht gerade danach aus!“ Er wies mit der Hand nachdrücklich hinüber zu dem Feuer und selbst aus der Entfernung konnte Jenna sehen, dass Benny recht hatte. Es sah so aus, als würden einige ihrer Mitstreiter bereits ihre Sachen packen – einschließlich Marek. Das konnte doch nicht sein Ernst sein!

„Aber ich verstehe schon“, fuhr Benny mit erstickter Stimme fort. „Wozu bin ich schon zu gebrauchen? Ich kann noch nicht sonderlich gut zaubern und mit einer

Waffe zu kämpfen, habe ich nie gelernt. Ich ... ich kann mich ja noch nicht einmal richtig prügeln."

„Das sollst du ja auch nicht!", erwiderte Jenna etwas abgelenkt. Es wurde immer schwerer, bei ihrem Bruder zu bleiben, denn auch drüben am Feuer schien der baldige Aufbruch für Unstimmigkeiten zu sorgen.

„Siehst du!", rief Benny aus. „Du traust mir *nichts* zu!"

Sie hob beruhigend ihre Hände. „Benny, das ist Blödsinn – und das weißt du!"

Er wandte sich ruckartig von ihr ab, presste die Lippen zusammen und konnte dennoch nicht verhindern, dass ihm zwei weitere Tränen die Wangen hinunterkullerten.

„Ich halte dich für ausgesprochen mutig, klug ... kämpferisch ... willensstark", zählte sie auf. „Glaubst du, ich habe schon vergessen, was du mit Melina auf die Beine gestellt hast, als ich in Falaysia gefangen war? Eurem Bemühen ist es zu verdanken, dass ich überhaupt zurück nach Hause gekommen bin!"

„Und hat dich das glücklich gemacht?", kam es Benjamin mit einem unterdrückten Schluchzen über die Lippen. „Dir geht es doch erst wieder richtig gut, seit du *ihn* wieder in deiner Nähe hast!"

Er wies hinüber zu Marek, der nun ebenfalls mit gerunzelter Stirn und den Händen in den Hüften zu ihnen hinübersah. Langsam dauerte ihm das Gespräch mit Benny wohl zu lange.

„Das ist nicht wahr", gab Jenna verstört zurück. „Glaubst du das etwa? Dass du schuld an meiner Trauer warst?"

Benjamin presste die Lippen noch fester zusammen und nickte stumm.

„O Benny, das ist *so* falsch!", brach es aus ihr heraus. „Ich *wollte* nach Hause. Nicht nur deinetwegen oder wegen Dad, sondern weil ich in unserer Welt zuhause bin. Es war allein *meine* Entscheidung zurückzukehren. Dich trifft keine Schuld. Und Marek ... ja ich habe ihn vermisst, aber ich hatte immer die Hoffnung, ihn eines Tages zu uns zu holen. Falaysia ist eine außergewöhnliche Welt, aber sie ist seine Zwangsheimat und ich ... ich glaube immer noch, dass ein Teil seines Herzens auch ein Zuhause in unserer Welt hat. Deswegen war ich ja auch so enttäuscht über den Kontaktabbruch. Meine Trauer wurde nicht durch *dein* Handeln, sondern durch *seines* verursacht."

„Das heißt, du hast es nie bereut, zurück nach Hause gekehrt zu sein?", hakte Benjamin zweifelnd nach.

„Niemals", bestätigte sie mit fester Stimme. „Daran darfst du nie wieder zweifeln. Auch nicht daran, dass ich ganz große Stücke auf dich halte und dir *sehr viel* zutraue."

Benjamin holte hastig Luft, doch Jenna war schneller. „Nur nicht gerade jetzt", setzte sie schnell hinzu. „Denn du siehst in der Tat aus wie der Tod auf Latschen und musst dich ganz dringend ausruhen. Aber bei der nächsten Portalreise bist du wieder dabei."

„Versprochen?", drängte ihr Bruder und hielt ihr seine Hand hin.

Jenna zögerte nicht lange und griff zu. „Versprochen", bestätigte sie lächelnd. Ihr Blick wanderte hinüber zu Marek, der immer noch an Ort und Stelle stand und auf sie zu warten schien.

„Der will echt *jetzt* los", äußerte Benny.

Jenna sagte nichts dazu, sondern stand stattdessen auf und marschierte auf den Bakitarer zu, ihr Bruder dicht an ihrer Seite.

„Ich dachte schon, ihr werdet heute gar nicht mehr fertig!", begrüßte Marek sie knurrig. Seine Laune war eindeutig noch weiter in den Keller gerutscht und Jenna verstand schnell wieso. Nur zwei Trupps hatten sich vor dem Portal versammelt, der Rest ihrer Mitstreiter saß oder lag sogar am Feuer und machte nicht gerade den Eindruck, als wolle er in naher Zukunft aufbrechen.

„Was ist los?", fragte Jenna, wenngleich ihr schon dämmerte, worum es in dem Streit zuvor gegangen war.

„Die Mehrheit unserer freiwilligen Helfer ist offensichtlich der Meinung, dass wir alle Zeit der Welt haben, um unseren Plan in die Tat umzusetzen", erklärte er mit einer abfälligen Geste in Richtung der Menschen, die noch nicht aufbrechen wollten. „Ihre Gesundheit ist ihnen wichtiger als das Schicksal dieser und vielleicht auch aller anderen Welten!"

„Nun, ich muss zugeben, dass ich, als unser Plan entstand, eigentlich auch nicht davon ausgegangen bin, dass wir ihn *sofort* durchführen", gestand Jenna nach kurzem Zögern. Die Wahrheit lange für sich zu behalten, machte aus ihrer Sicht keinen Sinn – ganz gleich, wie schlecht Mareks augenblicklicher Gemütszustand war.

Der Bakitarer starrte sie ungläubig an, schüttelte dabei sogar kaum merklich den Kopf, als könne er seinem eigenen Gehör nicht vertrauen.

„Wir sind alle erschöpft", fuhr Jenna daraufhin fort. „Und auch ich finde, dass es besser ist, ausgeruht und mich wachen Sinnen in den Kampf zu gehen, als sich vollkommen zu verausgaben und am Ende dem Feind kaum noch Widerstand leisten zu können."

Mareks Lippen bildeten vor Anspannung nur noch eine dünne Linie, als er näher an sie herantrat.

„Ich dachte eigentlich, du hättest verstanden, welchen Druck uns die neuen Erkenntnisse machen", brachte er nur sehr leise hervor und in seine Augen war neben Wut vor allem auch große Sorge zu erkennen, ja, beinahe sogar Angst. „Auszuruhen kostet uns Zeit, die wir nicht haben!"

„Du bist aber immer noch nicht richtig bei Kräften", hielt Jenna an ihrem Standpunkt fest. „Und wenn du trotzdem losgehst, gefährdest du dadurch nicht nur dein eigenes Leben, sondern auch die deiner Begleiter! Wie willst du Rian beschützen, wenn du kaum mehr auf deinen Beinen stehen kannst?"

Mareks Blick wurde noch finsterer. „Siehst du mich wanken?", knurrte er.

„Noch nicht", erwiderte sie vollkommen unbeeindruckt. „Aber das kann sich schnell ändern, wenn du nach so kurzer Zeit erneut deine Kräfte benutzen musst."

„*Wenn*", wiederholte er stur wie eh und je. „Die Wahrscheinlichkeit ist nicht sehr hoch."

„Aber sie ist *da*!", hielt Jenna weiter dagegen. „Das hast du vorhin selbst zu Benny gesagt! Hör zu: Ich kann vollkommen verstehen, dass du dir Sorgen um Rians Sicherheit machst, aber sie ist momentan nicht bedrohter als wir und ich kenne dich zu gut, um davon auszugehen, dass du nur ihre Adoptiveltern zu ihrem Schutz dagelassen hast."

Er sagte nichts dazu, senkte lediglich den Blick, jedoch genügte das, um zu wissen, dass sie mit ihrer Vermutung richtig lag. „Wie viele Soldaten sind in Zydros stationiert?"

„Sie sind keine Zauberer, Jenna", wich Marek ihrer Frage aus.

„Du hast auch eines der Amulette bei ihr gelassen!"

„Das ist ja eben das Problem!", entfuhr es Marek nun schon etwas lauter. „Wenn Roanar nach Zydros reist, fällt ihm nicht nur Rian, sondern vielleicht auch das Amulett in die Hände. Er wird den Zauber spüren, den ich mit Hilfe Cardasols auf das Schloss gelegt habe und dann eins und eins zusammenzählen."

„Aber wenn ein Zauber …"

„Der Stein wird Angriffe von *außen* abwehren, aber nicht von *innen*, denn damit habe ich *nicht* gerechnet! Und Rian kann seine Kraft nicht steuern. Das ist noch zu viel für sie. Deswegen befindet er sich außerhalb ihrer Reichweite."

„Aber es ist doch gar nicht gesagt, dass der Weltenübergang ins Innere der Burg führt", versuchte Jenna weiterhin, ihn zur Vernunft zu bewegen. „Der Ausgang kann auch außerhalb davon liegen."

„Glaubst du das wirklich?" Marek sah ihr fest in die Augen und seine Wangenmuskeln zuckten dabei nervös. „Die Burg wurde von Malin selbst erbaut und erst später von Königen bewohnt."

Jenna fiel daraufhin nichts mehr ein. Sie musste zu viel verarbeiten und zudem gegen den in ihr aufflammenden Instinkt ankämpfen, selbst das Tor zu aktivieren und kopflos loszustürzen, um Marek zu helfen. Der Blick in sein Gesicht half ihr dabei, denn unter seinen Augen zeichneten sich dunkle Ränder ab und Schweiß stand auf seiner Stirn, obwohl es in der Höhle angenehm kühl war.

Er war noch nicht in der Verfassung schon wieder in den Kampf zu ziehen.

„Kannst du dich daran erinnern, wie *ich* vor ein paar Tagen war?", fragte sie schließlich sanft. „In meiner Angst um Benny habe ich nicht mehr rational gedacht und wenn du nicht gewesen wärst, würde ich gewiss gar nicht mehr hier stehen. Ich fühle, dass es dir genauso geht wie mir und genau aus diesem Grund, muss ich jetzt *deine* Rolle einnehmen und dir sagen, dass es nichts bringt, kopflos loszustürzen. Die Wahrscheinlichkeit, dass Roanar zufällig zu genau dem Tor findet, das ihn nach Zydros führt, ist verschwindend gering. Dafür ist die, dass du dich übernimmst und am Ende zusammenbrichst oder gar umbringst, ungleich größer. Ich … ich kann das nicht zulassen."

Marek sah ihr nicht mehr in die Augen, starrte stattdessen ihre Füße an. Sein Kiefer mahlte und sein ganzer Körper schien unter Hochspannung zu stehen. Deswegen überraschte es sie, ihn tatsächlich nicken zu sehen. Doch als er den Blick hob, wusste sie, dass diese Geste mehr Schein als Sein war.

„Sie ist meine *Tochter* – die einzige Familie, die ich habe", sagte er entschlossen, wandte sich im nächsten Moment von ihr ab und marschierte kurzerhand auf das Portal zu.

Jenna stand für einen viel zu langen Augenblick unter Schock, sah ihm nur sprach- und reglos dabei zu, wie er das Portal aktivierte und tief Luft holte.

„Stopp!", rief sie entgeistert und stürmte auf ihn zu, nur am Rande registrierend, dass auch Benny ihr folgte. „Warte!"

Marek sah sie nur kurz an, schüttelte den Kopf und verschwand im Energiefeld des Tores, kurz bevor sie seinen Arm ergreifen konnte.

Jenna dachte nicht weiter nach. Der Schritt hinein ins Kraftfeld war leicht, doch sie konnte umgehend fühlen, dass sie ihn nicht allein tat. Ihr Bruder war an ihrer Seite und wurde damit Teil dieser Riesendummheit. Denn dass es eine war, konnte sie bereits fühlen, bevor der Sog der anderen Seite einsetzte.

# Druckpunkte

Sind da gerade zwei erfahrene Magier auf einmal verschwunden?" Silas war der erste, der sich von dem Schock über das eben Geschehene soweit erholt hatte, dass er seine Gedanken in Worte kleiden konnte.

„Ja, ich denke, damit könntest du recht haben", erwiderte Enario relativ gelassen. Er schien durch die Zusammenarbeit mit Marek in den letzten zwei Jahren an dessen gelegentliche Eskapaden gewöhnt zu sein. „Keine Sorge – die kommen bald wieder."

„Wir wollten aber *geordnet* losziehen und nicht ...", Silas wedelte mit der Hand in die Richtung des Portals, „... *so!*"

Leon gab dem Jungen innerlich recht, nur sah auch er sich in der Pflicht, Ruhe auf die doch recht aufgebrachte restliche Gruppe auszustrahlen und möglichen weiteren Schaden rechtzeitig abzuwenden.

„Jenna hat das im Griff", behauptete er laut und trat näher an die M'atay-Krieger heran, die nun wieder gesammelt auf den Beinen waren. „Kann einer von euch Zyrasisch oder Englisch? Wenigstens ein bisschen?"

Die Männer und Frauen sahen ihn größtenteils ratlos an, doch schließlich trat der Mann heran, der auch schon zuvor gezeigt hatte, dass er sich wenigstens ein Stück weit mit ihnen verständigen konnte. Gyoru war sein Name. Leon erklärte ihm, so gut es ging, dass Marek, Jenna und Benjamin nur aufgebrochen waren, um zu testen, ob das Reisen mit dem Portal auch für sie problemlos funktionierte und bald wieder da sein würden, damit sie ihren Plan morgen zusammen, ausgeruht und ausgeschlafen, in die Tat umsetzen konnten, und der Mann schien ihm zu glauben. Er übersetzte seine kleine Rede für die übrigen M'atay und unverzüglich kehrte wieder Ruhe in die Gruppe ein.

Leon brauchte seine Freunde nicht aufzufordern, sich mit ihm ein Stück weit von den Kriegern, aber auch den restlichen, bereits in einer abgelegeneren Ecke schlafenden Geschwächten, Alten und Kindern zu entfernen – sie folgten ihm von ganz allein.

„Warum belügst du sie?", wollte Silas wissen. Er schien darüber fast ein wenig verärgert zu sein, hatte sich aber soweit im Griff, um seine Frage so leise zu stellen, dass zumindest die M'atay seinen Unmut nicht registrierten.

„Weil ich nicht will, dass sie etwas von unserer Uneinigkeit mitbekommen", wisperte Leon zurück. „Was glaubst du passiert, wenn sie begreifen, dass Marek nicht mehr rational denkt und Risiken eingeht, die uns alle gefährden könnten?"

Silas runzelte verständnislos die Stirn. „Er wirkte doch ganz ruhig."

„Das *war* er aber nicht", versicherte ihm Leon. „Ich weiß, dass es für Außenstehende schwer zu erkennen ist, aber momentan scheint ihm die Kontrolle über sein Handeln zu entgleisen."

„Da muss ich Leon leider recht geben", fügte Enario hinzu. „Was nicht heißt, dass ich mir allzu große Sorgen mache. Er fängt sich schon wieder und Jenna ist ja mit ihm gegangen."

„Also denkst auch du, dass sie bald wieder zurück sind", schloss Silas aus den Worten des Tikos.

Enario nickte bedächtig.

„Und was genau regt ihn so auf?", wollte Silas wissen. „An unserer Situation hat sich doch gar nicht so viel geändert. Wir sind hier in Sicherheit. Wir haben die Karte, die Roanar braucht, um mit seinem Plan weiterzukommen und wir haben Ilandra in unserer Mitte, die vermutlich das größte Wissen über die Bauwerke der alten Zauberer hat. Damit haben wir alles in der Hand, um Kilian und die anderen Versklavten zu retten, oder sehe ich das falsch?"

„Nein, aber Marek hat sich in der Burg vollkommen verausgabt", erklärte Leon. „Ich habe ihn schon mal so erlebt und damals hätte ihn seine Magie fast umgebracht. Seine Nerven sind nach so was nicht mehr die besten und wenn dann etwas passiert, womit er nicht gerechnet hat, neigt er dazu, unvernünftig zu werden. Er kann nicht mehr still sitzen bleiben, sondern *muss* etwas tun, selbst wenn ihm eigentlich die Kraft dafür fehlt."

Grundgütiger! Wann war er ein solcher Experte für Mareks Allüren geworden – und hatte auch noch Verständnis dafür?!

„Verständlich", merkte nun auch noch Silas an. „Ich würde auch lieber etwas tun, anstatt herumzusitzen."

„Es wäre unklug, jetzt auch noch irgendwohin zu reisen", mahnte Leon ihn. „Ich weiß, du machst dir Sorgen um Kilian und würdest unseren Plan lieber heute als morgen in die Tat umsetzen, aber wenn du deinen Freund retten willst, musst du einen kühlen Kopf bewahren. Jede zu schnell gefasste Entscheidung, jeder Fehler kann uns in die Gefahr bringen, von den *Freien* auch noch erwischt zu werden und damit ist niemandem geholfen. Wir müssen strukturiert vorgehen und dazu gehört, uns untereinander auszutauschen und abzusprechen. Viele Köpfe können mögliche Gefahren viel schneller ausmachen und tilgen. Dazu müssen diese Köpfe aber erst alle wieder beisammen sein."

„Heißt das, wir tun jetzt wirklich erst mal gar nichts?", fragte Silas ungeduldig. Anscheinend hatten Leons Worte ihn nicht so richtig erreicht.

„Ganz genau", bestätigte der mit Nachdruck. „Jenna hatte recht: Wir *müssen* uns ausruhen, wenn unser Plan gelingen soll. Nicht nur die Verletzten, sondern alle. Und den Kopf aus Sorge um andere zu verlieren, ist eine ganz schlechte Idee."

„Das lässt sich sehr leicht sagen, wenn man niemanden hier in Lyamar hat, dessen Leben in Gefahr ist", erwiderte Silas und jetzt erst fiel Leon auf, dass seine angespannte Körperhaltung sich nicht sehr von der Mareks unterschied. „*Du* hast nichts zu verlieren, wenn du bis morgen wartest."

„Ich habe eine schwangere Ehefrau in Falaysia, die ebenfalls bedroht werden wird, wenn Roanar eines der Portale findet, die ihn rüberbringen", brummte Leon zurück. „Also, ja – ich hab sehr wohl etwas zu verlieren! Ich weiß allerdings, dass wir noch Zeit haben und uns diese auch nehmen *müssen*, wenn wir das Schlimmste verhindern wollen. Manchmal ist es wichtiger, den Verstand einzuschalten, anstatt auf seine Gefühle zu hören. Und bitte – vermittelt den M'atay nicht, dass ihr an dem Plan oder gar an Marek zweifelt. Wir *brauchen* sie!"

„Gut, ich verstehe das", lenkte Silas widerwillig ein. „Aber würde es denn schaden, wenn ein paar von uns ebenfalls schon heute eines der anderen Portale überprüfen würden? Nur eins?"

„Du meinst dich selbst und wen?", hakte Leon nach.

Der junge Mann sah sich in ihrer Runde um, doch niemand hielt den Blickkontakt zu ihm lange aufrecht.

„Was ist mit dir, Sheza?", versuchte er die Trachonierin für seine Idee zu gewinnen. „Ich dachte, du kommst um vor Sorge um diese Alentara."

„Sprich nicht über etwas, das du nicht verstehst!", zischte Sheza ihm zu.

„Dann erkläre es mir", forderte er sie auf. „Was hält dich davon ab, nach ihr zu suchen?"

„Marek ist nicht hier", war die simple Antwort.

Verständnislosigkeit zeigte sich auf Silas' Gesicht. „Und?"

„Roanar wird Alentara nicht mehr aus seinen Augen lassen, weil sie für ihn ein Türenöffner ist – ganz gleich, ob er ebenfalls eines dieser komischen Blutgefäße hat oder nicht", erklärte Sheza widerwillig. „Und Marek ist der *einzige*, der ihn besiegen kann und vor dem er furchtbare Angst hat. Ich brauche *ihn* und niemand anderen, um sie zu befreien."

„Das glaubst du wirklich?" Er hob nachdrücklich die Brauen.

Sheza hielt seinen Blick, starrte kühl und unnachgiebig zurück, bis er mit einem verärgerten Lachen den Kopf schüttelte. „Ihr seid doch alle …" Er sprach nicht weiter, wandte sich enttäuscht von ihnen ab und lief hinüber zum ‚Balkon' ihres Unterschlupfs.

„Was ist mit ihm?", fragte Enario verständnislos.

„Er hat Angst, Kilian für immer zu verlieren", wusste Leon. „Und ich muss zugeben, dass er sich bisher erstaunlich gut gehalten hat, denn er hatte ja gehofft, dass wir seinen Freund ebenfalls aus der Burg befreien können."

„Ist es denn überhaupt sicher, dass Kilian noch lebt?", fragte Sheza leise.

Leon hob die Schultern. „Unten im Kerker bei mir war er nicht und auch Benjamin hatte ihn nach unserer Trennung nicht mehr gesehen. Nichtsdestotrotz halte ich Roanar für klug genug, um zu erkennen, dass Kilian immer noch ein ganz gutes Druckmittel für uns ist. Ich kann mir schon vorstellen, dass er ihn am Leben gelassen hat, und wir sollten uns darauf gefasst machen, dass er dieses Druckmittel auch bald einsetzt."

„Also, *ich* werde mein Leben nicht für diesen Jungen aufs Spiel setzen", verkündete Sheza. „Er hat uns verraten!"

„Aber doch nicht, weil er das wollte", fühlte Leon sich berufen, Kilian zu verteidigen. „Roanar hat irgendwie von seinem Verstand Besitz ergriffen. Gerade du müsstest doch über so was Bescheid wissen."

„Ja, und deswegen weiß ich auch, wie schwer es ist, eine Verbindung zweier Geister wieder zu lösen", gab sie zurück. „Wenn sie schon sehr lange besteht, kann eine Trennung sogar einen von beiden oder beide töten."

„Wissen wir denn, wie lange Kilian schon von Roanar besessen ist?", erkundigte sich Enario.

Leon sah ratlos zu Sheza und danach wieder den Tiko an, bevor er erneut die Schultern hob.

„Nun, es muss schon passiert sein, *bevor* wir nach Lyamar gesegelt sind", überlegte nun Sheza, „denn er war ja die ganze Zeit bei uns und hat des Öfteren über Kopfschmerzen geklagt, die ganz typisch für erzwungene geistige Verbindungen sind. Der Verstand des Opfers wehrt sich dann unentwegt gegen den Zugriff des Zauberers, ohne ihn wahrhaft zu bemerken. Oft kann der Zauberer erst richtig zulangen, wenn das Opfer sich ihm genähert hat. Deswegen hat Roanar uns auch erst so spät aufspüren können."

„Aber der Zauberer war ja schon länger hier", beteiligte sich Enario an ihren Überlegungen. „Also kann er ihn auch nicht in Anmanar befallen haben – oder kann das ein anderer Zauberer getan und seine Verbindung Roanar übergeben haben?"

„So was ist nicht möglich", erwiderte Sheza mit einem Kopfschütteln. „Er muss es persönlich getan haben – was für uns heißt, dass die Verbindung schon länger besteht und Kilian zu einer großen Gefahr für all unsere weiteren Unternehmungen werden könnte, wenn wir ihn überhaupt befreien können."

„Weil es eine Zeit dauern wird, bis wir die ‚Besessenheit' heilen können", setzte Leon mit einem betrübten Nicken hinzu.

„Und wir bräuchten dazu Marek, der uns ja soeben verlassen hat", ergänzte Sheza.

„Umso wichtiger ist es, dass wir mit allem anderen warten, bis er wieder da ist", merkte Enario ganz richtig an. „Wenn wir jetzt auch noch nervös werden, wird sich unsere Situation voraussichtlich nicht zum Positiven wandeln."

„Sag das *ihm* und nicht uns!", verlangte Sheza und wies hinüber zu Silas, der soeben über die Balustrade des Balkons kletterte und damit den Schutz der heiligen Stätte verließ.

„Scheiße!", rutschte es Leon heraus und er erhob sich rasch, um dem jungen Mann zu folgen.

„Ich mach das schon", versicherte er den anderen beiden, weil auch diese bereits Anstalten machten, einzuschreiten. Ob sie ihm das wahrlich zutrauten, wusste er nicht, aber er konnte zumindest keine Schritte hinter sich hören. Auch nicht, als er etwas umständlich und unter leichten Schmerzen über das hüfthohe Geländer des Balkons kletterte und anschließend Ausschau nach ihrem jungen Mitstreiter hielt. Ein Blick hinunter in die überaus tiefe Schlucht, die sich kaum einen Meter von seinen Füßen entfernt befand, genügte, um zu wissen, dass ihr Zufluchtsort tatsächlich nicht zu Fuß erreicht werden konnte. *Niemand* war dazu in der Lage, diesen Steilhang zu erklimmen.

Leon wurde ein wenig schwummerig zumute und er wandte rasch seinen Blick nach links. Silas war noch nicht sehr weit gekommen. Zum einen lag dies zweifellos daran, dass das Gelände durch die Felsen, Pflanzen und gruseligen Steilhängen, die alle in denselben tödlichen Abgrund führten, recht unwegsam war und zum anderen war es sicherlich auch Silas' gemächlichem Tempo zu schulden. Nun blieb er sogar stehen, setzte sich, anstatt weiterzulaufen, auf einen der Felsbrocken und starrte geistesabwesend in die Ferne.

Leon näherte sich ihm vorsichtig und blieb schließlich in einem gewissen Abstand zu ihm stehen.

„Hast du gedacht, ich gehe zu Fuß los?", fragte Silas mit einem kleinen Schmunzeln und sah ihn schließlich auch an.

„Keine Ahnung ...", gab Leon ohne Umschweife zu. „Wir kennen uns ja noch nicht so lange. Mir hat es nur nicht gefallen, dass du aus dem Schutzzauber der Stätte getreten bist."

„Ich kann nicht fliegen", stellte Silas unnötigerweise klar und wies hinüber zur Schlucht.

„Nicht?", tat Leon erstaunt.

Der junge Mann gab ein leises Lachen von sich, fuhr sich mit der Hand durch das dunkle Haar im Nacken und seufzte dann leise.

„Ich nehme an, du wolltest nur mal kurz frische Luft schnappen", riet Leon und trat noch einen Schritt an ihn heran.

Silas reagierte nicht sofort auf ihn, sah nur betrübt in die Ferne.

„Ich mag keine Höhlen", erwiderte er schließlich, und sah nun doch in Leons Richtung. Seine dunklen Augen glitten kurz über die Felswand, die ihr Versteck beherbergte. Von außen konnte man nichts erkennen, stellte Leon fest. Keine Höhle, keinen Eingang, nur ein von den Pflanzen des Dschungels überwucherten Berg. Wenn der Zauber aller geheimen Stätten so gut funktionierte, war es kein Wunder, dass die *Freien* bisher solche Probleme gehabt hatten, diese zu finden. Ohne Plan oder einen Führer mit magischen Kräften aus dem Volk der M'atay war es kaum möglich, Erfolg bei der Suche zu haben.

„Mochte ich noch nie", setzte Silas hinzu und senkte den Blick. Da steckte doch mehr dahinter.

Leon trat noch näher heran, lehnte sich mit der Hüfte gegen den Felsen, auf dem sein junger Freund saß, und verkreuzte die Arme vor der Brust.

„Ein riesengroßer Fan bin ich auch nicht", erwiderte er, „aber solange sie nicht allzu feucht sind und einem Schutz vor Wind und Wetter oder gar gefährlichen Zauberern geben, will ich mich nicht beschweren."

„Mein Vater hatte so etwas", offenbarte Silas überraschenderweise. „Eine Schutzhöhle. Wir hatten eine hübsche, abgelegene Hütte im Wald, aber wenn es gefährlich für uns wurde, sind wir für eine Weile in die Höhle umgezogen."

„Inwiefern wurde es gefährlich für euch?", fragte Leon stirnrunzelnd.

„Mein Vater war ein bekannter Zauberer und er ... der Zirkel hat in dann und wann kontaktiert, ihn gezwungen, für ihn zu arbeiten", gestand Silas. „Er hätte das nie getan, wenn sie ihn nicht erpresst und mein Leben bedroht hätten." Er atmete tief ein und wieder aus. „Am Tag, bevor er starb, waren wir auch in der Höhle. Er hatte so ein ... Gefühl ...."

Silas schluckte schwer und ihm war deutlich anzusehen, welch große Mühe es ihm bereitete, seine Emotionen weiterhin im Griff zu behalten.

„Er ging nur zurück, um noch ein paar Sachen zu holen und sagte mir, ich solle dableiben. Aber ich ... ich hatte Angst in der dunklen Höhle und bin ihm gefolgt."

Er hielt inne, schloss die Augen und schüttelte den Kopf. „Dieses Bild – das werde ich nie vergessen. Mein Vater, der am Boden liegt, und der über ihm stehende

Mann mit dem Kapuzenmantel und dem Schwert in der Hand, von dem das Blut meines Vaters tropft."

Leon schauderte es. Seine Fantasie zeichnete ein viel zu deutliches Bild der Szenerie und prompt erhielt der Kapuzenmann Mareks Gesicht, das kalte Lächeln, das vor langer Zeit Saras Sterben begleitet hatte. Das passierte ihm noch viel zu oft, wenn er von schrecklichen Morden hörte, und machte es ihm manchmal schwer, die freundschaftlichen Gefühle für den Bakitarer aufrechtzuerhalten.

„Die Geschichte scheint dich nicht zu überraschen", stellte Silas nun schon etwas gefasster fest. „Hat Kilian euch von meiner ... bewegten Vergangenheit erzählt?"

Leon nickte nach kurzem Zögern. Es war besser, wenn der Junge nicht wusste, dass er zusätzlich ein Gespräch der beiden Freunde belauscht hatte. Er räusperte sich. „Konntest du damals das Gesicht des Mörders sehen?", fragte er sanft.

„Ja, aber ... die Erinnerungen daran sind vollkommen verschwunden", gab Silas resigniert zurück. „Ich weiß nur, dass es ein junger Mann war – mehr nicht. Das hat es ja bisher so schwer gemacht, nach ihm zu suchen."

„Du hast also gestochen scharfe Erinnerungen an den Mord, aber nicht einmal *eine* verschwommene an das Gesicht des Mörders?", fragte Leon stirnrunzelnd.

Silas nickte. „Ich sehe nur einen dunklen Fleck dort, wo sein Gesicht ist."

„Das klingt für mich nach Magie", äußerte Leon.

Silas' Brauen hoben und sein Mund öffnete sich vor Staunen. „Du meinst, jemand hat das Gesicht magisch ausgelöscht?", hauchte er.

Dieses Mal war es an Leon zu nicken. „Kychona konnte die Erinnerungen Narians in meinem Kopf einschließen, sodass ich sogar selbst nicht herankam", erklärte er. „Es ist gut möglich, dass der Mörder mit dir etwas Ähnliches gemacht hat. Das macht doch Sinn. Er wollte nicht, dass du ihn später erkennst – vermutlich, weil er gegen den Willen des Zirkels gehandelt hat oder Angst vor Rache hatte. Deswegen hat er dir die Erinnerung an sein Gesicht genommen, oder sie für dich unzugänglich gemacht."

„Marek!", stieß Silas erfreut aus.

Leon lag schon ein vehementes „Nein!" auf der Zunge, aber der junge Mann sprach gleich weiter: „Er hat den Zauber von dir nehmen können! Vielleicht kann er das auch bei *mir* machen und dann weiß ich endlich mit Sicherheit, ob Roanar der Mörder meines Vaters ist. Dann werde ich den Richtigen töten!"

„Das hoffe ich doch", setzte Leon etwas verstört hinzu, denn die Begeisterung in Silas' Augen machte ihm Angst. Jemand, der sich so sehr darauf freute, einen anderen Menschen töten zu können, war gefährlich für sie alle ... Aber war er nicht selbst vor nicht allzu langer Zeit ganz genauso gewesen?

„Meinst du, er tut das für mich?", hakte Silas nun doch wieder etwas verunsichert nach.

„Wenn du nett fragst und er genügend Kraft dafür hat, wahrscheinlich", gab Leon etwas zögerlich zurück. „Derzeit würde ich das aber eher hinten anstellen ..."

„Ich weiß, ich weiß", winkte Silas einsichtig ab. „Ich will ja auch erst mal Kilian zurückholen. Es ist nur ein gutes Gefühl, zu wissen, dass es endlich einen Weg gibt, Licht ins Dunkle zu bringen, verstehst du?"

„Natürlich", gab Leon ihm nach und betrachtete seinen Gesprächspartner etwas genauer. Er war wirklich noch sehr jung ... hitzköpfig ... kämpferisch. Aber er hatte ein offenes, ehrliches Gesicht. Wenn ihn der richtige Mensch unter seine Fittiche nahm, konnte ein zuverlässiger, starker Mitstreiter aus ihm werden – gerade *weil* er sich bisher auch ganz gut ohne Hilfe eines Älteren geschlagen hatte. Möglicherweise konnte man ihm dann auch seine Rachegedanken ausreden.

„Hat denn nie jemand versucht, den Mord an deinem Vater aufzuklären?", erkundigte sich Leon vorsichtig.

„Ganz ehrlich – ich weiß es nicht", erwiderte Silas. „Ich wurde von einem jungen Mann gefunden, der mich zu Kilians Familie brachte und die wohnte in einem anderen, recht weit entfernten Dorf. Der Mann sagte meinen Zieheltern auch, dass sie jedem erzählen sollen, ich sei ihr Neffe und meine Eltern seien an einem schlimmen Fieber gestorben. Mir impfte er ein, niemandem von meinen magischen Kräften und dem, was ich erlebt habe, zu erzählen. Daran habe ich mich gehalten, bis mein Durst nach Rache zu groß wurde und ich das Gefühl hatte, selbst für meine Sicherheit sorgen zu können."

„Und kannst du dich noch an das Gesicht deines Retters erinnern?"

Silas zog die Brauen zusammen und seine Augen verengten sich. „Komischerweise nicht ... nein."

„Ist sein Gesicht genauso verschwommen wie das des Mörders?"

Silas hielt inne und sein Erschrecken war ganz deutlich aus seinen Zügen zu lesen. „Du ... du meinst, es könnte dieselbe Person sein?"

„Vielleicht", äußerte Leon. „Und das bedeutet ..."

„... dass es doch Tymion gewesen sein kann, denn wie konnte er mich in einem solch abgelegen Dorf finden, ohne zu wissen, dass dort jemand mit magischen Kräften lebt? Ich dachte immer, dass er mein Retter sein könnte – aber nun ist er höchstwahrscheinlich sogar der Mörder, den ich suche. *Ihn* muss ich töten!"

„Eigentlich meinte ich, dass er kein gänzlich schlechter Mensch sein kann, wenn er dich verschont hat und sogar über eine lange Zeit dein geheimer Wohltäter war", sprach Leon rasch aus, was ihm auf dem Herzen lag. Irgendwie lief das hier gar nicht so, wie er sich das vorgestellt hatte. „Vielleicht solltest du deine Mordpläne noch überdenken und …"

„Was erzählst du da?!", stieß Silas entrüstet aus und seine Augen funkelten erbost. „Wenn er der Mörder meines Vaters ist, verdient er nichts anderes als den Tod. Mir ist egal, ob er kein von Grund auf schlechter Mensch ist, denn das bringt mir meinen Vater nicht zurück! Was er getan hat, ist unverzeihlich!"

„Okay", Leon hob abwehrend die Hände, „wir sollten unseren Fokus dann doch lieber wieder auf die aktuelleren Probleme richten. Die Befreiung Kilians zum Beispiel und …"

Er konnte nicht weitersprechen, denn Silas verzog bei seinen letzten Worten krampfhaft das Gesicht, sein Oberkörper kippte nach vorn und er rutschte vom Felsen. Dass er nicht schlimm stürzte, war nur Leons schnellen Reflexen zu verdanken, der beherzt zugriff und ihn trotz seiner schmerzenden Seite eisern festhielt. Die Schlucht war einfach zu nah.

„Silas, was …", brachte er heraus, sprach jedoch nicht weiter, denn die weit aufgerissenen Augen des jungen Manns waren abwesend in die Ferne gerichtet, als wäre er in einer Art Trance verfallen. Fast schon rechnete Leon damit, dass er sich ebenso wie Kilian plötzlich wie ein Roboter verhielt und zu Roanars neuem Sprachrohr würde. Doch das geschah nicht. Stattdessen spannte sich sein Körper extrem an, sein Gesicht zuckte und sein Atem ging nur noch stoßweise.

„Silas?", versuchte Leon zu ihm durchzudringen, während sein eigener Puls bereits raste. Was war nur los? Welcher furchtbaren Magie waren sie jetzt schon wieder ausgesetzt? Magie *musste* es sein, denn am Rande seines Bewusstseins fühlte Leon dieses vertraute Prickeln. Er sah sich hektisch um. Waren die *Freien* bereits in der Nähe? Hatten sie ihr Versteck wie durch ein Wunder doch aufspüren können?

Leon zuckte fast zusammen, als Silas ein schweres Keuchen von sich gab und alle Anspannung ruckartig von ihm abfiel. Er sank in sich zusammen und Leon umklammerte ihn noch fester, konnte den Mann kaum noch aufrecht halten. Kurz war ihm danach, laut um Hilfe zu rufen, doch dann bewegte sich Silas wieder, richtete sich auf und befreite sich etwas linkisch aus Leons Griff.

„Ich … ich muss …", brachte er lallend heraus, als hätte er zu viel Alkohol zu sich genommen, wankte ein paar Schritte vorwärts und stützte sich an der Felswand ab.

„Was ist da gerade passiert?", verlangte Leon zu wissen, als er direkt hinter ihm war.

Ein paar Herzschläge lang hörte er den jungen Mann nur schwer atmen, dann hob Silas den Kopf. „Nichts … ich … ich hatte eine Vision", erwiderte er, immer noch den Rücken zu Leon gewandt. „Das passiert mir manchmal."

„Eine Vision?"

„Ja, eine magische Eingebung ... eine Halluzination. Nenn es, wie du willst. Das passiert magisch Begabten des Öfteren mal. Ich ... ich muss jetzt zurück in die Höhle, mich ausruhen."

„Ausruhen?"

„Ja, das wolltet ihr doch alle die ganze Zeit!", schnauzte Silas ihn an, ohne sich ihm zuzuwenden, und lief weiter, nun schon deutlich sicherer als zuvor. „Du kannst ja gern noch hierbleiben."

Leon folgte ihm, den Blick argwöhnisch auf den Nacken des jungen Mannes gerichtet. Irgendwas war faul an der ganzen Sache. Jenna hatte ihm nie von Visionen erzählt, nur von den mentalen Verbindungen zu anderen Menschen und den Erinnerungen Malins, die einem schon mal wie eine Vision erscheinen mochten. Aber Silas war kein Erbe Malins und hatte auch nicht die Erinnerungen eines Sterbenden in sich aufgenommen so wie Leon – oder etwa doch? Hatte er sie bisher belogen oder log er *jetzt*? In beiden Fällen war das nicht gut und führte zu der Frage nach dem ‚Warum'.

Den Balkon der Höhle zu finden, war nicht so schwer, wie Leon gedacht hatte, denn je näher sie ihm kamen, desto klarer war er zu sehen – was vermutlich auch daran lag, dass er von seiner Existenz wusste. Er kletterte nach Silas ins Innere und blieb anschließend stirnrunzelnd stehen, weil der junge Mann nicht zurück zu Enario und Sheza ging, sondern sich zu den M'atay-Kriegern gesellte. Das Lächeln, das dabei sein Gesicht zierte, sah seltsam aus, ebenso wie sein überfreundliches Nicken in Richtung des momentanen Anführers der kleinen Truppe.

Leon behielt ihn im Auge, während er selbst weiter auf Sheza und Enario zuging. Warum sprach der Junge nun mit den M'atay? Er verstand doch gar nicht ihre Sprache!

„Was ist denn mit *dem* schon wieder los?", hörte er Sheza neben sich fragen. „Habt ihr euch draußen gestritten und er sucht jetzt bei denen Anschluss?"

Leon reagierte nicht auf ihre Frage. Ihn befiel ein ungutes Gefühl, weil er bemerkte, wie Silas, während er mit den M'atay sprach, dem Steinpult, der ihnen als Tisch zur Lagebesprechung diente, immer näher kam.

„Nein, das wird er nicht tun", kam es leise über seine Lippen und dennoch setzte er sich in Bewegung, eilte auf Silas zu.

Leider nahm der junge Mann ihn sofort wahr und tat genau das, was Leon befürchtet hatte: Er ergriff Malins Karte und stürzte damit los, auf das Portal zu.

„Haltet ihn auf!", schrie Leon, während er Silas bereits selbst nachsetzte.

Er konnte es noch schaffen, den Verräter erreichen, bevor das Schlimmste geschah, was in einer Situation wie ihrer möglich war. Noch war das Tor nicht aktiviert und nun waren auch alle anderen auf den Beinen, stürmten auf Silas zu.

Der junge Mann, der gerade noch die Hand in Richtung des Tores erhoben hatte, warf sich herum und streckte sie nun ruckartig in ihre Richtung aus. Nur einen Wimpernschlag später wurde Leon von einer gewaltigen Druckwelle zurückgeworfen, wirbelte durch die Luft und krachte mit voller Wucht in die Personen, die hinter ihm gelaufen waren, um letztendlich zusammen mit ihnen zu Boden zu gehen. Der Schmerz in seiner Seite raubte ihm den Atem und ließ ihn für einen viel zu langen Moment Sterne sehen, denn als er wieder zu sich kam, war Silas verschwunden. Nur das bläuliche, zuckende Licht des Portals bezeugte noch, dass es soeben benutzt worden war.

# Fehlleistung

Das Reisen per Portal war auf Dauer offenbar nicht gesund, denn als Jenna dieses Mal aus ihm hinausstolperte, war ihr ein wenig schlecht und die Welt wurde für ein paar qualvoll lange Sekunden zu einem Karussell. Ihrem Bruder schien es genauso zu gehen, denn er stolperte nach seinem Erscheinen direkt in sie hinein und sie beide stürzten nur nicht, weil sie sich geistesgegenwärtig aneinanderklammerten.

„Warum hast du deinen Bruder mitgebracht?", vernahm sie Mareks verärgerte Stimme und hob den Blick.

Der Bakitarer stand nur wenige Meter von ihr entfernt am Rande des Felsplateaus, auf dem sie sich befanden. Jetzt erst bemerkte Jenna, wie kühl es hier war, was vermutlich auch an dem starken Wind lag, der in ihre Kleider fuhr und an ihrem Haar zerrte.

Das Karussell hatte endlich gestoppt und so wagte sie es, Benny loszulassen und sich genau umzusehen, dabei Mareks Frage vollkommen ignorierend.

„Wo sind wir?", kam es ihr staunend über die Lippen. Die Felswände, die sie umgaben, waren steil und kahl. Ihr einziger Schmuck waren die von Menschen errichteten Säulen, Steinfiguren und der Torbogen, aus dem sie gerade getreten waren. Oh – *und* der Boden, auf dem man ein wunderschönes Mosaik angelegt hatte, das größtenteils noch gut erhalten war.

„Ziemlich weit von unserem Ausgangspunkt entfernt und bestimmt nicht dort, wo das Symbol uns hätte hinbringen müssen", antwortete Marek mit einer Geste in Richtung des Plateauendes, „und das verwundert mich ein bisschen."

Sie trat näher heran und hielt den Atem an. Unter ihr erstreckte sich nicht etwa der erwartete immergrüne Dschungel Lyamars, sondern eine trockene Wüstenlandschaft, in der es nur sehr wenige grüne Punkte gab.

„Grundgütiger!", stieß sie leise aus.

„Also ist doch ein großer Teil Lyamars durch die Kriege hier zerstört worden", setzte Benjamin, der sich leise zu ihnen gesellt hatte, beeindruckt hinzu.

„Habt ihr daran je gezweifelt?", erwiderte Marek dunkel. „Wo Zauberer und Hexen unkontrolliert wüten, hält immer solche Zerstörung Einzug, dass mancher Landstrich sich *nie* mehr davon erholt."

„Was ist hinter der Hügelkette?", wollte Jenna wissen, die meinte, in der Ferne ein Glitzern erkennen zu können.

„Die Küste und das Meer."

Sie sah ihn überrascht an.

„Warum, glaubst du, denkt man in Falaysia, Lyamar sei ein zerstörtes, unfruchtbares Land?", gab er mit einem halben Lächeln zurück. „*Das* ist die Küste, die man von dort aus am schnellsten erreicht. *Das* ist es, was Seeleute zuerst sehen, wenn sie herkommen."

„Dann hat das Portal im Ozean uns …"

„… an der Küste abgesetzt, die auf der von Falaysia abgewandten Seite liegt."

„Und warum sind wir jetzt hier und nicht dort, wo wir sein sollten?", erkundigte sich Benjamin stirnrunzelnd.

„Zum einen halten wir erst einmal fest, dass die *Freien* diese Gemäuer noch nicht entdeckt haben, ergo ein Einsatz magischer Kräfte und damit auch eine Überanstrengung meinerseits nicht nötig ist", erwiderte Marek mit einem provokanten Blick in Jennas Richtung.

„Das kannst du nicht wissen", brummte sie zurück. „Du bist auch nicht viel länger hier als wir!"

„Ich würde es fühlen", behauptete er großschnäuzig und sah wieder Benny an. „Zum anderen muss ich zugeben, dass ich deine Frage augenblicklich noch nicht beantworten kann – was ärgerlich ist, weil mir das nur selten passiert."

„Lass uns doch auf der Karte nachsehen, wo genau wir angekommen sind", schlug Jenna vor.

Marek verzog das Gesicht. „Dazu müssten wir unverzüglich zurückreisen. Ich habe aber vor, mich noch ein wenig umzusehen, um sicherzugehen, dass es hier keine weiteren versteckten Portale gibt."

„Weitere?", wiederholte Benjamin erstaunt, während Jenna gleichzeitig „Du hast die Karte nicht mitgenommen?" fragte.

„Nein, habe ich nicht", gab Marek etwas knurrig zu, während Benjamin sich nun schon mit suchendem Blick durch die Ruine bewegte. „Ich war … etwas aufgewühlt, da kann auch mir mal ein kleiner Fehler unterlaufen. Wir brauchen sie aber nicht, um hier wieder wegzukommen, und ich denke, unsere Freunde werden schon darauf achtgeben."

„Warum warst du so aufgewühlt?", wagte Jenna nun, da sie fast allein waren, endlich zu fragen. „Konnte

Kaamo dir nicht versprechen, nach Zydros zu reiten, um Rian zu schützen?"

Der Krieger wich ihrem Blick aus und machte sogar Anstalten, sich von ihr wegzudrehen, so leicht ließ sie sich jedoch nicht abschütteln. Sie packte ihn am Arm, zwang ihn, sie wieder anzusehen. „Marek – was macht dich so nervös?"

Seine Wangenmuskeln zuckten unter der Haut, doch schließlich gab er ihr widerwillig nach. „Ich habe nicht nur Kaamo kontaktiert, sondern auch Demeon."

„Demeon?!", entfuhr es ihr verblüfft. „Warum machst du ... nein – warte." Sie schüttelte den Kopf. „Du wolltest von ihm erfahren, ob er etwas über Melandanor weiß."

Der Bakitarer nickte verkniffen.

„Und er wusste etwas, das dir Sorgen bereitet?", hakte sie nach.

„Er hat davon gehört, hielt es aber für eine der vielen Legenden, die in Falaysia verbreitet werden", erklärte Marek. „Für ihn gab es immer nur *ein* Tor, das in *eure* Welt führt und umgekehrt. Dessen ungeachtet hatte er davon gelesen, dass ein Reisender schon mal versehentlich auf der Dracheninsel gelandet war, und wusste in dem Augenblick, als wir beide vor zwei Jahren dorthin unterwegs waren, dass dies seine Chance war, auch ohne Locvantos nach Falaysia zu kommen. Nun geht er davon aus, dass wir durch unser Einwirken und die Aktivierung des Amuletts damals versehentlich eines der drei anderen Weltentore geöffnet haben und er nur deswegen heil in Falaysia landen konnte."

„Das bedeutet, dass die drei Portale, die Lyamar, Falaysia und meine Welt verbinden, auf jeden Fall leichter zu öffnen sind als das in Locvantos – wenn man sie erst einmal gefunden hat."

„Nur wenn auch jemand aus Malins Blutlinie an der Aktivierung teilnimmt", wandte Marek ein. „Damals warst du das – aber Roanar hat Alentara nicht ohne Grund entführt. Ich dachte immer, dass sie auch aus dieser Linie stamme. Allerdings hat Sheza vorhin behauptet, sie sei eine Nachfahrin Moranas."

„Und die war Malins Schwester", mischte sich Benjamin ein und kam wieder näher. „Ich hab das in einer Vision in der Höhle der M'atay gesehen, nachdem ich dort das Zeichen Malins angefasst hatte."

„Gut – damit macht das Ganze wieder Sinn", merkte Marek an.

„*Und* ich habe in Camilor mitbekommen, dass sie ihr immer mal wieder Blut abzapfen", setzte Benny zu Jennas Grauen hinzu. „Nicht nur mit diesem komischen Sang... dingsda."

„Was hat Demeon noch gesagt?", wollte sie von Marek wissen.

„Er denkt nicht, dass die drei Weltenübergänge hier *direkt* in deine Welt führen", klärte der Krieger sie auf.

„Warum nicht?"

„Weil die Truppen aus deiner Welt *immer* erst in Falaysia ankamen und von dort aus weiterreisten. Zumindest ist fast nichts anderes in den Büchern zu finden."

„Fast?"

„Es gibt eine Eintragung in Hemetions Büchern, die besagt, dass die alten N'gushini im Herzen Lyamars die Möglichkeit fanden, wie Ano selbst direkt in andere Welten zu reisen", berichtete Marek. „Aber du hast ja selbst bereits gehört, was das Herz Lyamars sein soll."

Sie nickte. „Eine schwebende Insel, die allem Anschein nach niemand außer den N'gushini und ihren Familien betreten konnte."

„Für Roanar ist diese derzeit genauso unerreichbar wie für uns", setzte Marek hinzu. „Selbst Malin hat sie, so viel wir wissen, nie erreicht."

„Und was bedeutet das jetzt für uns?", wollte Benny wissen.

„Dass Roanar einen Zwischenstopp in Falaysia machen muss, um eure Welt erreichen zu können – oder jemanden von dort herzuholen", erklärte Marek und die Sorge in seinen Augen wurde nun wieder sehr deutlich sichtbar. „Demeon und ich, wir waren uns einig, dass Roanar für ein solches Unterfangen nicht den Übergang suchen wird, der ihn und seine Leute auf die Dracheninsel bringen würde."

„Weil sie von dort nicht oder nur sehr schwer wieder wegkommen würden", schloss Jenna. „Dann bleiben nur der Übergang bei Nivat und der in Zydros übrig."

„Ja, und damit liegt die Wahrscheinlichkeit, dass er und seine Handlanger bei meiner Tochter aufkreuzen, bei fünfzig Prozent!", stieß Marek nun schon sehr viel emotionaler als zuvor aus.

„Okay, aber es hat sich nichts daran geändert, dass Roanar auch noch nicht genau weiß, wo diese Weltentore liegen", wandte Jenna rasch ein, um ihn zu beruhigen, auch wenn sie seine Aufregung vollkommen nachempfinden konnte.

„Ja, aber *er* wird sich *nicht* ausruhen und schlafen!", erwiderte Marek etwas heftig, „weil er ganz genau weiß, dass jetzt, da wir Malins Karte haben, auch ihm die Zeit davonläuft. Er kennt mich und wird wissen, dass ich vorhabe, diese gefährlichen Übergänge für immer zu zerstören. Und ich bin nicht der einzige, der das so sieht. Demeon hat mir geraten, nicht zu zögern und unverzüglich loszuziehen."

„Ja, aber Demeon ist kein guter Vertrauter, Marek!", wandte Jenna ein. „Er kann dich auch verraten und in Wahrheit Roanar helfen."

Marek schüttelte nachdrücklich den Kopf. „Nein – das kann er nicht. Er ist im Gegensatz zu mir kein Magier mehr. Ich habe die Kontrolle in der Beziehung und er … er hat sich verändert."

Jenna war überrascht – nicht nur über seine Worte, sondern über den Hauch von Wärme in Mareks Stimme. Wo war sein Hass auf den Menschen, der sein Leben zerstört, ihn jahrelang ausgenutzt hatte, hin?

„Niemand kennt Roanar besser als Demeon", setzte Marek hinzu. „Wenn er sagt, dass wir *jetzt* handeln müssen, um dem Mann zuvorzukommen, glaube ich das!"

Jenna sah ihn lange an, erkannte, dass sie gegen eine Wand rannte, wenn sie weiter an ihrem Standpunkt festhielt und nickte schließlich. „Okay. Dann tun wir es. Wir besuchen so viele alte Stätten, wie es uns möglich ist, ohne daran kaputtzugehen. Aber du musst mir versprechen, dass wir sofort Pause machen, wenn unsere Körper streiken – denn die Anreise gerade eben hat keinem von uns gutgetan."

Marek seufzte leise, aber schließlich nickte auch er.

„Und meinen Bruder bringen wir erst einmal in Sicherheit", fügte Jenna an.

„Nein!", entrüstete sich dieser prompt. „Ich komme mit! Sechs Augen sehen mehr als zwei und …"

„Auf keinen Fall!", erwiderte Jenna streng, obwohl sie wusste, dass sie damit ihr Versprechen ihm gegenüber brach. Langsam machten sie all diese Sturköpfe um sie herum sehr wütend. Warum konnte nicht *einer* von ihnen mal vernünftig sein?! Die Situation hatte sich geändert und es wurde langsam zu gefährlich, um Benny weiterhin mitzunehmen.

„Du kannst nicht einfach so über mich bestimmen!", beschwerte sich dieser und schon glänzten Tränen in seine Augen. „Ich bin kein kleines Kind mehr! Und ich will endlich mal … richtig helfen!"

„Das kannst du doch auch von der Höhle aus", versuchte Jenna ihn zu überzeugen. „Wir brauchen …"

„… jemanden, der euch Essen kocht?", stieß Benjamin etwas schrill aus. „Ich bin besser im Entdecken! Und ich weiß durch meine Vision in der Höhle vielleicht Dinge, die *euch* nicht bekannt sind – wie zum Beispiel, dass Morana und Malin Geschwister waren. Außerdem hast du mir vorhin *versprochen*, dass ich mitkommen kann!"

„Benny, du …"

Ihr Bruder wandte sich ruckartig Marek zu. „Du hast doch gesagt, dass du dich nach einem weiteren Portal umsehen willst", ging er einfach über sie hinweg.

Der Krieger blinzelte, irritiert darüber, dass er mit einem Mal in diesen Streit involviert wurde. „Ja …", kam es zögerlich über seine Lippen, während Jenna innerlich verzweifelt nach einem Weg suchte, ihren Bruder zur Vernunft zu bewegen.

„Hier drüben …", sagte Benny und lief dabei auf eine zerfallene Säule zu, „…da kann ich was erkennen, was du vermutlich nicht siehst …"

Mareks Stirn legte sich in Falten, während er tatsächlich nähertrat und Jenna blieb nun nichts anderes mehr übrig, als sich ebenfalls zu ihnen zu gesellen.

„Es ist kaum noch zu erkennen", fuhr ihr Bruder aufgeregt fort und wischte dabei Sand und Moos von der an dieser Stelle erstaunlich glatten Felswand. „Aber hier …", er zeichnete mit den Fingern einen Bogen über die Fläche und nun sah Jenna sie auch, die feinen Linien, die in der Tat den Umriss eines Tores bildeten, „… verläuft ein Halbbogen. Ich hab das vorhin gesehen, als ihr in euer Gespräch vertieft wart, hab aber erst mal nichts gesagt, weil ich euch nicht stören wollte."

Marek machte einen Schritt zurück. Seine Augen wanderten suchend über die Wand. „Wo sind die Symbole?", murmelte er.

Obgleich Jenna ihren Streit mit Benny noch nicht für geklärt hielt, suchte auch sie jetzt nach den wichtigen Zeichen, ohne die man ein Tor nicht aktivieren konnte.

„Da!", stieß sie schließlich aus und wies auf ein Loch in der Wand. Es war kein Symbol wie bei den anderen Portalen, aber etwas, das sie schon einmal an einem geheimen Tor entdeckt hatte. Durch einen solchen magischen ‚Schalter' hatten Marek und sie einst einen Ausgang in Jala-manera geöffnet.

„Ist auf der anderen Seite auch so ein Loch?", wollte Marek von Benjamin wissen, der flugs einen Schritt in diese Richtung machte, weiteres Moos vom Gestein zupfte und schließlich nickte.

„Dann ist es kein Teil des Labyrinths, sondern eine magisch verriegelte Tür", stellte der Bakitarer fest.

„Und wo soll die hinführen?", fragte Benny.

„Vielleicht in den Berg hinein", überlegte der Krieger. „Was immer auch dahinter zu finden ist, es muss wichtig sein. Sonst hätte man es nicht derart gesichert."

„Man muss zwei gegensätzlich Elemente miteinander verbinden, um die Tür zu öffnen", erklärte Jenna auf Bennys fragenden Blick hin, „was bedeutet, dass man mindestens zwei Magier braucht, die jeweils eines der Elemente aktivieren können. Der Zauber an sich ist schon sehr gefährlich …"

„… und zusätzlich braucht man ein Bruchstück Cardasols", fügte Marek, der wieder dichter an den Torbogen herangetreten war, hinzu und wies auf eine weitere, sehr unauffällige Einbuchtung direkt über dem Bogen. Jenna stellte sich auf die Zehenspitzen und entdeckte daneben nun doch noch ein Symbol: eine Raute, von der Sonnenstrahlen abzugehen schien.

„Ist das das Zeichen für Cardasol?", fragte sie verblüfft, wenngleich sie die Antwort auf die Frage schon kannte.

Marek nickte und trat wieder zurück, betrachtete erneut die gesamte Felswand. „Was verbirgt sich hier nur?"

„Wir sollten uns den Ort auf jeden Fall merken", schlug Benny vor. „Irgendwie bekommen wir bestimmt Jennas Amulett zurück."

„Wir brauchen ja nicht unbedingt genau das", überlegte Marek, „und die anderen …"

Er sprach noch weiter, aber den genauen Wortlaut bekam Jenna nicht mehr mit, denn plötzlich fuhr ein ungeheurer Schmerz in ihre Schläfen, sodass sie mit einem Aufschrei auf die Knie fiel, die Lider fest zusammenpresste und mit ihren Händen seitlich gegen ihren Kopf drückte. Etwas schob sich gegen ihren Willen in ihren Verstand ... Bilder ...

Da waren Männer und Frauen in Kapuzenmänteln um sie herum, die angespannt Worte in einer ihr fremden Sprache murmelten, sich dabei an den Händen hielten und eine enorme Energie freisetzten. In ihrer Mitte saß ein junger Mann ... Kilian! Seine Augen starrten blicklos in die Ferne und er wiegte sich mit dem rhythmischen Sprechgesang hin und her.

Etwas Dunkles machte sich in Jenna breit ... eine Stimme, die sie kannte und die sie mit Angst erfüllte: ,Bringt mir Malins Karte! Sofort! Nur so könnt ihr seinem Leid ein Ende setzen!'

Kilian erstarrte und mit dem nächsten Atemzug warf er sich auf den Boden, wand sich in krampfartigen Zuckungen, als ob er die schlimmsten Schmerzen auszustehen hatte, und schrie so schrecklich, wie Jenna noch nie zuvor jemanden hatte schreien hören.

,Bringt mir die Karte!', dröhnte die Stimme noch einmal und ein Symbol aus Feuer leuchtete vor ihrem inneren Auge auf – nur kurz, aber es prägte sich zusammen mit Kilians furchtbaren Schreien ein wie ein Brandzeichen. Dann war alles vorbei.

Jenna sank keuchend nach vorn, musste sich mit den Händen am Boden abstützen, um sich einigermaßen aufrecht zu halten. Ihr Herz donnerte in ihrer Brust und sie brauchte eine Weile, um wieder zu Atem zu kommen und ihre Umwelt wahrzunehmen.

Auch Benjamin kniete keuchend am Boden, während Marek sich noch auf den Beinen hatte halten können, jedoch Halt an der Felswand hatte suchen müssen.

„War … war das real?", stieß Jenna mit zittriger Stimme aus, weil sie genau wusste, dass sie gerade alle dasselbe erlebt hatten.

Marek nickte, schien aber bereits mit ganz anderen Überlegungen beschäftigt zu sein. Überlegungen, die ihn sehr nervös machten, denn er sah sich gehetzt um, schüttelte den Kopf und fuhr sich fahrig mit einer Hand über das Gesicht.

„Wie konnte das zu uns durchkommen?", fragte Benny schwer atmend und erhob sich genauso unbeholfen wie Jenna. „Gibt es hier keinen Schutzschild?"

„Anscheinend nicht", gab der Krieger knapp zurück und bewegte sich auf das Portal zu, durch das sie hergekommen waren. „Wir müssen umgehend zurück und sicherstellen, dass niemand anderer gesehen hat, was uns gerade gesandt wurde – schon gar nicht Silas!"

Jenna war postwendend bei ihm, fühlte auch Benny neben sich treten, doch Mareks Bemühen, das Portal zu aktivieren, schlug fehl.

„Was zur …" Er sprach nicht weiter, sondern versuchte es noch einmal, wieder ohne Erfolg, obschon auch hier das Zeichen Malins fehlte und dessen ‚Blut‘ somit nicht benötigt wurde.

„Was soll das?!", rief er laut und schlug mit der Hand gegen den Rahmen.

„Vielleicht wird das Portal in der Höhle gerade von jemand anderem benutzt", schlug Benjamin vor.

Das beruhigte Marek jedoch nicht im Mindesten, sondern schien ihn eher noch nervöser zu machen. Er versuchte es erneut, legte die Hand auf das Symbol für Wasser, mit dem man den Torbogen augenscheinlich aktivieren konnte, und dachte an das Zeichen, das Ilandra ihnen mitgegeben hatte – so intensiv, dass Jenna es ganz klar sehen konnte. Dieses Mal geschah endlich etwas: Das vertraute Leuchten breitete sich im Inneren des Portals aus und nur wenige Sekunden später traten sie die Rückreise an.

# Wettlauf

Benny hatte mit vielem gerechnet, bevor er den vertrauten Sog des magischen Reisesystems gespürt hatte, aber nicht mit dem Chaos, das sich seinen Augen offenbarte, als er zurück in ihr Geheimversteck trat. Fast all ihre Mitstreiter waren direkt vor dem Portal versammelt und schrien aufgeregt durcheinander, während ausgerechnet der immer noch sehr geschwächte Leon versuchte, sie zu beruhigen und in Schach zu halten.

Mit Mareks Auftauchen gab sich der Tumult jedoch recht schnell und Leon wandte sich etwas atemlos zu ihnen um. Ein kaum hörbares „Gott sei Dank!" glitt von seinen Lippen und aus seinen Schultern schwand zumindest ein kleiner Teil seiner Anspannung – gleichwohl nicht für lange.

„Was ist hier los?!", stieß Marek aus und Benjamins Unwohlsein verstärkte sich mit der Entdeckung, dass Silas sich nicht in der Gruppe Menschen vor ihnen befand.

„Silas ist vollkommen durchgedreht!", entfuhr es Sheza auch prompt. „Er hat sich die Karte gegriffen und ist damit durch das Tor verschwunden!"

Stille. Marek stand einfach nur da, das Gesicht versteinert und die Hände zu Fäusten geballt. Ganz langsam wandte er sich zum Tor um und Benny wusste ganz genau, was er jetzt tun wollte. Weit kam er mit seinem Vorhaben allerdings nicht, denn Jenna machte ein paar Schritte zurück, spannte die Arme so auf, dass niemand mehr an ihr vorbeikam, und schüttelte vehement den Kopf.

„Nein!", stieß sie aus und in ihr Gesicht stand pure Verzweiflung geschrieben. „Wenn du da durch willst, musst du mich umbringen, denn ich lasse nicht zu, dass du eine *solche* Dummheit begehst! Du hast gesehen, wie viele Zauberer dort sind! Das überlebst du nicht!"

Marek machte einen drohenden Schritt auf sie zu. „Geh da weg!", knurrte er, rührte sie jedoch nicht an.

„Niemals!"

Ihre Augen bohrten sich ineinander, doch keiner von beiden bewegte sich und für kurze Zeit war lediglich das aufgeregte Atmen aller Anwesenden in der Höhle zu vernehmen. Es war das Knistern und Leuchten des Tores, das wieder für Regung sorgte. Mareks Hand schoss vor, packte Jenna und brachte sie hinter sich, während in seiner anderen bereits sein Schwert lag. Auch die übrigen Krieger griffen nach ihren Waffen, wenn sie denn welche bei sich hatten.

Nur einen Wimpernschlag später trat eine einzelne Gestalt durch das Tor und es war kein Feind. Ilandra starrte für einen Moment perplex auf Mareks Schwert, drehte sich gleich darauf rasch um, legte ihre Hand auf das Zeichen über dem Torbogen und schloss die Augen.

Benjamin fühlte wie das Energiefeld des Portals vibrierte und rumorte, dann war es auch schon wieder vorbei und die M'atay wandte sich ihnen zu. Ihr Blick flog an Marek und Jenna vorbei über die Gesichter der Anwesenden.

„Er hat es also tatsächlich getan", stellte sie emotionslos fest und sah anschließend Marek vorwurfsvoll an. „Wie war das möglich? Du hattest die Karte doch bei dir!"

Mareks Blick verfinsterte sich. „Warum hast du das Portal verschlossen?", fragte er zurück, anstatt eine Antwort zu geben.

„Damit Silas unsere Feinde nicht hierherführen kann, ganz gleich, was sie ihm antun", war die simple, aber grausame Antwort.

Benjamins Gedärme verdrehten sich, weil er sofort wusste, dass sie von Folter sprach. Es war ausgeschlossen, dass sie den jungen Mann mit Kilian zusammen gehen ließen, nur weil er ihnen die Karte brachte. So viel Ehre besaß Roanar nicht und das war auch jedem klar.

„Ist dir der Gedanke gekommen, dass wir anderen dann auch nicht mehr hier raus können?", bohrte Marek weiter und sein Zorn zeichnete sich nur allzu deutlich in seinen Zügen ab.

Ilandra ließ sich davon gleichwohl nicht einschüchtern. „Genau das wollte ich bezwecken", offenbarte sie. „Wir müssen unsere nächsten Schritte jetzt sehr gut bedenken und ich will nicht, dass *noch* jemand eine ähnliche Dummheit begeht wie unser Freund Silas, nur weil er seine Gefühle nicht unter Kontrolle hat."

Mareks Nasenflügel weiteten sich vor unterdrückter Wut und er machte einen bedrohlichen Schritt auf die M'atay zu. Die blieb jedoch völlig unbeeindruckt von seinem Gebaren – ihre Stammesmitglieder hingegen rückten näher, einige sogar mit drohend erhobenen Waffen.

„Wenn wir nicht *sofort* reagieren, ist die Karte für immer verloren", knurrte Marek, ohne auf die anderen Krieger achtzugeben.

„Das ist sie ohnehin schon!", erwiderte Ilandra. „Roanar hat mit dem Symbol seinen Standort preisgegeben und das hätte er niemals getan, wenn er nicht eine große Anzahl Zauberer und Soldaten um sich geschart hätte – mehr als die, die er uns hat sehen lassen! Er hat mit Sicherheit gehofft, Jenna oder ihren Bruder erneut heranzulocken, weil er um ihr weiches Herz weiß. Dass Silas bei ihm aufgetaucht ist, hat ihn bestimmt nicht erfreut."

„Er hat jetzt die Karte, die ihn zu allen Portalen führt, die Malin jemals entdeckt oder selbst gebaut hat", stieß Marek aufgebracht aus. „Ich denke nicht, dass er vor Kummer zusammenbricht, nur weil ihm diese von der falschen Person gebracht wurde!"

„Das vielleicht nicht, aber es ist nicht alles ganz nach Plan gelaufen …"

„Bei uns ja wohl noch viel weniger!"

„Ja!", blaffte Ilandra den Krieger furchtlos an und ihre Augen funkelten kämpferisch. „Wir müssen jetzt ohne die Karte klarkommen, was machbar sein wird!"

Marek stieß ein unechtes Lachen aus und wandte sich von der M'atay ab, lief sogar ein paar Schritte durch die Höhle, sich dabei die Haare raufend.

„Du verstehst das wirklich nicht oder?", rief er Ilandra schließlich zu. „Wenn es Roanar gelingt, ein Portal in *ihre* Welt zu öffnen", er wies auf Jenna, „dann wird er bewaffnete Soldaten und weitere Zauberer herholen, die uns richtig gefährlich werden könnten!"

„Ein Portal in ihre Welt?", wiederholte Ilandra verwirrt.

„Ja!", stieß Marek wütend aus. „In deiner Abwesenheit haben wir herausgefunden, dass es davon drei hier in Lyamar gibt! Sie können einen Reisenden mithilfe des Labyrinths direkt nach Falaysia und von dort aus in die andere Welt bringen!"

Die M'atay schluckte schwer, schien erst einmal verarbeiten zu müssen, was sie gehört hatte, doch sie hatte sich schnell wieder im Griff.

„Wir können jetzt aber nicht ändern, dass Roanar die Karte hat!", sagte sie energisch und zwischen ihren Brauen bildete sich eine steile Falte. „Aber wir können immer noch versuchen, diese Weltenportale *vor* ihm zu finden und für ihn unzugänglich zu machen!"

„Ist das denn ohne Karte möglich?", fragte Jenna in die kurze Streitpause hinein.

„Ja, denn ich habe ein sehr gutes Gedächtnis", ließ Ilandra sie wissen. „Ich kann sie für uns zeichnen, aber ein wenig Zeit müsst ihr mir geben."

Benjamin sah Marek frustriert den Kopf schütteln, richtete seine Aufmerksamkeit aber gleich wieder auf die M'atay. „Die Karte war doch auch für euch nur lesbar, weil Jenna sie sichtbar gemacht hat", wandte er zum Trost ein. „Und Alentaras Verbindung zu Malin ist möglicherweise nicht so stark wie unsere, weil sie von seiner Schwester abstammt und nicht von ihm selbst."

„Gut möglich", versuchte auch Jenna etwas mehr Optimismus in ihre Runde zu bringen, „immerhin konnte sie auch nicht den Bereich Camilors für Roanar öffnen, in dem Malins Kammer war. In dem Fall kann Roanar die Karte vielleicht gar nicht lesen."

„Das *wissen* wir aber nicht", kam es nun schon etwas ruhiger aus Mareks Richtung, der sich auf einem der zahlreichen Steinschemel der Höhle niedergelassen hatte. „Und solange das so ist, können wir uns keine lange Ruhezeit gönnen."

„Das tut ja auch niemand", bekräftigte Ilandra und bewegte sich auf eine etwas glattere Wand in ihrer Nähe zu.

„Findet euch in den Gruppen zusammen, in denen ihr zuvor reisen wolltet und haltet euch bereit", gab sie an alle weiter, kramte in einem der Beutel an ihrem Gürtel herum und zückte etwas, das wie ein Stück Holz aussah. Es war jedoch keines, wie Benjamin schnell feststellte, denn mit geübter Hand brachte die M'atay nun die Umrisse Lyamars auf die Wand.

Benny bemerkte, wie Jenna sich zu Marek gesellte, und entschied sich dazu, lieber näher an Ilandra heranzutreten und ihr bei der Arbeit zuzusehen. Wenn es jemanden gab, der Marek wieder beruhigen konnte, dann war das seine Schwester, und sie brauchte ganz bestimmt nicht seine Hilfe dazu.

„Willst du wissen, wieso ich allein wiedergekommen bin?", fragte die M'atay nach einer kleinen Weile, ohne ihn dabei anzusehen.

„Nein, ich wollt nur zugucken", blieb er bei der Wahrheit, „aber da du das jetzt angesprochen hast – warum *bist* du allein zurückgekommen?"

„Es ist nicht so leicht, ein Volk, das Jahrhunderte lang von Menschen aus Falaysia versklavt und unterdrückt wurde, davon zu überzeugen, nun mit Menschen aus eben diesem Land zusammenzuarbeiten", erklärte die M'atay, während durch ihre Hand nach und nach die Standorte der Portale an der Felswand erschienen. Sie hatte ein *mehr* als gutes Gedächtnis, wenn nicht sogar ein fotografisches!

„Heißt das, keiner will sich uns anschließen?", fragte Benjamin mit Bangen.

„Das habe ich nicht gesagt", erwiderte die Schamanin. „Es gibt schon einige, aber es war die bessere Entscheidung, sie noch nicht herzuholen. Wenn sie Zeuge von Mareks Verhalten geworden wären, hätten sie ihre Haltung gewiss ganz schnell geändert und wären wieder gegangen."

„Er ist seit Camilor nicht ganz bei sich", versuchte Benny das Verhalten des Kriegers zu entschuldigen. „Er macht sich große Sorgen um seine Tochter in Zydros."

Ilandra hielt in ihrer Arbeit inne und sah ihn nun doch an. „Er hat ein Kind?"

Benny presste die Lippen zusammen. Hätte er das überhaupt verraten dürfen? Wahrscheinlich eher nicht. Mist!

„Ich werde es niemandem erzählen", versprach die M'atay ohne Zögern und sah zu Bennys großer Erleichterung nicht einmal zu Marek hinüber. „Wenn das Mädchen in der Nähe eines der Weltentore ist, ist sie eventuell wirklich in Gefahr. Ich verstehe langsam, warum er sich so schwer kontrollieren kann."

„Ich dachte, du glaubst auch nicht, dass Roanar mit der Karte so schnell etwas anfangen kann", äußerte Benjamin nun doch schon wieder etwas besorgter.

„Es hängt alles davon ab, ob er die gefangenen M'atay unter Druck setzt, um ihm zu helfen, oder ob er sich keine Zeit dafür nimmt und es erst einmal selbst probiert", erklärte Ilandra leise und fuhr mit dem Zeichnen fort.

„Heißt das, es gibt unter ihnen jemanden, der ihm so helfen kann wie du uns?"

„Nicht ganz so gut, aber ... es könnte genügen, um das Portal aufzuspüren. Viele von uns sind schon mal versehentlich auf die ein oder andere heilige Stätte gestoßen, da wir aber zu Stillschweigen verpflichtet sind, weiß ich nicht genau, wer welchen Ort kennt. Sollte Roanar also die Karte aktivieren können und die M'atay dazu zwingen, ihm die Orte zu zeigen, die sie kennen ...“

Sie sprach nicht weiter, aber Benjamin nickte bereits beklommen und konnte es sich nun selbst nicht verkneifen, einen Blick hinüber zu Marek und Jenna zu werfen.

Zu seiner Überraschung hatten sie sich noch weiter von ihnen entfernt, standen nun zusammen am Balkon, vor dem die Sonne gerade begonnen hatte, in den allerschönsten Farben unterzugehen. Hätte Benny es nicht besser gewusst, hätte er die beiden für ein Liebespaar gehalten, das sich glücklich und zufrieden an dem herrlichen Anblick erfreute. Aber man brauchte nur in ihre Gesichter zu sehen, um zu erkennen, dass sie beide von ihren Sorgen fast zerfressen wurden.

„Das heißt aber nicht, dass wir nicht trotzdem schneller als er sein können“, fügte Ilandra an. „Wir müssen nur entschlüsseln, wie das Labyrinth funktioniert.“

„Auf jeden Fall nicht so einfach, wie wir dachten“, merkte Benjamin an.

Ilandra hob die Brauen. „Was meinst du damit?“

„Marek, Jenna und ich ... wir haben das Portal schon benutzt, um einen der Orte auf der Karte zu besuchen“, erklärte Benny ihr, „aber es hat uns nicht an unserem Ziel abgesetzt, sondern an einer ganz anderen Stelle.“

„Das ist Wiranja und mir auch passiert. Wo seid *ihr* denn angekommen?“

„In einem Gebirge, an das eine Wüstenlandschaft anschließt."

Ilandra schürzte nachdenklich die Lippen und wies auf einen Punkt im Norden der von ihr gemalten Landkarte. „Das müsste hier im Eriber-Gebirge gewesen sein", überlegte sie und malte schließlich ein Kreuz an eine bestimmte Stelle. „Ja, ich glaube, da war die Markierung auf der Karte. Und wo wolltet ihr hin?"

„Das musst du Marek fragen", gab Benny etwas hilflos zurück. „Ich bin ihm nur gefolgt."

Die schöne M'atay sah hinüber zu Jenna und dem Krieger, betrachtete jedoch gleich wieder ihre Karte. „Ich zeichne noch die restlichen Tore ein – aber könntest du ihn und deine Schwester dann bitte herholen?"

Benny nickte sofort, richtig wohl fühlte er sich dabei allerdings nicht, schließlich wollte er nicht in das Gespräch der beiden hereinplatzen, bevor Marek sich richtig beruhigt hatte. Aber unter Umständen hatte er keine andere Wahl, wenn sie den Wettlauf zum Portal gewinnen wollten.

Jenna hatte Marek bisher nur einmal derart neben der Spur erlebt wie das gegenwärtig der Fall war, und das war an dem Tag gewesen, an dem Demeon nach Falaysia gekommen war und sie alle extrem unter Druck gesetzt hatte. Wie damals schien er augenscheinlich das Gefühl zu haben, dass sie keine einzige Sekunde verstreichen lassen konnten, wenn sie ihren Gegner noch aufhalten wollten. Nur waren ihm dieses Mal die Hände gebunden und dass er nicht aus der Höhle herauskam, seine innere Anspannung noch nicht einmal in Bewegung umsetzen konnte, machte ihn schier verrückt.

Aus diesem Grund war Jenna zweifelsfrei die einzige, die ihm Bewunderung für seine für andere vermutlich nicht zu erkennende Selbstbeherrschung entgegenbrachte und seine Nähe suchte, anstatt ihn zu meiden.

„Wir sind schon aus schlimmeren Situationen heil herausgekommen", sagte sie, nachdem sie sich neben ihn gesetzt und ihm noch einen Moment des grimmigen Vor-sich-Hinbrütens gewährt hatte.

Marek gab einen undefinierbaren Laut von sich und starrte nur weiter finster zu Ilandra hinüber. Mit etwas anderem hatte sie auch nicht gerechnet.

„Darf ich dir mal eine Frage stellen?", sagte sie.

„Wenn ich ‚nein‘ sage, tust du es dann wirklich nicht?", brummte er.

Sie schüttelte den Kopf und er rollte die Augen – nicht unbedingt eine Aufforderung, ihr Anliegen hervorzubringen. Sie interpretierte es trotzdem so.

„Weiß Roanar, dass du Rian in der Burg in Zydros versteckt hast?"

„Das würde mich sehr überraschen", gab er nach kurzem Nachdenken bekannt, „aber ich wage nicht, das auszuschließen."

Jenna nickte nachdenklich. „Gut. Nehmen wir einfach mal an, er weiß es nicht – dann wird er doch bestimmt nicht nach ihr suchen, sondern lediglich das Portal nutzen wollen, um Madeleine und die anderen abtrünnigen Zirkelmitglieder nach Lyamar zu holen. Ist es dir gelungen, deine Tochter zu erreichen?"

Marek sah sie nachdenklich an und nickte schließlich. „Sie wird mit Tala und Gideon in ein sehr abgelegenes Zimmer der Burg umziehen."

„Warum veranlasst du nicht, dass sie die Burg verlassen?"

„Weil sie außerhalb dieser noch nicht einmal mehr den Schutz Cardasols haben. Roanar hat ohne jeden Zweifel noch einige Handlanger in Falaysia. Ich weiß, dass er momentan nach etwas anderem sucht – aber Cardasol spukt immer noch in seinem Kopf herum und – wer weiß – vielleicht braucht er das Herz der Sonne doch noch und alles andere dient nur dem Zweck, wieder an die Amulette heranzukommen."

„Heißt das, du glaubst, dass seine Forderung, ihm das Amulett zu bringen, keine Finte war?"

„Mit Sicherheit nicht. Und derzeit gibt es nur zwei Menschen, die das *Herz der Sonne* nutzen oder es gar vereinen können." Er wies auf sie und anschließend auf seine eigene Brust. „Unsere Druckpunkte kennt er auch. Deswegen hat er Benny hergebracht und versucht, mich zu fangen. Deswegen bist *du* hier. Ich wette, dass in Falaysia weiterhin einige Kopfgeldjäger unterwegs sind, die nach meiner Tochter Ausschau halten. Er wird mittlerweile eine so hohe Belohnung auf sie ausgesetzt haben, dass ihnen meine brutalen Morde an ihren Gesinnungsgenossen sicherlich vollkommen egal sind ... Jetzt sieh mich nicht so an! Es geht um meine Familie und sie hatten es nicht anders verdient!"

Jenna verbannte schnell das Entsetzen aus ihrem Gesicht und versuchte sich wieder auf das zu konzentrieren, was wichtig war. „Ist das Zimmer, in dem sich Rian, Tala und Gideon verstecken, wirklich sicher?"

„Vor normalen Menschen? Ja. Vor Zauberern?" Er setzte einen zweifelnden Gesichtsausdruck auf. „Ich habe zwar einige Soldaten in der Burg und zwei davon Rian als Leibwachen direkt an die Seite gestellt, aber wenn Roanar selbst die Burg betritt und das nicht allein tut, haben die keine Chance."

„Dann sollen sie sich alle verstecken", platzte es aus Jenna heraus.

Marek gab ein unechtes Lachen von sich und sah sie an, als hätte sie den Verstand verloren. „Du willst, dass sich ausgebildete, erfahrene Krieger *verstecken*? *Bakitarer*??!"

„Hör mir doch erst mal zu!", forderte sie. „Es geht nur darum, es so lange zu tun, bis wir da sind – oder ein Kampf nicht mehr vermeidbar ist. Nur in dem Fall, dass wir den Wettlauf verlieren."

Marek sah resigniert hinüber zu Ilandra, neben der sich nun auch Benjamin eingefunden hatte. „Das werden wir, wenn das so weitergeht …"

„Aber selbst dann ist noch nicht *alles* verloren", redete Jenna weiter auf ihn ein. „Ob sie nun zuerst da sind oder nicht – wenn wir sehr vorsichtig sind, könnten wir uns unbemerkt zu Rian schleichen, sie mitnehmen und am Ende das Portal zerstören."

„Sie mitnehmen?" Marek sah sie verstört an. „Hierher? In *dieses* Land, in dem es von Feinden nur so wimmelt?"

„Hierher, in diese *Höhle*, in der wir alle sicher sind!", versuchte sie ihn von ihrer Idee zu überzeugen.

Doch Marek erhob sich ruckartig und lief – leider nun wieder recht aufgewühlt – zu dem ‚Panoramafenster' der Höhle, durch das mittlerweile das Licht der untergehenden Sonne fiel und seine Gestalt in einem rot-orangenem Licht badete. Sie sah, wie er die Arme vor der Brust kreuzte, einen tiefen Atemzug nahm und schließlich auch noch die Augen schloss, als wolle er die unangenehme Realität aus seinem Verstand verdrängen. Leider schirmte er sich so vor ihr ab, dass sie seine Anspannung und Ängste nur ganz zart fühlte. Selbst noch als sie wieder dicht an ihn herangetreten war.

„Ist die Idee wirklich so schlecht?", fragte sie zaghaft.

Er senkte den Kopf, schüttelte ihn kaum merklich. „Nein, das ist ja gerade das Beängstigende. Augenblicklich wäre diese Höhle der sicherste Ort für Rian. Aber es ist nur schwer abzusehen, ob das so bleibt."

„Und wenn wir das Tor zerstören, kann sie nicht zurück", fügte Jenna seinen Überlegungen mit einem verständnisvollen Nicken hinzu.

Mareks Augen verengten sich. „Ist dein Job nicht, mich zu beruhigen?"

„Wenn wir aber das Portal schließen, während Roanar und seine Mitstreiter noch in Falaysia sind, sind wir die für eine ganze Weile los!", fuhr sie enthusiastisch fort.

„Schon besser", merkte er mit einem minimalen Schmunzeln an, wurde dann aber schnell wieder ernst. Da seine Anspannung jedoch etwas nachließ, musste das kein schlechtes Zeichen sein. Er legte nun sogar stirnrunzelnd den Kopf schräg und sah schließlich über seine Schulter zu der Landkarte, die auf der Felswand immer mehr Kontur annahm.

„Je länger ich darüber nachdenke, desto besser gefällt mir deine Idee", bemerkte er und schürzte nachdenklich die Lippen.

Jenna wartete geduldig und es dauerte gar nicht lange, bis er weitersprach: „So gut, dass ich der Meinung bin, dass wir, selbst *wenn* wir die ersten am Zielort sind, Roanar vielleicht nach Falaysia reisen lassen sollten."

„Um sie von hier wegzulocken und den Rückweg dicht zu machen!" Jenna nickte begeistert und folgte Marek, als der sich in Bewegung setzte, zügig auf Ilandra und Benny zulief.

„Dann können wir hier in Ruhe gegen sie arbeiten, alle Sklaven befreien und alle Portale in die anderen Welten schließen oder auch zerstören", fuhr sie an seiner Seite fort.

„Das mit dem ‚Zerstören' lässt du bei Ilandra lieber weg", raunte er ihr zu. „Sie reagiert darauf ziemlich empfindlich. Du weißt, Heiligtümer und so …"

Sie kam nur noch dazu zu nicken, weil Leon, Enario und Sheza sich in diesem Augenblick zu ihnen gesellten, die Gesichter voller Fragen. Sie hatten offenbar bemerkt, dass es eine Entwicklung gab.

„Ihr habt einen neuen Plan?", brachte Leon die erste davon hervor.

„Eine *Idee*", verbesserte Jenna ihn rasch, weil sie niemanden enttäuschen wollte. Es genügte ja schon, wenn Ilandra sich gegen sie stellte, um alles platzen zu lassen.

„Die da wäre?", fragte Sheza gewohnt ungeduldig.

„Erklären wir gleich", gab Jenna knapp zurück, weil Marek weiterlief und erst vor der Wand, an der Ilandra immer noch tätig war, stehenblieb.

Jennas Mund öffnete sich vor Staunen, während ihre Augen fasziniert über die feinen Linien wanderten. Dies war *exakt* die Karte, die sie zuvor in den Händen gehalten hatten. Lediglich das bläuliche Leuchten der Magie Malins fehlte.

„Das ist in der Tat beeindruckend", stellte Marek fest. „Bis ins kleinste Detail, würde ich sagen …"

„Sie muss ein fotografisches Gedächtnis haben", stellte Leon fest. „So was wäre sonst nicht möglich."

„Gut, also die Karte hätten wir jetzt wieder", merkte auch Enario enthusiastisch an. „Sollten wir dann nicht einfach aufbrechen?"

„Nein!", widersprach Ilandra ihm streng und wandte sich zu ihnen um. „Das würde uns nicht helfen, weil die Karte nicht so einfach zu lesen ist, wie wir dachten."

Sie sah Benny auffordernd an.

„Das Portal hat uns vorhin nicht an den Ort gebracht, den wir erreichen wollten", erklärte Jennas Bruder rasch.

„Stimmt das?", wandte sich Sheza an Marek.

„Ja, wir sind sehr viel weiter weggebracht worden – in den Nordwesten", gab der Krieger ohne Umschweife zu. „Das heißt aber nicht, dass das jedes Mal passieren wird, denn immerhin wurden wir ja auch zuverlässig hierher zurückgebracht."

„Das tut nichts zur Sache", wandte Ilandra ein. „Ich sagte ja schon, dass ich *diesen* Ort von überall her ansteuern kann. Umgekehrt ist das nicht möglich."

„Und was bedeutet das jetzt?", erkundigte sich Sheza verärgert. „Dass die Karte unbrauchbar ist? In Bezug auf Roanar würde mich das ja freuen, aber für uns ist das mehr als unangenehm."

„Die Karte ist nicht unbrauchbar – sie hat sich nur verschoben", erwiderte Ilandra, aus Jennas Sicht mit einer Engelsgeduld.

„Aber warum? Und wie?", platzte es aus Enario heraus.

„Warum?" Ilandra hob die Brauen. „Was ist in Lyamar anders geworden?"

„Die *Freien* haben angefangen, die Portale zu suchen und dabei diverse Schutzzauber ausgelöst", ging Marek auf ihre Frage ein.

„Dann ist das vielleicht auch einer?", hakte Jenna nach. „Ein Schutzzauber?"

„Davon gehe ich aus", bestätigte Ilandra. „Möglicherweise wurde er von den anderen Zaubern an den heiligen Stätten ausgelöst, vielleicht war es aber auch die Entfernung der Karte aus Malins Zauberkammer."

„Gut – also rückt jetzt die Frage nach dem ‚Wie' in den Vordergrund", merkte Enario an. „Auf welche Weise hat sich die Karte verändert? Ist alles zufällig durcheinandergewirbelt worden?"

„In dem Fall wäre sie tatsächlich nicht mehr zu gebrauchen", wandte Jenna ein, „und ich glaube nicht, dass Malin das so wollte."

„Wo wolltest du denn ursprünglich hin?", wandte sich Ilandra an Marek.

Der Krieger trat noch näher heran. „Hierhin." Er wies auf einen Punkt, der noch relativ nah an ihrem augenblicklichen Standort war.

Ilandra sagte nichts dazu. Stattdessen bewegten sich ihre Brauen aufeinander zu und ihre Augen wanderten über die Karte. Schließlich hob sie ihre Hand und malte einen Kreis um mehrere Kreuze.

„Das sind die heiligen Stätten, die von den *Freien* bisher entweiht wurden", verkündete sie. „Überall dort wurde ein Zauber ausgelöst, der den magisch Begabten, die dort arbeiten, die Kräfte entzieht. Aber die größten Kräfte haben hier gewirkt, als Jenna den Schutz aktivierte, den Malin auf diese Stätte gelegt hatte. Auf seiner Karte war dieser Ort mit einem Symbol gekennzeichnet, das wir für Fruchtbarkeit benutzen: Lorame."

Sie malte eine Linie, von der mehrere Pfeile in die Höhe schossen.

„Ein Knotenpunkt", äußerte Marek. „Ein Ort, an dem es entweder *mehrere* Tore gibt oder *eines*, das wie unseres hier gleich mit mehreren Orten verknüpft ist."

„Das Zeichen für unser Tor hier ist ein anderes", erwiderte Ilandra, „aber mit der anderen Sache liegst du vermutlich richtig."

„Das würde auch erklären, warum Malin die Ausgrabungsstätte so geschützt hat und sie durch den Fluch unzugänglich geworden ist", beteiligte sich Jenna an der Diskussion, die mittlerweile selbst die M'atay angelockt hatte, die ohnehin in der Höhle bleiben wollten. Mit neugierigen Blicken scharten sie sich um die Wandzeichnung. „Ein solcher Knotenpunkt wäre sicherlich eine große Hilfe, um näher an das Herz Lyamars heranzukommen."

„Hier oben ist auch das Lorame-Zeichen", fiel Marek auf und er wies auf das Kreuz ganz im Norden, an dem sie zuvor gewesen waren. „Es gab dort eine geheime Tür, die man nur mit einem Bruchstück Cardasols öffnen kann. Wahrscheinlich wird sich genau dahinter ein weiteres Portal befinden, das uns unter Umständen sehr dicht an die schwebende Insel heranbringen könnte."

Ilandra sah ihn überrascht an. „Das wäre gut möglich."

„Aber es hilft uns jetzt auch nicht dabei, festzustellen, inwieweit sich das Labyrinth oder dessen Energieströme verschoben haben", mischte sich Sheza ein.

Jenna hörte sie jedoch nur aus weiter Ferne. Ihre Augen waren am Mittelpunkt Lyamars hängengeblieben und dieser wurde in ihrem Inneren immer größer, drängte sich ihr nahezu auf.

„Alle Magie hat *hier* ihren Ursprung", hörte sie jemanden sagen und diese Worte rissen sie aus ihrer Trance.

„Ja, genau!", stimmte sie dem Sprecher übereifrig zu und sah sich rasch um, erntete gleichwohl lediglich verstörte Blicke. Hatte sie sich die Stimme nur eingebildet? Im Grunde war das ja auch nicht weiter wichtig.

„Die schwebende Insel ist das Zentrum der Energieströme, wenngleich sie nicht ganz mittig liegt", erklärte sie rasch. „Aber wenn man von dem Punkt im Norden eine gerade Linie hinunter zur Insel ziehen würde", sie vollführte eine anschauliche Bewegung mit der Hand, auch wenn das vielleicht gar nicht nötig war, „… kann man sie bis zu dem Punkt verlängern, an dem wir ursprünglich rauskommen wollten."

„Punktsymmetrie!", entfuhr es Benny begeistert. „Natürlich. Die beiden Orte liegen von der Insel aus punktsymmetrisch zueinander und haben ihr jeweiliges Anreisesymbol ausgetauscht."

„Gut möglich", stimmte Marek ihm nachdenklich zu. „Seht ihr – das hier ist die Höhle der M'atay, die von den *Freien* zerstört wurde, und dort drüben ist der Tempel, zu dem wir danach gereist sind. Sie sind ebenfalls punktsymmetrisch. Bei den Magiern werden sie als Zwillingsorte bezeichnet, weil sie so eng miteinander verbunden sind. Ob deine Austauschtheorie richtig ist, wissen wir aber nur, wenn wir es noch einmal ausprobieren."

„Aber wir sollten einen Ort wählen, der uns möglichst in die Nähe eines der wichtigen Portale zu den anderen Welten führt", schlug Leon vor.

„Und welcher soll das sein?", erkundigte sich Enario. „Wir haben ja vier zur Auswahl."

Wieder wurde es still. Jennas Gedanken überschlugen sich. Die Stimme, die sie gehört hatte, war ohne Frage die Malins gewesen. Malin hatte die Weltenübergänge benutzt, also hatte er gewusst, wie man dort hinreist, diesen Weg jedoch nie auf seiner Karte markiert – vermutlich damit niemand anderer darauf zugreifen konnte. Es war in seinem Gedächtnis gespeichert gewesen.

„Was ist?", hörte sie Marek neben sich fragen und bekam erst in diesem Moment mit, dass um sie herum eine lebhafte Diskussion darüber ausgebrochen war, welches der Kreuze sie nahe genug an die sagenumwobenen Tore heranführten.

„Ich versuche mich zu erinnern", gab sie angestrengt zurück.

„Du meinst, du versuchst, an die Erinnerungen Malins, die er dir bei der Fluchaktivierung mitgegeben hat, heranzukommen?", half er ihr. „Das wird nichts bringen."

„Wieso nicht?"

„Weil ich nicht glaube, dass er ein solches Wissen, einfach so an jeden dahergelaufenen Blutsverwandten weitergeben würde. Der Weg zu diesen wichtigen Portalen gehört bestimmt zu dem Wissen, das er gut versteckt hat."

Jenna sah ihn nachdenklich an und nickte schließlich. „Du hast recht. Aber ich weiß, wer uns helfen kann."

Eine weitere Erklärung ersparte sie sich, lief stattdessen hinüber zu dem Bereich der Höhle, in dem es ihr möglich war, Kontakt zur Außenwelt aufzunehmen.

„Jenna", vernahm sie Mareks leicht verärgerte Stimme hinter sich. „Kannst du mir mal erklären ..."

„Vorhin, als ich versucht habe, meine Tante zu erreichen und sie mich so schnell abgewürgt hat, hat sie mir dennoch kurz ein paar Informationen gesendet – über den Anhänger, den meine Mutter mir vermacht hat."

Marek zog die Brauen zusammen. „Den, der von den *Freien* gestohlen und hierhergebracht wurde?"

„Nein, nicht Iljanor – ein anderer", erklärte sie und blieb vor dem Eingang ihrer ‚Kontaktkammer' stehen. „Das ist eine lange Geschichte, aber sie hat letztendlich herausgefunden, dass zumindest ein Teil von Malins Erinnerungen auf diesem Schmuckstück hinterlassen wurde. Es ist besonders geschützt, aber möglicherweise können wir ihr helfen, den Anhänger zu aktivieren, sie unterstützen und dann ..."

„... bekommen wir eventuell die Informationen, die wir so dringend brauchen", beendete Marek ihren Satz. „Lass es uns versuchen!"

# Geheimes Wissen

In der Kammer war nicht viel Platz, aber da ihnen beiden der Körperkontakt nichts ausmachte – zumindest nicht im negativen Sinne – passten sie dennoch hinein, dicht aneinandergedrängt.

Trotz der Anspannung, unter der sie momentan standen, entwischte Jenna ein leises Lachen, als Marek in dem Versuch, ihr mehr Platz zu verschaffen, ihre Brust berührte und wie ein Teenager ein etwas verschämtes „Tschuldigung" von sich gab. Ihre Reaktion zauberte auch auf seine Lippen ein kleines Schmunzeln, das leider nicht lange erhalten blieb.

„Wie war der Kontakt zu ihr zuvor?", erkundigte er sich. „In der ganzen Aufregung vorhin hatte ich ganz vergessen, das zu fragen."

„Es hat eine Weile gedauert, bis ich zu ihr durchgedrungen bin und die Verbindung war auch nicht sonderlich gut", gestand sie. „Sie stand unter Stress und hatte keine Zeit für mich. Ihr geht es nicht gut, weißt du. Ich glaube, es gab einen kleinen Unfall mit dem Anhänger, an den wir heranwollen."

„Inwiefern?"

„Ich konnte es nicht genau sehen, weil sie mich irgendwie nicht so richtig an ihre Erinnerungen heranlassen wollte. Ich denke, sie wollte mich nicht zusätzlich belasten."

„Hm", machte Marek nur und sie konnte ihm ansehen, wie er über das, was sie gesagt hatte, nachgrübelte. „Wie angeschlagen war sie?"

„Müde. Erschöpft. Aber nicht stark verletzt. Sie ... leidet, glaube ich, unter starken Kopfschmerzen. So hat es sich zumindest für mich angefühlt."

„Normalerweise würde ich sagen, wir lassen sie erst einmal in Ruhe und fragen später genauer nach, was passiert ist", erwiderte Marek, „aber die Zeit haben wir leider nicht."

„Das sehe ich auch so", stimmte sie ihm zu und wollte schon die Augen schließen, um sich besser konzentrieren zu können, doch Marek griff überraschend mit einem leisen „Jenna?" nach ihrer Hand, schob seine Finger zwischen ihre und umschloss sie mit sanftem Druck.

Sie sah ihn fragend an und er holte tief Luft.

„Danke", kam schließlich leise über seine Lippen. „Danke, dass du so geduldig mit mir bist und mir zur Seite stehst."

Jenna war sprachlos. Mit einer solch rührenden Geste hatte sie nun gar nicht gerechnet und sie wusste nicht, was sie darauf sagen sollte.

„Vielleicht ist dir das nicht bewusst", fuhr er fort, „aber du ... du erdest mich – und das meine ich nicht nur in Bezug auf meine Kräfte."

„Marek, ich ...", begann sie, brach jedoch auf sein nachdrückliches Kopfschütteln hin sofort wieder ab.

„Ich will nur, dass du das weißt", sagte er rasch, „und auch wenn ich es nicht immer zeige, oder sogar mit Zorn und Ungeduld auf deine Hilfe reagiere – ich weiß sie zu schätzen."

Sie sah ihn warm an und nickte schließlich. „Verstanden", gab sie zurück, „aber darf ich dich daran erinnern, dass du dasselbe für mich getan hast, als ich wegen Benny und Leon fast durchgedreht bin?"

„Das ist kein Vergleich", gab er mit einem kleinen Lächeln zurück, „du bist und bleibst ein guter Mensch, ganz egal, wie sehr du dich aufregst – ich hingegen kann schnell in eine üble Richtung kippen und dadurch nicht nur durch meine magischen Kräfte zu einer großen Gefahr für andere werden. Im Grunde schützt du nicht nur mich, sondern auch die anderen."

„Das glaube ich nicht", gab Jenna überzeugt zurück. „Du wirst nie wieder zu dem Menschen, der du früher warst."

„Nein, aber vielleicht werde ich schlimmer", erwiderte er mit einem kleinen Lachen, das sie ihm nicht abnahm. Etwas in seinen Augen verriet ihr, dass diese Befürchtung tatsächlich tief in seinem Inneren vorhanden war.

Sie wollte ihm widersprechen, doch das ließ er nicht zu. „Lass uns den Kontakt herstellen", forderte er und wich dabei ihrem Blick aus, ruckelte sich in eine bequemere Position. „Wir haben ohnehin schon zu viel Zeit mit unnützem Gerede verbraucht."

Da war er wieder – der alte Marek. Jenna verkniff sich ein Schmunzeln und schloss nun endlich die Augen, öffnete ihre Sinne zur Außenwelt. Mareks enorme Energie ließ die mentale Suche nach Melina sehr viel leichter werden und so dauerte es nicht lange, bis sie ihre Tante erspürte, sich an sie herantastete und nach ihr rief. Wie immer, wenn sie weit hinausgreifen musste, trafen sie sich in einer Art Traum. Dieses Mal war es der Garten ihrer Großmutter, in den sie schritt. Melina saß im Gras und sah sehr jung aus, nicht älter als zwölf Jahre. Der Anhänger befand sich in ihren Händen und sie drehte ihn hin und her, sodass sich das Licht der Sonne in ihm brach.

‚Ist er nicht schön?‘, fragte sie, ohne aufzusehen.

‚Ja‘, stimmte Jenna ihr zu und ließ sich neben ihr nieder. Es war seltsam, aber sie konnte Marek nicht mehr richtig spüren, stattdessen hatte sie das Gefühl, dass sich etwas Dunkles, Unheimliches in den Gebüschen vor ihr versteckte. War das etwa ein Albtraum, in den sie da geraten war?

‚Er kann nicht rein, solange das Monster da ist‘, erklärte Melina und sah sie nun doch an. In ihre Augen stand ein Hauch von Angst, aber vor allem Trauer geschrieben. ‚Aber dich … dich kann es nicht aufhalten. Niemand kann das!‘

‚Tante Mel‘, begann Jenna, ihre wachsenden Sorgen dabei tapfer zurückdrängend, ‚wir brauchen ganz dringend deine Hilfe … und die des Anhängers.‘‘

‚Ich habe schon befürchtet, dass du das sagst‘, erwiderte Melina und schien sich langsam in ihr richtiges Ich zu verwandeln. ‚Es ist gefährlich, ihn zu aktivieren, weißt du …‘

‚Wenn du Marek wenigstens ein kleines Stück näher heranlässt, kann er dafür sorgen, dass keinem von uns passiert.‘ Die Worte waren ausgesprochen, bevor sie weiter darüber nachgedacht hatte, aber irgendwie wusste sie, dass sie recht hatte.

Melina warf einen besorgten Blick hinüber zum Gebüsch und nickte. ‚Wir können es versuchen‘, gab sie schließlich nach und umfasste den Anhänger mit einer Hand.

‚Du muss nicht viel machen – nur das Wort ausspre-chen‘, wies Jenna sie an und erhielt ein weiteres Nicken. Woher sie das wusste, war ihr auch nicht klar.

„Iljanor!", hörte sie ihre Tante laut und deutlich sagen.

Ein so harmloses kleines Wort und dennoch war seine Wirkung enorm: Im Nu baute sich ein greller Ball aus Licht vor ihrem inneren Auge auf und hätte sie zweifels-ohne verschluckt, hätte nicht eine ebenso gewaltige Kraft ihn aus der Ferne eingefangen und innerhalb von Sekun-den mit ihren Energiefäden umspannt. Das Licht zuckte und pulsierte und aus einem inneren Instinkt heraus griff Jenna nach einem seiner Ausschläge. Ein paar Herzschlä-ge lang stachen kleine Nadeln in ihren Schädel und er-zeugten das Bedürfnis, laut zu schreien, doch dann wurde ein sanftes Prickeln daraus und schließlich nur noch ein hauchzartes Flattern.

Dieses Mal kamen die ersten Bilder langsam. Eine wunderschöne Frau, die sie liebevoll ansah und anschlie-ßend auf ein kleines Bündel in ihren Armen hinabblickte. Ein Baby mit blonden Locken und großen blauen Augen, die noch blind in die Welt starrten.

„Wir gründen unsere eigene Dynastie", sagte die Frau zärtlich und küsste die Stirn des Kindes. „Die der Che-tanoras."

‚Lass dich nicht von den Erinnerungen ablenken‘, ver-nahm sie Marek in ihrem Hinterkopf und erschrak fast, so sehr hatte sie der Anblick fasziniert. ‚Du musst die Erin-nerungen lenken und nicht umgekehrt. Denk an Zydros."

Erneut tauchten Bilder in ihrem Verstand auf, dieses Mal kamen sie jedoch von Marek. Bilder einer Burg am

Rande einer Klippe, gegen die schäumend die hohen Wellen des Ozeans schlugen. Bilder vom Inneren der Festung, von einzelnen Zimmern … und plötzlich war sie zurück in Malins Erinnerungen. Sie befand sich in einer Art Keller, denn sowohl Boden als auch Wände waren gemauert worden, und direkt vor ihr war eines der magischen Portale Melandanors, umrahmt von einem Relief aus Drachenfiguren. Ihre Hand legte sich auf ein Symbol, das wie eine Welle aussah, und Jenna schritt in das glühende Licht des Tores.

Die Szenerie änderte sich und sie befand sich direkt an der Küste, in einem kleinen noch recht gut erhaltenen Tempel auf einer Klippe. Dieses Mal berührte sie ein anderes Zeichen neben dem Torbogen, zwei ineinandergreifende Dreiecke, und wurde direkt in eine Wüste transportiert. Wind peitschte ihr feine Sandkörner ins Gesicht, während sie eines der beiden Symbole an den Seiten des nächsten Portals berührte. Eine geschlängelte Linie und ein … schon war sie war sie wieder an einem neuen Ort, trat in einen kleinen, mit Fackeln beleuchteten Raum. Sie war da! Das musste die Burg in Zydros sein!

Euphorie machte sich in ihr breit und sie fühlte, wie das Licht um sie herum noch heller wurde.

‚Vorsicht!', mahnte Marek sie. ‚Du löst da irgendwas aus! Trenn dich ganz behutsam von der Energie des Anhängers.'

Jenna brachte ihre Emotionen wieder unter Kontrolle, konzentrierte sich stattdessen auf das Energienetz, in das sie sich verstrickt hatte und löste sich ganz langsam und achtsam von ihm. Es war ein Wispern, das sie innehalten ließ, eingebettet in das Knistern, das entstand, kurz bevor sie die alte Magie Malins ganz zurückließ. Sie hörte Worte, verstand sie aber noch nicht, als wäre es … eine geheime Botschaft.

Ihr Blick fiel auf ihre Tante, die immer noch in ihrem Traumgarten saß und sie warm anlächelte. Da war sie wieder, die versteckte Trauer und Angst in ihren Augen.

‚Ihr habt es wirklich geschafft‘, sagte Melina. ‚Ihr konntet die Magie unter Kontrolle halten und das Wissen Malins anzapfen. Nun wissen wir, dass es funktioniert.‘

Jenna nickte, doch das Gefühl, dass etwas seltsam war, ließ sich nicht abschütteln.

‚Wenn du noch mehr herausfinden willst, weißt du ja, wo du mich findest‘, setzte Tante Mel hinzu. ‚Ich hoffe, wir hören bald wieder voneinander.‘

‚Das werden wir‘, versprach Jenna, bevor sie sich zurückzog, in einer unglaublichen Geschwindigkeit zurück in ihren eigenen Geist sank. Sie riss sofort die Augen auf, holte tief Luft und wandte sich aufgeregt Marek zu.

„Das ist es!“, stieß sie mit einem erleichterten Lachen aus und packte seinen Arm, weil sie sich einfach an jemandem festhalten *musste*. „Wir müssen nur das erste Portal finden und danach genau das tun, was Malin mir vorgemacht hat!“

„Das erste Portal?“, wiederholte der Krieger mit erhobenen Brauen.

„Na, in der Vision, die …“, sie hielt inne und ließ die Schultern hängen, „… du nicht gesehen hast, weil du die Energie bändigen musstest, während ich mit ihr verbunden war.“

„Richtig“, stimmte er ihr mit einem kleinen Schmunzeln zu.

„Gut, aber immerhin hat meine Tante dich soweit in ihre Aura gelassen, dass du mir helfen konntest", stellte sie klar, „und wir hatten Erfolg."

„Das ist gut", versuchte auch er sich zu freuen, nur gelang ihm das immer noch nicht so recht und seine Ungeduld war viel deutlicher zu spüren.

„Malin hat dir also gezeigt, auf welchem Weg man nach Zydros kommt?", fragte er, während er sich bereits rückwärts aus der Kammer herausbewegte und ihr dabei schmerzhaft einen Ellenbogen in die Seite rammte, ohne es zu merken.

„Ich glaube nicht, dass er es mir direkt gezeigt hat", erwiderte sie und rieb sich unauffällig die schmerzende Stelle, bevor auch sie endlich genügend Platz hatte, um die Kammer, ohne irgendwo anzustoßen, zu verlassen. „Aber ich habe gesehen, wie er selbst nach Zydros gereist ist, also werden wir das auf dieselbe Weise tun."

„Wenn wir herausfinden können, wo unsere Reise beginnt ...", erwiderte Marek, führte seinen Satz jedoch nicht zu Ende. Seine Aufmerksamkeit wurde von einem anderen Vorgehen ganz in ihrer Nähe in Beschlag genommen, denn ihre ‚Kontaktkammer' befand sich schräg gegenüber dem Portal. Dieses war aktiviert worden und unter Ilandras Abschiedsworten verschwand eine kleine Gruppe M'atay, der sich auch Sheza angeschlossen hatte, darin.

Ilandra verlor keine weitere Zeit und gesellte sich zu ihnen, den fragenden Blick auf Jenna gerichtet. „Hattet ihr Erfolg mit was immer eure Idee gewesen ist?"

„Warum habt ihr schon eine Gruppe losgeschickt?", wollte Marek wissen, bevor Jenna antworten konnte.

„Waren wir uns nicht einig, dass wir unsere nächsten Schritte genau überlegen wollen?"

„Ja, aber du sagtest auch – ganz richtig – dass wir nicht mehr viel Zeit haben, um Roanar zuvorzukommen", gab Ilandra ruhig zurück. „Nachdem euch eine Idee gekommen zu sein schien, wie wir das richtige Portal finden können, hat der Rest von uns sich ebenfalls überlegt, wie wir weiter vorgehen können. Und mir kam dann auch ein Einfall."

Marek hob auffordernd die Brauen. „Der da wäre?", hakte er ungeduldig nach.

„Sie meinte, die heilige Stätte, die uns nach unserer Rettung vor dem Opfertod als Schlafstätte diente, sei von ihrem Volk immer sehr beschützt worden", erklärte Leon, der sich ihnen zusammen mit Enario und Benny ebenfalls näherte. „Da lag die Vermutung nahe, dass etwas Besonderes damit sein muss."

„Sich einen Ort zu suchen, den wir auch unbedingt anreisen *wollen*, um die Theorie mit der Verschiebung im Labyrinth zu testen, war ja auch in eurem Sinne", fügte Benjamin hinzu.

„Ja, aber …" Marek stoppte, schüttelte den Kopf und machte eine ungeduldige Handbewegung in Jennas Richtung. „Erklär du das!"

„Ich weiß jetzt, welchen Weg Malin gegangen ist, um nach Zydros zu kommen", entschied sie sich für die Kurzfassung und erhielt durch Mareks Übersetzung erstaunte Blicke und Laute aus allen Richtungen. „Wie ich das erfahren konnte, erkläre ich später. Ich habe alle Tore gesehen, die angereist werden müssen, aber kenne natürlich deren Lage nicht."

Sie wandte sich Ilandra zu. „Meine Hoffnung war, dass du das erste Tor eventuell wiedererkennst, wenn ich es dir beschreibe."

Die M'atay hob die Schultern. „Ich kenne viele heilige Orte, aber längst nicht alle. Wir können es dennoch gern versuchen."

„Gut." Jenna holte tief Atem, versuchte das erste Bild erneut in ihrem Inneren wachzurufen und begann es dann, so ausführlich wie möglich zu beschreiben. Ilandra hörte ihr aufmerksam zu und bereits bei der Erwähnung des Kellers zuckten ihre Brauen kurz aufeinander zu und ihre Augen verengten sich. Noch deutlicher wurde diese Reaktion bei der Erwähnung der künstlerischen Gestaltung des Portals.

„Drachenfiguren sagst du?", wiederholte sie.

Auf Jennas Nicken hin lief sie los, eilte hinüber zu der Karte und suchte sie kurz mit den Augen ab. „Da!" stieß sie schließlich aus und wies auf eine Stelle in den östlichen Bergen.

„Aber da ist kein Kreuz", stellte Benjamin, der etwas schneller als die anderen bei ihr war, erstaunt fest.

„Das macht Sinn", merkte Marek an. „Malin hat den Weg zum Verbindungsportal zwischen den beiden Ländern selbstverständlich nicht eingezeichnet, weil er nicht wollte, dass ihn jemand anderer benutzt."

„Aber an dieser Stelle liegt das Kellergewölbe, dass ich in meiner Vision gesehen habe?", hakte Jenna nach.

Ilandra nickte mit vor Begeisterung funkelnden Augen.

„Das heißt, du warst schon mal da."

„Nein", war die alles andere als erfreuliche Antwort, „aber ich kannte jemanden, der von seinem Meister in seiner Ausbildung dorthin geführt wurde. Er hat mir davon berichtet, mir den Weg beschrieben ...“

„Ich dachte, das ist verboten“, äußerte Enario seine Verwirrung.

Ilandra senkte den Blick und ihre Wangen röteten sich sichtbar. „Nun wir ... wir standen uns sehr nahe und ...“ Sie schnaufte verärgert und sah die anderen wieder entschlossen an. „Das ist ja auch nicht weiter wichtig, denn wenn es kein anderes Tor mit denselben Drachenfiguren gibt, müssen wir genau dorthin.“

„Einen direkten Weg durch unser Portal wird es nicht geben“, stellte Marek mit einem kritischen Blick auf die Karte fest. „Das würde uns nur an diese vier Punkte führen.“ Er zeigte dabei auf verschiedene Kreuze und verharrte mit dem Finger am Ende über demjenigen, das dem Ort, den Ilandra gezeigt hatte, am nächsten war. „Also sollten wir bis dahin kommen.“

„Von dort aus finde ich den Weg“, versprach Ilandra, drehte sich auf dem Absatz herum und machte sich auf den Weg zum Tor.

Jenna war von so viel Tatendrang vollkommen überfordert und sah deswegen fragend Marek an. Doch der war gerade dabei, seine eigene kleine Karte aus seiner Gürteltasche zu holen, während die übrigen Reisewilligen sich ebenfalls für den anstehenden ‚Ausflug‘ fertig machten.

„Ich markiere mir zur Sicherheit nur schnell die Portale auf meiner Karte“, erklärte er knapp und begann sogleich damit.

Jenna nickte und wandte sich immer noch etwas unschlüssig von ihm ab, bewegte sich auf Enario und Benjamin zu, der ihr aber auf halbem Weg mit ihrem Rucksack entgegenkam. Sie lächelte ihn an und nahm ihm diesen mit einem kurzen ‚Danke' ab, in der Hoffnung, ihr Bruder würde sich danach zu Leon gesellen, um vor Ort zu bleiben. Doch das tat er nicht. Stattdessen lief er wie selbstverständlich mit ihr mit.

Jenna bedachte ihn mit einem irritierten Seitenblick, aber erst, als er am Portal neben die auf sie wartende Ilandra trat und sich auch Marek bei ihnen einfand, sprach sie aus, was sie dachte: „Du glaubst doch nicht etwa, dass du jetzt mitkommst, oder?"

Prompt blitzte Verärgerung in Bennys Augen auf. „*Natürlich* komme ich mit!", empörte er sich. „Vorhin war ich euch auch eine große Hilfe. Das wird hier nicht anders sein."

„Aber es wird vielleicht gefährlich", wandte Jenna schnell ein.

„Ich bin nicht in Roanars Hände gefallen, als ich an deiner und Mareks Seite war", hielt Benny weiter dagegen, „sondern erst, als wir getrennt wurden. Also, wo bin ich dann wohl sicherer?"

Jenna konnte nicht sofort kontern und bewegte ein paar Mal hilflos die Lippen, bevor ihr Verstand etwas wenigstens halbwegs Vernünftiges zusammenbrachte. „Diese Situation ist anders … *diese* Höhle *ist* sicher und…"

„Das hieß es letztes Mal auch", unterbrach Benny sie. „Und du weißt ja, was später passiert ist."

Jenna sah hilfesuchend zu Marek. Der unterstützte sie dieses Mal allerdings nicht, sondern tat genau das, was sie eigentlich nicht gewollt hat: Er winkte Benny mit einem zuversichtlichen „Ich passe schon auf ihn auf!" zu sich heran und brachte obendrein einen Spruch an, den sie über alle Maßen hasste: „Wird Zeit, ein Mann zu werden!"

Ein grobes Rückenklopfen folgte seinen Worten – das Benny auch noch zu genießen schien – und schon verschwand der Bakitarer durch das Tor. Jenna konnte nur noch fassungslos zusehen, wie ihr Bruder dem Krieger voller Enthusiasmus folgte, genauso wie der Rest der kleinen Truppe, die aus Enario, Ilandra und zwei weiteren M'atay bestand.

Sie schloss kurz die Augen und schob ihren Unmut so weit zurück, dass er sie bei der kommenden Aktion nicht behindern würde. Erst dann trat auch sie in das Energiefeld des Portals.

# Male

Nutzlos. Das beschrieb, wie Leon sich fühlte, nachdem die Gruppe um Jenna und Marek die Höhle verlassen hatte. Einsam. Das war das Gefühl, das sich dazu in ihm regte, obgleich er nicht vollkommen allein gelassen worden war. Zwei kleinere Gruppen der M'atay und die beiden geflohenen und von seinen Freunden geretteten Frauen, Lania und ihre Tochter Pila, waren noch mit ihm in der Höhle geblieben. Allerdings würde nur eine der Gruppen – die der Verletzten, Alten und Kinder – wahrscheinlich so wie er für etwas längere Zeit hier auf ihrem Hintern sitzen bleiben. Der anderen hatte Ilandra vor ihrem Aufbruch den Auftrag gegeben, einen weiteren heiligen Ort von der Karte zu besichtigen. Leon hatte zwar nicht den Wortlaut verstanden, die damit einhergegangenen Gesten hatten jedoch genügt, um zu diesem Schluss zu kommen.

Nun sah es schon so aus, als machten sie sich für die Reise fertig, was ihn mit dem kläglichen Rest der ‚Rebellen' zurückließ, der nicht gerade den Eindruck machte, als würde er noch lange auf den Beinen bleiben. Zudem sprachen diese M'atay nur sehr wenig bis gar kein Englisch oder Zyrasisch und waren dadurch keine brauchbaren Gesprächspartner, die die Einsamkeit verdrängen konnten.

Auch Lania und Pila machten nicht gerade einen sehr energiegeladenen Eindruck. Pila hatte ihren Kopf in den Schoß ihrer Mutter gebettet und schien kurz vorm Einschlafen zu sein und auch Lania selbst wirkte nicht viel wacher. Leon würde die beiden bestimmt nicht nerven, nur weil er es kaum ein paar Minuten ohne seine Freunde aushielt. Es gab sicherlich andere Beschäftigungsmöglichkeiten.

Nachdem er kurz überprüft hatte, wie es um seine Wunde stand – leider immer noch nicht so gut, wie er es sich wünschte – erhob er sich und lief wieder hinüber zur Wandkarte. Diese zu studieren, war seiner Ansicht nach die einzig *sinnvolle* Beschäftigung und unter Umständen konnte er ja tatsächlich noch etwas Neues herausfinden, was allen anderen bisher entgangen war.

Ganz langsam ließ er seine Augen über die Karte wandern, versuchte den Weg nachzuvollziehen, den sie bereits zurückgelegt hatten, und anschließend das Vorgehen Roanars genauer unter die Lupe zu nehmen. Die bisherigen Ausgrabungsstellen lagen nicht allzu weit voneinander entfernt – bis auf eine, die sich weiter im Westen befand. Hatte Ilandra nicht erzählt, dass die erste der von den *Freien* eingenommenen Tempelanlagen durch den Aufstand der M'atay von den Zauberern relativ schnell wieder verlassen worden war? Vielleicht war es genau diese. Dann stellte sich die Frage, warum man die nächste Ruine in solcher Entfernung gesucht hatte.

„Es ist riesig, nicht?", ertönte eine weibliche Stimme direkt hinter ihm und Leon zuckte heftig zusammen, stellte aber schnell fest, dass es nur Lania war, die ihre schlafende Tochter am Feuer zurückgelassen hatte.

„Entschuldige", sagte sie betroffen, „ich wollte dich nicht erschrecken."

„Schon gut", winkte Leon rasch ab und versuchte ihr nicht zu deutlich zu zeigen, wie sehr er sich über ihre Kontaktaufnahme freute. Schließlich wollte er sie nicht verschrecken. „Ich muss mich nur erst daran gewöhnen, dass mir hier keine Gefahr droht."

Sie lächelte. „Das müssen wir wohl alle", sagte sie und sah wieder die Wand an. „Als man uns herbrachte, dachte ich, es sei nur eine größere Insel. Ich wäre nie auf die Idee gekommen, dass es sich um Lyamar handelt, weil uns immer erzählt wurde, dass dieser Kontinent unfruchtbar ist."

„Wem sagst du das?", seufzte Leon und runzelte gleich darauf die Stirn. „Ich glaube, wir haben euch noch nie gefragt, von wo ihr herkommt."

„Aus Alame, einem kleinen Tal im Sura-Gebirge in Trachonien", berichtete die Frau mit einem melancholischen Lächeln. „Wir führten dort ein gutes Leben. Aber eines Tages kam ein Mann ins Dorf, der seltsame Fragen über Menschen mit speziellen Fähigkeiten stellte. Er sah nicht aus wie die *Freien* hier, sondern eher gewöhnlich, aber ich fühlte, dass etwas an ihm besonders war, dass er uns ähnelte. Ich war eher neugierig als verängstigt, da die Menschen um mich herum meine Kräfte und die meiner Tochter immer zu schätzen gewusst hatten. Wir waren die Heiler unseres Dorfes."

„Ah", machte Leon nur und nickte. „Ja, solche Leute hat man immer gern in der Nähe.

Sie gab ein leises Lachen von sich, richtete ihren Blick wieder auf die Karte. Der veränderte sich schnell wieder, wurde traurig und sorgenvoll. „Der Mann kam in unsere

Hütte und versprach uns, uns noch weiter auszubilden, unsere Kräfte zu vergrößern. Wir sollten ihm in die Berge folgen. Wir lehnten ab, weil wir mit dem glücklich waren, was wir hatten, aber er muss uns unbemerkt etwas in den Tee geschüttet haben, denn als wir am nächsten Tag erwachten, lagen wir gefesselt auf einem Wagen und wurden verschleppt."

„Das tut mir so leid", sagte Leon leise und legte ihr mitfühlend eine Hand auf die Schulter.

Sie zuckte nicht zurück, sah ihn stattdessen dankbar an. „Ihr habt dem Albtraum ein Ende gemacht und ich werde euch allen auf ewig dafür dankbar sein. Wenn ich also etwas für dich oder jemand anderen aus der Gruppe tun kann, sag es mir. Ich weiß, Pila und ich haben uns zuvor sehr zurückgehalten, aber das lag nur daran, dass wir so furchtbar erschöpft waren und unsere Kräfte nur sehr langsam zurückkehren, aber ..."

Leon hob die Hand und brachte sie so zum Schweigen. „Alles gut. Niemand trägt euch eure Zurückhaltung nach. Wir wissen, dass es euch nicht gut geht."

„Aber es wird besser", gab Lania erfreut bekannt. „Deswegen wollte ich dir anbieten, mir deine Wunde anzusehen. Möglicherweise kann ich bei der Heilung helfen."

„Oh." Leon wusste für einen Moment nicht, was er dazu sagen sollte, denn eigentlich hatte er daran gedacht, Lania noch etwas über ihre Zeit als Sklavin der *Freien* auszufragen – aber vielleicht ging ja auch beides.

Die Frau nickte ihm auffordernd zu und er begann rasch sein Hemd aufzuknöpfen, überlegte dabei angestrengt, wie er das für sie zweifellos sehr unerfreuliche

Thema möglichst sanft und geschickt anschneiden konnte.

„Das sieht gut aus", stellte sie leider sehr schnell fest und schenkte ihm ein aufmunterndes Lächeln. „Wer hat das behandelt? Man kann die Magie noch fühlen. Sie muss außerordentlich stark gewesen sein."

„Marek", gab Leon der Wahrheit entsprechend zurück.

Sie nickte und er konnte sehen, dass der Krieger auch sie bereits beeindruckt hatte. Auf welche Weise – negativ oder positiv – war ihm gleichwohl nicht ganz klar.

„Er … war der Zauberer der Alentara entmachtete, nicht wahr?", fragte sie. „Der Kriegerfürst der Bakitarer?"

„Ja, er … hat viele Name", äußerte Leon vorsichtig. „aber es ist gut, dass er hier ist."

Sie nickte erneut, diesmal sehr viel enthusiastischer. „Er wird Roanar besiegen und dann wird alles wieder gut."

‚Hoffen wir das‘, lag Leon auf der Zunge, doch er sprach die Worte nicht aus. „Ein bisschen Hilfe von unserer Seite wird er dazu schon noch brauchen", sagte er stattdessen und zuckte zusammen, weil Lania ihre Hand behutsam auf seine Wunde legte.

„Die bekommt er", versprach sie, schloss die Augen und ließ ihre Kräfte wirken, bevor er etwas dagegen unternehmen konnte. Seine Wunde kribbelte wie verrückt und er konnte fast fühlen, wie die Heilung beschleunigt wurde.

Lanias gehauchtes Lachen überraschte ihn allerdings, genauso wie der beglückte Ausdruck in ihren Augen. „Das ist … wundervoll", wisperte sie und zog ihre Hand wieder zurück, atmete tief ein, als hätte sie gerade Kraft getankt, anstatt diese abzugeben.

„So etwas habe ich noch nie erlebt!", gestand sie begeistert. „Seine Magie war in gewisser Weise in dir … haften geblieben und wurde durch meine Kraft wieder aktiv. Sie hat diese verstärkt und dabei nicht nur dich weiter geheilt, sondern auch mich." Sie zog die Brauen zusammen, schien über ihre eigenen Worte nachzugrübeln. „Ergibt das für dich irgendeinen Sinn?"

„Ja …", gab er nach kurzem Nachdenken zurück. „Ich bin zwar kein Zauberer, aber besitze die seltene Fähigkeit, Magie in mich aufzunehmen, ohne sie selbst jemals nutzen zu können."

„Oh." Leichte Sorge zeigte sich in ihren Augen. „So wie der Fluch der Ruinen?"

„Nein", beruhigte er sie rasch. „Ich kann niemandem Energie entziehen. Zauberer können mir ihre *freiwillig* geben oder die anderer magisch Begabter auf mich übertragen. Ich habe in dem ganzen Vorgang keinen aktiven Part."

Ihre Züge glätteten sich wieder. „Ich verstehe. Das erklärt, was gerade geschehen ist. Marek muss freiwillig einen kleinen Teil seiner Energie bei dir gelassen haben, um seinen Heilzauber länger wirken zu lassen."

‚Oder unabsichtlich', fügte Leon hinzu, was in seinen Augen wahrscheinlicher war. Der Mann *musste* sich ab und an entladen, etwas von seiner Kraft loswerden, um von dieser nicht verzehrt zu werden. Aber das musste sie ja nicht wissen.

„Es war ganz wundervoll!", schwärmte Lania weiter. „Die Magie wieder zu fühlen und endlich auch wieder nutzen zu können. Der Fluch der Ruinen hat das nämlich unmöglich gemacht. Das letzte Mal kommt mir wie eine halbe Ewigkeit vor."

Ihre vor Freude strahlenden Augen trübten sich im nächsten Augenblick wieder. „Ich hoffe, ich habe jetzt nicht versehentlich *alles* von Mareks Zauber an mich genommen", überlegte sie.

„Mach dir keine Sorgen", beschwichtigte Leon sie, „ich fühle mich gut – sogar besser als zuvor. Also hast du alles richtig gemacht und wenn wir beide Nutznießer davon sind, ist das doch ganz wunderbar."

„Dabei wollte ich dir etwas Gutes tun", seufzte sie und Leon entschloss sich, die Gelegenheit jetzt doch noch beim Schopfe zu packen.

„Das kannst du vielleicht noch", sagte er rasch und wies mit einem Abkippen des Kopfes hinüber zur Karte.

Sie verstand sofort und das freudige Leuchten ihrer Augen erlosch ruckartig. „Ich kenne mich in Lyamar nicht sonderlich gut aus", brachte sie nun schon leicht gequält über ihre Lippen. „Ich habe bisher nur den Dschungel und die Ruine gesehen, an der wir arbeiten mussten."

„Aber eventuell weißt du etwas über diese Ruine, das wichtig ist, oder du hast etwas aufgeschnappt, über das sich die *Freien* unterhalten haben. Etwas, das uns vielleicht weiterhilft."

„Das mit Malin?"

„Zum Beispiel. Kannst du dich noch an den genauen Wortlaut erinnern?"

Sie senkte den Blick und ihre Züge spannten sich ein wenig an. „Nicht ganz genau. Ich weiß nur, dass einer der Aufseher sich darüber lustig gemacht hat, dass die Zauberer hier nach der letzten Ruhestätte Malins suchen. Und er fragte sich, was sie wohl mit dem Leichnam vorhätten. Ein Zauberer, der vorbeiging, fuhr ihn an und sagte etwas in der Richtung, dass es nicht um seinen Körper ginge, sondern um etwas viel Mächtigeres, das er an sich habe."

Leon runzelte die Stirn. „*An* sich oder *bei* sich?"

Lania kam nicht dazu, seine Frage zu beantworten, denn das Portal machte sich mit einem lauten Knistern und dem für es typischen grellen Licht bemerkbar. Jemand kehrte zurück!

Es war nicht Jenna, die in die Höhle trat, sondern eine M'atay, dann noch eine und noch einer … Leon war schnell klar, dass es die Gruppe von Sheza sein musste, wenngleich die Kriegerin erst als vorletzte durch das Tor kam. Sie alle machten einen weder betrübten noch besonders glücklichen Eindruck, dennoch wurden die Falten auf Leons Stirn tiefer, als er Sheza ins Gesicht sah. Irgendwas war passiert. Etwas, das sie aufregte – sie persönlich und niemand anderen. Sie gab sich alle Mühe, das vor den anderen zu verbergen, aber er kannte sie mittlerweile gut genug, um zu wissen, dass etwas faul war.

„Lass uns später weiterreden", sagte er zu Lania und bewegte sich auf seine alte Freundin zu, die ihm schon entgegenkam.

„Wir können jetzt bestätigen, dass unsere Theorie mit der Verschiebung der Symbole richtig war", sagte sie laut zu ihm und gab ihm gleichzeitig mit einem minimalen Kopfschütteln zu verstehen, dass sie nicht vor den anderen über das sprechen wollte, was sie in Wahrheit bewegte.

„Und Geri'Nay", sie wies auf die M'atay, die zuerst aus dem Tor gekommen war, „konnte den anderen Torbogen in der Ruine von damals nicht aktivieren. Unter Umständen braucht man dazu wieder einmal einen Erben Malins. Von den *Freien* haben wir auf dem Weg nicht einmal ein Haar gesehen. Auch nicht von den Gefangenen."

Leon konnte der Kriegerin ansehen, wie sehr sie diese Tatsache bedrückte, war sie doch bestimmt mit der M'atay-Gruppe gegangen, weil sie unbedingt Alentara finden wollte. Nichtsdestotrotz war auch dieser Misserfolg mit Sicherheit nicht der Grund für die Aufregung in ihren Augen.

„Wo sind die anderen?", fragte sie nach einem kurzen Rundumblick.

„Das ist eine längere Geschichte, die die anderen nicht unbedingt nochmal hören müssen", erwiderte er und nickte hinüber zum Höhlenbalkon.

Sheza folgte ihm unverzüglich und als sie nicht mehr in Hörweite der anderen waren, raunte sie ihm zu: „Erzähl's mir später – es gibt etwas sehr viel Wichtigeres!"

Sie warf einen prüfenden Seitenblick auf die anderen, doch die waren nun selbst in klärende Gespräche vertieft und Lania war wieder auf dem Weg zu ihrer Tochter, die durch den Tumult um sie herum aufgewacht war.

„Kannst du dich noch daran erinnern, was ich dir mal über meine Tätowierung erzählt habe?", fragte sie Leon.

Er blinzelte überrascht. „Ja, ich glaube, du sagtest mal, dass sie mit Magie erschaffen wurde."

„Mit der meines Meisters", half sie ihm. „Sie machte es ihm möglich, mir einen Ort zukommen zu lassen, an den ich mich begeben sollte, um ihn zu treffen."

Leon fiel es wie Schuppen vor die Augen und er schnappte nach Luft. „Dein Meister war Roanar!", stieß er leise aus. „Heißt das, er hat dich kontaktiert?"

Sie nickte und Leons Magen machte eine unangenehme Umdrehung.

„Er hat mir Bilder von einem Ort zukommen lassen, den ich noch nie gesehen habe", fuhr sie fort, „aber ich denke, sie waren so eindeutig, dass ich ihn dennoch auf der Landkarte finden werde. Oder er hofft, dass mir ein M'atay hilft." Sie atmete tief durch. „Das war aber noch nicht alles, was er mir sandte. Ich konnte Silas und Kilian sehen. Lass es mich so ausdrücken: Sie sahen nicht sehr gut aus."

Leons Magen verkrampfte sich noch weiter. Der Gedanke, dass ihren Freunden Leid angetan wurde, machte ihn krank. Sie kannten die beiden zwar noch nicht lange, aber irgendwie waren sie ihm bereits ans Herz gewachsen, und er konnte Sheza ansehen, dass es ihr ganz ähnlich ging. Außerdem ließ man seine Kameraden nicht zurück.

„Hat Marek schon irgendetwas in Bezug auf die beiden verlauten lassen?", erkundigte sich Sheza.

Leon schüttelte den Kopf. „Ich glaube, er hat momentan keine Nerven dafür, und wenn ich ehrlich bin, glaube ich nicht, dass er sonderlich gut auf Silas zu sprechen ist."

„Das bin ich auch nicht, aber er gehört immer noch zu unserer Gruppe", brummte Sheza. „Aber Marek ist ja auch nicht für sein großes Mitgefühl bekannt. Die Frage ist jetzt, was *wir* tun."

„So gern ich den beiden helfen würde – wir können unmöglich zu diesem Ort reisen", tat Leon seine Meinung kund.

„Weil es eine Falle ist", nahm Sheza ihm die Worte aus dem Mund, „das weiß ich auch. Aber vielleicht fällt uns eine Möglichkeit ein, wie wir dorthin reisen können, ohne selbst in Gefahr zu geraten – nur um uns anzuhören, was er von uns will und zu verhindern, dass er die beiden noch weiter quält oder gar tötet. Vielleicht können wir ihn austricksen."

„Hat er dir ein Ultimatum gestellt?", wollte Leon wissen.

„Nein, nicht richtig, aber ich denke, bei der nächsten Aktivierung des Mals werden Silas und Kilian noch schlimmer aussehen. Und du bist nicht derjenige, der das dann sehen muss."

„Was aber nicht heißt, dass es mich nicht genauso belastet." Er sah hinüber zu den anderen. „Wir haben nicht genügend magische Feuerkraft, um uns mit Roanar und seinen Handlangern anzulegen, und ich will auch niemanden in Gefahr bringen."

Sheza gab ein frustriertes Schnaufen von sich. „Wenn er seine dummen Kräfte nicht hätte, würde ich ihn innerhalb von Sekunden zerfetzen!", knurrte sie.

Leon sah sie an, blinzelte ein paar Mal, weil ihm ein irrwitziger Einfall gekommen war. „Das ist es!", stieß er aus.

Sheza bedachte ihn mit einem verwirrten Blick. „Du hast schon das ‚Wenn' in meinem Satz mitbekommen, oder?"

„Der Fluch der Ruinen!", lachte Leon, wandte sich um und gab Lania einen Wink, die sich umgehend erhob.

„Was meinst du damit?", wollte Sheza wissen.

„Wir können ihn für uns nutzen, um tatsächlich mit Roanar zu verhandeln, ohne dass er uns etwas antun kann", brabbelte Leon voller Begeisterung für seine Idee los und bewegte sich dabei bereits wieder auf die Wandkarte zu.

„Lania", empfing er die Frau genau dort. „Direkt an der Ruine wurdet ihr nur von den Soldaten beaufsichtigt, oder?"

Die Angesprochene nickte sofort. „Die Zauberer wollten nicht riskieren, dass ihnen ihre Kräfte entzogen werden und hätten uns möglicherweise auch schlechter zusammenhalten können, weil sie keine großartigen Kämpfer sind."

„Denn ihre Zauberkraft funktioniert innerhalb des Fluchfeldes nicht", sagte Leon an Sheza gewandt und die schien langsam zu begreifen, denn ihr Gesicht erhellte sich sichtbar.

„Aber konnten sie nicht in das Feld hineinzaubern?", erkundigte sie sich.

„Nein", war Lanias wundervolle Antwort. „Der Fluch verschlingt jede Magie. Nur deswegen ist es uns ja gelungen, zu fliehen. Sie mussten erst das Kraftfeld umrunden, bevor sie uns folgen konnten."

„Aber die *Freien* werden doch ihre Ausgrabungsstätten nicht verlassen haben", wandte Sheza ein. „Die werden sicherlich bewacht."

„Bis auf eine!", wusste Leon und wies auf die im Westen. „Dort haben vor langer Zeit die M'atay arbeiten müssen. Es gab einen kleinen Krieg, in dem die *Freien* vertrieben wurden, und laut Ilandras Aussage, sind sie nie wieder dorthin zurückgekehrt – was eventuell auch daran liegt, dass sie dort nicht gefunden hatten, wonach sie suchten."

„Der Fluch ist jedoch bestimmt noch aktiv", setzte Lania hinzu. „Wenn er einmal erweckt wird, währt er ewig."

„... und würde uns schützen, weil wir keine magische Begabung haben, die er uns entziehen könnte", merkte

Sheza erfreut an. „Und die normale Lebenskraft tastet er nicht an, sonst hätten die Söldner und Sklavenhändler sich dort ebenfalls nicht aufhalten können."

„Die Frage ist jetzt, ob deine Tätowierung auch andersherum funktioniert", sagte Leon zu Sheza.

„Ich bin kein Zauberer – also nein, es funktioniert nicht", gab Sheza mit hörbarem Frust in der Stimme bekannt und dämpfte damit auch Leons Freude.

„Gut, aber hast du schon mal davon *gehört*, dass ein Magier, der nicht der Erschaffer eines Tattoos war, es nutzen konnte?", versuchte er es weiter. Seine Idee war einfach zu gut, um sie so schnell aufzugeben.

Zwischen Shezas Brauen entstand eine nachdenkliche Falte und schließlich bewegte sich ihr Kopf minimal auf und ab. „So ganz dunkel ist mir, als ob ich etwas in der Art mal gehört hätte. Ich glaube, ein Magier des Zirkels hat über einen Garong, der nicht zu ihm gehörte, einen Treffpunkt mit dessen Meister ausgemacht. Aber wie das genau funktioniert, weiß ich nicht."

„Soll *ich* es versuchen?", bot Lania an.

„Hast du denn genügend Kraft dafür?", fragte Leon erstaunt.

„Die Ruine hat mir nicht alles geraubt – sonst wäre ich gestorben", erklärte sie. „Und das, was noch vorhanden ist, wurde durch Mareks Energie gestärkt und stabilisiert. Einen Versuch wäre es zumindest wert."

„Ein Versuch, bei dem schon wieder jemand in meinem Kopf herumwühlt?" Sheza sah entgeistert von Lania zu Leon.

„Eher nicht", beruhigte er sie. „Ich denke, sie muss sich nur irgendwie mit dem Zauber in deiner Tätowierung verbinden. Du wirst vermutlich gar nichts davon merken."

Sheza atmete gestresst ein und wieder aus, nickte aber schließlich. „Gut, wir können das so machen, aber das heißt noch lange nicht, dass Roanar sich darauf einlässt, sich an einem Ort zu treffen, den *wir* ausgesucht haben. Er wird ihn ohnehin erkennen, und wissen, warum wir ihn erwählt haben."

„Er scheint ein dringendes Anliegen zu haben, wenn er dich mit solchen Bildern ködert", warf Leon ein. „Außerdem glaubt er, uns haushoch überlegen zu sein. Ich denke schon, dass er kommen wird. Er ist arrogant genug dazu."

„Aber wenn er schneller als wir vor Ort ist, könnte er uns trotzdem noch eine Falle stellen", überlegte Sheza weiter.

Das war in der Tat ein guter Einwand und Leon verspürte ohnehin den großen Drang, seine geniale Idee noch besser nutzen zu müssen. Er sah hinüber zu der Gruppe M'atay-Krieger, die mit Sheza zurückgekommen waren. Einige davon waren ebenfalls nicht magisch begabt, aber dennoch hervorragende und erfahrene Kämpfer. *Und* sie besaßen die Fähigkeit, sich im Dschungel zu tarnen.

„Wie wäre es denn, wenn ein Teil von uns schon dorthin reist, *bevor* das Signal an Roanar rausgeht und *wir* diejenigen sind, die *ihm* eine Falle stellen?", ließ er die anderen an seiner soeben entstandenen Idee teilhaben. „Wir müssen ja ohnehin erst einmal herausfinden, wie wir zur Ruine kommen. Wenn uns das gelungen ist, kannst du, Sheza, mit Lania zurückkehren, zusammen mit ihr das Bild in einer der Kontaktkammern aktivieren und danach wieder zu uns reisen."

Die Trachonierin sah ihn ein paar Herzschläge lang nur nachdenklich an. „Du willst Roanar und seine Leute *angreifen*?", fragte sie schließlich.

Leon nickte. „Und unsere Freunde befreien, falls er sie mitbringt – und das wird er, wenn er so arrogant ist, wie ich denke."

„Ich bin dabei!", sagte Sheza mit fester Stimme und Leon wusste ganz genau, was sie dazu bewog, nicht länger zu zögern: Je näher sie an Roanar herankam, desto größer war ihre Chance, auch Alentara zu finden.

„Ich auch", sagte Lania entschlossen. „Aber ich muss nicht *in* die Ruine gehen, oder?"

„Nein", bestätigte Leon sanft, „es reicht, wenn du sie von Weitem siehst, um später genau dieses Bild über Shezas Tätowierung an Roanar zu schicken."

Die Frau atmete erleichtert auf und Leon sah wieder hinüber zu den anderen M'atay. „Jetzt müssen wir nur noch unsere Freunde dazu bringen, bei der Sache mitzumachen."

„Was zu einem Problem werden könnte bei unseren Verständigungsschwierigkeiten", seufzte Sheza.

„Irgendwie kriegen wir das schon hin", merkte der Optimist in Leon an und marschierte los. Sie hatten schon schwierigere Dinge gemeistert und würden auf keinen Fall an so einer Lappalie scheitern.

# Hemmnisse

Benjamin wusste, dass Jenna wütend auf ihn war. Sie sagte zwar nichts, während sie mal wieder im Gänsemarsch bergauf und bergab durch den Dschungel kletterten, aber es war in ihrer Gestik und Mimik zu erkennen, an dem verbissenen Zug um die Lippen und der energischen Falte zwischen ihren Brauen. Er war dennoch froh, mit dabei zu sein. Nicht weil er sich wünschte, wieder in einen Kampf oder Ähnliches verstrickt zu werden, sondern weil er es einfach nicht ertragen hätte, seine Schwester in einer gefährlichen Situation zu wissen und nur warten und hoffen zu können, dass alles gut ging. Er mochte kein Schwertkämpfer oder erfahrener Magier sein, aber *dass* er etwas tun konnte, wenn sie in Gefahr geriet, genügte ihm schon, um ihre Wut in Kauf zu nehmen.

Tröstend war auch, dass er nicht der einzige war, der es sich für die nächste Zeit mit ihr verscherzt hatte. Auch Marek erhielt nur knappe, kühle Antworten von ihr, wenn er sich an sie wandte, ging darauf aber nicht ein, sondern setzte seinen Weg fort, als wäre nichts gewesen. Noch hielt sich der Frust auf allen Seiten also in Grenzen und das war auch gut so, denn wenn sie sich nicht genügend konzentrierten, konnte die ganze Sache sehr schnell in die Hose gehen.

Die Gefahr, dass sie Roanar und seinen Schergen auf dem Weg zur ersten magischen Tür doch noch begegneten, war zwar gering, aber sie war da. Schließlich befanden sie sich, seit sie aus dem Portal getreten waren, wieder in einem Gebiet, in dem die *Freien* schon oft gesichtet worden waren. Dass der Zauberer selbst bereits den Weg zum Übergang nach Falaysia gefunden hatte, konnte sich Benjamin trotzdem nicht vorstellen, schließlich hatte er keine Tante in einer anderen Welt, die auf einen Teil von Malins Wissen zugreifen konnte. Und dann gab es da noch die Verschiebung im Energiefeld, von der er vielleicht auch noch nichts wusste.

An einer Lichtung kam ihre kleine Gruppe zu einem jähen Halt. Das steinerne Gebäude, das sich vor ihnen auftat, war erst auf den zweiten, sehr viel genaueren Blick als solches zu erkennen, denn wie die meisten der Ruinen in Lyamar hatte der üppige Pflanzenwuchs des Dschungels es fast verschluckt. Man konnte kaum erkennen, wie hoch und breit es war. Der Eingang, über dem ein steinerner, von Moos und Ranken bedeckter Drache Wache hielt, war gleichwohl recht prunkvoll, was eigentlich für ein größeres Gebäude sprach.

Ilandra setzte sich wieder in Bewegung und mit ihr der ganze Trupp.

„Yanti sagte mir damals, dass er den Eingang nur mit Hilfe seines Meisters öffnen konnte", erklärte Ilandra, als sie direkt vor diesem erneut stehenblieben. Es war auf keinen Fall ein Portal, sondern tatsächlich nur eine steinerne Tür. „Er war ein Farear und sein Meister zweifach begabt mit den Kräften der Luft und des Feuers."

„Und sie haben damals keinen Fluch ausgelöst?", hakte Jenna nach.

„Nein – denn sie hatten den Segen der Götter.“

„Was soll das heißen?“

„Den Schamanen der M'atay ist es erlaubt, bestimmte Tempel für die Ausbildung ihrer Schüler zu betreten“, erklärte Ilandra. „Ein jeder ist sogar für einen bestimmten Ort verantwortlich, in den er nur ausgewählten Personen Einlass gewähren darf.“

„Unser jetziges Versteck ist der deine, oder?“, fragte Enario und das Nicken Ilandras überraschte wahrscheinlich niemanden.

„Aber es liegen doch nicht auf allen heiligen Stätten Flüche“, wandte Benjamin ein. „Wir haben schon so viele von denen aufgesucht und die Portale benutzt, aber nie einen Fluch zu spüren bekommen.“

„Ja, aber hier ist es anders“, antwortete Marek mit nachdenklich gekrauster Stirn. „Das kann ich fühlen. Auch wenn der Tempel sehr zugewachsen ist, er … strahlt etwas Mächtiges aus.“

Benny versuchte seine Sinne besser zu aktivieren, die Umwelt auch mental abzutasten, so wie er es gelernt hatte und schließlich fühlte er sie auch … diese energetische Wand vor ihnen.

„Und wie sollen *wir* da jetzt reinkommen, ohne den Fluch auszulösen?“, fragte Enario irritiert. „Oder sind wir von den Göttern gesegnet worden, ohne es zu merken?“

„*Sie* sind es“, sagte Ilandra und wies auf Jenna und Benjamin.

„Das Blut Malins …“, kam es über Benjamins Lippen. „Das genügt?“

Sie nickte. „In Verbindung mit der Beherrschung der Elemente Luft und Feuer – ja.“

Sie trat einen Schritt nach links und schob die Ranken einer Kletterpflanze beiseite, um ein Loch in der Wand freizulegen. Das hatten sie doch erst vor Kurzem schon mal gesehen!

„Das kennen wir", teilte Jenna der M'atay mit. So etwas gibt es auch in Jala-manera."

„Die N'gushini haben diese Art von Schloss in einige wichtige Gebäude eingebaut", erwiderte Ilandra mit einem Nicken. „So konnten sie festlegen, wer den Tempel betreten darf und wer nicht."

„Dann öffnen wir die Tür doch mal", schlug Marek vor und suchte auf der anderen Seite nach dem Loch.

Es war seine Bewegung, die irgendetwas in Jenna auslöste, denn plötzlich gab sie ein leises Keuchen von sich und ging in die Knie. Benny war sofort bei ihr, fuhr aber erschrocken zurück, weil sie im selben Moment den Kopf hob und er in das Weiß ihrer verdrehten Augen starrte.

„Alles gut!", vernahm er Mareks Stimme dicht bei sich und wurde ein Stück zurückgeschoben. „Sie hat eine Vision. Währenddessen sieht sie immer so aus. Einfach abwarten – das musste ich auch erst lernen."

„Vi…Vision?", stammelte Benny mit dünner Stimme.

„Ja, seit sie diesen großen Zauber an einer der Ruinen ausgelöst hat, überfallen sie diese von Zeit zu Zeit", erklärte Marek. „Mal sind sie ganz schwach und zeigen kaum Wirkung auf sie und mal sind sie so wie jetzt. Aber wenigstens zuckt und windet sie sich nicht mehr am Boden."

Benjamin sah den Krieger entsetzt an, konnte jedoch nichts mehr dazu sagen, da Jenna soeben aus ihrer Trance erwachte. Marek war umgehend an ihrer Seite und half ihr wieder auf die Beine.

„Niemand … wurde gesegnet", keuchte sie und klammerte sich an den Arm des Kriegers. „Es ist hier etwas anderes …" Sie wies hinüber zur rechten Seite und Marek half ihr, sich dorthin zu bewegen.

„Malin hat den Fluch hier brechen können", erklärte sie dabei. „Er *musste* es tun, weil er den Weg nach Zydros oft benutzte. Dafür hat er einen neuen Schutz errichtet…"

Sie riss an den Schlingpflanzen vor sich, aber erst als Marek einen Dolch zückte und dem wüsten Wachstum der Ranken damit zu Leibe rückte, tat sich etwas. Benjamins Augen weiteten sich. Da war sie schon wieder, die gruselige Statue Malins, nur wenig größer als ein normaler Mensch es war.

Jenna betrachtete sie erst gar nicht lange, sondern griff in die Kapuze der Statue hinein – durch Malins steinernes Gesicht hindurch!

„Berengash marant hadir", sprach sie laut und deutlich.

Ein helles Licht drang aus der Kapuze und für einen kurzen Augenblick surrte und summte es sehr laut um sie herum – bis das Licht wieder erlosch. Jenna zog ihre Hand aus dem Loch und atmete etwas zittrig ein.

„*Jetzt* können wir das Tor öffnen, ohne dass wir einen schlimmen Zauber auslösen", verkündete sie.

„*Du* ruhst dich erst mal aus", beschloss Marek und suchte den Blickkontakt zu Benny. „Passt du kurz auf sie auf?"

Benjamin nickte knapp und schon war Marek wieder am Tor, wies Ilandra an, Jennas Part einzunehmen, deren Ansatz zum Protest er geflissentlich überhört hatte.

„Typisch Männer", knurrte sie nun und verschränkte die Arme vor der Brust, während sie den anderen beiden dabei zusah, wie sie sich in Position brachten. „Wollen nie auf einen hören, wenn es wichtig ist, aber müssen später selbst dauernd den Ton angeben."

„Er hat doch aber recht", erwiderte Benjamin etwas zu vorschnell. „Das gerade eben *hat* dich erschöpft und manchmal ist es besser, sich auszuruhen, damit man danach mit voller Kraft weitermachen kann."

„Ach ja?" Sie sah ihn mit hochgezogenen Brauen an. „Ist ja erstaunlich, wie schnell sich deine Sichtweise ändern kann, wenn du selbst nicht betroffen bist."

Da war sie wieder, die Wut, die seine Schwester die ganze Zeit mit sich herumtrug – und leider auch Ärger in *ihm* erzeugte.

„Ich bin nicht mehr erschöpft!", brummte er zurück. „Und eigentlich kann ich fast dasselbe zurückgeben: Jetzt, wo *du* betroffen bist, findest du es auf einmal blöd, zur Ruhe gezwungen zu werden!"

Sie öffnete den Mund, brachte allerdings nicht gleich etwas heraus. Sehr gut! Er hatte die richtigen Worte gefunden und vielleicht …

„Es ging ja vorhin nicht nur ums Ausruhen, sondern auch um die Gefahr, aus der ich dich heraushalten wollte", fand sie nun doch ein Gegenargument.

Ein lautes Rumpeln verhinderte, dass ihr Gespräch in einen handfesten Streit ausartete, denn vor ihren Augen bewegte sich die Steinwand unter dem Drachen nach hinten und anschließend zur Seite, gab den Blick auf einen dunklen Tunnel frei. Lange hielt die Schwärze darin jedoch nicht an, denn mit einem Zischen wanderte eine leuchtende Linie an einer der Wände des Ganges entlang.

Benjamin trat staunend näher und wunderte sich ein klein wenig, warum Marek mit einem leisen Lachen den

Kopf schüttelte. Das hier war doch alles echt atemberaubend … wie in einem Abenteuerfilm über einen gewissen Archäologen, der mystische Schätze suchte.

„Kein Fluch", stellte Ilandra zufrieden fest, wandte sich dann an die anderen beiden M'atay und tauschte sich kurz mit ihnen aus, bevor sie sich wieder dem Rest ihrer Gruppe zuwandte.

„Gerun und Palir bleiben hier, um das Tor zu bewachen", stellte sie klar. „Sie werden es nicht gegen Roanar und seine Gefolgschaft verteidigen können, sollten diese hier auftauchen, aber können uns eine Warnung zukommen lassen, bevor sie sich selbst in Sicherheit bringen."

„Gute Idee", stimmte Marek ihr zu. „Ich glaube nicht, dass wir in der Festung Feinden begegnen werden, also reicht es, wenn wir zu fünft dort auftauchen. Um Rian und ihre Zieheltern zu holen, braucht es keine Armee."

Ilandra, der Marek während ihres Marsches zum Tempel von dem von ihm und Jenna entwickelten Plan erzählt hatte, nickte und lief gleich darauf los, hinein in den Tunnel.

Benjamin konnte nichts dagegen tun, sobald er die Wände und Decke des Ganges um sich herum hatte, wuchs seine Aufregung und sein Puls beschleunigte sich.

„Also, wir gehen da jetzt nur rein, um Mareks Tochter und deine Freunde zu holen, oder?", fragte er Jenna, die direkt vor ihm lief.

„Und eventuell einen Großteil der Krieger, die dort stationiert sind", setzte Jenna hinzu. „Das stand nicht von Anfang an auf dem Plan, aber vorhin hat Marek das beim Gespräch mit Ilandra überlegt und wenn es möglich ist, tun wir es."

„Okay, und dann kommen wir hierher zurück und … das war's?"

Jenna warf ihm einen mahnenden Blick über die Schulter zu und schüttelte kaum sichtbar den Kopf. Aha! Da war noch etwas anderes im Gange! Schließlich musste doch verhindert werden, dass Roanar einen Weg fand, seine Verbündeten aus der modernen Welt herzuholen.

Viel Raum, seine Gedanken spielen zu lassen, hatte er nicht, denn nun traten sie in eine größere Halle, die Benjamin ein bisschen an den Gebetsraum in der Höhle der M'atay erinnerte. Sie war nur größer und es gab gleich vier Pulte hier und viel mehr Reliefs und Malereien an den Wänden. Das Wichtigste war jedoch vermutlich der Halbbogen an einer der Wände, der im Grunde aus den Körpern und Köpfen von Drachen bestand und dadurch sehr gruselig aussah.

„Das ist er also, der Beginn unserer Reise zurück nach Falaysia", verkündete Enario, die Hände in die Hüften gestützt und den Torbogen kritisch betrachtend. „Wenn ich ehrlich bin, macht das hier keinen besonders vertrauenswürdigen Eindruck auf mich."

„Magst du keine Drachen?", grinste Marek ihn an.

„Nur solche, die trachonische Heere für mich in die Flucht schlagen", erwiderte der Tiko mit einem Augenzwinkern.

Benjamin runzelte verwirrt die Stirn, entschied sich aber dazu, nicht nachzufragen, um nicht als neugieriges, nervendes Kind abgetan zu werden.

„Gibt es bei der Aktivierung dieses Portals auch Besonderheiten, die wir beachten müssen?", wandte sich Ilandra an seine Schwester.

Jenna schüttelte den Kopf, während ihre Augen über den Torbogen flogen, an dem gleich *acht* Symbole zu finden waren. Entschlossen legte sie eine Hand auf eines davon, das einen Kringel nach rechts beschrieb. Doch es geschah nichts. Verwirrung zeigte sich in ihren Augen.

„Aber das war es, was ich in Malins Erinnerungen gesehen habe", gab sie erstaunt von sich.

„War er allein?", erkundigte sich Marek.

Sie dachte kurz nach und schüttelte schließlich zögernd den Kopf. „Ich … ich glaube, ich habe dabei jemanden neben ihm gespürt."

„Einen M'atay?"

Sie hob die Schultern.

„Die Symbole sind nicht alle verschieden", ließ der Bakitarer auch die anderen wissen. „Es sind nur vier, die auf beiden Seiten zu finden sind."

„Dann leg deine Hand auf das Symbol links!", forderte Jenna etwas ungeduldig.

„Warte, nicht so schnell!" Marek griff in seine Gürteltasche, holte daraus wieder die Karte hervor, die er die ganze Zeit mit sich herumtrug, vergrößerte diese innerhalb von Sekunden und strich sie an der Wand vor sich glatt. Benjamin stellte erstaunt fest, dass auch dort die Kreuze und Verbindungslinien von Malins Karte zu finden waren.

„Wo führt uns das Portal hin?", fragte der Krieger Jenna.

„An eine Steilküste", gab sie bekannt und trat so wie auch der Rest der Gruppe näher an ihn heran.

„Gut, dann wird es das hier sein." Er wies auf das einzige Kreuz, das direkt an einer Küste zu finden war. „Und wenn wir mit der Verschiebung recht haben, ist das Portal, mit dem die Symbole vertauscht wurden …", sein Finger wanderte über die Karte, „… hier!"

Das ausgewählte Kreuz befand sich im Gebirge und Benjamin, der sich noch fast direkt vor der magischen Tür befand, suchte rasch dort nach einem Symbol, das einen Berg oder Ähnliches beschrieb.

„Könnte eine Zickzacklinie für Berge stehen?", fragte er die anderen und Marek war mit einem großen Schritt bei ihm.

„Das ist es!", verkündete der Krieger, legte eine Hand auf seine Schulter und drückte sie kurz. „Gut gemacht!"

Benjamin grinste stolz und trat rasch zur Seite, damit Jenna und Marek ihre Positionen vor dem Tor einnehmen konnten. Seine Daumen verschwanden in seinen Fäusten und er drückte fest zu, als der Krieger und seine Schwester synchron ihre Hände auf die Symbole legten.

Dieses Mal tat sich endlich etwas. Von beiden Zeichen aus wanderten zwei verschiedenfarbige Linien aus Licht am Torbogen nach oben und in dem Moment, in dem sie sich trafen, leuchtete das Innere des Tores in dem gewohnten weißlich-bläulichen Licht auf. Zurück blieb wie immer eine seltsame wabernde leuchtende Fläche. Ihr Transportmittel war startklar.

Marek nickte Ilandra zu und die M'atay nahm Benny einfach bei der Hand und trat mit ihm hinein in das Energiefeld. Alles um ihn herum vibrierte und knisterte und mit einem Ruck wurde er nach vorn gerissen, stolperte nur wenige hektische Atemzüge später hinein in einen anderen Tempel. Kühler Wind riss an seinen Kleidern und zwischen den Säulen vor ihm erstreckte sich das tiefe Blau des Ozeans, das nur von dem Weiß der schäumenden Wellen durchbrochen wurde. Das Kreischen von

Möwen über ihm ließ ihn etwas atemlos nach oben sehen und feststellen, dass der Tempel kein Dach hatte, sondern im Grunde nur eine von Säulen umrahmte marmorne Terrasse war, in dessen Mitte statt eines Altars der Torbogen stand.

Enario stolperte soeben hindurch – wenigstens war Benny nicht der einzige, der beim Reisen durch das magische Labyrinth Gleichgewichtsprobleme hatte – und sah sich gleich darauf mit großen Augen um. Aber erst als Marek und Jenna – ebenfalls nicht besonders elegant – durch das Tor traten, wagte Benjamin es, sich über den ersten Erfolg ihrer aufregenden Reise zu freuen.

Die kleine Gruppe sah sich kurz um, nur Jenna lief schnurstracks auf die Rückseite des Torbogens und winkte anschließend Marek zu sich heran. Benjamin folgte ihm umgehend.

„Es geht gleich von hier aus weiter?", fragte der Krieger verblüfft, während Benjamin feststellte, dass das Portal von der anderen Seite aus vollkommen anders aussah. Andere Form, andere Verzierungen, andere Symbole.

Sie nickte knapp. „Das nächste, was ich gesehen habe, war eine Wüste", ließ sie ihn wissen. „Aber die Karte brauchen wir nicht – hier gibt es nur zwei verschiedene Symbole auf beiden Seiten."

„Wir nehmen einfach das, was du *nicht* gesehen hast", nahm Marek Benny die Worte aus dem Mund. Verdammt! Das nächste Mal musste er schneller sein, um seine Nützlichkeit zu beweisen.

Wieder funktionierte die Vorgehensweise der beiden hervorragend und dieses Mal scherte es Benny auch nicht mehr, von Ilandra an der Hand genommen zu werden – zu neugierig war er auf das, was ihn als Nächstes erwartete.

Die Freude an der Reise per magischem Labyrinth verging ihm jedoch in dem Augenblick, in dem ihm mit voller Wucht eine Handvoll Sand ins Gesicht und damit auch in Augen und Mund geschmettert wurde. Er schrie schmerzerfüllt auf, stolperte hustend durch den tiefen Sand, in den seine Füße sanken, und konnte sich schließlich nicht mehr auf den Beinen halten. Der Sturm, in den sie so ahnungslos getreten waren, war zu stark und die Sandkörner fühlten sich wie tausende von Nadelstichen auf der Haut an, von der er wegen der Hitze im Dschungel viel zu viel freigelegt hatte.

„Bleib da unten und beweg dich nicht!", hörte er Ilandra schreien und sehnte sich für einen kurzen Moment nichts sehnlicher als den festen Griff ihrer Hand zurück.

‚Hab ich auch nicht vor!', wollte er gern antworten, aber er wagte es nicht, den Kopf zu heben, kauerte sich stattdessen noch weiter zusammen. Wie lange würde es wohl dauern, bis er ganz unter dem Sand vergraben war?

Seltsamerweise ließ der Wind mit einem Mal deutlich nach. Stattdessen knisterte es laut um ihn herum und er fühlte das vertraute Prickeln von Magie in seinem Körper. Ganz vorsichtig hob er den Blick.

Dicht bei ihm stand Ilandra und bewegte ihre Arme vor sich in langsamen Kreisen. Der Sturm toste und brauste ununterbrochen, doch sie beide – und auch Enario, der kurz nach ihnen durch das Tor gekommen sein musste – befanden sich nun in einer Luftglocke, die keinen Wind und vor allem auch keinen Sand mehr zu ihnen durchließ. Mit einem lauten Prasseln traten nun auch Jenna und Marek in diese Schutzglocke und sahen sich staunend um.

„Na, da sag doch mal einer, dass es immer schlecht ist, der letzte zu sein", merkte der Bakitarer in Enarios Richtung an, der sich gerade etwas schlecht gelaunt den Sand aus der Kleidung schüttelte und von der Haut strich. Der Tiko schnitt ihm eine Grimasse und puhlte sich alles andere als unauffällig in den Ohren herum. Viel Benehmen hatten Krieger offenbar nicht.

„Wie lange kannst du das aufrechthalten?", wandte sich Jenna besorgt an Ilandra, die nun schon einen recht angestrengten Eindruck machte.

„Nicht allzu lange", gab die M'atay zwischen zwei tieferen Atemzügen bekannt.

Alle Augen richteten sich auf Jenna, auf deren Stirn sich tiefe Linien gebildet hatten. „Ich glaube, hier waren es zwei verschiedene Portale, aber ich kann das andere bei diesen Sichtverhältnissen nicht erkennen."

Benny sah sich rasch um, ihre Umgebung schien gleichwohl nur aus sich bewegenden Sandmassen zu bestehen. Es war noch nicht mal der Schatten von etwas anderem zu erkennen … oder doch? Da war etwas am Boden, dunkler als der restliche Untergrund und kaum mehr als zehn Meter entfernt. Wenn die Stürme hier immer so wüteten …

„Da drüben!", rief er, bevor jemand anderes es tun konnte, und sein Herz machte vor Freude ein paar Hüpfer, als Marek unversehens an seiner Seite erschien. Endlich mal jemand, der ihn ernst nahm.

„Siehst du das da am Boden?" Er wies in die Richtung und der Krieger nickte.

„Ist einen Versuch wert", äußerte er und wandte sich zu Ilandra um. „Kannst du dich bewegen, ohne den Zauber aufheben zu müssen? Sonst kann ich …"

„Natürlich kann ich das!", stieß die M'atay fast verärgert aus.

„Na dann", erwiderte Marek und wies mit dem Kinn in Richtung des Objekts, bevor er sich ein Stück zu Benjamin hinunterbeugte. „Zweifle nie an den Fähigkeiten einer Frau", wisperte er und zwinkerte ihm verschwörerisch zu. „Zumindest nicht laut."

Benjamin verkniff sich ein breites Grinsen und folgte dem Krieger, als sie sich alle gemeinsam in Bewegung setzten, schwerfällig durch den tiefen und unter ihren Füßen ständig wegrutschenden Sand stapften.

„Was war das gerade?", ertönte Jennas Stimme an Benjamins anderer Seite. Ihr kritischer Blick war allerdings nicht auf ihn gerichtet, sondern auf Marek.

„Ein kleiner hilfreicher Tipp für Heranwachsende", erwiderte der Krieger mit einem minimalen Schmunzeln und Jennas Augen verengten sich.

„Hilfreich, meinst du?" Sie wollte vermutlich streng aussehen, mit der prägnanten Falte zwischen den Brauen, aber Benjamin konnte sehen, wie schwer es ihr fiel, ihre Verärgerung über Mareks Einmischung in den geschwisterlichen Streit weiter aufrechtzuhalten.

„Zweifelst du etwa daran?", neckte der Krieger sie bedauerlicherweise weiter.

„Sieht man mir das an?", gab sie mit einem aufgesetzten Lächeln zurück.

Er tat so, als müsse er lange darüber nachdenken, und nickte schließlich. „Irgendwie schon ... unverständlicherweise."

„Ich erkläre es dir gern später, wenn wir alles Wichtige erledigt und mehr Ruhe haben", entschied sie und ihr Ton hätte Benjamin ordentlich Unbehagen bereitet – bei

Marek zeigte er gleichwohl keine Wirkung. Er grinste nun sogar.

„Ich *bitte* darum", gab er provokant zurück und Jenna strengte sich erneut an, ihn böse anzusehen. Wäre da bloß nicht das verräterische Zucken einer ihrer Mundwinkel gewesen …

„Das sieht in der Tat nach einem Gebäudeteil aus", drang Enarios tiefe Stimme an Bennys Ohren und brachte die Aufmerksamkeit aller zurück zu dem, was wichtig war.

Sie waren nun so nah an das Objekt herangekommen, dass die Schutzglocke seine Ränder berührte und es schließlich umschloss. Es war eindeutig aus Stein und groß. Benny konnte nicht anders. Er besaß nicht die Geduld, zu warten, bis jeder das steinerne Etwas erreicht hatten und rannte stattdessen los – zumindest versuchte er es trotz des tiefen Sandes und kam schließlich keuchend eine halbe Minute früher an dem Objekt an als die anderen. Es sah aus wie die Ecke von irgendetwas.

Er fiel daneben auf die Knie und fing an, den Sand, der sich auf dem Mauerrest – oder was es auch immer war – abgelagert hatte, mit beiden Händen wegzuscharren. Schnell erkannte er, dass dieser größer war als erwartet. Vielleicht sogar *zu* groß, um ihn auszugraben. Shit! Sie brauchten das Tor doch, um weiterzukommen!

„Das macht keinen Sinn", konnte er Marek hinter sich hören. „Da müssen andere Kräfte ran."

„Ja, und zwar bald", ächzte Ilandra.

Ein Blick hinüber zur M'atay genügte, um zu wissen, dass sie ihnen den Sturm nicht mehr allzu lange vom Hals halten konnte.

„Aber du …", begann Jenna besorgt, Marek schüttelte allerdings sofort den Kopf.

„Wir machen das zusammen – wir alle drei, dann geht das schon."

„Was?!", stieß Jenna entgeistert aus.

„Dein Bruder ist auch ein Skiar", erklärte Marek knapp. „Ich habe ihn schon in der Burg angeleitet und daher wird es nicht schwer sein, die Verbindung zu ihm erneut herzustellen und ihn zu lenken."

„Bin dabei!", stieß Benny etwas atemlos aus, weil die Vorstellung einen Zauber zusammen mit Marek und Jenna zu vollbringen einfach *Wahnsinn* war!

„Auf diese Weise überanstrengt sich keiner von uns", erklärte Marek, „und das …"

„Schon gut, schon gut", winkte Jenna ab und trat erneut an Bennys andere Seite. „Tun wir's. Die Zeit drängt."

Benjamin atmete tief ein und schloss die Augen. Die Verbindung zu seiner Schwester war umgehend da, vor Mareks Energiefeld prallte er jedoch zurück. Erst jetzt, aus der Nähe, nahm er wahr, wie hell und kräftig es leuchtete, wie enorm die Energien waren, die sich in seinem Inneren bewegten. Beängstigend und faszinierend zugleich.

‚Ganz ruhig', vernahm er Jenna in seinem Verstand. ‚Du kannst dich auch nur mit mir verknüpfen, dann fühlt sich der Kontakt mit Marek nicht so intensiv an.'

Benjamin kam ihrem Ratschlag, ohne zu zögern, nach und dennoch fühlte er den enormen Energiefluss aus Mareks Richtung auf eine Weise, die ihm den Atem raubte und seinen Puls beschleunigte. Wahrscheinlich war die Verbindung in Camilor dadurch abgeschwächt worden, dass Marek seine Kräfte dort auf mehrfache Weise an verschiedenen Orten angewandt hatte und …

‚Ganz genau‘, vernahm er nun auch Marek, ‚und jetzt konzentrier dich auf das, was vor uns liegt.‘

Das war eine gute Idee. Auf der mentalen Ebene sah der Gebäudeteil ganz anders aus als in der materiellen Welt. Er glühte in einem warmen Violett – nicht besonders auffällig, jedoch genügend, um zu wissen, dass Magie in ihm schlummerte.

‚Fixiert euch auf die Strukturen des Sandes, seine Berührungspunkte mit dem Portal‘, wies Marek sie beide an, ‚verbindet euch mit eurem Element und bringt es dazu, sich von dem Mauerwerk zu lösen.‘

Benny fühlte wie Jenna nach der Energie ihres Elements griff und tat es ihr nach, sank tief in die Verbindung, fühlte den Stein, als ob er ihn selbst berührte, und schob ihn behutsam von sich weg. Seine Augen öffneten sich dabei ganz automatisch und mit großer Euphorie in seinen Adern konnte er sehen, wie der Sand auch in der materiellen Welt zurückwich, nach und nach einen weiteren Torbogen freigab, den die Natur in der Tat umgeworfen hatte.

‚Sehr gut!‘, hörte er Marek in seinem Kopf und schließlich tat sich etwas von dessen Seite aus. Eine weitere Kraft kam von außen hinzu, ihr ganzes Umfeld schien zu vibrieren und der Torbogen erhob sich, wie von Geisterhand geführt, richtete sich auf und sank mit dem unteren Teil wieder ein Stück weit in den Boden. Sand rieselte von den Ornamenten, die das antike Bauwerk schmückten, aber bis auf ein paar Bruchstellen und wenig dramatische Risse, war es relativ unbeschädigt. Erstaunlich, welch positive Wirkung Magie auf ihre Umwelt haben konnte, denn das Portal hatte sicherlich einige hundert Jahre auf dem Buckel.

‚Lös dich vorsichtig von dem Sand‘, hörte er Jenna in seinem Kopf und tat, wie ihm geheißen. Wie immer überkam ihn dabei binnen kurzem ein starkes Gefühl der Erschöpfung und er musste sich sehr zusammenreißen, um nicht zu wanken.

Marek, der das Portal bewegt hatte, kappte nun ebenfalls seine Verbindung zu diesem, was man überdeutlich an dem leichten Ruck erkennen konnte, der durch das Bauwerk ging. Dennoch konnte Benjamin fühlen, dass der Krieger seine Magie weiterhin nutzte. Vielleicht unterstützte er nun Ilandra, weil die junge Frau mittlerweile in Schweiß gebadet war und sehr schwer atmete.

„Funktioniert das Ding noch?", wollte Enario wissen und kam neugierig näher.

„Ich denke schon", antwortete Marek und suchte dabei Jennas Blick.

„Wir versuchen es einfach", entschied diese. „Hier gibt es auch nur zwei verschiedene Symbole, also ..."

Sie legte ihre Hand auf eines der Zeichen und Marek tat es auf der anderen Seite. Erleichterung durchflutete Benjamin, als erneut zwei Linien an dem alten Rahmen entlangflossen und sich oben in dem Symbol Malins verbanden. Doch genau in dem Augenblick, in dem das Portal aktiv wurde, war der Sturm plötzlich zurück. Sandkörner prallten schmerzhaft auf Benjamins Körper und der Wind schob ihn vorwärts, fast in das Tor hinein. Jedoch nur fast. Seine Augen mit den Händen abschirmend, wandte Benjamin sich sorgenvoll um. Ilandra lag am Boden und rührte sich nicht mehr.

„Enario!", schrie Marek gegen den tosenden Sturm an und das genügte dem großen Mann, um sich gegen den Wind zu stemmen und rasch zu Ilandra hinüberzulaufen, um sie sich auf die Schulter zu laden.

„Los!" Marek packte Bennys Arm mit seiner freien Hand und schob ihn auf das Portal zu, das durch die Sandkörner, die auf die Oberfläche prasselten, furchterregend knisterte. „Rein da!"

Benjamin zögerte nicht länger. Es fühlte sich zwar nicht gut an, der erste zu sein, der in ein unbekanntes Umfeld trat, aber einer musste es ja tun – und wollte er nicht endlich zu den Erwachsenen gehören?

Die Reise per Portal fühlte sich nicht anders an als zuvor. Das Vibrieren und Kribbeln, der Sog, das Gefühl, Raum und Zeit zu überwinden … alles war dasselbe. Nur stolperte er dieses Mal nicht in einen Tempel mitten in der Natur, sondern in einen dunklen Raum. Ein lautes Puffen ließ ihn erschrocken zusammenzucken und mit dem nächsten Atemzug erleuchtete eine – nein, zwei … drei … vier Fackeln den Keller, in dem er sich befand. Es standen ein paar Fässer und Kisten herum, aber es gab keine Fenster. Keller war also eine gute Einschätzung.

Das Knacken und Knistern hinter ihm veranlasste ihn dazu, rasch ein paar Schritte zur Seite zu machen. Nur Sekunden danach taumelte Enario durch das schlichte Portal, aus dem auch Benny zuvor gekommen war. Über seiner Schulter hing immer noch Ilandra, doch die junge Frau bewegte sich bereits wieder, blinzelte verwirrt und hustete ein paar Mal.

„Wir sind da, oder?", stieß Enario erfreut aus und drehte sich im Kreis. „Wir sind in der Festung!"

Benjamin hob die Schultern, doch insgeheim dachte er dasselbe.

Mit dem nächsten energetischen Krachen traten nun endlich auch Jenna und Marek durch das Tor und nach einem kurzen Rundumblick bestätigte er mit einem erleichterten Lachen Enarios Annahme: „Es hat funktioniert! Wir sind da!"

# Schlechte Ideen

Obgleich Jenna es in der Erinnerung Malins gesehen hatte, konnte sie kaum glauben, nicht mehr in Lyamar zu sein. Aus ihrer Welt war sie es gewohnt, dass manch entlegener Ort dank moderner Transportmittel wie Flugzeuge und Schnellzüge in unglaublich kurzer Zeit erreicht werden konnten. Aber weniger als eine halbe Minute zu brauchen, um von einem *Kontinent* zum anderen zu gelangen, war etwas, das ihre Vorstellungskraft sprengte.

Gut – sie war auch schon mehrmals innerhalb derselben kurzen Zeitspanne von einer *Welt* in eine andere gereist, aber das wiederum war derart abstrakt gewesen, dass es sich schon wieder normal und in gewisser Weise logisch für sie angefühlt hatte.

„Warst du schon mal hier, in diesem Raum?", riss Enario sie aus ihren Überlegungen. Seine Frage hatte er allerdings nicht an sie gerichtet, sondern an Marek, der bereits zur Tür gelaufen war und diese leise geöffnet hatte. Der Bakitarer hob kurz die Hand und spähte hinaus, dann erst wandte er sich zu seinem Freund um.

„Nein", gab er zu. „Aber die Wappen an den Kisten sind die von König Ulef und der hat bekanntlich einst in der Festung von Zydros gelebt. Die ganze Burg ist voll davon. Du kennst ja die Könige und ihre Geltungssucht."

„Warum sind wir so vorsichtig?", erkundigte sich Benjamin ebenfalls in dem gedämpften Ton, in den auch die beiden erwachsenen Männer verfallen waren.

„Es ist zwar äußerst unwahrscheinlich, dass Roanar schon hier ist", gab Marek bekannt, „aber Vorsicht ist nie falsch."

Er sah hinüber zu Ilandra, die sich, nachdem Enario sie abgesetzt hatte, zunächst erschöpft auf eine der Kisten gesetzt hatte, nun aber aufstand und wankend in ihre Mitte trat.

„Wie geht es dir?", fragte Marek stirnrunzelnd.

„Besser", erwiderte die M'atay. „Danke für deine Hilfe vorhin, aber anscheinend hat selbst das nicht mehr genügt."

„Wir sind unversehrt hergekommen, weil du dich so selbstlos für uns eingesetzt hast", erwiderte der Bakitarer. „Es sind also *wir*, die dir zu danken haben."

Ein kleines Lächeln zeigte sich auf ihren Lippen und schließlich nickte sie und atmete tief durch. „Wie gehen wir weiter vor?", wollte sie wissen.

„Wenn Rian auf mich gehört hat, ist sie mit ihren Zieheltern und den beiden Leibwächtern in den Keller unter dem Haupthaus gezogen", erklärte Marek. „Dort gibt es nicht nur ein paar wohnlich eingerichtete Zimmer, sondern auch einen Geheimgang, der nach draußen führt und den sie benutzen sollen, falls die Festung vom Feind eingenommen wird. Ich weiß nicht *genau*, wo wir jetzt sind, aber ich würde vermuten, unter dem zur Klippe hin liegenden Turm. Von dort aus ist es nicht sehr weit zum Haupthaus, aber es gibt sicherlich keinen direkten Übergang von diesem zum anderen Keller."

„Das heißt, wir müssen nach oben", schloss Enario. „Klappt das, ohne dass die hier stationierten Krieger uns angreifen?"

Marek dachte kurz nach und schüttelte den Kopf. „Ich gehe vor und kläre die Männer auf. Mich allein werden und können sie nicht angreifen. Ihr kommt in ein paar Minuten nach."

Jenna gefiel der Plan nicht so richtig, dennoch nickte sie tapfer mit den anderen. Nach allem, was sie gesehen und gehört hatten, war es in der Tat sehr unwahrscheinlich, dass die *Freien* hier waren, und mit Hilfe seiner Magie konnte Marek ohne Frage den ein oder anderen versehentlich auf ihn abgeschossenen Pfeil blocken. Ihm würde nichts passieren und in ein paar Minuten würden sie wieder vereint sein.

Mit dem nächsten Wimpernschlag war der Bakitarer auch schon in den angrenzenden Flur verschwunden und Jenna wandte sich den anderen zu, sah vor allem ihren Bruder an.

„Siehst du", sagte er prompt, „alles ganz ungefährlich und ich konnte euch sogar helfen."

„Das konnten wir aber vorher nicht wissen", erwiderte sie, doch der Ärger, der am Anfang in ihr rumort hatte, war fast ganz verschwunden. „Lass uns später noch mal in Ruhe darüber sprechen."

Benny nickte nach kurzem Nachdenken und Enario nutze sein Schweigen, um selbst zu Wort zu kommen: „Wie sieht der Plan jetzt aus? Haben wir immer noch vor, die *Freien* hier festzusetzen? Dann müssten wir sie ja herlocken."

„Nein", entschied Jenna, „wenn sie nicht hier sind, wandeln wir den Plan ab. Wir holen nur Rian, reisen nach

Lyamar und schließen das Tor hinter uns. Vielleicht sollten wir noch mal darüber nachdenken, die hier stationierten Soldaten ebenfalls mitzunehmen. Ein bisschen Verstärkung könnten wir drüben gebrauchen."

Enario öffnete den Mund, doch Ilandra kam ihm zuvor. „Was meinst du mit ‚schließen'?", fragte sie argwöhnisch.

Jenna wollte ihr antworten, die M'atay krümmte sich jedoch plötzlich mit einem Aufschrei zusammen und ging in die Knie. Jenna war umgehend bei ihr und Ilandra griff nach ihren Armen, sah sie mit weit aufgerissenen Augen an.

„Sie kommen!", stieß sie entsetzt aus. „Die *Freien*! Sie haben Gerun getötet und zwingen Palir, das erste Tor mit ihnen zu öffnen!"

Jenna wurde schlecht und ihr Herz setzte seine Arbeit für ein paar Sekunden aus, bevor es in einem irrsinnigen Tempo weiterpolterte. Sie dachte nicht weiter nach, sondern ließ Ilandra los und stürzte aus dem Raum, den Gang entlang, durch den Marek soeben erst gelaufen war. Sie brauchte nur eine halbe Minute, um zu dessen Ende zu kommen, konnte dabei hören, wie ihre Freunde ihr folgten, und jagte die Treppe hinauf. Gleichzeitig griff sie geistig nach Marek, fühlte seine Verwunderung und sandte ihm nur, was Ilandra ihr eben gesagt hatte: ‚Sie kommen!'

Im nächsten Moment stürzte sie auch schon in den vom Licht des Vollmondes erleuchteten Hof, in dem sich Marek, umgeben von einem Dutzend bewaffneter Krieger, befand. Er eilte ihr entgegen, ebenso fassungslos wie sie.

„Wie ist das möglich?!", stieß er aus, als die beiden Gruppen zueinander fanden, schüttelte aber unmittelbar den Kopf. „Vergiss die Frage!"

Er wandte sich seinen Kriegern zu und gab ihnen den Befehl, sich auf den Palisaden zu verschanzen und die Zauberer unter Beschuss zu nehmen, sobald sie aus dem Turm kamen. Dort oben würden sie vor der Magie dieser Leute geschützt sein.

„Zu den Stallungen!", stieß er anschließend in Richtung seiner Freunde aus und eilte los.

„Sollten wir nicht vor dem Portal Stellung beziehen?", hakte Enario im Laufen nach, aber Marek schüttelte den Kopf.

„Roanar kommt ohne jeden Zweifel mit einer ganzen Gruppe von Zauberern und Soldaten", gab er angespannt zurück. „Die können wir nicht alle aufhalten und wir müssen durch das Tor zurück, also dafür sorgen, dass sie von dort verschwinden."

„Also doch Plan A?", fragte Jenna.

„Plan A", bestätigte Marek und stieß die Stalltür auf.

Ein sehr kräftiger Stallbursche, der ein Schwert unter seinem Mantel hervorzog und dessen Gesicht Jenna bekannt vorkam, stürzte grimmig auf sie zu, hielt aber unversehens inne, als er Marek erkannte.

„Was ...?", kam ihm erstaunt über die Lippen, doch Marek schob ihn nur mit einem „Keine Zeit!" grob zur Seite und lief in eine der Boxen, direkt auf eine der Steinwände zu.

„Enario und Ilandra – bleibt hier oben und haltet uns den Rücken frei!", warf er den anderen zu und überraschte zweifellos alle, als er nach etwas an der Wand griff und sich eine Tür öffnete, die zuvor nicht zu erkennen gewesen war. Dann war er auch schon in den Raum dahinter verschwunden.

Kein Raum, stellte Jenna fest, als sie ihm ohne zu zögern folgte, sondern eine einfache Holztreppe, die hinab in einen weiteren Keller führte. Sie sah, dass Marek auch dort unten von einem Krieger aufgehalten wurde, und bedachte den Mann, als sie und Benny sich ebenfalls in dem engen Gang an ihm vorbeischoben, mit einem entschuldigenden Lächeln. Nur wenig später erreichten sie einen etwas größeren Raum, der an eine Wohnstube erinnerte und sogar einen Kamin besaß.

Jenna hielt atemlos inne, denn der alte Mann, der sich gerade von einem der dort stehenden Sessel erhob, war ihr so vertraut, dass nicht nur ein dicker Kloß in ihrem Hals entstand, sondern ihr auch noch auf Anhieb Tränen in die Augen stiegen.

„Gideon!", stieß sie erstickt aus und ihr alter Freund, der sich gerade noch voller Sorge Marek hatte zuwenden wollen, sah überrascht zu ihr hinüber.

„Jenna?", kam es ungläubig über seine Lippen.

Das genügte, um sie auf ihn zurennen zu lassen und so fest in die Arme zu schließen, dass der Alte ein überraschtes „Uff!" von sich gab. Sie fühlte ihn lachen und rückte wieder von ihm ab, blinzelte die Tränen weg, die sich längst selbstständig gemacht hatten.

„Was machst …", begann er, doch Marek ging ungeduldig dazwischen.

„Wir haben keine Zeit für so was!", brummte er, während er sie auseinanderschob. „Wo ist Rian?"

„Dort in dem Zimmer." Gideon wies auf die linke der beiden Türen, die an einer Wand zu finden waren.

Schon war Marek dort und verschwand in dem Zimmer, während sich zur gleichen Zeit die Tür des anderen öffnete. Auch das Gesicht, das sich dort im Spalt zeigte, kannte Jenna. Dieses Mal riss sie sich jedoch zusammen.

„Greift euch alles, was ihr unbedingt mitnehmen müsst – so schnell wie möglich", wies sie Gideon an. „Wir werden gleich angegriffen."

Tala verschwand wieder ins Zimmer und Gideon lief zum Kamin, neben dem ein Beutel stand, der vermutlich schon für einen solchen Notfall gepackt worden war.

„Und wer bist du?", fragte der Alte Benjamin, als er mit dem Beutel auf dem Rücken wieder bei ihnen war.

„Mein Bruder Benny", stellte Jenna ihn vor, wurde jedoch gleich wieder abgelenkt, weil Marek aus dem anderen Raum kam, seine gerade erst erwachende Tochter auf dem Arm. Meine Güte war das Mädchen gewachsen und dennoch sah sie im Arm ihres Vaters so winzig aus, dass sofort Jennas Beschützerinstinkt geweckt wurde.

„Okay – wir können los!", brachte Marek nun noch angespannter als zuvor heraus, während Rian sich schlaftrunken die Augen rieb und nur ganz langsam zu begreifen schien, wer da gekommen war, um sie zu holen. Ein stummes, ungläubiges ‚Papa!' kam über ihre Lippen, bevor sie ihre Arme fest um seinen Hals schlang und ihr Gesicht gegen seine Schulter drückte.

Während der Anblick Jennas Herz zum Schmelzen brachte, schien Marek selbst gar nichts davon mitzubekommen, denn er erklärte Gideon und Tala gerade rasch, dass sie erst einmal nur hinauf in die Stallungen gehen und dort warten sollten. Eigentlich hatte er auch recht. Sie konnten sich mit ihren Lieben beschäftigen, wenn sie in Sicherheit waren.

„Was ist mit dem Amulett?", brachte sie deswegen an, als sie hinter ihm durch den Gang eilte.

Marek blieb ruckartig stehen, jedoch nicht wegen ihrer Frage, sondern wegen der dumpfen Schreie und des nachfolgenden Gerumpels von oben. Sand rieselte von der Decke und Jenna wusste, dass kein Bombeneinschlag, sondern der Einsatz von Magie die Erde über ihnen zum Beben brachte.

„Wissen die, wo wir sind?", raunte sie Marek zu.

Der Krieger schüttelte angespannt den Kopf. „Ich glaube, ihre Zauber prallen auf den Schutzschild des Amuletts."

„Heißt das, der Schutz erstreckt sich auch über die inneren Bereiche?"

„Nein." Marek lief nun weiter, den Blick wieder nach vorn auf die Treppe gerichtet, die sie jetzt fast erreicht hatten. „Wie ich schon sagte: Der Zauber sollte Angreifer von außen abwehren. Deswegen sind die Krieger auf den Palisaden sicher."

„Das heißt, Schutz durch das Amulett bekommen wir nur, wenn wir es berühren und wieder für uns aktivieren", schloss sie.

„Ganz genau", stimmte Marek ihr zu und blieb nun vor der Treppe stehen. „Wir könnten es zwar aus der Ferne fühlen und versuchen, die Magie umzupolen, aber das sind keine genauen Zauber mehr und wir würden dabei verraten, wo es versteckt ist, und das gilt es unbedingt zu verhindern. Hier – nimm sie!"

Jenna streckte umgehend die Arme nach Rian aus, als Marek sich vorbeugte und sein Kind so packte, dass er es ihr übergeben konnte, doch die Kleine sträubte sich, hielt sich an seinem Hals fest.

„Rian! Lass das!", forderte er verärgert, aber erst auf Jennas beruhigendes „Alles gut – dein Papa nimmt dich gleich wieder", ließ das Mädchen ihn los und sich auf ihren Arm nehmen.

Leicht war sie mit ihren nun fast sieben Jahren nicht gerade und Jenna fragte sich, ob es ihr überhaupt gelingen würde, das Kind die Treppe hinaufzutragen. Zur Not musste sie trotz ihrer Müdigkeit laufen. Marek schien keinen Gedanken daran zu verschwenden, denn er zog sein Schwert und lief ihnen voraus.

„Also, Rian, los geht's!", sagte sie optimistisch, verlagerte das Gewicht des verängstigten Kindes noch einmal und machte sich an den beschwerlichen Aufstieg. „Denk daran: Wenn wir oben sind, keinen Mucks mehr und halte dich einfach an mir oder an deinem Vater fest – ja?"

„Ja", gab die Kleine mit dünner Stimme zurück.

Jennas Oberschenkelmuskulatur schmerzte und zitterte, als sie endlich oben ankam, und sie war heilfroh, als Marek ihr sein Kind wieder abnahm. Der Feind war tatsächlich noch nicht bis in die Stallungen gekommen, aber der nun sehr viel deutlicher wahrnehmbare Krach, gemischt mit dem Geschrei der Menschen war beängstigend.

Jenna zuckte heftig zusammen, als sich eine Gestalt aus dem Halbschatten neben dem Stalltor löste, doch es war nur Ilandra, die offenbar das Geschehen draußen beobachtet hatte und nun zu ihrer kleinen Gruppe zurückkehrte.

„Es sind viele", berichtete sie im Flüsterton. „Ich konnte bisher sechs Zauberer und zwanzig Soldaten zählen. Zwei Zauberern ist es zusammen mit einigen Soldaten gelungen, zum Haupthaus vorzudringen. Ob sie schon drinnen sind, weiß ich nicht."

Es rumpelte laut direkt über ihnen und dann war das Gepolter von mehreren Füßen zu vernehmen.

„Ich denke, davon können wir ausgehen", bemerkte Marek trocken.

„Der Rest befindet sich unten am Eingang des Turms und oben im Turm beim Zugang zu den Palisaden", setzte die M'atay ihren Bericht fort.

„Wahrscheinlich versuchen sie von dort aus, meine Krieger außer Gefecht zu setzten, damit der Beschuss aufhört", schloss Marek.

„Das heißt, sie versperren uns den Eingang zum Portal, ohne es zu wollen", äußerte Enario besorgt.

„Ohne es zu wollen, würde ich nicht sagen", sprach Marek aus, was sich auch schon Jenna dachte. „Die wissen, dass wir hier sind, und werden mit Sicherheit Wachen am Tor zurückgelassen haben."

„Wenn wir an das Amulett herankommen, schaffen wir es hier raus, ohne dass irgendjemandem etwas passiert", merkte Jenna an.

„Da kommen wir aber nicht ran, weil es *dort* ist!" Marek wies etwas ungeduldig mit dem Finger nach oben und Jennas Herz sank.

„Heißt das, sie können es jeden Augenblick finden?"

„Nein, das glaube ich eher nicht. Ich habe es sehr gut versteckt und mit Magie geschützt. Zumindest würde es sie sehr viel Zeit kosten."

„Und jetzt?", fragte Benjamin ängstlich.

„Wir müssen sie aus dem Turm locken und zwar möglichst alle – so schnell wie möglich", antwortete Marek und etwas in seiner Stimme gefiel Jenna gar nicht.

„Hier, nimm Rian", forderte er sie nur eine halbe Sekunde später entschlossen auf.

„Nein!", platzte es aus Jenna heraus und auch das Mädchen hielt sich wieder eisern an seinem Hals fest.

„Anders geht es nicht!", brachte er aufgewühlt hervor. „Wenn sie mich sehen, werden sie alle hinter mir her sein und der Weg zum Portal ist frei. Sie werden mich schon nicht töten. Ihr geht nach Lyamar und ich komme nach, wenn ich mich befreit und das Amulett an mich gebracht habe."

„Wie soll dir das denn allein gelingen?", sträubte sich Jenna weiter.

„Das schaffe ich schon irgendwie", erwiderte Marek ungeduldig und versuchte Rians Hände von seinem Hals zu lösen.

„Nein!", verweigerte auch Jenna sich. „Das ist der schlechteste Plan, den du je hattest!"

Genau in diesem Moment ertönte ein ohrenbetäubendes Rattern von draußen, das dafür sorgte, das sich jedes einzelne Haar auf Jennas Körper aufstellte und ihre Innereien sich schmerzhaft zusammenzogen. Entgegen jeder Vernunft war sie mit wenigen Schritten am Tor des Stalles, starrte voller Angst durch den Türspalt und entdeckte genau die Person, die sie zu sehen erwartet hatte: einen rothaarigen Soldaten aus ihrer Welt mit Maschinengewehr, der auf die Palisaden feuerte. Zwar konnten auch diese Kugeln nicht durch den Schutzwall dringen, doch sie ließen das Holz eines der Träger unterhalb der Palisade zersplittern.

„Jenna!", zischte jemand hinter ihr und zog sie am Arm zurück, weg von der Tür. „Es gibt keine andere Lö…"

„Dieser Mann erschießt dich, ohne zu zögern!", presste sie zwischen den Lippen hervor und packte Marek ebenfalls am Arm. „Wenn du da rausgehst, überlebst du das nicht!"

„Doch! Ich weiß jetzt, dass er da ist und …"

„Das sind zu viele auf einmal!", ließ Jenna ihn gar nicht erst ausreden und ihre Panik wuchs ins Unermessliche. „Und wenn sie dich haben, richten sie dich hin!"

„Das weißt du nicht!"

„Das Risiko gehe ich aber nicht ein!"

„Stopp!", vernahm sie Bennys Zischen neben sich und ihr Bruder schob sie beide rigoros auseinander. „Es gibt doch noch was, das sie unbedingt haben wollen!"

Jenna holte etwas zittrig Atem, begriff noch nicht, was er meinte, weil sie einfach zu aufgewühlt war und das Rumoren über ihnen ihre Angst immer weiter schürte.

„Das Amulett!", mischte sich nun auch Ilandra ein. „Wenn sie erfahren, wo es ist, werden sie dorthin gehen."

„Aber nicht alle", erwiderte Marek, während sich Jennas Gedanken überschlugen.

„Doch!", stieß sie leise aus. „Wenn sie denken, dass wir auch dort sind!"

„Was?"

„Wenn wir es beide kontaktieren, wird die energetische Reaktion möglicherweise genauso stark sein, wie wenn wir es direkt vor Ort aktivieren würden."

„Nicht ganz so, aber ähnlich", gab Marek widerwillig zu.

„Sie werden denken, dass wir dort sind und alle Kräfte dorthin beordern, damit sie uns zumindest festsetzen können."

„Vielleicht", erwiderte Marek zähneknirschend. „Aber sie werden es dann finden und an sich nehmen, Jenna!"

„Besser das Amulett als dich!", sagte sie mit fester Stimme. Ein paar Herzschläge lang sahen sie sich nur in die Augen.

*Ich kann dich nicht verlieren!*, sagte Jenna tonlos und konnte sehen, wie seine Abwehr in sich zusammenbrach. Er biss fest die Zähne zusammen und nickte schließlich.

„Okay", gab er ihr endlich nach.

Jenna atmete erleichtert auf, sah, wie sich auch Rians Griff um Mareks Nacken wieder lockerte.

„Ilandra", wandte sich der Krieger an die M'atay, mehr brauchte er auch nicht zu sagen, denn die junge Frau eilte zurück zu ihrem Aussichtspunkt.

„Enario und Benny", wurden nun auch die anderen beiden eingespannt, „könnt ihr dafür sorgen, dass Gideon und Tala nicht zurückfallen, wenn wir losrennen?"

Ein tonloses Nicken von beiden war die Antwort und sie traten unverzüglich an die Seite der beiden verängstigten Alten. Mehr Vorbereitung benötigten sie nicht.

Jenna schloss die Augen zur selben Zeit, als Marek dies tat, und folgte seiner Führung. Es war nicht leicht, an den ausgreifenden, suchenden Energiefäden der anderen Zauberer im Äther vorbeizukommen, ohne diese zu berühren, doch sie konnte fühlen, dass diese von der auf der gesamten Burg lastenden Magie durcheinandergebracht wurden. In einem solch aufgewühlten Umfeld war es nahezu unmöglich, unbekannte Energiefelder vom Rest zu unterscheiden. Zumindest nicht, wenn man nicht schon einmal mit ihnen verbunden gewesen war.

Cardasol zu finden, hätte sich selbst für Jenna sehr schwer gestaltet, denn Marek war es gelungen, seinen

Versteckzauber an das Energiefeld des Ozeans zu binden, das durch den Wellengang und allem Getier, das darin herumschwamm, ohnehin übermäßig präsent war. Die zarten Unterschiede auszumachen, war eine Kunst und Jenna gelang es erst, durch den Zauber zu dringen, als Marek nach ihr griff und sie mit sich zog.

Da war es – das wunderschöne Kraftfeld des Amuletts. Es rief sofort nach ihr und leuchtete etwas stärker auf. Die altbekannte Sehnsucht, sich mit ihm zu verbinden, wallte ungehindert in ihr auf und es tat weh, zu wissen, dass sie es hier zurücklassen musste. So viel Macht und Schutz …

‚Greif zu!' hörte sie Marek in ihrem Verstand und tat es, ohne weiter nachzudenken. Zur selben Zeit fühlte sie, wie er den Versteckzauber einriss und sich ebenfalls mit den Rändern des Kraftfeldes Cardasols verband. Grell leuchtete dieses auf und sandte einen Schub Wärme und Energie durch ihren Körper, der ihr sekundenlang das Gefühl gab, zu schweben.

„Es passiert was!", vernahm sie Ilandras Stimme aus der Ferne. „Sie laufen – alle!"

Das Maschinengewehrfeuer war gedämpft, doch es war eindeutig, dass der Soldat nun erst so richtig loslegte.

‚Jetzt loslassen!', drängte Marek sie und obwohl sie es nicht gern tat, reagierte sie postwendend, löste sich von der Macht, die sonst immer ihre Rettung gewesen war. Sie riss die Augen auf, sah sich hektisch um, weil sie bereits von einem der beiden Bakitarer, die zuvor Rian bewacht hatten, vorwärts geschoben wurde. Benny war mit Tala an ihrer anderen Seite und Marek direkt vor ihr. Allerdings hatte Ilandra die Tür des Stalls noch nicht geöffnet, starrte nur weiterhin angespannt hinaus.

Das Gewehrfeuer verhallte und das Rumpeln über ihnen wurde lauter.

„Jetzt!", stieß nun auch Ilandra aus, öffnete die Tür und stürzte ins Freie. Über ihnen zischten Pfeile durch die Luft, diese waren jedoch für ihre Feinde gedacht und gaben ihnen zusätzlich Feuerschutz.

Jennas Füße flogen nur so über den gepflasterten Grund und das Adrenalin, das durch ihre Adern pulsierte, gab ihr eine Kraft und Trittsicherheit, die sie sonst nicht besaß. Im Ausgang des Turmes standen in der Tat weder Soldaten noch Zauberer und Ilandra war die erste, die in ihm verschwand, gefolgt von Marek. Der Krieger blieb allerdings in der Tür stehen und streckte seine Hand ruckartig in Richtung des Haupthauses aus.

Jemand schrie und es knatterte erneut, sodass Jenna erschrocken den Kopf einzog und Benny zusammen mit Tala vor sich in den Turm schubste, aber sie hörte kein Einschlagen von Kugeln. Zeit, sich umzudrehen, um festzustellen, was hinter ihr passierte, ließ man ihr nicht, denn einer der Leibwächter Rians, der seine Aufgabe nun wohl darin sah, *sie* zu beschützen, hatte sie gepackt und zwang sie, die Treppe hinunterzulaufen.

„Weiter, weiter!", hörte sie Marek oben rufen, dann schloss sich die Tür hörbar.

Jenna stolperte am Ende der Treppe in Benjamin hinein und fühlte zur selben Zeit ein heftiges Stechen in ihren Schläfen. Magie! Aggressive Magie, direkt vor ihnen! Ihr Umfeld begann zu vibrieren und sie drängte sich mutig an den anderen vorbei.

Vor ihr im Gang hatte Ilandra mehrere Gesteinsbrocken in der Luft angehalten und schob sie mit aller Macht zurück, auf die beiden Magier zu, die aus dem Portalraum gekommen sein mussten. Alle waren anscheinend doch nicht auf ihren Trick hereingefallen.

Jenna reagierte instinktiv, griff nach ihrem Element und sandte einen Schub Energie unter die Füße der Männer. Sie begannen zu straucheln, hielten sich jedoch leider auf den Beinen und einer von ihnen ‚griff‘ nach den Flammen der Fackeln im Gang, sandte einen Feuerblitz in ihre Richtung. Jenna stockte der Atem und sie riss schon schützend ihre Arme hoch, aber die Flammen blieben ruckartig in der Luft stehen, formten sich zu einem Ball und machten so schnell kehrt, dass die Männer dem tödlichen Geschoss nur noch entgehen konnten, weil sie sich geistesgegenwärtig zur Seite warfen.

Marek schob sich an Jenna vorbei und sein Energiefeld lud sich dabei derart auf, dass seine Augen ihre Farbe verloren und stattdessen weiß glühten. Rian befand sich nicht länger auf seinem Arm, sondern auf Enarios, der dem Mädchen mit einer Hand die Augen zuhielt, und das war auch gut so.

Die beiden Magier hatten sich wieder aufgerappelt, fassten sich jedoch fast im selben Augenblick an ihre Kehlen und gingen nach Luft schnappend in die Knie, als würde ihnen innerhalb von Sekunden der Sauerstoff ausgehen und sicherlich war das auch der Fall.

„Los, los, weiter!", schrie Jenna ihre erstarrten Mitstreiter an, auch wenn sie das Grauen vor ihren Augen selbst kaum ertragen konnte. Das wieder näherkommende Rattern des Maschinengewehrs machte ihr den Zeitdruck, unter dem sie standen erneut überdeutlich. Man machte wieder Jagd auf sie.

Nach und nach drängten sie in den Raum und dieses Mal war es Ilandra, die den Platz an der anderen Seite des

Portals einnahm. Jenna drückte ihre Angst um Marek mit aller Macht zurück und während er seine Kräfte nun darauf konzentrierte, den Kellerbereich, durch den sie eben noch gekommen waren, einstürzen zu lassen, presste sie eine ihrer Hände auf das Zeichen Malins über dem Torbogen und die andere auf das Symbol, das sie für ein Wüstenzeichen hielt. Ilandra tat es ihr nach und das Portal aktivierte sich auf gewohnte Weise.

Sie brauchten die anderen nicht aufzufordern. Enario, der immer noch die nun weinende Rian auf dem Arm hatte, ging als erstes hindurch und Jenna verspürte ein minimales Gefühl von Erleichterung, das sich noch verstärkte, als auch Benny in dem leuchtenden Energiefeld verschwand. Gideon, Tala und die beiden Bakitarer waren die nächsten.

Jenna zuckte heftig zusammen, als es laut krachte und polterte, und schließlich wurde es dunkel um sie herum. Nur das Licht des Tores erhellte noch den kleinen Raum, in den Marek nun endlich hustend stolperte.

„Nun los!", forderte er Ilandra und sie unwirsch auf, mit dem Wissen, dass das Portal noch ein paar Minuten offen blieb, selbst wenn sie ihre Hände von den Symbolen nahmen.

Ilandra kam seiner Aufforderung sofort nach. Jenna schüttelte gleichwohl den Kopf und streckte ihre Hand nach seiner aus. Sicher war sicher.

Marek schien zu wissen, was sie dachte, denn als sich seine Finger um ihre schlossen, raunte er ihr leise „Ich bin doch kein Märtyrer!" zu.

„Wer weiß", brachte sie etwas wackelig hervor und trat mit ihm zusammen durch das Tor.

# Zwischen Ruinen

Unter Stress beging man Fehler. Manchmal kleine, manchmal sehr große. Jenna war sich nicht gleich sicher, in welche Kategorie der gehörte, den sie gerade zusammen mit Ilandra begangen hatte. Sicher war nur, dass sie zwar aus dem Schlimmsten erst einmal heraus waren, sich aber an einem vollkommen anderen Ort befanden, als sie geplant hatten. Statt heißem Sand, Wüstenstürmen und kargen Dünen begrüßte sie bei ihrem Austritt aus dem Tor die üppige Vegetation des Dschungels von Lyamar.

Für einen kurzen Moment war Jenna vollkommen sprachlos, sah sich nur mit offenem Mund und großen Augen um. Dann kam die Erkenntnis wie ein Hammerschlag.

„Ihr habt in der Eile die Verschiebung vergessen!", nahm Benjamin ihr die Worte aus dem Mund und wandte sich von Rian ab, die er gerade noch zusammen mit ihren Zieheltern zu beruhigen versucht hatte.

Das Mädchen rannte mit einem erstickten Laut zu ihrem Vater und warf sich gegen ihn, umklammerte seine Hüften, sodass er gezwungen war, sie erneut auf den Arm zu nehmen, damit er überhaupt weiterlaufen konnte.

„Ich find's aber nicht so schlimm", fügte ihr Bruder an. „Dschungel ist besser als Wüstensturm."

„Sag so was nicht, wenn du nicht weißt, wo du bist", mischte sich Ilandra ein, die gar nicht stillstehen konnte, sondern sich in einem großen Kreis um sie herum bewegte, die Umgebung dabei genau inspizierend. Irgendetwas schien ihr nicht zu gefallen.

„Wichtig ist nur, dass wir erst einmal Abstand zum Tor gewinnen", äußerte Marek und warf einen misstrauischen Blick hinter sich. „Die Lawine, die ich im Keller der Festung ausgelöst habe, wird ihr Auftauchen hier nur verzögern, nicht verhindern."

„Aber sie werden nicht wissen, dass wir den falschen Weg gewählt haben", wandte Benny ein.

„Sie könnten denselben Fehler machen", mischte sich auch Enario ein. „Und selbst wenn nicht – sobald sie merken, dass wir nicht dort sind, wo sie uns vermuten, suchen sie mit Sicherheit auch hier nach uns."

„Und das kann schneller passieren, als uns lieb ist", fügte Marek hinzu, „denn die Wachen im Keller sind zweifellos nicht die einzigen, die Roanar zurückgelassen hat. An irgendeiner Stelle des Weges nach Zydros wird er jemanden stationiert haben, der uns bei einem Entkommen aufhalten sollte und ihm nun sagen kann, dass wir dort nicht aufgetaucht sind."

Seine Worte sorgten für Bewegung. Taschen wurden rasch auf Schultern gehoben und ihre Gruppe setzte sich dieses Mal recht ziellos in Bewegung, denn auch Ilandra schien noch nicht genau zu wissen, wo sie waren. Jenna war das gleich. Wichtig war nur, dass sie möglichst schnell im Dickicht verschwanden und für den Feind nicht mehr sichtbar waren.

„Werden die uns wirklich suchen?", wandte sich Benjamin an Jenna, nachdem sie sich schon ein paar Minuten lang mühsam einen Weg durch die Pflanzenpracht geschlagen hatten. „Das wäre doch irre! Wir könnten ihnen ja eine Falle stellen und Marek würde sie plattmachen!"

„Roanar ist nicht dumm", gab Jenna angestrengt zurück, den Blick auf Mareks breiten Rücken geheftet, um ihn in der Dunkelheit nicht aus den Augen zu verlieren. Das war das Schlimmste, was ihr jetzt noch passieren konnte. „Er würde bestimmt erst ein paar unwichtige Fußsoldaten durchschicken, hinter denen dann dieser rothaarige Soldat seine MP hervorholt."

„Cedric!", stieß Benjamin mit einem Hauch von Angst in der Stimme aus.

„Ja genau – er war es, mit dem du nach Falaysia gereist bist, nicht wahr?"

Ihr Bruder nickte bedrückt. „Der ist komplett irre, glaube ich."

„Ein Grund mehr, sich von ihm fernzuhalten", seufzte Jenna, legte einen Arm um Bennys Schultern, zog in zu sich hinüber und drückte einen Kuss auf seine Stirn. „Ich hab dich lieb, okay?"

Er sah sie mit leicht glänzenden Augen an, presste die Lippen zusammen und nickte stumm.

„Deswegen streite ich immer so viel mit dir, weil ich … ich hab solche Angst, dich zu verlieren, dass ich dich am liebsten in Watte einpacken und irgendwo verstecken würde", setzte sie hinzu. Dasselbe galt für eine gewisse andere Person, doch das sprach sie lieber nicht laut aus.

„Ich weiß", gab Benjamin zurück, „aber du musst zugeben, dass ich heute ganz schön hilfreich war."

Sie verzog zerknirscht das Gesicht. „Das warst du", zwang sie sich zu sagen. „Aber ich finde, wir brauchen jetzt alle dringend eine Pause an einem Ort, an dem wir sicher sind."

Das Schicksal schien es nicht gut mit ihnen zu meinen, denn bereits mit dem Aussprechen ihrer letzten beiden Worte fühlte sie eine deutliche Erschütterung auf energetischer Ebene. Marek fuhr zu ihr herum, starrte jedoch über ihren Kopf hinweg in die Richtung, aus der sie gekommen waren.

„Das ging schnell!", stieß er aus. „Sie kommen!"

„Lauft!", raunte Ilandra den anderen zu. „Aber so leise wie möglich."

Das war leichter gesagt als getan, denn bis auf Ilandra war es keiner von ihnen gewohnt, sich lautlos durch ein derart zugewachsenes Gebiet zu bewegen. Äste knackten, Blätter raschelten und gelegentlich war auch ein unterdrücktes Schnaufen aus der ein oder anderen Richtung zu hören. Eine andere Wahl, als die Flucht zu ergreifen, hatten sie erst einmal nicht und vielleicht befanden sie sich ja auch schon weit genug von ihren Feinden entfernt, um nicht mehr von diesen gehört zu werden.

Ein dumpfes Rauschen machte sich von vorn bemerkbar und bald schon begriff Jenna, dass es sich um einen reißenden Fluss oder gar einen Wasserfall handeln musste, auf den sie zuhielten. Kamen sie da überhaupt weiter? Ein flaues Gefühl machte sich in ihrem Bauch breit und ihre Angst wuchs schon wieder, denn der Wald lichtete sich deutlich vor ihnen und schien erst in einiger Entfernung wieder zu beginnen. Das war ein breiter, sehr lauter Fluss!

Ilandra, die ganz vorn gelaufen war, hielt inne und nach und nach schlossen alle zu ihr auf, traten an ihre Seite. Jenna stockte der Atem, als sie einen Platz an Mareks

Seite einnahm. Fluss war richtig gewesen. Wasserfall auch, denn vor ihnen stürzten die schäumenden Wassermassen in eine sehr, sehr tiefe Schlucht. Unüberwindbar. Eigentlich. Es gab nämlich etwas, mit dem Jenna ganz und gar nicht gerechnet hatte: Eine Hängebrücke, die von einem Ufer zum anderen reichte und noch dazu einen recht stabilen Eindruck machte.

„Jetzt weiß ich, wo wir sind", verkündete Ilandra mit sorgenvoller Stimme. „Wir sollten die Brücke auf keinen Fall überqueren."

„Warum nicht?", wollte Enario wissen.

„Weil dort die Kerut-M'atay leben."

„Und warum sollte das ein Problem sein? Dein Volk gehört doch jetzt zu unseren Verbündeten."

„Nicht mein *ganzes* Volk. Und dieser Stamm … er ist sehr stolz und kämpferisch. Er *hasst* Fremde, lässt noch nicht einmal andere M'atay ohne gute Gründe in sein Gebiet."

„Nun, ich denke, wir *haben* sehr gute Gründe", brachte Marek angespannt heraus und machte einen Schritt auf die Brücke zu.

Ilandra packte ihn entsetzt am Arm. „Siehst du das da?", fragte sie ihn und wies auf eine von Moos und anderen Pflanzen fast völlig überwachsene Steinskulptur am Boden direkt neben der Brücke.

Jenna hatte sie vorher vollkommen übersehen, aber jetzt war sie ihr fast unheimlich, stellte sie doch ein zusammengekauertes Monster dar, das große Ähnlichkeiten mit einem Kobold hatte.

„Das ist der Merjungaj, der Pförtner der Totenwelt", erklärte Ilandra. „Er soll uns warnen und davon abhalten, die Grenze zu übertreten."

„Gut." Marek wandte sich ihr ungeduldig zu. „Sag mir eins: Wird dieser Stamm gegen den Kodex der M'atay verstoßen und uns töten, ohne uns vorher anzuhören?"

Ilandra schluckte schwer und schließlich schüttelte sie den Kopf.

„Dann gehen wir da rüber!", beschloss er für alle, machte sich von ihrer Hand frei und setzte seinen Weg zur Brücke fort.

Ilandra schloss frustriert die Augen.

„Es tut mir leid", sagte Jenna zu ihr. „Aber wir können nicht zurück, solange die *Freien* auf dieser Seite nach uns suchen. Wir brauchen einen sicheren Ort."

„Dort drüben gibt es keinen sicheren Ort", erwiderte Ilandra bitter. „Ihr werdet das noch bereuen."

Das befürchtete Jenna leider auch und dennoch folgte sie Marek und seiner Tochter auf die wackelige Brücke. Momentan waren die Kerut-M'atay das kleinere Übel – auch wenn es fraglich war, ob das so bleiben würde.

Seit er in Lyamar war, hatte Leon nun schon viele Ruinen gesehen, doch keine hatte bisher eine derart gruselige Ausstrahlung auf ihn gehabt wie diese. Der Tempel war noch gut erhalten und ragte höher in den sternklaren Himmel als die Bäume um ihn herum. Seine Spitze wurde von einer Drachenstatur gekrönt, die mit weit aufgerissenem Maul aus dunklen Augenhöhlen auf ihn und die anderen hinunterstarrte. Zudem war das ganze Gebäude aus sehr dunklen Steinen gemauert worden, was die düstere Wirkung noch verstärkte. Statuen von Malin fanden sie hier nicht vor und Leon wurde das Gefühl nicht los, dass bei der Erschaffung des Bauwerks größere Kräfte als die von Magiern und Hexen mitgewirkt hatten. Aus diesem Grund war er auch sehr froh, dass der Eingang des Tempels verschüttet war, und sie somit nicht gezwungen waren, auch sein Inneres auf mögliche Gefahrenquellen zu untersuchen.

„Die sind hier ziemlich hektisch aufgebrochen", stellte Sheza fest, die gerade einen eisernen Kochtopf von einer alten Feuerstelle aufhob und anschließend ihren Blick durch das schweifen ließ, was einmal das Lager der Zwangsarbeiter gewesen war. Überall lagen noch Kisten, Fässer und Werkzeuge herum und einige Planen, die an den umgekippten oder zerbrochenen Skeletten der Zelte hingen, bewegten sich wie Geisterwesen im seichten Wind. Spuren eines Kampfes konnte man jedoch nicht finden. Keine vermodernden Leichen oder Pfeile, die sich in die Erde gebohrt hatten. Zumindest keine, die man im Licht des Mondes und mithilfe der Fackeln, die sie bei sich hatten, ausmachen konnte.

„Bist du sicher, dass die hier angegriffen wurden?", fragte die Trachonierin und ließ den Topf wieder fallen.

Das Scheppern dröhnte unangenehm in Leons Ohren und steigerte sein Unbehagen noch. Vielleicht war es doch keine gute Idee gewesen herzukommen. Wer wusste schon, welche Gefahren hier im Dschungel auf sie lauerten?

Sein Blick wanderte hinüber zu der Gruppe M'atay-Krieger, die sich dazu hatten überreden lassen, bei ihrem Plan mitzumachen. Die Männer und Frauen sprachen munter miteinander und machten nicht gerade den Eindruck, als würden sie sich vor irgendetwas fürchten und das beruhigte ihn ein wenig. Jamjok, die Anführerin der sechsköpfigen Truppe, schien seinen Blick als Aufforderung zu sehen, zu ihm zu kommen, und auch die anderen setzten sich sogleich in Bewegung. Auch gut. Wenn sie die ganze Sache durchziehen wollten, war es ohnehin an der Zeit, sich zu organisieren.

Jamjok war eine der wenigen, die ein paar Worte Englisch sprachen, und mit Hilfe von Gestik und Zeichnungen auf dem Boden entstand schnell ein Plan, der Leon recht optimistisch hinsichtlich des Treffens mit Roanar stimmte.

Die M'atay wollten sich dicht am Rand des für Zauberer gefährlichen Energiefeldes im Dschungel verstecken und dort nicht nur mit Pfeil und Bogen, sondern auch mit den Schlaf-Früchten bewaffnet auf die Magier warten. Im Falle, dass sie bemerkt wurden, hatten sie die Möglichkeit, sich in den Schutz des Feldes zu begeben und wenn nicht … schnappte die Falle zu und sie konnten Roanar oder zumindest denjenigen, den er als Ersatz schickte, gefangen nehmen.

Die Idee, Gefangene zu machen, war ihnen im Austausch mit den M'atay gekommen, die Roanars Auftauchen für sehr unwahrscheinlich gehalten und deswegen bei der Aktion zuerst nicht hatten mitmachen wollen. Sheza hatte eingewandt, dass man ja auch den Stellvertreter fangen könne, um ihn später gegen einen M'atay oder einen ihrer Freunde einzutauschen.

Mittlerweile hatten sie die Idee weiter ausgeweitet und sich vorgenommen, möglichst viele Gefangene zu machen, sie in das Energiefeld des Fluchs zu bringen und Roanar damit selbst ein Ultimatum zu stellen. Seine Magier wurden nur gegen dieselbe Anzahl M'atay ausgetauscht – und er musste sich beeilen, wenn sie noch einen Teil ihrer Kräfte behalten sollten. Von Verhandlungen mit den Zauberern hielt keiner mehr etwas. Das diente nur als vorgeschobener Grund, um die Falle zuschnappen zu lassen.

Nachdem die M'atay sich wie besprochen in die Dunkelheit des Dschungels zurückgezogen hatten, ging Leon zusammen mit Sheza auf Lania zu, die für die Zeit der Ruinenbesichtigung am Rande des Fluchfeldes auf sie gewartet hatte. Das Tor, das sie an diesen Ort gebracht hatte, befand sich ein gutes Stück von der Ruine entfernt, sodass die hilfsbereite Frau gar nicht erst in Gefahr geraten war, dem gefährlichen Sog des Fluchs erneut zu lange ausgesetzt zu werden. Sie hatte es nur kurz über sich ergehen lassen müssen, ihn zu erspüren, um die Grenze des Kraftfeldes zu finden – und das hatte schon genügt, um sie ganz bleich und zittrig werden zu lassen. Viel besser sah sie im Licht der Fackel, die auch sie bei sich hatte, allerdings auch jetzt noch nicht aus. Sie war furchtbar nervös und trat ungeduldig auf der Stelle hin und her, was aus Leons Sicht mehr als verständlich war.

„Ist es soweit?", fragte sie, als Sheza und Leon bei ihr ankamen.

„Ja", gab er bekannt und große Erleichterung zeigte sich in Lanias Zügen. „Ihr wisst, was zu tun ist?"

„Zurück zum Stützpunkt, Roanar das Bild von dem Ort hier senden und wieder ab ins Portal", leierte Sheza herunter. „Das schaffen wir und ich werde so schnell laufen, wie ich kann, um vor unseren Feinden hier zu sein."

„Sehr gut", lächelte Leon. „Dann kann ja gar nichts schiefgehen."

„Mein Reden", erwiderte die Trachonierin, legte eine Hand auf Leons Schulter und drückte sie kurz. „Bald haben wir unsere Freunde zurück. Der Plan ist gut!"

Sie nickte ihm noch einmal nachdrücklich zu und wandte sich schließlich ab, um sich zusammen mit Lania in zügigem Tempo von ihm zu entfernen.

Leon sah ihnen nach, bis der Dschungel sie vollkommen verschluckt hatte und drehte sich erst darauf wieder zur Ruine um. Bedrohlich sah sie immer noch aus. Vielleicht sogar noch mehr als zuvor, da er sich trotz der M'atay im Urwald allein gelassen fühlte. Aber er hatte es ja so gewollt, hatte selbst diesen waghalsigen Plan erdacht und umgesetzt. Jenna würde ihn eigenhändig erwürgen, wenn sie davon erfuhr, und Marek ... darüber wollte er gar nicht erst nachdenken.

Wenn aber alles aufging, sie tatsächlich ihre Freunde und einige der M'atay befreien und eventuell sogar zuvor hilfreiche Informationen aus den Gefangenen herausbekommen konnten – dann war das der beste Einfall gewesen, den er jemals in seinem Leben gehabt hatte.

Leon zog den Waffengürtel mit Schwert und Dolch etwas fester und bewegte sich zu dem Ort in der Ruine, den er sich zuvor als Versteck erwählt hatte: Ein Mauerrest, der kaum mehr zwei Meter hoch war und zudem noch ein paar Lücken aufwies, durch die man wunderbar hinüber zu der kleinen Lichtung vor dem Tempel sehen konnte. Dort ließ er sich nieder, löschte seine Fackel und versuchte die Anspannung aus seinem Körper zu vertreiben, unter der er litt, seit sie durch das Portal hierher gereist waren.

„Es ist ein guter Plan", sprach er sich selbst noch einmal vor und versuchte mit aller Macht daran zu glauben. Es *musste* einfach gutgehen.

Jenna lief der Schweiß in Bächen über den Körper, als sie den ersten Schritt auf festen Boden machte und Marek mehr oder weniger in die Arme stolperte. Für einen kurzen Augenblick klammerte sie sich an ihn, weil sie immer noch das Gefühl hatte, der Boden würde sich unter ihr hin und her bewegen – in schwindelerregender Höhe über einem tosenden Wasserfall!

„So schlimm?", konnte sie ihn in ihr Haar murmeln hören und als sie zu ihm aufsah, fand sie ein kleines Schmunzeln auf seinen Lippen vor.

„Schlimmer!", erwiderte sie mit Nachdruck. „So was mache ich *nie* wieder! Die Brücke hat geknirscht und gequietscht, als ob sie gleich auseinanderfällt!"

„Das hätte ich schon verhindert", erwiderte er und strich ihr behutsam ein paar nasse Haarsträhnen aus dem Gesicht. Leider wurde er sich dieser zärtlichen Geste viel zu schnell bewusst und zog nicht nur seine Hand zurück, sondern löste sich auch noch aus der Umarmung.

„Bei Erexo!", hörte sie in der nächsten Sekunde Enario hinter sich schnaufen. „*Das* war ein Abenteuer! Ich dachte schon die Brücke nimmt nie ein Ende!"

Der Tiko trat neben sie und sah sich gründlich um, obgleich das im Halbdunkeln nicht sonderlich viel Sinn machte. „Und? Schon wütende M'atay entdeckt?"

„Glücklicherweise noch nicht", erwiderte Marek. „Aber dafür hab ich was anderes gefunden."

Er wies hinauf zu den Wipfeln der Bäume. Jenna runzelte die Stirn, verengte ihre Augen. Da waren doch nur Pflanzen … Sie stutzte. Nein, sie hatte sich geirrt. Zwischen den Blättern und Ästen der Bäume tat sich etwas auf, das nur auf den ersten Blick für einen Teil des Dschungels gehalten werden konnte. Wenn man genauer hinsah, erkannte man im Licht des hell strahlenden Mondes einen überwachsenen Felshang, in den man vor langer Zeit das Gesicht eines Menschen geschlagen hatte. Es war zwar auch teilweise von Pflanzen überwachsen worden, aber selbst darunter konnte man noch Nase, Augen und Kinn erkennen. Malin war es jedoch nicht, nein … es sah eher weiblich aus.

„Ich sehe nichts", gab Enario gerade von sich und Jenna sah aus dem Augenwinkel Ilandra nähertreten, die nun auch endlich auf der anderen Seite angekommen war.

„Es gab sie also wirklich", hauchte die M'atay mit großen Augen. „Iljanor …"

Jennas Kopf fuhr zu ihr herum. „Bitte was?"

„Sie war ebenfalls eine N'gushini und eine der größten Magierinnen aller Zeiten", erklärte Ilandra mit einem Lächeln, „möglicherweise sogar mächtiger als Berengash. Rein und gut bis zu ihrem Tod."

„Aber …", begann Jenna nervös, sprach allerdings nicht weiter, weil Marek neben sie getreten und unauffällig ihre Hand ergriffen hatte. Sein Kopfschütteln war so minimal, dass niemand anderes es wohl gesehen hatte, doch es genügte, um nicht auszusprechen, was sie dachte. Nach seinem Geist zu tasten, um den Grund für sein Verhalten zu erfahren, wagte sie aber auch nicht, weil sie den *Freien* nicht verraten wollte, wo sie waren.

„Warst du auch noch nie hier?", wandte sich Benny an Ilandra.

„Nein, ich habe es nie gewagt, den Kerut-M'atay zu nahe zu kommen", erwiderte sie und blickte wieder auf das Gesicht. „Jetzt bereue ich es fast. Lasst uns dort hingehen. Wenn es eine weitere heilige Stätte ist, können wir dort Schutz finden. Dass Enario sie nicht sehen kann, ist schon mal ein gutes Zeichen."

„Das halte ich für eine gute Idee", stimmte Marek ihr zu. Er beugte sich zu Rian hinunter, die seine andere Hand umklammert hielt und wies hinüber zu Gideon, der sich gerade noch erschöpft an einen Baum gelehnt hatte, nun aber näher kam.

„Du gehst zu Gideon und Tala", sagte er und schob das widerwillige Mädchen auf die beiden zu. „Ich brauche Freiraum, um ein paar wichtige Dinge zu tun."

Rian machte nicht den Eindruck, als würde ihr das gefallen, fügte sich jedoch seiner Anordnung und ergriff Talas Hand. Ihre Augen blieben hingegen an ihrem Vater haften, der unter den erstaunten Blicken aller zurück zur Brücke lief und sein Schwert zog.

„Nein!", rief Ilandra entsetzt, als er bereits ausholte, aber es war schon zu spät. Der erste Streich durchtrennte bereits eines der Seile, mit denen die Brücke an einem im Boden versenkten Stamm befestigt war. Schon war das Schwert wieder in der Luft und Ilandra, die auf den Krieger zugelaufen war, bremste rasch ab.

„Was tust du da?!", stieß sie aufgewühlt aus, doch Marek antwortete nicht, schlug stattdessen noch mal und noch mal zu. Eine Seite der Brücke kippte nach unten, schwang dabei bedrohlich hin und her.

Der Krieger hielt nun doch kurz inne und sah die M'atay verständnislos an. „Ich verhindere, dass die *Freien* uns hierher folgen können?", schlug er als Antwort vor.

„Du zerstörst ein Bauwerk des Stammes, in dessen Lebensraum wir gerade eben eingedrungen sind!", warf sie ihm vor. „Denkst du, *das* wird sie friedlich stimmen?"

„Nein", gab Marek prompt zurück, holte erneut aus und zerteilte das nächste Halteseil.

Ilandra starrte ihn nur fassungslos an und schloss resigniert die Augen, als auch der Rest der Befestigung gekappt wurde und die Brücke klappernd und mit einem leisen Zischen durch die Luft fuhr, den Wasserfall streifte und schließlich gegen die Felswand auf der anderen Seite schlug. Dabei zerbrachen etliche Bretter und ein Teil der Brücke wurde vom tosenden Wasser davongetragen.

„Der gefährlichere Feind sind die *Freien*", sagte Marek entschlossen, während er wieder in ihre Mitte trat. „Und die haben jetzt große Probleme uns zu folgen. Um die Kerut-M'atay mache ich mir Sorgen, wenn es soweit ist."

Ilandra schüttelte verständnislos den Kopf, blieb aber nicht länger stehen, sondern zog selbst ihren Säbel, um sich damit an die Spitze ihrer Truppe zu begeben.

„Jetzt brauchen wir Iljanors Schutz noch mehr als zuvor", konnte Jenna sie dabei murmeln hören.

„Das war die richtige Entscheidung", raunte Jenna Marek zu, als auch er an ihr vorbei nach vorn lief.

Einer seiner Mundwinkel zuckte kurz nach oben, aber sie konnte erkennen, dass auch er die Sorgen Ilandras verstand, sich bewusst war, dass sie mit ihren Äußerungen recht hatte. Der Stamm, der hier lebte, würde sie jetzt zweifellos nicht mehr mit offenen Armen empfangen – wenngleich das schon von vornherein sehr unwahrscheinlich gewesen war.

Ihr Blick streifte den Rians. Das Mädchen wirkte erschöpft und verängstigt und man konnte ihr ansehen, dass sie lieber weiter auf Mareks Armen geblieben wäre, als nun selbst und getrennt von ihm durch den Dschungel zu klettern.

„Ich passe auf, dass er uns nicht wegläuft", versprach Jenna mit einem kleinen Augenzwinkern, als Bewegung in ihre Gruppe kam, und schloss danach zu ihrem Bruder auf, der es wieder einmal nicht lassen konnte, sich an Mareks Fersen zu heften. Der Krieger konnte so oft er wollte behaupten, dass er kein guter Vater war und mit Kindern nichts anfangen konnte – die Anziehungskraft, die er auf diese ausübte, sprach eine andere Sprache.

Eine ganze Weile kämpften sie sich erstaunlich leise durch den Dschungel. Bis auf das gelegentliche Hackgeräusch, das die Schwerter erzeugten, wenn die Natur mal wieder kein Durchkommen ermöglichte, und das angestrengte Schnaufen, das ein jeder von ihnen mal von sich gab, war eigentlich nichts von ihnen zu hören.

Vermutlich war es dieser Tatsache geschuldet, dass sie das aufgeregte Geschrei, das plötzlich in einiger Entfernung hinter ihnen zu hören war, überdeutlich wahrnahmen. Wie *ein* Mann hielten sie alle ruckartig an, sahen angespannt in die Richtung, aus der der Lärm kam.

„Das mit der Brücke war eine sehr gute Idee!", merkte Enario als erster an, denn einem jeden von ihnen war bewusst, wer dort so herumzeterte.

„Lasst uns weiterlaufen", drängelte Ilandra. „Sie machen einen solchen Lärm, dass die Kerut bald hier sein werden, um nachzusehen, was dort passiert, und dann sollten wir ein sicheres Versteck haben. Und wer weiß, ob die fehlende Brücke die *Freien* überhaupt lange genug aufhält."

Niemand hatte etwas dagegen einzuwenden und so zogen sie weiter durch das Dickicht – genauso still wie zuvor, jedoch sehr viel angespannter. Das Relief war leider weiter weg, als es aus der Ferne den Anschein gehabt hatte, und mit jedem Schritt, den sie taten, wurde es dunkler um sie herum. Wie sich Ilandra dennoch in diesem Pflanzenlabyrinth zurechtfand, war Jenna ein Rätsel, doch nach einer gefühlten halben Ewigkeit gelang es der M'atay tatsächlich, sie an ihr Ziel zu bringen.

Während die anderen erfreut auf die Lichtung vor der eindrucksvollen Felswand liefen, blieb Jenna schwer atmend davor stehen, ließ ihren Blick hinauf zu dem Antlitz der Magierin wandern und konnte nicht verhindern, dass ihr ein leichter Schauer über den Rücken rieselte. Wer immer auch das Kunstwerk erschaffen hatte, war darauf bedacht gewesen, dem steinernen Gesicht etwas Gütiges, Warmes einzuhauchen und es war ihm wundervoll gelungen. Fast schien es so, als würde die schöne Frau lächeln.

Jennas Blick wanderte weiter, hinunter zu den Überresten von etwas, das sicherlich einmal ein wunderschönes Gebäude gewesen war. Die verschnörkelten Säulen und mit Stuck verzierten Mauerreste erzählten davon und als Jenna endlich loslief, konnte sie es unversehens bildlich vor sich sehen: Groß, prunkvoll, aus hellem Gestein erbaut. Menschen befanden sich in dem von Säulen umrahmten marmornen Platz vor dem Tempel und brachten Opfergaben heran: Früchte und selbst hergestellte Körbe, Schalen, Spielzeuge. Der Tod betrat diesen Ort nicht, denn Iljanor bevorzugte das Leben, schenkte es, half, es zu retten, es auf den richtigen Weg zu bringen. Denn ihr Vater war der Gott des Lichts, Ano selbst. Da war sie, am Tempeleingang, ließ ihre Augen suchend über die vielen Menschen gleiten, die gekommen waren, um hier zu beten. Augen, so golden wie das Sonnenlicht und voller Liebe … für sie. Iljanor hatte sie entdeckt, hob die Arme und streckte sie in ihre Richtung aus und allein ihr Lächeln gab Jenna das Gefühl, vor Glückseligkeit zu schweben …

„Jenna?", holte Mareks Stimme sie aus ihrem Traum zurück. Sie blinzelte verwirrt, stellte mit Erstaunen fest, dass sie direkt vor dem zusammengestürzten Dach des Tempels stand, der längst größtenteils unter Erde, Moos und Dschungelpflanzen begraben war.

Marek war an ihrer Seite und betrachtete sie stirnrunzelnd. „Hattest du schon wieder eine Vision?"

Sie nickte stumm. „Aber ich weiß nicht genau, was sie bedeutet und … wer ich war."

„Malin?", schlug er vor.

„Ich bin mir nicht sicher. Das war alles sehr merkwürdig." Sie wandte sich um und sah zu den anderen, die sich vor Erschöpfung erst einmal niedergelassen hatten – weit genug entfernt, um über das zu reden, was Jenna bewegte.

„Iljanor war eine Magierin?", raunte sie Marek zu.

„Das habe ich auch zum ersten Mal gehört", gestand er leise. „Aber ich muss zugeben, dass ich diesen Namen auch nicht kannte, bevor Benjamin nach Falaysia kam. Ich wusste ja noch nicht einmal, dass es ein fünftes Bruchstück von Cardasol gibt."

„Eines, das nichts kann, außer Tore zu öffnen und die Kraft anderer Teilstücke zu vervielfachen", setzte sie hinzu. „Warum hat es denselben Namen wie diese Magierin?"

„Und warum hat Malin dessen Existenz geheim gehalten und es erst nach seinem Tod aus der Hand gegeben?"

„Sie war nicht nur eine Magierin, weißt du?", fuhr Jenna aufgeregt fort. „Sie war eine Halbgöttin. Die Tochter Anos."

Marek sah sie mit großen Augen an, blinzelte danach ein paar Mal. „Bist du sicher?"

Sie nickte. „Ich habe es gefühlt. Ich ... wenn ich Malin in meiner Vision war ... ich habe sie geliebt. Und sie mich auch."

„Oh." Mareks Augen verengten sich. „Meinst du sie war seine Geliebte?"

Sie schüttelte den Kopf. „So eine Art Liebe war das nicht ... eher seine Mutter."

„Das würde zumindest seine extremen Begabungen erklären", stimmte Marek ihr nachdenklich zu.

Jenna riss die Augen auf. „Was ist, wenn Roanar gar nicht Malins Grab oder das von Berengash sucht, sondern Iljanors?!", stieß sie aus. „Das würde so vieles erklären! Oder er sucht sie alle. Sie könnten nebeneinander auf einem Friedhof der N'gushini begraben worden sein und das Bruchstück, das denselben Namen trägt, könnte vielleicht die Grabkammer öffnen."

„Das wäre nicht gut", wandte Marek verkniffen ein, „denn wir wissen ja, wer das Bruchstück zuletzt hatte."

Jennas Euphorie erstarb ruckartig. „Cedric", sagte sie, „und der ist jetzt an Roanars Seite."

„Nutzen können sie es trotzdem nicht", gab sich dieses Mal Marek optimistisch. „Genauso wenig wie das andere Bruchstück, das sie ohne jeden Zweifel aus Zydros mitgenommen haben."

„Das heißt, sie brauchen für ihren Plan immer noch einen von uns", fügte Jenna an.

„Oder Benny." Marek sah mit leichter Sorge in den Augen hinüber zu ihrem Bruder, der sich im Gras ausgestreckt hatte und zu schlafen schien.

Jenna biss sich nachdenklich auf die Unterlippe. „Wir bringen sie irgendwie zurück zur Höhle – ihn und Rian – und dann passen wir auf, dass sie diese nicht wieder verlassen, bis wir Roanar besiegt haben."

„Meinst du, das schaffen wir?", fragte er zweifelnd.

Jenna wollte mit einem viel zu zuversichtlichen ‚Immer doch' antworten, allerdings blieben ihr die Worte in der Kehle stecken, denn aus dem Augenwinkel hatte sie eine Bewegung unweit von ihnen im dichten Buschwerk wahrgenommen.

Der M'atay, der dort an einem Baum stand, gab sich keine Mühe, sein Erscheinen zu verheimlichen. Er war groß und breitschultrig, seine das Mondlicht reflektierenden Augen sahen sie mit einem stechenden Blick an und auf seiner Stirn befand sich ein Zeichen, das sie schon einmal gesehen hatte. Es war dasselbe, mit dem auch Iljanor in ihrer Vision gekennzeichnet gewesen war.

„Da sind sie also", murmelte Marek und erst in diesem Moment fiel Jenna auf, dass der M'atay nicht allein war. Man musste nur etwas genauer hinsehen, um all die leuchtenden Augenpaare und die dazugehörigen, an die

Umgebung angepassten Körper auszumachen, die überall im Dickicht versteckt waren. Zwanzig waren es mindestens und sie waren alle bewaffnet. Nur legte keiner seine Waffen auf ihre kleine Truppe an. Sie hatten diese noch nicht einmal gezogen.

„Dies ist ein Ort des Friedens", kam es ihr leise über die Lippen. „Ich konnte das in meiner Vision sehen. Sie ehren Iljanor und werden uns hier nicht angreifen."

„Dann sollten auch wir nicht zu den Waffen greifen", sagte Marek und lief los, auf ihre Freunde zu, die noch gar nichts von der neuen Gefahr bemerkt hatten.

Jenna blieb jedoch stehen. Ihre Augen waren zurück zu dem Mann mit dem Zeichen auf der Stirn gewandert. Irgendwie wusste sie, dass *er* derjenige war, der hier das Sagen hatte, und es gefiel ihr nicht, denn sowohl sein Blick als auch seine ganze Körperhaltung sagten ihr, dass er sie hier nicht haben wollte. Sie waren ein Makel in der heiligen Tempelanlage, den es unbedingt zu beseitigen galt. Auf welche Weise auch immer.

Als Sheza endlich zurückkam, war es schon spät in der Nacht. Leon war zu seinem Leidwesen zwischendurch einmal eingenickt, allerdings rechtzeitig wieder wach geworden, um vor der Kriegerin nicht als totaler Waschlappen dazustehen.

Sie machte einen recht gehetzten, angespannten Eindruck und war nun sogar noch schwerer bewaffnet als zuvor: mit zwei Säbeln, Pfeil und Bogen und ein paar

Wurfsternen, die sie wahrscheinlich Enarios Ausrüstung entnommen hatte.

„Es war nicht leicht, die Tätowierung zu nutzen, aber ich glaube, sie hat es geschafft", waren die ersten Worte, die Sheza an ihn richtete und ihn erst einmal beruhigten. Gleichwohl war da etwas in den Zügen der Kriegerin, das ihm nicht gefiel.

„Irgendwas ist doch aber los", erwiderte er.

„Ich weiß nicht", sagte sie mit einem Schulterzucken, „als ich herkam, hatte ich irgendwie das Gefühl, als ... als müsste ich mich sehr beeilen. Und das Licht des Tores konnte ich noch lange sehen."

„Dann sind sie vielleicht schneller hergekommen als gedacht." Leon warf einen misstrauischen Blick durch eines der Löcher in der Wand. Das Licht des Mondes erhellte die Lichtung genügend, um sie ganz gut überblicken zu können. „Zu sehen ist noch nichts, aber wir sollten achtsam sein, uns nicht zu früh zeigen."

Sie stimmte ihm mit einem Nicken zu. „Sie sollen zuerst aus der Deckung kommen."

Nun starrten sie beide angespannt durch verschiedene Lücken in der Mauer und nach einer kleinen Weile, als Leon sich Sheza schon frustriert zuwenden wollte, bewegte sich tatsächlich etwas am Rand des Waldes. Leons Herz schlug sofort schneller und er spähte angespannt in die Dunkelheit, konnte dort eine Person ausmachen, die in der Hand einen Stab mit einer weißen Fahne hielt. Sie näherte sich der Ruine bis an die Grenze des Fluchs und...

Leon riss entsetzt die Augen auf. Das war Silas! Ein zerschundener, erschöpfter Silas, aber er war es!

„Ist das ...", begann Sheza.

„Ja!", würgte Leon sie ab und erhob sich.

Die Kriegerin packte ihn am Arm und hielt ihn zurück. „Wo willst du hin?", stieß sie entsetzt aus.

„Er kommt, um mit uns für sie zu verhandeln", erklärte Leon ungeduldig. „Sie werden Kilian als Druckmittel einsetzen, damit er tut, was sie sagen, und wenn wir nicht auftauchen, wird das beiden schaden. Außerdem *wollen* wir, dass die Zauberer aus ihrem Versteck kommen. Wenn sie uns sehen, passiert das vielleicht endlich. Wir sind das Lockmittel. Darin waren wir uns doch einig."

„Ja, aber doch nur für die …" Sie brach ab, schüttelte den Kopf. „Ach, vergiss es", stieß sie aus und erhob sich ebenfalls. „Manchmal muss man halt was riskieren, um ans Ziel zu kommen."

Leon nickte ihr zu und gemeinsam traten sie aus der Deckung, liefen hinüber zu dem Punkt, an dem Silas stehengeblieben war. Immerhin befand er sich genau dort, wo sie die Zauberer hatten hinlocken wollen. In Reichweite der versteckten M'atay.

„Mann siehst du beschissen aus", sagte Sheza zu Silas, als sie mit einem gewissen Sicherheitsabstand zu ihm stehenblieben.

„Ist nicht wahr", nuschelte der junge Mann unter seiner geschwollenen Oberlippe hervor und blinzelte sie müde mit dem Auge an, das nicht blau und dick war.

„Und ich dachte immer, Zauberer sind nicht so fürs ‚Handwerkliche' gemacht", erwiderte Sheza.

„Sind sie ja auch nicht, dafür haben sie ihre Garong", gab Silas zurück und brachte die Kriegerin damit ziemlich schnell zum Schweigen.

„Lass mich raten", sagte jetzt Leon, „die Zauberer sind zu feige, um selbst herzukommen, und schicken dich zum

Verhandeln, weil sie wissen, dass wir dich nicht in das Fluchfeld hineinholen und damit dein Leben aufs Spiel setzen werden."

„Das bringt es auf den Punkt – ja", stimmte Silas ihm zu.

„Und sie haben keine Angst, dass du uns verrätst, wie viele sie sind und was sie vorhaben?"

„Letzteres ist ihnen offenbar egal und ersteres weiß ich tatsächlich nicht, weil sie mir die Augen verbunden haben, bevor sie mich herbrachten", erklärte Silas. „Hört zu: Ich war dumm und unvernünftig und hab zweifellos alles verdient, was sie bisher mit mir gemacht haben, aber Kilian eben nicht und wenn ich nicht tue, was sie sagen und euch davon überzeuge, ihnen zu bringen, was sie wollen, werden sie ihn töten!"

„Was wollen sie denn?", hakte Sheza ohne Umschweife nach.

„Benjamin und Ilandra im Tausch gegen Kilian und mich."

Sheza gab ein empörtes Prusten von sich. „Das ist ein schlechter Tausch!"

„Das weiß ich", erwiderte Silas resigniert, „aber so haben sie es mir gesagt."

Leon wollte etwas erwidern, aber Sheza war schneller als er. „Gut – dann sag ihnen, wir wollen Alentara und Kilian", sagte sie. „Und der Handel findet *gar* nicht statt, wenn nicht wenigstens einer der Zauberer, die wirklich was zu sagen haben, seine hässliche Visage herbewegt. So weiß ich doch gar nicht, ob du uns nicht einen Bären aufbindest und in Wahrheit dein eigenes krankes Spiel mit uns treibst."

„Was?" Silas sah sie fassungslos an. „Was soll das Sheza? Du weißt, dass ich …"

„Sag ihnen das!", unterbrach sie ihn unwirsch.

Der junge Mann sah sie noch ein paar Herzschläge lang an, schluckte schwer und machte schließlich auf dem Absatz kehrt, um wieder zurück zum Waldrand zu laufen.

„Ist das noch *unser* Plan oder einer neuer, den *du* überstürzt entwickelt hast?", raunte Leon der Kriegerin zu.

„Unsere Freunde im Dickicht müssen wissen, wo unsere Feinde sind", erwiderte sie angespannt und ließ Silas dabei nicht aus den Augen. „Vielleicht können sie diese auch dort angreifen. Schließlich haben sie die Pollen dabei."

„Und wenn nicht? Glaubst du ernsthaft, Silas ist denen so wichtig, dass sie ihm nicht noch mehr antun? Oder Kilian?"

„Was wolltest *du* denn machen? Benjamin und Ilandra wahrhaftig herbringen?"

„Nein, natürlich nicht! Aber …" Er brach ab. Eigentlich hatte sie das Richtige getan. Es fühlte sich nur noch nicht so an, weil die Dinge nicht ganz so liefen, wie sie das geplant hatten.

Silas war mittlerweile verschwunden. Es dauerte jedoch nicht lange, bis er zurückkam. Dieses Mal tatsächlich nicht allein. Ein großer, schlanker Mann in typischer Robe der *Freien* lief an seiner Seite, den Blick bereits starr auf Sheza gerichtet.

„Tymion", kam es ihr nach ein paar Sekunden mit einem hasserfüllten Lächeln über die Lippen. „Na, also, da haben wir doch schon mal eine sehr wichtige Person aus Roanars Elite."

„Und was tun wir jetzt?", flüsterte Leon.

„Reden und Zeit schinden?", schlug sie leise vor. Für weitere Abstimmungen war keine Zeit, denn die beiden Männer waren nun in Hörweite.

„Sheza, meine Liebe", sagte der Zauberer mit dem hageren Gesicht und den schmalen hellen Augen. „Wir haben uns lange nicht gesehen. Jahre, wenn ich mich nicht täusche. Was treibt dich hierher? Die Liebe, wie ich hörte."

„Und dich?", gab die Kriegerin zurück. „Wieder einmal der Wunsch, Roanar so tief wie möglich in den Arsch zu kriechen?"

Das Lächeln des Zauberers erstarb und sein Gesicht nahm einen harten Ausdruck an. „Für einen Menschen, der so viel zu verlieren hat wie du, bist du erstaunlich unvorsichtig", knurrte er dunkel und seine Augen leuchteten erfreut auf, als sie einen unbeherrschten Schritt auf ihn zu machte, eine Hand an einem der Säbel in ihrem Gürtel.

Leon hielt sie rasch fest und schüttelte nachdrücklich den Kopf, sodass die Kriegerin nichts Unüberlegtes tun konnte, und sah dann Tymion an.

„Du hast Forderungen an uns gestellt – wenn du die erfüllt sehen willst, solltest du uns nicht unnötig provozieren."

„Das kann ich so zurückgeben", erwiderte der Zauberer und sein unechtes Lächeln war zurück.

„Sind das deine Forderungen oder die Roanars?", hakte Leon nach.

„Spielt das eine Rolle?", erwiderte Tymion.

„Ja", antworte Leon geradeheraus. „Wir lassen uns auf keinen Handel mit jemand anderem ein. Also, wer kann mir beweisen, dass du wahrlich in Roanars Auftrag handelst?"

„Nun, ich habe seine Geiseln", gab der Mann immer noch lächelnd zurück.

„Du hast *eine* Geisel", verbesserte Leon ihn. „Ob da noch mehr sind, sehen wir augenblicklich nicht. Und Silas kann auch dir allein in die Hände gefallen sein und nicht Roanar. Zudem ist er einst dein Schüler gewesen…"

Tymion machte ein überraschtes Gesicht.

„… ja – ich weiß davon", fuhr Leon fort, „… und aus diesem Grund wäre es auch gut möglich, dass ihr beide gemeinsame Sache macht und Roanar hintergeht."

Tymion stieß ein unechtes Lachen aus. „Also bitte! Das ist doch vollkommen lächerlich! Ich wäre niemals so dumm …"

Weiter kam er nicht, denn dort, wo er zuvor aus dem Gebüsch gekommen war, ertönte plötzlich lautes Geschrei und schließlich ein Knallen, das auch Leon und Sheza heftig zusammenzucken ließ.

„Was bei allen Dämonen …", stieß Tymion aus, die weit aufgerissenen Augen auf den Ort des Geschehens gerichtet.

Das Schreien wurde lauter und niemand musste Leon sagen, dass auch in seiner eigenen Gruppe irgendwas nicht so lief, wie geplant. Doch mit dem nachfolgenden Rattern hatte er ganz gewiss nicht gerechnet. Ein Maschinengewehr?! Ihm wurde heiß und kalt zur selben Zeit und er erstarrte vollkommen. In Sheza hingegen kam Bewegung. Sie sprang los, warf sich auf den überraschten Tymion und schlug ihm mit dem Knauf ihres soeben gezogenen Dolches mit solcher Wucht auf den Kopf, dass der Mann wie eine Puppe in sich zusammensackte.

„Los! Helft mir!", rief sie und Leon zögerte nicht länger, war in einem Sekundenbruchteil bei ihr und packte Tymion an einem seiner Arme,

„Nein ... was ... was tut ihr denn da?!", stammelte Silas und versuchte Sheza aufzuhalten, anstatt mit zuzupacken. Sie stieß ihn jedoch so kräftig gegen die Brust, dass er sich unsanft auf den Boden setzte.

„Wohin?", stieß Leon angespannt aus und warf einen Blick über die Schulter. Am Waldrand bewegte sich etwas und ein dumpfes Gefühl sagte ihm, dass es nicht die M'atay waren.

„Zur Ruine!", gab Sheza knapp zurück.

„Aber die ist zusammengestürzt!"

„Es gibt aber noch einen schmalen Zugang an einer Stelle – das habe ich vorhin gesehen, als ich sie inspiziert habe."

Leon sagte nichts mehr dazu. Er war zu überrascht, denn Silas hatte soeben zu ihnen aufgeschlossen und packte jetzt doch mit an.

„Tymion ist für Roanar außerordentlich wichtig", erklärte er sein Handeln. „Vielleicht können wir Alentara und Kilian tatsächlich so zurückholen."

‚Wenn uns die normalen Fußsoldaten nicht vorher kaltmachen', wollte Leon hinzusetzen, ließ es aber lieber bleiben.

Stattdessen investierte er all seine Kraft und Konzentration in die Aufgabe, die jetzt zu erledigen war: Den Tempeleingang erreichen, dort ein Versteck finden und sich verbarrikadieren. Danach konnten sie nur noch hoffen, dass die M'atay nicht alle abgeschlachtet worden waren und in dem hinter ihnen tobenden Kampf am Ende die Oberhand behielten. Ansonsten waren sie allein mit ei-

nem übermächtigen Feind und auf ihren eigenen Erfin-
dungsreichtum und ihr Verhandlungsgeschick angewiesen. Andere Hilfe würde mit Sicherheit nicht so schnell
bei ihnen auftauchen.

# 3

Manchmal fühlte sich Melina wieder ganz wie sie selbst. *Ein* Geist. *Ein* Körper. *Ein* Wille. Diese Momente waren gleichwohl rar gesät und vergingen viel zu schnell. Beim Essen ließ Madeleine sie zum Beispiel in Ruhe oder – wie jetzt – beim Autofahren. Sie wusste wohl, wie wichtig es war, den Körper, den sie sich teilten, mit allem Nötigen zu versorgen und dass Konzentration beim Autofahren absolut notwendig war, um weder aufzufallen noch einen Unfall zu machen.

Melina konnte dann für kurze Zeit aufatmen, weil Madeleine sich zurückzog, möglichweise sogar selbst versuchte sich auszuruhen, denn sich in dem Verstand eines anderen Menschen so festzukrallen, dass man ihn sogar steuern konnte, musste *extrem* anstrengend sein.

Wohin sie schwand, wusste Melina nicht. Beim ersten Mal hatte sie gedacht, dass diese furchtbare Frau den Kontakt zu ihr verloren hatte und schon jubiliert. Als sie jedoch nach ihrem Telefon gegriffen hatte, um Peter anzurufen und ihm von allem zu erzählen, war sie schlagartig zurück gewesen und hatte sie mit furchtbaren Schmerzen dafür bestraft.

Zweimal hatte Melina es noch versucht, in dieser kurzen Zeit einen Hilferuf nach außen zu senden, und war jedes Mal schlimmer bestraft worden. Nicht nur mit Schmerzen, sondern mit Dingen, die sie zusammen anderen angetan hatte; wie Paul an den Tod seiner Frau zu erinnern und ihm Angst zu machen, dass er auch seine Kinder eventuell nie wiedersehen würde. Seine Tränen waren schlimmer gewesen als die Schmerzen und als Madeleine in ihrem Geist hinzugefügt hatte, sie könne sie auch dazu bringen, ihn zu töten und damit alles zerstören, was ihr an Familie noch geblieben war, war sie zu einer überaus braven Geisel geworden.

Selbst als Jenna Kontakt mit ihr aufgenommen hatte, hatte sie es nicht gewagt, ihr deutliche Zeichen dafür zu senden, dass etwas nicht in Ordnung war. Ihre Hoffnung, dass Marek mit seinen speziellen Kräften Madeleine vielleicht erspüren konnte, war dahingeschwunden, als Madeleine ihn einfach geblockt hatte, versteckt hinter Melinas Energiefeld. Einzig bei der Loslösung von Jenna hatte sie es gewagt, einen von Madeleine tatsächlich unbemerkten versteckten Hilferuf an ihre Nichte zu senden. Wie es aussah, war dieser aber auch für Jenna zu gut getarnt gewesen, denn sonst hätte Madeleine Melina sicherlich nicht auf die für sie nicht ungefährliche Reise nach Sherburn geschickt.

Während sie auf die von den Autoscheinwerfern beleuchtete Straße starrte, atmete Melina tief ein und wieder aus. Alles in ihr schrie danach, unverzüglich kehrtzumachen und zurück zu Peter zu fahren – ganz gleich welche Strafe sie dafür erhielt. Abgesehen davon, dass sie nicht ganz allein war, wusste sie, dass Madeleine sofort zurück sein und das verhindern würde, indem sie einfach ihren Körper übernahm. Mit ihrer mehrfachen Begabung und dem jahrelangen Training war sie einfach stärker als sie selbst und alles, was eine solche Aktion ihr bringen würde, waren Schmerzen und eventuell schlimme Folgen für die Menschen, die sie liebte. Sie hatte keine andere Wahl, als weiter mitzuspielen, bis der Albtraum vorüber war. Ihre einzige Hoffnung war, dass Peter ihr oder besser auch Madeleines abendliches Verschwinden bemerkte und Alarm schlug. Sie hatte schon ein paar Mal im Gespräch mit ihm das Gefühl gehabt, als würde er sie seltsam ansehen, aber bisher hatte er nichts getan, sie nur weiter dazu angehalten sich auszuruhen.

Am ersten Tag nach ihrer Verschmelzung mit Madeleine war Melina von ihm und Paul nach Hause gebracht worden. Sie hatte zwar ihre Bücher und das Notizbuch mitnehmen können, aber Peter hatte ihr weiterhin verweigert, sich noch mehr in den Kampf gegen die *Freien* einzumischen – worüber sie im Gegensatz zu Madeleine furchtbar erleichtert gewesen war. Selbst die guten Argumente der Frau hatten ihn nicht umstimmen können und so waren die *Freien* wenigstens in Bezug auf die Arbeit des Zirkels unwissend geblieben.

Bedauerlicherweise hatte sich Paul ganz rührend um sie gekümmert, sie jedes Mal nach der Arbeit besucht und sie bekocht und irgendwann verraten, dass er den Anhänger bei sich hatte, der einen Teil von Malins Wissen speicherte. Mit Hypnose war es sehr einfach gewesen, ihm den Anhänger abzuluchsen – jedoch hatte Madeleine umgehend gespürt, dass dieser äußerst sensibel auf ihre Anwesenheit reagierte und aus Angst gar nicht erst versucht, ihn zu aktivieren. Erst beim Kontakt mit Jenna hatte sie es zugelassen und leider hatte Marek die Kraft des Anhängers in Schach halten können und es Madeleine somit möglich gemacht, dieselben Informationen zu erhalten, die ihre Nichte und ihr Freund abgerufen hatten. Melina wollte gar nicht darüber nachdenken, welche Konsequenzen das für die beiden dort drüben hatte, denn sie wusste, dass Madeleine auch im Kontakt mit den *Freien* in Falaysia stand.

Ein Rumpeln hinter ihr riss sie aus ihren Gedanken und nur wenig später schob sich die Klappe zum hinteren Teil des Vans auf, an dessen Steuer sie saß.

„Fahr links ran!", kommandierte der Mann, der sich ihr als Mr Smith vorgestellt hatte, als sie ihn nach einem von Madeleine geführten Telefonat in einem Café getroffen hatte. Er hatte ihr dort alle Instruktionen für den Abend gegeben und sie im Anschluss auch mit dem Auto abgeholt.

Sie gehorchte seiner Anweisung brav und wunderte sich nicht, dass nur wenig später ein dunkler Wagen an ihr vorbeifuhr und vor ihr stehenblieb. Das war wohl der Rest der kleinen Truppe, die in dieser Nacht nach Falaysia reisen wollte. Vier Leute stiegen aus – drei Männer, eine Frau. Sie holten mehrere schwere Taschen aus dem Kofferraum ihres Autos und kamen dann auf sie zu. Keiner von ihnen war Melina bekannt. Die Frau und einer der Männer stiegen nach einem kurzen Gruß an den ‚Kollegen' hinten ein, während ein weiterer ohne ein Wort an sie den Beifahrersitz einnahm und der letzte im Bunde an ihr Fenster herantrat und anklopfte.

Melina ließ dieses rasch herunter und sah ihn fragend an.

„Du folgst mir ein Stück weit, bis ich dir das Zeichen gebe, allein weiterzufahren", kommandierte er. Das war es auch schon. Mit großen Schritten lief er zurück zu seinem Wagen und Melina warf den Motor mit einem leisen

Seufzen wieder an. Die Gegenwart ihres ungewollten Beifahrers war äußerst unangenehm, auch wenn er sie vollkommen ignorierte. Deswegen versuchte sie sich auf das Gespräch hinter ihr zu konzentrieren, während sie wieder anfuhren.

„Ich gebe dir recht, Cole", hörte sie die Frau sagen. „Ihr Zustand ist kritisch. Der verdammte Zauber saugt ihr die Kraft aus und sie wäre zweifellos gestorben, wenn sie ihren Geist nicht mit einem anderen hätte verbinden können."

Sie sprachen über Madeleine, deren ‚kostbarer' Körper auf einer Bahre hinten im Frachtraum lag. Die Frau selbst hatte an diesem Abend unter Nutzung von Melinas Identität das Kunststück vollbracht, die Wachen vor dem Krankenhauszimmer zu überlisten und ihren eigenen Körper ungesehen aus dem Hospital zu schmuggeln. Unter anderen Umständen hätte Melina ihr vielleicht sogar eine gewisse Bewunderung entgegengebracht, aber da sie und ihre Familie immer die Leidtragenden waren, wenn ihren Gegnern ein solcher Schachzug gelang, empfand sie nichts als Verachtung für sie.

„Glaubst du, dass sie mit ihrer Vermutung richtig liegt?", fragte einer der Männer – wahrscheinlich Cole.

Ein schweres Ausatmen war zu vernehmen. „Ich hoffe es. Ein stärkerer Zauber kann durchaus einen schwächeren aufheben und es ist anzunehmen, dass die Kraft des anderen Portals größer ist, denn immerhin macht sie das Reisen zwischen zwei Welten möglich. Sicher wissen wir es allerdings nicht."

„Also könnte sie beim Übersetzen sterben", gab Cole zu bedenken.

„Ja – die Möglichkeit besteht", war die aus Melinas Sicht erfreuliche Antwort. „Aber ich denke, Madeleine weiß, was sie tut, und sie hat im Grunde auch keine andere Wahl. Ihr läuft die Zeit davon – nicht nur, weil die Sternenkonstellation für eine solche Reise bald nicht mehr so günstig ist, sondern auch, weil der Zirkel demnächst merken wird, dass etwas mit ihrer Mitarbeiterin nicht stimmt und sie dann zurück in ihren Körper schickt. Madeleine mag sehr begabt und mächtig sein, aber Peter ist ihr überlegen."

„Wie aktivieren wir das Portal, wenn wir es gefunden haben?", fragte Cole.

„Das tun wir nicht", erklärte der letzte im Bunde. „Es lässt sich von hier aus nicht öffnen. Das müssen die drüben machen."

„Und wir können da alle ohne Probleme durchgehen?"

„Wenn wir es in den nächsten beiden Tagen tun – ja. Aber danach könnte das Portal schon sehr viel instabiler sein."

„Wie viele Leute habt ihr überhaupt zusammentrommeln können?", wollte Cole wissen.

„Insgesamt nur acht", war die nächste für Melina erfreuliche Antwort, „aber das andere Team hat Schwierigkeiten herzukommen, weil sie allem Anschein nach bereits vom Zirkel beschattet werden. Und das letzte, was uns jetzt passieren darf, ist, dass unser Plan auffliegt. Wir haben nur noch diese Chance, ohne Probleme rüberzukommen."

„Das bedeutet, es ist durchaus möglich, dass wir nur zu sechst rüber reisen", überlegte Cole.

„Zu fünft", wurde er verbessert und Melinas Herz machte einen kleinen Sprung. Sie hatte bisher angenommen, dass Madeleine sie mitnehmen wollte.

„Nehmen wir die Frau nicht mit?"

„Nein, Madeleine hat für sie andere Pläne."

Das klang übel. Melina begann zu schwitzen. Sollte sie etwa sterben? Immerhin wusste sie zu viel, um einfach freigelassen zu werden.

„Roanar wird nicht erfreut sein, wenn er so wenig Verstärkung aus unserer Welt erhält", überlegte Cole.

„Vorerst", setzte der andere Mann hinzu. „Vielleicht lässt sich das Tor ja auch durch etwas anderes als die Sterne stabilisieren. Außerdem kann er froh sein, dass es überhaupt noch geklappt hat und er zumindest ein paar Taschen voll mit modernen Waffen und Werkzeugen erhält. Ich frage mich, wie er das neue Portal gefunden hat. Es stand nirgendwo geschrieben, dass mehr als eines in unsere Welt führt."

„Tja, wenn wir da sind, kannst du ihn ja fragen", erwiderte die Frau.

Der Wagen vor Melina bremste nun ab und sie erkannte, dass sich zu ihrer Linken eine schmale Einfahrt auftat, an die ein unbefestigter Weg anschloss, der mitten in den Wald hineinführte. Der Fahrer ließ so viel Platz neben sich, dass auch sie dort einbiegen und neben ihm halten konnte. Er ließ sein Fenster herunter und sie tat es ihm nach.

„Jetzt nur noch geradeaus", rief er ihr zu. „Fahr weiter, so lange, wie es geht, dann kommst du zu einer Jägerhütte. Dort steigt ihr aus und lasst euch von Luis weiterführen."

Sie nickte stumm und ließ ihr Fenster wieder hochfahren. Alles in ihr sträubte sich, den Anweisungen nachzukommen und in die Düsternis des Waldes und damit auch in ein ungewisses Schicksal hineinzufahren.

‚Nun mach schon‘, meldete sich Madeleine in ihrem Kopf zurück. ‚Oder soll ich übernehmen? Aber du weißt ja: Alles, was ich einleite, kommt mit einer gewissen Verzögerung einher und birgt die Gefahr, dass wir in einem Graben oder mitten im Dickicht des Waldes landen. Und du weißt, was deinen Lieben passiert, wenn etwas schiefgeht.‘

‚Ich mache ja schon!‘, gab Melina nach und ließ das Auto wieder anfahren. Mit den Scheinwerfern auf Fernlicht eingestellt, sah der Wald schon nicht mehr ganz so unheimlich aus wie zuvor. Ihr Unbehagen schwand deswegen jedoch nicht dahin.

‚Was ist?‘, hörte sie Madeleine erneut. ‚Irgendwas ist doch mit dir los.‘

Melina presste die Lippen zusammen und schüttelte den Kopf, versuchte ihre Gefühlswelt besser vor dem fremden Zugriff zu schützen, denn zumindest das gelang ihr noch ganz gut.

‚Worüber machst du dir Sorgen?‘, bohrte ihr ungebetener Gast weiter nach. ‚Über das, was Mitch gesagt hat? Dass wir nur zu fünft nach Falaysia gehen werden?‘

Melina reagierte nicht auf ihre Frage, das hinderte Madeleine gleichwohl nicht daran, sie weiter zu schikanieren.

‚Denkst du, dass ich dich töten lasse? Ts. Hältst du mich für so undankbar? Ich hab dir mein Leben zu verdanken! Du müsstest mich schon sehr ärgern, um das vergessen zu können. Nein – wenn ich könnte, würde ich dich mitnehmen, aber ich halte es für ungünstig, mit meinem Geist in deinem Körper die Reise nach Falaysia anzutreten. Die Kraft des Portals wird den Zauber, der mich befallen hat, auflösen, aber ich sollte schon in meinem Körper sein, wenn das passiert. Dann wiederum verliere ich den Zugriff auf deinen Anhänger und komme nicht mehr an die dort gespeicherten Informationen heran – was sehr ungünstig wäre.'

‚Du willst, dass ich mich mit einem anderen Zauberer aus deiner Gruppe verbinde', verstand Melina plötzlich und die anfängliche Erleichterung, die sie bei Madeleines Worten überkommen hatte, löste sich ganz schnell wieder auf.

‚Kluges Mädchen', lobte Madeleine sie. ‚Selbstverständlich müssen wir das so sorgsam machen, dass niemand – noch nicht einmal Peter – etwas davon merkt. Eure Verbindung wird nicht ganz so intensiv sein wie unsere, aber immer noch stark genug, um zu verhindern, dass du darüber mit anderen sprechen kannst – also denk nicht, dass du uns austricksen kannst.'

‚Man erkennt erzwungene Verbindungen immer!', konterte Melina.

‚Eben. Deswegen wirst du es freiwillig tun.'

Melina reagierte nicht auf diese Forderung. Sie hatte alle Hände voll damit zu tun, ihre Wut unter Kontrolle zu behalten und nicht auch noch das Gefühl der Verzweiflung anwachsen zu lassen, das sich bereits in ihr zu regen begann.

‚Das wirst du', beharrte Madeleine, ‚denn du willst ja nicht, dass wir einem deiner Lieben wehtun ... hier oder in Falaysia ...'

Melinas schluckte schwer, während das Auto sich über den unebenen, teilweise recht schlammigen Boden kämpfte und alle Insassen ordentlich durchschüttelte. ‚Natürlich‘, gab sie nach, weil sie augenblicklich keinen anderen Weg sah.

‚Gut‘, freute sich Madeleine. ‚Sieh mal, da vorn!‘

Im Licht der Scheinwerfer erschien nun ein Haus hinter einem hübschen Gartenzaun, aus dem kurz darauf ein Mann mit Vollbart und der typischen Jägermütze trat.

Melina stoppte den Wagen vor ihm und stieg zusammen mit den anderen aus.

„Meine Güte, Luis, was soll denn der Aufzug?!“, wurde er lachend von ihrem Beifahrer begrüßt.

„Na ja, ich dachte mir, ein bisschen Tarnung schadet nicht“, gab der ‚Jägersmann‘ grinsend zurück, wurde jedoch schnell wieder ernst, weil die anderen soeben die Trage mit Madeleines Körper aus dem Van hievten.

„Bringt sie besser erst mal ins Haus“, sagte er und sorgte damit für leichte Verwirrung auf den Gesichtern der anderen.

„Ich dachte, wir wollen so schnell wie möglich los“, wandte Cole ein.

„Ja, aber die Betonung liegt auf dem Wörtchen ‚möglich‘“, gab Luis zurück.

„Was meinst du damit?“, ließ Madeleine Melina fragen.

Der Mann betrachtete sie stirnrunzelnd. „Madeleine?“, fragte er.

„Ja. Also?“

„Am besten seht ihr es euch selbst an“, erwiderte Luis. „Nun bringt ihren Körper schon rein!“

Die anderen gehorchten und waren innerhalb weniger Minuten im Haus verschwunden.

„Ist der Zugang verschüttet?", hakte Melina gegen ihren Willen nach.

„Wenn es nur das wäre …", brummte Luis.

„Was dann?"

„Du musst es selbst sehen."

Die Tür des Hauses ging wieder auf und die anderen *Freien* trabten zu ihnen heran.

„Kommt!", forderte Luis sie auf, knipste eine Taschenlampe an und ging ihnen voran direkt in den Wald. Eine Weile liefen sie still hintereinander her, bis sie schließlich zu einer Stelle kamen, an der es eine Menge umgestürzter Bäume und einen Hügel gab, aus dem etwas Eckiges herausragte.

Etwas atemlos sammelten sie sich um dieses Gebilde und starrten es verwundert an.

„Ist das …", begann Cole.

„… das Portal", beendete Luis seinen Satz. „Oder besser ein Teil davon. Der Rest ist wahrscheinlich unter Erde, Laub und Baumresten begraben."

„Das heißt, wir müssen es erst ausgraben?", vermutete die andere Frau in ihrer Mitte.

„Und zusammensetzen", ergänzte Luis.

„Aber das ist doch kein Problem!", wandte Madeleine mit Melinas Stimme ein. „Wir nutzen einfach unsere Magie."

„Und machen uns damit für den *Zirkel* bemerkbar?" Luis sah sie kritisch an.

„Vielleicht hast du mich nicht verstanden, als ich sagte, dies ist eine überaus dringende Angelegenheit!", fuhr

Madeleine ihn an. „Wir haben nur noch heute und morgen!"

„Und wenn wir einen Teil per Handarbeit freischaufeln und erst zum Schluss unsere Magie einsetzen?", schlug die andere Frau vor.

Melina konnte fühlen, wie Madeleine mit sich kämpfte, doch schließlich nickte sie. „Wir können es versuchen, aber wenn wir zu langsam sind ..."

„... setzten wir unsere Kräfte ein", ergänzte die andere Frau. „Versprochen."

„Na dann!", sagte Luis und leuchtete mit seiner Taschenlampe hinüber zu einem Baum, an dem ein paar Spaten und Hacken lehnten. „Legen wir los!"

Gegen ihren Willen bewegte sich Melina auf die Geräte zu, innerlich regte sich jedoch schon wieder ein wenig Hoffnung in ihr. Wenn sie mehr Zeit verloren als geplant, wuchs die Chance, dass Peter noch rechtzeitig bemerkte, was hier passierte und eingriff. Es war vielleicht nicht klug, aber an diese Hoffnung klammerte sie sich, als sie einen der Spaten in die Hände nahm und hinüber zum Hügel lief. Was blieb ihr auch anderes übrig?

## Ende von Band 3

Wie es weitergeht, erfährt man im vierten Band der Reihe, der voraussichtlich im Frühjahr 2019 erscheinen wird.

Aktuelle Informationen über die Autorin und ihre Bücher findet man auf

http://www.inalinger.de